DOUGLAS

PRESTON

&

LINCOLN

CHILD

Labyrinthe fatal

Traduit de l'anglais (États-Unis)
par Sebastian Danchin

Titre original :
BLUE LABYRINTH

Éditeur original :
Grand Central Publishing, New York, 2014

1

La majestueuse demeure de style Beaux-Arts semblait vide de toute présence en cette soirée orageuse de juin. Son belvédère, dominant les eaux de l'Hudson, était désert, et aucune lueur ne filtrait de ses élégantes fenêtres en encorbellement. C'est tout juste si une ampoule solitaire, pendue au-dessus de la porte d'entrée, permettait au portique d'échapper à l'obscurité.

Les apparences sont trompeuses, parfois même à dessein. Le 891 Riverside Drive n'était autre que la résidence privée d'Aloysius Pendergast, brillant enquêteur du FBI connu pour sa discrétion.

Le maître des lieux, confortablement installé dans l'un des fauteuils en cuir de la bibliothèque, feuilletait un exemplaire du *Man'yōsh*ū, une anthologie de poésie japonaise datant du milieu du XIIIe siècle. Au fond de l'âtre brûlait un feu mourant dont les dernières flammes chassaient paresseusement la fraîcheur de l'été naissant. Une petite théière en fonte *tetsubin* était posée sur une desserte à portée de sa main, à côté d'une tasse en porcelaine à moitié remplie de thé vert. Nul bruit ne venait troubler sa concentration, sinon les craquements épisodiques des braises et le sourd grondement du tonnerre qui s'infiltrait à travers les persiennes fermées.

Un léger bruissement se fit entendre dans le salon de réception voisin et la silhouette de Constance Greene se découpa sur le seuil de la pièce. La nouvelle venue était vêtue d'une robe de soirée très simple. Sa chevelure sombre, coiffée à l'ancienne, tranchait avec un teint pâle et des yeux d'un violet profond. Elle serrait entre ses doigts un paquet de lettres.

— Le courrier, murmura-t-elle.

Pendergast inclina la tête en guise de remerciement et reposa le recueil de poésie.

Constance prit place à côté de lui, heureuse de le voir enfin remis de ce qu'il appelait ses « aventures du Colorado ». Depuis les tragiques événements de l'année précédente[1], elle accordait une attention toute particulière à son équilibre psychique.

Elle tria le courrier, écartant d'office les enveloppes qui n'avaient aucune chance de l'intéresser. Pendergast s'embarrassait rarement des détails du quotidien, laissant le soin à une vieille étude notariale de La Nouvelle-Orléans, depuis longtemps attachée à sa famille, de procéder au règlement des factures et à la gestion d'une partie de son importante fortune. Quant à son portefeuille boursier et à ses biens immobiliers, ils se trouvaient entre les mains d'une vénérable banque new-yorkaise. Il se faisait expédier son

1. Voir les épisodes précédents : *Tempête blanche* (L'Archipel, 2014) et *Descente en enfer* (L'Archipel, 2013). (*Toutes les notes sont du traducteur.*)

courrier dans une boîte postale que relevait régulièrement Proctor, son chauffeur, garde du corps et homme à tout faire. Ce dernier s'apprêtant à rendre visite à sa famille en Alsace, Constance avait temporairement pris le relais.

— Vous avez reçu un petit mot de Corrie Swanson.

— Ouvrez-le, je vous prie.

— Elle vous joint une photocopie d'un courrier de l'institut John Jay. Son travail de thèse a été récompensé par le prix Rosewell.

— Tiens donc. J'ai personnellement assisté à la soutenance de son mémoire.

— Corrie en aura été heureuse, à n'en pas douter.

— Il est rare que les cérémonies de ce type échappent aux litanies lénifiantes d'approximations et de platitudes, sur l'air de *Pompe et circonstance*.

Pendergast but une gorgée de thé avant de reprendre :

— C'était néanmoins le cas de celle-là.

— Vous avez également reçu une lettre de Vincent D'Agosta et Laura Hayward, reprit Constance en poursuivant son tri.

D'un signe de la tête, Pendergast lui enjoignit de la parcourir.

— Ils vous remercient de votre cadeau de mariage, exprimant une fois de plus leur gratitude pour le dîner que vous leur avez offert.

Pendergast hocha la tête. La veille du mariage de D'Agosta, un mois plus tôt, il avait convié le lieutenant et sa fiancée à un dîner privé composé de mets fins préparés par ses soins et arrosés de crus précieux prélevés dans sa cave. Ce geste, plus que tout autre, avait convaincu Constance que Pendergast se remettait peu à peu de son traumatisme récent.

Elle procéda à la lecture de quelques autres missives, mit de côté les enveloppes dignes d'intérêt, et jeta les autres au feu.

— Comment avance votre projet, Constance ? s'enquit Pendergast en se versant une nouvelle tasse de thé.

— Fort bien. J'ai reçu hier un envoi du service des archives de Dijon, en France, dont le contenu viendra compléter les éléments en provenance de Venise et de Louisiane. Lorsque vous aurez un moment, j'aurais quelques questions à vous poser au sujet d'Augustus Robespierre St. Cyr Pendergast.

— Je sais essentiellement ce qu'en disait l'histoire familiale, c'est-à-dire un ramassis de fables et de contes. Sans parler des légendes horribles qui se murmuraient à son sujet. Je serais heureux de vous en rapporter une partie à l'occasion.

— Une partie seulement ?

— J'ai peur que les placards du clan Pendergast ne renferment bien des squelettes, au sens propre comme au figuré. Autant vous en épargner le détail.

Constance poussa un soupir. Elle se leva et quitta la bibliothèque en laissant Pendergast à la lecture de son recueil de poésie. Elle traversa le salon de réception aux vitrines débordant de curiosités et gagna une pièce sombre, lambrissée de vieux chêne, qu'occupait sur presque toute sa longueur une table de réfectoire. Cette dernière était couverte de journaux, de lettres anciennes, de relevés d'état civil, de photos et de gravures jaunies, de procès-verbaux, de mémoires, de tirages papier de microfilms et autres documents, tous soigneusement rangés. L'écran d'un ordinateur portable projetait sur l'ensemble une lueur irréelle. Depuis plusieurs mois déjà, Constance s'intéressait à la famille Pendergast. Elle avait choisi d'en décrypter les arcanes, autant pour satisfaire sa propre curiosité que pour aider Pendergast à échapper au spleen. La tâche, souvent frustrante dans sa complexité inouïe, se révélait passionnante.

À l'extrémité de la pièce, au-delà d'une porte en arrondi, s'ouvrait le hall d'entrée de la vieille demeure. Constance allait s'installer devant son écran lorsque résonna un coup sonore.

Elle se figea, sourcils froncés. Les visiteurs, fort rares dans le refuge du 891 Riverside Drive, ne se présentaient jamais sans être annoncés.

Un nouveau coup fit trembler la porte d'entrée, ponctué par un grondement de tonnerre.

Constance lissa machinalement sa robe et se dirigea vers l'entrée. Elle hésita un instant devant la lourde porte dépourvue de judas. Dans le silence retrouvé, elle se décida à tourner le verrou supérieur, puis celui du bas, avant d'ouvrir lentement.

Elle découvrit un jeune homme à la lumière du portique. Ses cheveux blonds, détrempés, lui collaient au crâne. Son visage aux traits fins, mouillé de pluie, son front haut et ses lèvres finement dessinées, tout indiquait chez lui un type nordique prononcé. Il portait un costume en lin bon à essorer.

L'inconnu était ligoté à l'aide d'une corde épaisse.

Constance eut un haut-le-corps et tendit instinctivement la main, sans que les yeux exorbités du jeune homme enregistrent son geste. Ils regardaient fixement dans le vide, sans un battement de paupières.

La silhouette tangua légèrement à la lueur des éclairs qui trouaient la nuit, puis bascula en avant à la façon d'un arbre, dans un mouvement lent qui s'accéléra soudain. L'instant d'après, l'inconnu s'écroulait dans l'entrée, tête la première.

Constance fit un bond en arrière en poussant un cri. Pendergast se précipita, suivi par Proctor. Il écarta la jeune femme et s'agenouilla précipitamment près du jeune homme. L'agrippant par les épaules, il le retourna avant de dégager d'une main les cheveux qui dissimulaient ses traits, puis il posa un doigt sur son cou livide dans l'espoir vain d'y découvrir un signe de vie.

— Il est mort, annonça-t-il froidement.

— Mon Dieu ! s'écria Constance d'une voix brisée par l'émotion. Il s'agit de votre fils, Tristram.

— Non, la contredit Pendergast. C'est Alban, son frère jumeau.

Il resta un court instant agenouillé près du corps, puis il bondit sur ses pieds et disparut dans l'orage avec la rapidité d'un félin.

2

Pendergast traversa au pas de course le parc de la vieille demeure et se figea sur le trottoir de Riverside Drive en scrutant l'avenue des deux côtés. Les véhicules étaient rares sur l'artère que fouettait une pluie battante. Pas un piéton en vue. Le regard de l'inspecteur s'arrêta sur les feux arrière du véhicule le plus proche, à un pâté de maisons de là : une Lincoln Town Car noire d'un modèle récent, comme il en circulait des milliers à travers les rues de Manhattan. La plaque n'étant pas allumée, il ne put distinguer le numéro d'immatriculation.

Il s'élança à la poursuite de la voiture.

Celle-ci descendait paisiblement le Drive en bénéficiant de l'onde verte des feux de signalisation. Elle prenait progressivement de la distance lorsqu'un feu passa à l'orange, puis au rouge. Loin de s'arrêter, elle franchit le carrefour sans précipitation aucune.

Pendergast sortit un portable de sa poche tout en courant et composa un numéro.

— Proctor. Rejoignez-moi avec la voiture. Je me trouve sur Riverside Drive en direction du sud.

La Lincoln avait quasiment disparu, seuls ses feux arrière luisaient encore faiblement dans le lointain, brouillés par la pluie qui tombait à verse. Arrivés à la longue courbe que décrit le Drive au niveau de la 126e Rue, les deux points rouges disparurent dans la nuit.

Pendergast s'entêta pourtant à courir derrière la voiture, le visage battu par la pluie, la veste de son costume noir flottant dans son sillage. Il avait franchi plusieurs carrefours lorsqu'il aperçut à nouveau la Lincoln, arrêtée à un feu derrière deux véhicules. Il sortit une nouvelle fois son téléphone et fit courir ses doigts sur les touches.

— Commissariat du 26e, répondit une voix. Agent Powell.

— Inspecteur Pendergast, FBI. Je poursuis un véhicule de type Lincoln Town Car de couleur noire, immatriculation inconnue, circulant en direction du sud sur Riverside Drive, à hauteur de la 124e Rue. Le conducteur est soupçonné de meurtre.

— Compris, dit le flic du standard. Nous avons une patrouille dans le secteur, à deux pâtés de maisons. Tenez-nous informés de la localisation du véhicule.

— J'ai également besoin d'une assistance aérienne, précisa Pendergast tout en continuant sa course.

— Inspecteur, s'il s'agit d'un simple suspect, nous ne…

— Il s'agit d'une cible prioritaire pour le FBI, le coupa Pendergast. Je répète, cible prioritaire.

L'agent Powell marqua une courte pause.

— Très bien. Nous envoyons un hélico.

Pendergast remisait le portable au fond de sa poche lorsque la Lincoln contourna les voitures arrêtées au feu, grimpa sur le trottoir, traversa les plates-bandes du Riverside Park dans un nuage de boue, et s'élança en sens interdit sur la bretelle de sortie menant au Henry Hudson Parkway.

Pendergast rappela aussitôt le standard afin d'informer le NYPD, puis passa un autre appel à Proctor, coupa à travers le parc, franchit d'un bond une clôture, traversa à toute allure un parterre de tulipes sans quitter des yeux les feux rouges de la Lincoln qui dévalait la bretelle et rejoignait l'autoroute dans un long crissement de pneus.

Il sauta par-dessus un parapet de béton et descendit le long du versant de terre bordant l'autoroute dans une longue glissade, faisant valser sur son passage une pluie de détritus et de tessons de bouteilles, dans l'espoir de couper la route à la Lincoln. Il chuta, exécuta une roulade et se releva, le souffle court, sa chemise blanche collée sur son torse par la pluie. Au même instant, la Lincoln achevait de parcourir la bretelle à toute allure en lui fonçant dessus. Il voulut sortir son Les Baer, mais ses doigts trouvèrent l'étui vide. Aveuglé par les phares de la voiture, il bondit de côté. La Lincoln l'évita en un éclair et Pendergast la vit s'évanouir au milieu de la circulation.

Quelques instants plus tard, une vieille Rolls-Royce s'immobilisait à côté de lui. Il ouvrit la portière arrière et se jeta sur la banquette.

— Suivez cette Lincoln, ordonna-t-il à Proctor en bouclant sa ceinture.

La Rolls accéléra en douceur. Les premières sirènes hululaient derrière elle, mais les voitures de patrouille étaient trop loin et risquaient de se trouver ralenties par la circulation. Pendergast prit une radio de police dans un vide-poches. Devant eux, la Lincoln roulait à plus de cent cinquante à l'heure en slalomant dangereusement entre les voitures, en dépit de la zone de travaux dans laquelle elle venait de s'engager. Les glissières de béton bordant le chantier défilaient à toute vitesse de l'autre côté de la vitre.

Les échanges radio confirmèrent à Pendergast que la Rolls était la plus proche des fuyards, alors qu'aucun hélicoptère n'était en vue.

Une série d'éclairs trouèrent la nuit, accompagnés par le claquement sourd de détonations.

— Attention, coups de feu ! annonça Pendergast dans le micro de sa radio.

Les conducteurs qui précédaient la Rolls tanguèrent à droite et à gauche, paniqués par les tirs. Plusieurs véhicules s'encastrèrent bruyamment les uns dans les autres, provoquant un carambolage. Proctor pila juste à temps et évita la collision en longeant les voitures accidentées. La Rolls heurta de biais la glissière en béton sur laquelle elle rebondit. Projetée sur la chaussée, elle fut percutée par un véhicule qui arrivait au même moment et s'enfonça dans l'amas de tôle qui lui barrait la route. Pendergast bascula brutalement en avant, avant d'être propulsé en arrière, arrêté par sa ceinture. À demi étourdi, il perçut dans un brouillard un sifflement de vapeur au milieu d'un déferlement de cris, de hurlements, de crissements de freins et d'impacts métalliques provoqués par le carambolage qui se poursuivait.

Les sirènes de police étaient proches à présent, et il reconnut avec soulagement le battement caractéristique des pales d'un hélicoptère.

Il s'efforça de reprendre ses esprits, s'ébroua afin de chasser le manteau d'éclats de verre qui le recouvrait et détacha sa ceinture. Il se pencha vers Proctor et constata que ce dernier, la tête en sang, avait perdu connaissance.

Au moment où il s'emparait de sa radio, les portières de la Rolls s'ouvrirent en grinçant et des secouristes tendirent les mains afin de l'extraire du véhicule.

— Je suis parfaitement capable de me débrouiller seul, s'écria-t-il. Occupez-vous plutôt de lui.

L'instant d'après, il s'extrayait de la carcasse de la Rolls en semant dans son sillage les derniers débris de verre. Debout sous la pluie, il contempla longuement l'océan de véhicules enchevêtrés à la lueur des gyrophares. Les cris des secouristes et des policiers jaillissaient de tous côtés, rythmés par le martèlement du rotor de l'hélico qui tournoyait vainement au-dessus de sa tête.

Quant à la Lincoln, elle s'était évanouie dans la nuit depuis longtemps.

3

Pour avoir suivi des études de lettres classiques à la Brown University et longtemps milité au sein de la mouvance écologiste, le lieutenant Peter Angler n'avait pas vraiment le profil type des gradés du NYPD. Il partageait néanmoins certains traits avec ses collègues ; à commencer par son amour des enquêtes bien menées et son désir affirmé de mettre les malfaiteurs derrière les barreaux. La conviction avec laquelle il avait validé son master en traduisant *La Guerre du Péloponnèse* de Thucydide en 1985, et par la suite planté des clous dans les troncs des séquoias afin d'enrayer les tronçonneuses des bûcherons, lui avait permis de gravir les échelons et d'accéder au grade d'inspecteur en chef à l'âge de trente-six ans. Angler dirigeait ses enquêtes avec la rigueur d'un général de campagne, s'assurant que ses subordonnés œuvraient avec la rigueur et la précision exigées.

Cette stratégie avait produit jusque-là des résultats dont il n'était pas peu fier, d'où son inquiétude à la vue des difficultés liées à l'affaire dont il avait la charge.

Comment aurait-on pu adresser le moindre reproche à ses équipes alors que l'enquête avait été lancée moins de vingt-quatre heures plus tôt ? Angler avait d'ailleurs opéré dans les règles de l'art. Les premiers hommes dépêchés sur place avaient sécurisé la scène de crime, pris les dépositions des témoins et retenu ces derniers en attendant l'arrivée des inspecteurs de la Criminelle. Ses subordonnés avaient procédé à l'examen minutieux des lieux en veillant à recueillir le maximum d'indices, en parfaite intelligence avec l'identité judiciaire, les photographes, le médecin légiste.

Ce n'était donc pas tant l'enquête qui tracassait Angler que le crime lui-même et, plus encore, le père de la victime. L'homme était inspecteur du FBI, ce qui ne manquait pas de sel. À la lecture de sa déposition, Angler s'était étonné de la trouver aussi sommaire que creuse. Sans réellement entraver le travail des enquêteurs, le Pendergast en question avait refusé de les laisser pénétrer au-delà du hall d'entrée où gisait la victime, allant jusqu'à refuser l'accès des toilettes à un inspecteur. Sans que le FBI soit concerné officiellement par l'enquête, Angler était tout disposé à communiquer à Pendergast les éléments dont il disposait. À ceci près que ce dernier ne lui en avait jamais fait la demande. Pour un peu, Angler aurait pensé que cet étrange personnage n'avait aucune envie que l'on arrête le meurtrier de son fils.

Il avait alors pris la décision de l'interroger lui-même. Il consulta sa montre et constata qu'il lui restait tout juste une minute pour se préparer.

À l'heure pile, l'inspecteur entrait dans son bureau sous la conduite du sergent Loomis Slade, l'assistant, aide de camp et confident attitré d'Angler. Le lieutenant détailla son visiteur d'un coup d'œil. Grand, mince, les cheveux d'un blond presque blanc, des yeux d'un bleu de glace. Un costume noir et une cravate austère ajoutaient à l'allure sévère de leur propriétaire. L'homme ne ressemblait en rien à un agent du Bureau, mais Angler ne s'en étonna guère, pour avoir appris qu'il possédait un appartement dans le luxueux immeuble Dakota, en plus de la vieille demeure de Riverside Drive où avait été découvert le corps.

Angler fit signe à son visiteur de s'asseoir et reprit place derrière son bureau, tandis que le sergent Slade s'installait discrètement dans un coin de la pièce, derrière Pendergast.

— Merci de vous être déplacé, inspecteur.

L'homme en noir inclina la tête.

— Permettez-moi d'abord de vous adresser toutes mes condoléances.

Pendergast garda le silence. Son visage, fermé, ne trahissait aucune émotion.

Le bureau d'Angler était différent de celui de la plupart de ses collègues. Si dossiers et rapports s'y entassaient, on y découvrait une dizaine de cartes anciennes joliment encadrées, en lieu et place des photos traditionnelles de gradés posant fièrement à côté de leurs supérieurs. Angler avait la passion des cartes et il n'était pas rare que les regards de ses visiteurs s'arrêtent sur la page tirée du *Théâtre géographique du royaume de France* de Le Clerc publié en 1631, la planche 58 du *Britannia Atlas* de John Ogilby détaillant la route conduisant de Bristol à Exeter, ou encore le fragment jauni de la *Table de Peutinger*, dans la version éditée par Abraham Ortelius, dont Angler était particulièrement fier. Mais c'est tout juste si Pendergast balaya du regard les précieux documents.

— J'aimerais revoir votre déposition avec vous, si vous n'y voyez pas d'inconvénient. Excusez-moi d'avance des questions indiscrètes que je vais être amené à vous poser. Connaissant votre expérience en matière d'enquêtes, je suis certain que vous comprendrez.

— Naturellement, acquiesça l'inspecteur dont la voix feutrée, teintée d'accent sudiste, n'était pas exempte d'une certaine dureté.

— Les circonstances de ce meurtre me semblent pour le moins surprenantes. D'après votre déclaration et celle de votre protégée, Mlle Greene, précisa Angler en jetant un coup d'œil au rapport posé devant lui, on a sonné à la porte de votre résidence hier soir aux alentours de 21 h 20. En ouvrant, Mlle Greene a découvert devant la porte le corps ligoté de votre fils. Après vous être assuré qu'il était mort, vous vous êtes lancé à la poursuite d'un véhicule noir sur Riverside Drive tandis que Mlle Greene appelait la police. C'est exact ?

Pendergast hocha la tête en signe d'assentiment.

— Quelle raison vous a poussé à croire que le meurtrier se trouvait dans le véhicule en question ?

— Il s'agissait de la seule voiture en vue et les trottoirs étaient déserts.

— Il ne vous est pas venu à l'esprit que le meurtrier pouvait se cacher dans un recoin de votre propriété, ou bien s'enfuir par un autre côté ?

— Le véhicule en question a brûlé plusieurs feux rouges avant de monter sur le trottoir, d'écraser une plate-bande et de rejoindre l'autoroute par une bretelle de sortie. En termes clairs, son conducteur donnait tous les signes de vouloir prendre la fuite.

Le ton sec, légèrement ironique, avec lequel s'était exprimé son visiteur irrita Angler au plus haut point.

Pendergast n'en avait pas terminé.

— Puis-je savoir pourquoi l'hélicoptère de la police est intervenu si tardivement ?

Angler ne cacha pas son agacement.

— Le terme « tardivement » est mal choisi. L'appareil est arrivé cinq minutes après votre appel, ce qui n'est pas tard.

— Pas assez tôt, toutefois.

Angler, soucieux de reprendre la main, s'exprima sur un ton plus incisif qu'il ne l'aurait voulu.

— Pour en revenir au meurtre lui-même, en dépit de tous leurs efforts, mes hommes n'ont retrouvé aucun témoin en dehors de ceux qui ont vu la Lincoln sur la West Side Highway. Votre fils ne semble pas avoir été victime de violences et aucune trace d'alcool ou de drogue n'a été retrouvée dans son corps. Il est mort d'une rupture des vertèbres cervicales cinq heures approximativement avant que vous le trouviez. Du moins est-ce l'avis liminaire du médecin légiste, en attendant le résultat de l'autopsie. D'après Mlle Greene, une quinzaine de secondes se sont écoulées avant qu'elle ouvre la porte. Nous sommes donc en présence d'un ou de plusieurs meurtriers qui tuent votre fils et le ligotent, pas nécessairement dans cet ordre, le déposent contre votre porte en état de raideur cadavérique, sonnent chez vous, regagnent leur Lincoln et parcourent plusieurs dizaines de mètres avant que vous ayez le temps de vous lancer à leur poursuite. Comment expliquer que les meurtriers aient pu se déplacer aussi vite ?

— Le meurtre a été soigneusement préparé et exécuté.

— C'est possible, tout comme il se peut que vous ayez été sous le choc, ce qui serait compréhensible vu les circonstances, et que votre réaction ait été plus tardive que vous ne l'affirmez.

— En aucun cas.

Angler, surpris par une réponse aussi catégorique, lança un coup d'œil en direction du sergent Slade, impassible comme à son habitude. Il reporta son attention sur Pendergast.

— Il y a aussi la nature pour le moins dramatique de ce meurtre. Cette victime ligotée et déposée devant votre porte. On pense aux rituels pratiqués par certains gangs. Ce qui m'amène à vous poser les questions délicates auxquelles je faisais allusion tout à l'heure. Votre fils était-il impliqué dans des activités mafieuses ?

Pendergast posa sur son interlocuteur un regard dénué de toute expression.

— Je ne sais rien des activités de mon fils. Ainsi que je l'ai indiqué dans ma déposition, mon fils et moi étions en froid.

Angler tourna une page de son rapport.

— La police scientifique et mes hommes ont passé la scène de crime au peigne fin sans rien découvrir de concluant. Aucune empreinte, à part celles de votre fils. Le bouton de la sonnette était propre. Pas de fibres textiles ou de cheveux, en dehors de ceux du jeune homme. Il portait des vêtements neufs très ordinaires et son cadavre avait été soigneusement lavé et habillé. Mes équipes n'ont retrouvé aucune douille sur l'autoroute, les coups de feu tirés lors de la poursuite l'ont été de l'intérieur de la Lincoln. Nous pouvons en déduire que les malfaiteurs, très au fait des techniques d'enquête, n'ont laissé aucun indice derrière eux. Ils ont agi avec un sang-froid étonnant. Inspecteur, c'est au professionnel que je m'adresse cette fois : comment expliquez-vous un tel phénomène ?

— Je me contenterai de répéter qu'il s'agit d'un plan soigneusement mûri.

— En déposant le corps devant votre porte, on peut penser que les coupables ont souhaité vous adresser un message. Lequel ?

— Je n'en ai aucune idée.

Aucune idée. Angler sonda son visiteur du regard. Il avait interrogé, au cours de sa carrière, bien des parents effondrés après la perte d'un enfant. Il n'était pas rare que le choc les rende muets, qu'ils répondent de façon incohérente. Ce n'était pas le cas de Pendergast. Celui-ci était en pleine possession de ses moyens. On aurait pu croire qu'il se désintéressait du problème, ou bien qu'il refusait de coopérer.

— Parlons à présent du… euh, du mystère qui entoure votre fils, reprit Angler. Nous avons pu établir qu'il s'agissait de votre fils sur la seule foi de vos déclarations. Son nom ne figure dans aucune des bases de données de notre système judiciaire, qu'il s'agisse du CODIS, de l'IAFIS ou du NCIC. Il ne possède pas d'acte de naissance, pas de permis de conduire, pas de numéro de sécurité sociale, pas de passeport, pas de dossier scolaire, pas même de visa d'entrée sur le territoire américain. Ses poches étaient vides. En attendant les résultats de l'analyse ADN, il semble que votre fils n'ait jamais existé. Vous affirmez dans votre déposition qu'il est né au Brésil et n'avait pas la nationalité américaine. Vérification faite, il n'est pas davantage citoyen brésilien. La ville dans laquelle il aurait grandi, selon vous, n'existe pas non plus. Officiellement, tout du moins. Rien ne permet de dire qu'il a pu quitter le territoire brésilien, ou même y entrer. Comment l'expliquez-vous ?

Pendergast croisa les jambes avec désinvolture.

— Je ne l'explique pas. Une nouvelle fois, ainsi que je l'ai déclaré à vos hommes, j'ai appris l'existence de mon fils il y a seulement dix-huit mois. Je ne savais même pas que j'avais un fils.

— L'avez-vous rencontré à cette occasion ?

— Oui.

— Où ça ?

— Dans la jungle brésilienne.

— Et depuis ?

— Je n'ai eu aucun contact avec lui.

— Pour quelle raison ? Pourquoi n'avoir pas cherché à le revoir ?

— Je vous l'ai dit, nous sommes en froid. Nous étions en froid, plus exactement.

— Pour quelle raison ?

— Nos caractères ne s'accordaient pas.

— Pourriez-vous m'en dire davantage sur sa personnalité ?

— Je le connaissais à peine. Il prenait un malin plaisir à se livrer à des jeux pervers. À provoquer et meurtrir autrui.

Angler prit sa respiration. Ces explications sans queue ni tête commençaient à l'agacer.

— Qu'en est-il de sa mère ?

— Vous verrez dans ma déposition qu'elle est morte en Afrique, peu après sa naissance.

— Oui, un accident de chasse.

Les circonstances du drame n'étaient pas claires, à en croire le dossier, mais Angler devait sérier les questions.

— Votre fils pourrait-il avoir eu des ennuis ?

— J'en suis persuadé.

— Des ennuis de quel ordre ?

— Je n'en ai aucune idée. Il était capable de se fourrer dans les pires situations.

— Comment pouvez-vous être aussi affirmatif alors que vous ne connaissez pas la nature de ses ennuis ?

— Il avait des penchants criminels très marqués.

Angler tournait en rond. Il soupçonnait Pendergast de ne pas vouloir aider le NYPD à appréhender le meurtrier de son fils, voire de lui dissimuler des informations. Quelles pouvaient être ses motivations ? Le corps n'était peut-être même pas celui de son fils. Angler était impatient de recevoir les résultats de l'analyse ADN, de comparer ce dernier à celui de l'inspecteur tel qu'il figurait dans son dossier au FBI.

— Inspecteur, reprit-il d'une voix sèche. Je me vois contraint de vous reposer la question : avez-vous la moindre idée, le moindre soupçon, le moindre élément permettant d'identifier l'assassin de votre fils ? De connaître les circonstances de sa mort ? De comprendre pourquoi son corps a été déposé devant votre porte ?

— Tout ce que je sais figure dans ma déposition.

Angler repoussa le dossier. Il avait conscience d'avoir perdu le premier round, mais il ne s'avouait pas vaincu.

— Je ne sais pas ce qui est le plus étrange : les circonstances du meurtre, votre absence de réaction, ou le fait que votre fils n'avait aucune existence avérée.

Pendergast restait toujours aussi impassible.

— Ô fier monde nouveau peuplé de pareils êtres, récita-t-il.

— Il est nouveau pour toi, répliqua Angler du tac au tac[1].

Pour la première fois depuis le début de l'interrogatoire, Pendergast manifesta un soupçon d'intérêt. Il écarquilla très légèrement les yeux en observant son interlocuteur avec ce qui aurait pu ressembler à de la curiosité.

Angler se pencha en avant, les coudes plantés sur le bureau.

— Nous en avons terminé pour l'heure, inspecteur, mais je tiens à vous préciser ceci : vous souhaitez peut-être que ce meurtre ne soit jamais élucidé, mais je puis vous assurer qu'il le sera. J'y veillerai personnellement en mettant tous les moyens nécessaires, dussé-je frapper à la porte d'un inspecteur du FBI fort peu coopératif. Me suis-je bien fait comprendre ?

1. Il s'agit d'une citation de *La Tempête*, de Shakespeare (acte V, scène I).

— Je n'en attends pas moins de vous, répondit Pendergast en se levant.

Le temps d'adresser un hochement de tête au sergent Slade, il ouvrit la porte et quitta la pièce sans un mot.

*
* *

De retour dans sa maison de Riverside Drive, Pendergast traversa le hall d'entrée d'un pas vif et se rendit dans la bibliothèque. Il s'approcha d'un rayonnage sur lequel étaient posés des volumes reliés de cuir et découvrit un panneau de bois derrière lequel se dissimulait un ordinateur portable. Il fit courir ses doigts sur le clavier, accéda au site du NYPD, composa une série de codes et fit apparaître les banques de données des affaires non élucidées. Il nota le numéro attribué au dossier qui l'intéressait, s'introduisit sur la banque des analyses ADN de la police new-yorkaise et découvrit rapidement les échantillons appartenant au Tueur des hôtels, un assassin d'une cruauté inouïe qui avait fait frémir la ville en assassinant les clients d'établissements huppés, un an et demi plus tôt.

Pendergast avait beau disposer des autorisations nécessaires, le dossier refusait de s'ouvrir, l'empêchant d'y accéder afin de le détruire ou de le modifier.

Il contempla l'écran pendant quelques instants. Puis, tirant un portable de sa poche, il composa un numéro à River Pointe dans l'Ohio. Son correspondant décrocha à la première sonnerie.

— Tiens, tiens, fit une voix à peine audible. Ne serait-ce pas mon agent secret préféré ?

— Bonjour, Mime, répondit Pendergast.

— En quoi puis-je vous aider aujourd'hui ?

— J'ai besoin que vous fassiez disparaître certains dossiers des bases de données du NYPD. Discrètement, sans laisser de trace.

— C'est toujours un plaisir de couper l'herbe sous le pied de nos amis en uniforme. Dites-moi : cette requête serait-elle liée à ce que vous nommiez opération Wildfire ?

Pendergast fut pris d'une hésitation.

— En effet. Je vous en prie, Mime. Pas d'autres questions.

— Ma curiosité n'a pas de quoi vous surprendre, mais c'est sans importance. Disposez-vous des numéros de référencement adéquats ?

— Dites-moi dès que vous êtes prêt.

— Je suis prêt.

Les yeux rivés sur l'écran de son ordinateur, les doigts posés sur le pavé tactile, Pendergast énonça lentement les chiffres d'une voix claire.

4

Il était 18 h 30 le même jour lorsque le portable de Pendergast sonna. La mention NUMÉRO MASQUÉ s'afficha sur l'écran.

— Inspecteur Pendergast ? s'enquit une voix monocorde qui éveilla un souvenir dans la mémoire de l'intéressé.

— Oui.

— Je suis un ami dans le besoin.

— Je vous écoute.

Un petit rire s'échappa de l'appareil.

— Nous nous sommes déjà rencontrés une fois. Je suis venu chez vous et nous nous sommes rendus sous le pont George-Washington où je vous ai remis un dossier.

— Bien sûr. Au sujet de Locke Bullard[1]. Vous êtes attaché au…

Pendergast se tut avant d'avoir nommé l'agence qui employait son correspondant.

— Exactement, et je ne saurais vous donner tort d'éviter de prononcer certains noms au téléphone.

— Que puis-je pour vous ? réagit Pendergast.

1. Lire *Le violon du Diable* (J'ai lu, 2008).

— Vous devriez peut-être inverser les rôles et vous demander ce que je peux pour vous.

— En quoi vos services pourraient-ils m'être utiles ?

— Deux mots suffisent : opération Wildfire.

— Je vois. Où souhaitez-vous me rencontrer ?

— Connaissez-vous le stand de tir du FBI, sur la 22e Rue Ouest ?

— Bien évidemment.

— Dans une demi-heure, couloir de tir 16.

Un bip signala à Pendergast que son correspondant avait raccroché.

*

* *

L'inspecteur franchit la double porte de l'immeuble dont la silhouette trapue se dressait au coin de la 22e Rue et de la 8e Avenue, montra son badge à la femme installée derrière le tourniquet, descendit quelques marches, exhiba à nouveau son badge au responsable du stand de tir, récupéra au passage des cibles en carton, un casque antibruit, et se dirigea vers le couloir de tir 16 en passant devant plusieurs collègues et quelques nouvelles recrues accompagnées de leurs instructeurs. Des cloisons insonorisées étaient installées tous les deux couloirs. En arrivant à hauteur des box 16 et 17, Pendergast constata qu'ils étaient vides, mais le bruit étouffé des détonations lui parvenait des couloirs voisins en dépit des cloisons et il s'empressa d'enfiler son casque.

Il venait de poser quatre chargeurs vides et une boîte de cartouches sur la petite étagère prévue à cet effet lorsqu'il sentit une présence dans son dos. Il se retourna et reconnut instantanément son visiteur, un personnage élancé d'âge moyen vêtu d'un costume gris, les orbites enfoncées profondément dans un visage anormalement ridé. En dehors de ses cheveux, plus clairsemés que lors de leur rencontre initiale, quatre ans plus tôt, l'homme n'avait pas changé et conservait son allure passe-partout soigneusement cultivée. Quiconque l'aurait croisé dans la rue aurait été incapable de le décrire avec précision.

Loin de s'intéresser à Pendergast, l'homme tira de sa veste un Sig Sauer P229 qu'il posa sur l'étagère du couloir de tir 17. Au lieu de mettre son casque antibruit, il fit signe à Pendergast d'ôter le sien.

— Intéressant lieu de rendez-vous, commenta Pendergast en regardant droit devant lui. Sans doute moins discret qu'une voiture sous le pont Washington.

— C'est bien ce qui nous garantit l'anonymat. Deux agents fédéraux en train de s'entraîner. Pas de téléphone à placer sur écoute, trop de bruit pour qu'on puisse enregistrer notre conversation ou nous entendre.

— Le responsable du lieu pourrait s'étonner de voir un agent de la CIA dans un stand de tir du FBI. Surtout quand on sait que les hommes de l'Agence ne sont habituellement pas armés.

— Rassurez-vous, ce ne sont pas les faux papiers qui me manquent. Il ne se souviendra de rien du tout.

Pendergast souleva le couvercle de la boîte de cartouches et remplit ses chargeurs.

— Vous possédez un 1911 magnifique, remarqua l'homme en jetant un coup d'œil à l'arme de son voisin. Un Les Baer Thunder Ranch Special ? Beau spécimen.

— Je suis curieux de savoir pour quelle raison vous m'avez attiré ici.

— Je vous ai plus ou moins à l'œil depuis notre première rencontre, expliqua l'agent de la CIA sans jamais croiser le regard de son interlocuteur. J'avoue avoir été intrigué en apprenant que vous aviez lancé l'opération Wildfire en toute discrétion, en faisant appel à des membres de la CIA et du FBI. Il s'agissait de retrouver un jeune homme, apparemment prénommé Alban, censé se cacher au Brésil ou dans un pays voisin. Outre le fait qu'il parlait couramment le portugais, l'anglais et l'allemand, il était plein de ressources et extrêmement dangereux.

Au lieu de répondre, Pendergast accrocha sur un rail une cible en carton au centre de laquelle s'étalait un X rouge, puis il enfonça le bouton fixé à la cloison et le carton recula jusqu'au fond du couloir de tir, à vingt-cinq mètres de distance. Dans le même temps, son voisin avait accroché à son propre rail une cible de compétition, une silhouette grise stylisée, et l'envoyait à l'extrémité du couloir 17.

— J'ai eu vent tout à l'heure d'un rapport du NYPD. Vous y déclarez avoir retrouvé devant votre porte, mort, le corps de votre fils, également prénommé Alban.

— Poursuivez.

— Je ne crois pas aux coïncidences, d'où ce rendez-vous.

Pendergast s'empara d'un chargeur et le glissa dans la crosse de son arme.

— Ne m'en veuillez pas si je vous demande d'aller droit au but.

— Je suis en mesure de vous aider. Vous m'avez épargné bien des soucis en tenant parole lors de l'affaire Locke Bullard. J'ai pour habitude de renvoyer l'ascenseur. Comme je vous le disais il y a un instant, j'ai suivi votre carrière attentivement depuis. Vous êtes un personnage intéressant. Vous pourriez fort bien m'aider un jour ou l'autre. Je vous propose une sorte d'association, dirons-nous.

Pendergast resta sans réaction.

— Vous savez que vous pouvez m'accorder votre confiance, insista son interlocuteur dans le vacarme des détonations que les cloisons ne parvenaient pas à étouffer tout à fait. Je suis la discrétion incarnée, comme vous. Je tiendrai soigneusement secret tout ce que vous voudrez me confier. Je pourrais bien disposer de ressources auxquelles vous n'avez pas accès.

Pendergast laissa s'écouler quelques secondes avant de concéder à l'autre un hochement de tête.

— J'accepte votre offre. Pour votre gouverne, j'ai deux fils, des jumeaux, dont j'ai appris l'existence il y a dix-huit mois. L'un d'eux, Alban, est un tueur sociopathe de la pire espèce. Ou, plutôt, il l'était. Ce n'était autre que le Tueur des hôtels, dont les meurtres n'ont jamais été élucidés par le NYPD. Ne souhaitant pas qu'il en soit autrement, j'ai veillé à ce que cette affaire ne soit pas résolue. Je venais d'apprendre son existence quand Alban s'est évanoui dans la jungle brésilienne sans laisser de trace. Jusqu'à hier soir, lorsque je l'ai découvert devant ma porte. J'ai toujours été persuadé qu'il referait surface un jour et que son retour serait synonyme de nouvelles catastrophes. D'où ma décision de lancer l'opération Wildfire.

— Sauf qu'elle n'a donné aucun résultat.

— Aucun, en effet.

L'homme chargea son pistolet, engagea une balle dans le canon, visa en tenant son arme à deux mains, et vida son chargeur en direction de la cible dans un tonnerre assourdissant. Tous les projectiles sans exception trouèrent la silhouette grise.

— Jusqu'à hier, qui était au courant qu'Alban était votre fils ? demanda l'homme en éjectant le chargeur.

— Personne, à l'exception de mes proches.

— Il n'en reste pas moins que quelqu'un a réussi à localiser Alban, le capturer, le tuer et le déposer devant votre porte avant de s'échapper.

Pendergast approuva d'un mouvement de tête.

— En clair, le coupable a réussi là où le FBI et la CIA avaient échoué.

— Exactement. Nous sommes en présence d'un individu plein de ressources. Il est possible qu'il appartienne lui-même aux plus hautes autorités, d'où ma conviction que le NYPD n'ira pas loin dans ce dossier.

— Angler jouit d'une excellente réputation.

— C'est bien ce qui m'inquiète. J'aurais préféré de beaucoup qu'il fût incompétent. Il risque fort d'entraver mon enquête.

— C'est pour cette raison que vous vous montrez aussi peu coopératif ?

Pendergast garda le silence.

— Vous n'avez aucune idée des raisons qui les ont poussés à tuer Alban, ou du message qu'ils souhaitaient vous transmettre ?

— Pas la moindre, ce qui ne laisse pas de m'inquiéter. Je ne sais rien du message et du messager.

— Et votre autre fils ?

— Il se trouve en sécurité, à l'étranger.

L'homme rechargea son Sig Sauer, débloqua la culasse, tira jusqu'à épuisement des projectiles et appuya sur le bouton afin de ramener la cible.

— Que vous inspire l'assassinat de votre fils ?

Pendergast s'accorda un long temps de réflexion avant de répondre.

— Pour user du jargon actuel, je dirais que je suis « mitigé ». D'un côté, sa mort est un bienfait. De l'autre… c'était mon fils.

— Quelles sont vos intentions le jour où vous mettrez la main sur son assassin ? Si vous mettez la main sur lui, j'entends.

Pour toute réponse, Pendergast leva le canon de son Les Baer de la main droite, le bras gauche derrière le dos, et tira balle après balle avant de glisser dans le pistolet un nouveau chargeur qu'il vida très rapidement en tenant cette fois l'arme de la main gauche. Les sept projectiles tirés, il enfonça le bouton afin de ramener la cible.

L'homme de la CIA se pencha sur le carré de carton.

— Vous avez réduit le centre en charpie. En tenant votre arme d'une seule main, la droite puis la gauche. Impressionnant, ajouta-t-il après un court silence. Est-ce votre façon de répondre à ma question ?

— Je profitais de l'occasion que vous me donniez pour parfaire mon entraînement, rien de plus.

— Il est clair que vous n'avez aucun besoin de vous entraîner. Quoi qu'il en soit, j'entends bien activer mes réseaux sans attendre. Je vous contacterai dès que j'en saurai davantage.

— Je vous remercie.

L'agent secret acquiesça, puis il enfila son casque et entreprit de remplir ses chargeurs vides.

5

Tout en entamant la montée des marches de pierre du Muséum d'histoire naturelle, le lieutenant Vincent D'Agosta examina la majestueuse façade de l'immense bâtiment. Le lieu était porteur de mauvais souvenirs pour lui, et le destin donnait l'impression de s'acharner sur sa personne en le contraignant à y retourner.

Le lieutenant avait regagné New York la veille au terme de deux semaines de lune de miel avec sa nouvelle épouse, Laura Hayward, au Turtle Bay Resort d'Oahu, dans l'archipel d'Hawaï. Ils avaient profité du soleil, arpenté les plages immaculées, pratiqué la plongée à Kuilima Cove, sans parler de leurs moments d'intimité. Un vrai séjour au paradis.

Le choc n'en avait été que plus rude lorsqu'il avait appris, en retrouvant son poste ce matin-là, qu'on lui demandait d'élucider le meurtre d'un technicien du service d'ostéologie du Muséum. Non seulement on ne lui laissait pas le temps de souffler, mais il devait retourner dans un lieu où il avait espéré ne plus jamais remettre les pieds.

Il n'en souhaitait pas moins résoudre l'affaire avec toute la célérité requise. Typiquement le genre de crime détestable qui alimentait la mauvaise image de la ville. Le meurtre aveugle et imbécile d'un pauvre bougre qui avait eu la malchance de se trouver au mauvais endroit au mauvais moment.

D'Agosta s'immobilisa le temps de reprendre son souffle. Diable ! Il allait devoir faire un sérieux régime, histoire d'oublier ces quinze jours de *poi*, de porc Kalua, d'*opihi*, de *haupia* et de bière. Il reprit son ascension, pénétra sous l'immense rotonde et s'arrêta à nouveau afin de sortir l'iPad sur lequel figuraient les éléments dont il disposait. Le meurtre avait été découvert samedi soir tard. Les équipes de la Criminelle avaient effectué leur travail dans la foulée, le mieux était encore de commencer par interroger à nouveau le gardien qui avait trouvé le corps. Il avait ensuite rendez-vous avec le directeur des relations publiques de l'établissement, sachant que ce dernier voudrait étouffer l'affaire afin de ne pas écorner l'image du Muséum. Une demi-douzaine d'autres personnes figuraient sur la liste des personnes à interroger.

Il se présenta à un gardien, apposa sa signature sur le registre, récupéra un badge de visiteur, traversa le hall sonore en contournant les dinosaures, et rejoignit le PC sécurité en empruntant un dédale de couloirs qu'il ne connaissait que trop bien. Le personnage en uniforme qui patientait dans l'antichambre du PC bondit sur ses pieds à son arrivée.

— Mark Whittaker ? demanda D'Agosta.

L'homme, un petit gros d'un mètre soixante aux yeux bruns et aux cheveux blonds clairsemés, hocha vivement la tête.

— Lieutenant D'Agosta, brigade criminelle. J'ai bien conscience qu'on vous a déjà longuement interrogé, je m'efforcerai de ne pas vous importuner trop longtemps.

Il serra la main molle et moite que lui tendait l'autre. L'expérience avait enseigné à D'Agosta que les agents des sociétés de sécurité privées relevaient de deux catégories distinctes : les flics frustrés qui en voulaient à la terre entière d'avoir raté leur vocation, et les sous-fifres effacés qui tremblaient en présence de la police. Mark Whittaker appartenait de toute évidence à la seconde catégorie.

— Cela vous ennuierait de me conduire sur la scène de crime ?

— Pas du tout, s'empressa de répondre Whittaker.

D'Agosta entama à sa suite un périple interminable à travers les salles du Muséum. Tout en marchant, il ne pouvait s'empêcher d'observer le décor qui l'entourait. Rien ne semblait avoir changé depuis sa dernière visite, quelques années plus tôt. Les deux hommes traversèrent le grand hall africain, peuplé d'éléphants, dont les deux niveaux étaient plongés dans la pénombre, puis ils franchirent successivement les salles consacrées aux peuplades du Mexique, d'Amérique centrale et d'Amérique du Sud dont les vitrines regorgeaient d'oiseaux empaillés, de bijoux en or, de poteries, de sculptures, de lances, de couvertures et de vêtements, de masques, de squelettes, de singes… À bout de souffle, il s'agaça de constater qu'il peinait à suivre son guide rondouillard.

Ils venaient de traverser le hall consacré à la vie marine lorsque Whittaker fit halte devant une niche discrète dont l'entrée était barrée par une bande de plastique jaune. Un employé du Muséum en uniforme montait la garde à l'entrée.

— L'alcôve des gastéropodes, lut D'Agosta en s'approchant de la plaque de laiton apposée sur le mur.

Whittaker hocha la tête en signe d'assentiment.

D'Agosta montra son badge au gardien et se glissa sous la bande de plastique jaune en faisant signe à Whittaker de l'imiter. Il flottait dans la niche, plongée dans la pénombre, une odeur rance. Les vitrines tapissant les trois murs de l'alcôve débordaient de spécimens de toutes tailles et de toutes formes : des coquilles d'escargots, de buccins, de palourdes...

Le lieutenant renifla l'air et se fit la réflexion qu'il devait s'agir du secteur le moins visité du Muséum. Son regard se posa sur un strombe géant dont la coquille rosée et brillante lui rappela brièvement la soirée passée sur la côte nord d'Hawaï, Laura allongée à côté de lui sur le sable encore tiède, l'oreille bercée par le grondement des vagues. Il sortit de sa rêverie avec un soupir.

Une silhouette tracée à la craie, accompagnée de petits écriteaux numérotés, s'étalait au pied de l'une des vitrines. Une rigole de sang séché s'en échappait.

— Quand avez-vous découvert le corps ?

— Samedi soir, aux alentours de 23 h 10.

— À quelle heure aviez-vous pris votre service ?

— À 20 heures.

— Ce hall fait partie de votre secteur ?

Whittaker hocha la tête.

— À quelle heure le Muséum ferme-t-il ses portes le samedi ?

— À 18 heures.

— Combien de fois passez-vous par ici, en dehors des heures de visite ?

— Ça dépend. Toutes les demi-heures, en moyenne. Je suis équipé d'une carte magnétique que je glisse dans des lecteurs au cours de ma ronde. On nous demande d'éviter les horaires réguliers.

D'Agosta sortit de sa poche un plan du Muséum récupéré à l'entrée.

— Je voudrais que vous me dessiniez le trajet que vous effectuez.

— Bien sûr.

Whittaker tira un stylo de la poche intérieure de sa veste et traça sur le plan une ligne qui traversait la majeure partie de l'étage, puis il tendit la feuille à D'Agosta qui l'examina longuement.

— Si je comprends bien, vous ne vérifiez pas cette alcôve en temps ordinaire.

Whittaker, inquiet à l'idée de se laisser piéger, hésita avant de répondre.

— La plupart du temps, je passe devant sans m'arrêter, puisqu'il s'agit d'un cul-de-sac.

— Dans ce cas, pourquoi vous y être intéressé ce samedi à 23 heures ?

Whittaker s'épongea le front.

— Le filet de sang coulait jusque dans la salle. Le… le rayon de ma torche s'est arrêté dessus.

D'Agosta avait remarqué la mare de sang s'échappant du cadavre sur les photos prises par les équipes de la police scientifique. La reconstitution des faits avait permis d'établir que la victime, un technicien du nom de Victor Marsala, avait été frappée au crâne à l'aide d'un instrument contondant. L'agression avait eu lieu dans cette alcôve reculée, puis son corps avait été repoussé sous l'une des vitrines, une fois délesté de sa montre, de son portefeuille et de sa menue monnaie.

D'Agosta consulta sa tablette.

— Vous n'avez rien remarqué d'anormal le soir du crime ?

— Non.

— Le Muséum n'accueillait pas de fête privée, de nocturne, de projection sur grand écran, de visite privée, ou toute autre activité ?

— Rien du tout.

D'Agosta connaissait déjà les réponses à ses questions, il s'agissait essentiellement de s'assurer que le témoin n'avait oublié aucune précision. Le rapport du médecin légiste fixait la mort aux alentours de 22 h 30.

— Vous n'avez rien vu d'inhabituel au cours des quarante minutes qui ont précédé la découverte du corps ? Un visiteur affirmant s'être perdu ? Un employé du Muséum hors de son secteur d'activité ?

— Je n'ai rien noté de particulier. À part les chercheurs et les conservateurs qui ont l'habitude de travailler tard.

— Vous n'avez aperçu personne dans ce hall ?

— Personne.

D'Agosta montra du menton une petite porte au fond de l'alcôve, surmontée d'un panneau rouge.

— Où conduit-elle ?

Whittaker haussa les épaules.

— Au sous-sol.

D'Agosta fronça les sourcils. Les objets en or exposés dans la salle des collections sud-américaines se trouvaient à proximité, mais rien n'avait disparu. Marsala, quittant son poste après une tâche quelconque, avait fort bien pu déranger un vagabond occupé à piquer un petit roupillon dans un coin perdu du Muséum, mais D'Agosta n'y croyait guère, d'autant que le meurtrier avait réussi à quitter l'établissement sans être vu. L'unique issue possible, à une heure aussi tardive, était l'entrée principale, strictement gardée. Avait-on affaire à un employé du Muséum ? D'Agosta disposait de la liste de ceux qui travaillaient ce soir-là. Une liste fournie, ce qui n'avait rien de surprenant puisque plusieurs milliers de personnes étaient employées au Muséum.

Il posa quelques questions de routine à Whittaker avant de le remercier.

— Je vous laisse repartir, je compte rester dans le coin un petit moment, précisa-t-il.

Il passa une vingtaine de minutes à fouiller l'alcôve et ses environs en comparant les lieux avec les photos de la scène de crime enregistrées sur sa tablette. Les enquêteurs qui l'avaient précédé n'avaient apparemment négligé aucun détail.

Le lieutenant remisa l'iPad dans son attaché-case en laissant échapper un profond soupir et se dirigea vers le service des relations publiques.

6

Assister aux autopsies n'était pas l'activité de prédilection du lieutenant Peter Angler. La vue du sang ne lui faisait pourtant pas peur. Depuis quinze ans qu'il avait intégré la Criminelle, il avait eu l'occasion de voir des cadavres de toutes sortes. Des gens tués par balle, à coups de matraque, poignardés, assommés, écrasés, empoisonnés, réduits à l'état de crêpe sur le trottoir, réduits en charpie sous les roues d'un métro. Angler n'était pas un enfant de chœur. Il avait sorti son arme de service plus d'une dizaine de fois et s'en était servi à deux reprises. Il avait donc côtoyé la mort de près. Non, ce qui le dérangeait le plus dans les autopsies tenait à la façon froide et clinique dont un corps était dépecé organe par organe, dont il était manipulé, photographié, commenté, le tout parfois assorti de plaisanteries douteuses. Sans parler de l'odeur. Angler avait néanmoins appris à surmonter sa répugnance, et c'est avec un stoïcisme résigné qu'il envisageait désormais ce genre d'épreuve.

L'autopsie pratiquée ce jour-là lui semblait toutefois d'un macabre consommé car c'était la première fois de sa carrière que l'opération se déroulait en présence du père de la victime.

Cinq personnes étaient réunies dans la pièce. Cinq êtres vivants, plus exactement. Angler, l'un de ses hommes nommé Millikin, le pathologiste chargé de l'autopsie, un assistant aussi bossu et racorni que Quasimodo, et Aloysius Pendergast en personne.

Ce dernier ne se trouvait pas là officiellement. Lorsqu'il lui avait présenté sa requête pour le moins étrange, Angler avait été tenté de refuser. En effet, Pendergast s'était montré fort peu coopératif jusque-là. Renseignements pris auprès du FBI, le lieutenant avait appris que les méthodes de l'inspecteur, pour peu conventionnelles qu'elles soient, étaient d'une efficacité qui suscitait l'admiration de ses collègues. Angler n'avait jamais vu des états de service traversés d'autant d'exploits et de réprimandes. En fin de compte, il n'avait pas voulu refuser. Après tout, la victime était son propre fils. En outre, il pressentait que Pendergast se serait arrangé pour être présent, d'une façon ou d'une autre.

Le docteur Constantinescu semblait d'ailleurs connaître Pendergast. Le vieil homme ressemblait davantage à un médecin de campagne débonnaire qu'à un pathologiste et la présence de l'inspecteur le stressait. On le sentait aussi tendu et nerveux qu'un chat dans une maison inconnue. Tout en murmurant ses observations dans le micro pendu au-dessus de la table d'autopsie, il lançait constamment des coups d'œil inquiets en direction de son étrange visiteur avant de s'éclaircir la gorge et de poursuivre ses explications. Il lui avait fallu près d'une heure pour le seul examen externe, ce qui n'était pas banal, sachant qu'il n'y avait pas le moindre indice à récolter sur le corps. Le déshabillage de la victime, la prise de photographies, le passage aux rayons X, le pesage du corps, les tests de toxicité, l'examen des signes distinctifs, chaque étape avait été interminable. On aurait pu croire le pathologiste terrifié à l'idée de commettre la plus petite erreur. Son assistant, peu sensible aux états d'âme de son chef, manifestait son impatience en se dandinant d'un pied sur l'autre. Pendergast assistait à la scène d'un air impavide, légèrement en retrait, enveloppé dans une blouse verte qui prenait sur lui des allures de linceul. Son regard naviguait alternativement de Constantinescu au cadavre de son fils sans qu'une parole filtre de ses lèvres.

— Aucune lésion externe, aucun hématome, aucune plaie ou blessure, dicta le légiste dans son micro. L'examen externe initial, confirmé par les rayons X, montre que le décès a été provoqué par l'écrasement des cervicales C3 et C4, potentiellement par une rotation latérale du crâne, avec pour effet la rupture de la colonne vertébrale.

Le docteur Constantinescu s'éloigna légèrement du micro et se racla une énième fois la gorge.

— Nous... nous allons entamer l'examen interne, inspecteur.

Pendergast inclina la tête d'un mouvement à peine perceptible, le visage d'une grande pâleur, les traits figés. Plus Angler fréquentait Pendergast, plus il le trouvait monstrueux.

Le lieutenant reporta son attention sur le cadavre allongé devant lui. La jeune victime était en excellente forme physique. Sa silhouette musclée, parfaite jusque dans la mort, n'était pas sans évoquer à Angler celles d'Achille et d'Hector sur les poteries noires de la Grèce antique.

À ce stade de l'autopsie, le corps ne conserverait plus sa perfection longtemps.

Sur un signe de Constantinescu, l'assistant lui tendit une scie Stryker. Le pathologiste la mit en marche et l'approcha du crâne d'Alban. La lame entama l'os avec un grincement caractéristique que détestait Angler. Quelques instants plus tard, le médecin retirait la calotte crânienne. Angler s'en étonna, sachant que le cerveau était généralement le dernier organe prélevé lors d'une autopsie, le pathologiste commençant presque systématiquement par l'ouverture du sternum. Sans doute la présence de Pendergast n'était-elle pas étrangère à ce changement de programme. Angler glissa un œil dans sa direction. L'inspecteur était livide, le visage plus cadenassé que jamais.

Constantinescu examina longuement le cerveau, puis le retira de la boîte crânienne, le pesa et murmura ses observations dans le micro. Il préleva quelques échantillons de tissus, les tendit à son assistant et s'adressa à Pendergast, sans se retourner cette fois :

— Inspecteur... avez-vous prévu de laisser le cercueil ouvert lors des obsèques ?

Un long silence lui répondit, que Pendergast se décida enfin à rompre.

— Il n'y aura pas d'obsèques. Je veillerai à ce que le corps soit incinéré dès qu'il me sera restitué.

Il s'était exprimé d'une voix plus grinçante qu'une lame de couteau sur un bloc de glace.

— Je comprends.

Constantinescu replaça le cerveau à l'intérieur de la boîte crânienne, puis sembla hésiter.

— Avant de poursuivre, j'aimerais vous poser une question. La radiographie fait apparaître un objet arrondi dans le... l'estomac du mort. Pourtant, aucune cicatrice sur le corps ne laisse penser que la victime ait pu être opérée ou blessée par balle. Pourriez-vous m'éclairer sur ce point ?

— Pas du tout, laissa tomber Pendergast.

— Fort bien, approuva Constantinescu d'un lent mouvement de tête. Je vais procéder à l'ouverture de l'abdomen.

Comme personne ne lui répondait, le pathologiste s'empara de la scie Stryker et dessina les deux branches d'un Y sur le torse du mort en partant des épaules, avant de tracer avec un scalpel une ligne verticale allant du sternum au pubis. L'assistant lui tendit des écarteurs à l'aide desquels Constantinescu ouvrit la cage thoracique, découvrant le cœur et les poumons.

Raide comme la justice derrière le médecin, Pendergast respirait à peine. Une odeur nauséabonde envahit la pièce, qui crispa les mâchoires d'Angler.

Constantinescu retira successivement les poumons et le cœur, procéda à leur examen minutieux, les pesa, préleva des échantillons tissulaires, murmura quelques remarques dans le micro et déposa les organes dans des sachets en plastique. Il réserva ensuite un traitement similaire au foie, aux reins et aux autres organes essentiels, avant de s'intéresser aux artères centrales qu'il inspecta brièvement après les avoir sectionnées. Il avançait désormais à marche forcée, oubliant la réserve dont il avait fait preuve lors de l'examen externe.

Vint le moment de s'intéresser à l'estomac. L'organe examiné, pesé et photographié, Constantinescu s'empara d'un long scalpel. Angler, qui avait appris à détester l'étape suivante, recula machinalement de quelques pas.

Le pathologiste se pencha au-dessus du bassin d'acier brossé au fond duquel reposait l'estomac et s'y attaqua avec ses mains gantées de caoutchouc, alternant scalpel et forceps sous l'œil attentif de son assistant. La puanteur s'épaissit.

Soudain, un objet tomba dans le bassin avec un bruit métallique, faisant sursauter le médecin. Ce dernier glissa quelques mots à son assistant qui lui tendit des forceps propres. Constantinescu récupéra au fond du récipient un objet arrondi, couvert d'une masse liquide opaque, qu'il rinça soigneusement dans l'évier voisin. Lorsqu'il se retourna, Angler découvrit avec surprise que les mâchoires des forceps serraient une pierre de forme irrégulière à peine plus grande qu'une bille. Il s'agissait d'une gemme d'un bleu profond.

Du coin de l'œil, le lieutenant constata que Pendergast réagissait enfin, hypnotisé par la trouvaille. L'air impassible et détaché qu'il affichait quelques instants plus tôt avait cédé la place à une expression avide qui déstabilisa Angler.

— Cette pierre, déclara Pendergast. Il me la faut absolument.

Angler n'en croyait pas ses oreilles.

— Il vous la *faut* ? Mais enfin, cette pierre est le premier indice sérieux dont nous disposons.

— Exactement. C'est la raison pour laquelle je veux en disposer.

Angler humecta ses lèvres sèches.

— Écoutez, inspecteur. J'ai bien conscience que le corps est celui de votre fils et que c'est une épreuve pour vous. Mais il s'agit d'une enquête officielle, nous devons respecter certaines règles élémentaires, d'autant que nous n'avons quasiment aucun élément de preuve, de sorte que…

— Je dispose de ressources qui peuvent contribuer à l'avancement de l'enquête. J'ai besoin de cette pierre.

Pendergast s'approcha d'Angler et posa sur lui deux yeux brûlants.

— Je vous en prie.

Angler faillit reculer, impressionné par l'intensité de ce regard. Il avait l'intuition que Pendergast n'était pas homme à implorer aisément ses interlocuteurs. Pris sous le coup d'émotions contradictoires, il garda longtemps le silence. Du moins cet échange l'avait-il convaincu que Pendergast souhaitait découvrir ce qui était arrivé à son fils.

— Je vais devoir l'enregistrer en tant que pièce à conviction, décida-t-il, pris de pitié. Cette pierre doit être photographiée, dûment répertoriée dans notre base de données. Cette étape franchie, je vous autorise à l'emprunter, à la condition expresse de respecter le protocole à la lettre et de la rapporter dans un délai de vingt-quatre heures.

Pendergast acquiesça.

— Je vous remercie.

— Vingt-quatre heures, pas une de plus.

Mais son interlocuteur lui avait déjà tourné le dos et quittait la pièce en faisant flotter dans son sillage les pans de sa blouse verte.

7

Le département d'ostéologie du Muséum d'histoire naturelle dessinait un véritable labyrinthe de bureaux rassemblés sous les toits. On y accédait en franchissant une lourde porte située tout au fond d'un couloir interminable, au quatrième étage de l'établissement, avant d'emprunter un vaste ascenseur de service d'une lenteur exaspérante. En prenant place dans la cabine, à côté d'un cadavre de singe allongé sur une table roulante, D'Agosta comprit la raison d'un tel éloignement : le lieu puait « comme un bordel à marée basse », pour reprendre une expression chère à son père.

L'ascenseur de service s'immobilisa bruyamment, les portes s'écartèrent et le lieutenant découvrit les lieux en se frottant les mains dans un geste d'impatience. Deux jours s'étaient écoulés depuis l'interrogatoire de l'agent de sécurité sans que son enquête enregistre le moindre progrès. Il revenait cette fois interroger Morris Frisby, conservateur des départements d'anthropologie et d'ostéologie. Il ne s'attendait pas à un miracle car Frisby, de retour depuis la veille, assistait à un congrès à Taos au moment du drame. L'interrogatoire de Peter Sandoval, le technicien qui s'avançait vers lui d'un pas traînant, s'annonçait plus prometteur, bien que le jeune homme ait été absent une semaine durant à cause d'un mauvais rhume des foins.

Sandoval referma la porte du département d'ostéologie derrière eux. Les yeux rouges et gonflés, les traits tirés, le nez tel un robinet qu'il épongeait constamment à l'aide d'un Kleenex, il était malade comme un chien. D'Agosta sourit intérieurement. Du moins l'état du malheureux lui permettait-il d'échapper aux relents nauséabonds du lieu.

— J'ai dix minutes d'avance pour mon rendez-vous avec le professeur Frisby, déclara-t-il. Ça vous ennuie de me faire visiter vos bureaux ? J'aimerais examiner l'endroit où travaillait Marsala.

— C'est-à-dire... bredouilla Sandoval, gêné, en glissant un coup d'œil par-dessus son épaule.

— Pourquoi ? Il y a un problème ?

— C'est que...

Le jeune homme guetta une nouvelle fois le couloir dans son dos avant de poursuivre à mi-voix :

— Le professeur Frisby n'aime pas beaucoup...

Il laissa sa phrase en suspens.

D'Agosta n'eut aucune peine à s'imaginer un conservateur en veste de tweed sentant la pipe froide, le double menton tremblant d'agacement. Le type même du rond-de-cuir jaloux de son fief et peu désireux d'attirer l'attention sur son département.

Le lieutenant s'appliqua à rassurer son interlocuteur.

— Ne vous inquiétez pas, je ne dirai rien à personne.

Sandoval hésita puis finit par l'entraîner vers l'extrémité du couloir.

— J'ai cru comprendre que vous étiez le collègue le plus proche de Marsala.

— Si on peut dire.

Le jeune technicien paraissait nerveux.

— Il n'était pas très aimé, par ici ?

Sandoval haussa les épaules.

— Je ne voudrais pas dire du mal d'un mort.

D'Agosta sortit son calepin.

— Parlez-moi tout de même de lui, si ça ne vous ennuie pas.

Sandoval se tamponna le nez avec son mouchoir.

— C'était… il était pas du genre facile. Il en voulait à la terre entière.

— De quoi ?

— D'être un scientifique raté, probablement.

Les deux hommes franchirent une porte blindée semblable à celle d'une chambre froide.

— Poursuivez.

— Il a fait des études universitaires, mais il a loupé son examen de chimie organique. Un passeport nécessaire à tous les doctorants en biologie. Alors il a trouvé un boulot de technicien ici. Il était extrêmement doué avec les ossements, mais sans diplôme, on se retrouve très vite dans une impasse. Il ne l'a jamais avalé. Il avait horreur que les chercheurs lui donnent des ordres, tout le monde marchait sur des œufs avec lui.

Moi le premier, alors que j'étais son seul ami. Ami, façon de parler.

Sandoval conduisit son visiteur dans une pièce meublée d'imposantes cuves métalliques. Plusieurs rangées d'énormes ventilateurs aspiraient bruyamment l'air ambiant sans parvenir à chasser l'odeur.

— Il s'agit de la salle de macération, expliqua Sandoval.

— La *quoi* ?

— La salle de macération, répéta Sandoval en appuyant le Kleenex sur son nez rougi. Notre premier boulot en ostéologie consiste à nettoyer les cadavres qu'on nous envoie pour en récupérer les ossements.

— Des cadavres humains ?!!!

Sandoval afficha un sourire en coin.

— Autrefois, peut-être, dans le cas de ceux qui donnaient leur corps à la science. Aujourd'hui, il s'agit uniquement d'animaux. Les plus gros sont placés dans ces cuves de macération remplies d'eau chaude non stérilisée. Avec le temps, les spécimens finissent par se liquéfier et on n'a plus qu'à vider l'eau pour récupérer les os.

Sandoval désigna la cuve la plus proche.

— Celle-ci contient actuellement un gorille.

Un autre technicien entra dans la pièce, poussant devant lui la table roulante sur laquelle reposait le cadavre de singe.

— Un macaque japonais du zoo de Central Park, expliqua Sandoval. On a passé un contrat avec eux, ils nous envoient tous leurs animaux morts.

D'Agosta déglutit péniblement. La puanteur lui soulevait le cœur. Les saucisses italiennes grillées qu'il avait avalées au petit-déjeuner menaçaient de se révolter dans son estomac.

— C'était essentiellement le boulot de Marsala, expliqua Sandoval. Gérer la macération. En plus de son boulot avec les scarabées, bien sûr.

— Les scarabées ?

— Venez.

Les deux hommes regagnèrent le couloir et passèrent devant plusieurs salles avant de pénétrer dans un laboratoire. Des rangées entières de petits aquariums étaient alignées sur des tables. D'Agosta s'approcha de l'une des cages de verre afin d'en examiner le contenu. Elle renfermait ce qui ressemblait à un gros rat mort. Des nuées d'insectes noirs s'acharnaient sur sa carcasse en agitant bruyamment leurs mandibules. Le petit-déjeuner du lieutenant était à la limite de la mutinerie.

— Des dermestidés, précisa Sandoval. Ce sont des coléoptères carnivores. On les utilise pour manger la chair des animaux de petite taille et obtenir des squelettes parfaitement articulés.

— Comment ça, articulés ? s'étrangla D'Agosta.

— Vous voyez bien. Des squelettes qu'on n'a plus qu'à monter sur des structures en fil de fer pour les montrer au public ou les étudier. Marsala avait la charge des dermestidés et des cadavres qu'on lui donnait à nettoyer. Il se chargeait aussi du dégraissage.

D'Agosta se serait volontiers passé d'explication, mais son interlocuteur était intarissable.

— Une fois les spécimens réduits à l'état de squelettes, on les trempe dans du benzène de façon à blanchir les os, dissoudre les lipides, et se débarrasser des mauvaises odeurs.

Sandoval regagna le couloir central, suivi du lieutenant.

— C'était la tâche attitrée de Marsala, enchaîna le jeune homme. Il était particulièrement doué avec les squelettes, comme je vous l'ai expliqué, et il n'était pas rare qu'on lui demande de les articuler.

— Je vois.

— Au point que Marsala avait installé son bureau dans le labo d'articulation.

— Pouvez-vous m'y conduire ?

Sandoval poursuivit sa route en se tamponnant le nez.

— Ces salles contiennent une partie de nos collections ostéologiques, précisa-t-il en désignant les portes qui rythmaient l'interminable couloir. Des collections d'ossements, classées de façon taxinomique. À présent, nous arrivons au niveau des collections anthropologiques.

— C'est-à-dire ?

— Des individus enterrés, des momies, ou encore des « squelettes préparés », à savoir des corps récupérés par des anthropologues, souvent sur les champs de bataille lors des guerres indiennes, et rapportés au Muséum. Un art qui se perd. Nous avons dû rendre une grande partie de ces corps aux tribus concernées, ces dernières années.

En glissant un œil à travers une porte ouverte, D'Agosta aperçut des rangées entières d'armoires en bois, aux portes munies de verre cathédrale et renfermant des casiers coulissants soigneusement étiquetés.

Le lieutenant passa devant une dizaine de salles similaires avant de s'engager à la suite de Sandoval dans un laboratoire meublé de tables et d'éviers en pierre à savon. L'odeur qui régnait dans la pièce était moins prégnante. Des squelettes d'animaux en cours de reconstitution attendaient sur les tables. Le long du mur du fond étaient alignés plusieurs bureaux sur lesquels étaient posés des ordinateurs.

— Le bureau de Marsala, précisa Sandoval en montrant l'un d'eux du doigt.

— Savez-vous s'il avait une petite amie ? demanda D'Agosta.

— Pas à ma connaissance.

— Comment occupait-il ses loisirs ?

Sandoval accompagna sa réponse d'un haussement d'épaules.

— Il n'en parlait pas. C'était quelqu'un d'assez secret. Il vivait quasiment ici, il passait tout son temps dans ce labo. À mon avis, il ne devait pas voir grand monde en dehors du boulot.

— Vous dites qu'il était très susceptible. Avait-il une bête noire en particulier ?

— Il s'engueulait tout le temps avec les gens.

— Avez-vous gardé le souvenir d'un incident particulier ?

Sandoval hésita longtemps avant de se décider en constatant que D'Agosta guettait sa réponse, un stylo à la main.

— Il y a deux mois à peu près, un conservateur du département de mammalogie lui a apporté des chauves-souris d'une espèce extrêmement rare, quasiment éteinte, récupérées dans l'Himalaya. Marsala les a déposées dans les bocaux de dermestidés, mais il a déconné. Je sais pas, il n'a pas dû vérifier suffisamment souvent, les chauves-souris sont restées trop longtemps. Ce n'était pourtant pas le genre de Marsala, mais il paraissait préoccupé. Vous savez, il suffit de laisser un spécimen trop longtemps avec des dermestidés pour tout gâcher. Les bestioles rongent le cartilage, le squelette se désarticule, elles finissent même par manger les os. C'est ce qui est arrivé à ces chauves-souris. Le conservateur qui les avait rapportées de l'Himalaya a piqué une crise. Il faut dire qu'il est un peu cinglé, comme beaucoup de ses collègues. Il a sorti des trucs atroces à Marsala devant tout le personnel du département. Marsala était furax, sauf qu'il ne pouvait rien dire puisque c'était de sa faute.

— Comment s'appelle ce conservateur du département de mammalogie ?

— Brixton. Richard Brixton.

D'Agosta nota le nom dans son calepin.

— Vous me disiez que Marsala était préoccupé. Pour quelle raison, à votre avis ?

Sandoval prit le temps de réfléchir.

— Vers la même époque, il travaillait pour un chercheur de passage au Muséum.

— C'est si rare ?

— Au contraire, ça arrive souvent.

Sandoval tendit un doigt en direction de la salle située de l'autre côté du couloir.

— C'est là que les chercheurs de passage procèdent à l'examen des ossements. Il en vient du monde entier. Marsala collaborait rarement avec eux, à cause de son fichu caractère. Je crois bien que c'était même la première fois qu'il travaillait avec un chercheur invité depuis près d'un an.

— Vous a-t-il dit en quoi consistaient les recherches en question ?

— Non, mais il avait l'air très content de lui. Comme s'il s'attendait à ce qu'on le félicite.

— Vous souvenez-vous de l'identité du scientifique concerné ?

Sandoval se gratta la tête.

— Walton, il me semble. Ou peut-être Waldron. De toute façon, son nom figure sur le registre des entrées et des sorties. Frisby a la liste, vous n'aurez qu'à lui demander.

D'Agosta balaya la pièce du regard.

— D'autres éléments susceptibles de m'intéresser au sujet de Marsala ? Un fait marquant, ou inhabituel ?

— Non, répliqua Sandoval avant de se moucher bruyamment.

— Son corps a été retrouvé dans l'alcôve des gastéropodes, dans la salle de vie marine. Que pouvait-il bien fabriquer dans un tel secteur, à votre avis ?

— Il ne se baladait jamais dans ce coin-là. Il ne s'intéressait qu'aux ossements et à son labo. Il ne traversait même pas les salles d'exposition en quittant le Muséum.

D'Agosta griffonna une note.

— Vous avez d'autres questions ? l'interrogea Sandoval.

D'Agosta consulta sa montre.

— Où puis-je trouver Frisby ?

— Je vous emmène, répondit Sandoval en remontant le couloir en direction des odeurs les plus pestilentielles.

8

Le professeur Finisterre Paden, penché sur un appareil de diffraction des rayons X, redressa soudain la tête et se trouva nez à nez avec un inconnu. Il recula machinalement en laissant échapper un petit cri et dévisagea le visiteur, tout de noir vêtu, qui l'observait depuis quelques minutes.

— Qu'est-ce que… ! s'exclama-t-il, furieux, en tremblant de toute sa petite masse. Qui vous a donné la permission d'entrer dans mon bureau ?

Mais l'inconnu restait sans réaction et continuait de l'observer du regard bleu de glace qui trouait son visage d'une finesse digne de Michel-Ange.

— Mais enfin, qui êtes-vous ? s'enquit Paden en retrouvant un minimum de dignité. J'ai beaucoup de travail, je n'ai pas le temps d'être dérangé !

— Je suis désolé, s'excusa l'homme d'une voix apaisante en reculant d'un pas.

— Moi aussi, répliqua Paden plus calmement. Cela dit, ce n'est pas un moulin ici. Avez-vous un badge de visiteur, au moins ?

L'homme sortit de la poche intérieure de sa veste un porte-cartes de cuir brun.

— Ce n'est pas un badge de visiteur !

L'homme ouvrit le porte-cartes, dévoilant un badge bleu et doré immédiatement identifiable.

— Oh ! fit Paden en scrutant l'objet. Le FBI ? Dieu du ciel !

— Je me nomme Pendergast. Inspecteur A.X.L. Pendergast. M'autorisez-vous à m'asseoir ?

Paden avala sa salive.

— Comme vous le souhaitez.

L'étrange visiteur, gratifiant son hôte d'un élégant salut, se laissa tomber dans le seul fauteuil de la pièce en dehors de celui du maître des lieux et croisa les jambes, comme s'il s'attendait à séjourner là durablement.

— Si c'est au sujet du meurtre, se justifia Paden, le souffle court, je ne me trouvais pas au Muséum au moment des faits. Je ne connais ni les détails du drame, ni même la victime. En outre, les gastéropodes ne m'intéressent nullement. Depuis vingt ans que je travaille dans cette institution, je n'ai jamais mis les pieds dans cette salle. Alors s'il s'agit de cette malheureuse aff…

Les paroles se figèrent dans sa bouche tandis que l'homme l'arrêtait d'une main fine.

— Ce n'est pas au sujet du meurtre. Pourquoi ne pas vous asseoir, professeur Paden ? Faites comme chez vous.

Le chercheur s'installa derrière sa table de travail d'un air méfiant, croisa et décroisa les bras, inquiet de la suite. Pourquoi les responsables de la sécurité ne l'avaient-ils pas averti de cette visite ? Devait-il répondre aux questions de cet inspecteur du FBI, ou bien était-il préférable de contacter son avocat ? Le problème était d'autant plus épineux que Paden n'avait pas d'avocat.

— Une fois de plus, professeur, veuillez m'excuser de cette intrusion si soudaine. Je suis confronté à un léger problème que vous pouvez m'aider à résoudre. Officieusement, s'entend.

— Je ferai de mon mieux.

L'homme tendit son poing fermé en direction de son hôte. Puis, à la façon d'un prestidigitateur, il déplia lentement les doigts, révélant la présence d'une pierre bleue au creux de sa paume. Paden, soulagé de constater qu'il s'agissait uniquement d'identifier l'objet, s'en saisit et l'examina.

— Une turquoise polie, déclara-t-il en la retournant.

Il sortit du tiroir de son bureau une loupe d'horloger, la coinça à l'intérieur de son orbite et scruta la pierre.

— Il s'agit d'une pierre naturelle, et non d'un bloc reconstitué et ciré. Une fort belle gemme, de couleur et de composition inhabituelles. Très inhabituelles, même. Une pierre précieuse, d'une valeur supérieure à mille dollars, probablement.

— Comment justifiez-vous un tel prix ?

— Sa couleur. La plupart des turquoises sont bleu ciel et présentent des reflets verts. Celle-ci est d'un bleu anormalement profond, presque ultraviolet. La présence de ces veinures dorées la rend d'autant plus rare.

Il retira la loupe de son œil et tendit la pierre à l'inspecteur.

— J'espère vous avoir été utile.

— Assurément, répondit l'homme d'une voix sucrée, mais j'espérais que vous pourriez me dévoiler son origine.

Paden reprit la gemme et la scruta pendant de longues minutes.

— Je puis déjà vous dire qu'elle ne vient pas d'Iran. Plus probablement du sud-ouest des États-Unis. Du fait de sa couleur azur profond et de ces veinures dorées. *A priori*, je dirais que cette pierre vient du Nevada, d'Arizona ou du Colorado.

— J'ai cru comprendre que vous étiez l'un des plus éminents spécialistes des turquoises au monde, professeur. Je constate que l'on ne m'avait pas trompé.

Paden inclina la tête, ravi de croiser la route d'un policier aussi avisé et courtois.

— Cela dit, professeur, je suis à la recherche de la mine qui a produit cette gemme.

L'inspecteur posa sur son interlocuteur deux yeux ardents. Paden caressa sa calvitie d'un air gêné.

— Voilà qui est infiniment plus complexe, monsieur Pendergast.

— Pourquoi donc ?

— Il m'est tout à fait impossible d'identifier précisément la mine d'où a été extraite cette pierre sans procéder à des tests. Voyez-vous, expliqua-t-il en se redressant, emporté par sa passion, la turquoise est une espèce minérale formée de phosphate hydraté de cuivre et d'aluminium, après percolation de l'eau dans des roches poreuses, souvent d'origine volcanique. L'eau, chargée de phosphore et de sulfure de cuivre, se transforme en turquoise à l'intérieur de ces interstices rocheux. La turquoise du Sud-Ouest américain se forme presque toujours en présence de résidus de sulfure de cuivre que l'on trouve dans les feldspaths de potassium porteurs de traces porphyriques. Elle contient parfois aussi de la limonite, des pyrites et autres oxydes de fer.

Il se leva et se dirigea aussi vite que ses petites jambes le lui permettaient vers une armoire dont il ouvrit un tiroir.

— Vous trouverez ici une collection limitée, mais splendide, de turquoises issues de mines préhistoriques. Je m'en sers pour aider les archéologues à identifier l'origine des objets de turquoise qu'ils découvrent lors de leurs fouilles. Venez voir un peu.

Le gemmologue fit un signe à l'inspecteur et compara la turquoise avec les spécimens réunis dans les cases du tiroir.

— Je ne vois rien qui ressemble de près ou de loin à votre pierre, mais la turquoise peut varier d'aspect à l'intérieur d'une même mine. Et puis je n'ai ici que quelques échantillons. Prenez par exemple cette turquoise, originaire des mines Cerrillos au sud de Santa Fe. Celle-là, d'une grande rareté, provient d'un site préhistorique célèbre, celui du mont Chalchihuitl. Elle doit sa valeur historique à sa couleur ivoire et sa veinure vert pâle, davantage qu'à sa qualité même. Et voici des spécimens de turquoise préhistorique du Nevada…

— Comme c'est passionnant, le coupa Pendergast d'une voix onctueuse. Mais vous parliez de test, il y a un instant. De quoi s'agit-il ?

Paden toussota. On lui avait souvent reproché sa tendance à se lancer dans de longues digressions.

— Il me faudra analyser votre pierre, tant la turquoise elle-même que les veinures, en ayant recours à diverses techniques. Je commencerai par une émission de photons X induite par particules, une opération qui consiste à bombarder la pierre sous vide à l'aide de protons. Nous disposons fort heureusement au Muséum d'un excellent laboratoire de minéralogie. Souhaitez-vous le visiter ? proposa-t-il à son visiteur, la mine rayonnante.

— Je me vois contraint de décliner votre aimable invitation, refusa Pendergast. Tout en me réjouissant que vous acceptiez de m'aider.

— Avec le plus grand plaisir ! Je pratique ce type d'analyse plus souvent à la demande d'archéologues que sur la requête du FBI, évidemment, mais je suis à votre service, monsieur Pendergast.

— J'oubliais de vous préciser un point d'importance.

— Lequel ?

— J'ai besoin du résultat demain midi.

— Comment ? Mais c'est impossible ! Cela va prendre plusieurs semaines ! Au minimum un mois !

Un silence gêné s'installa, que Pendergast finit par rompre :

— Concrètement parlant, une telle analyse est-elle réalisable dans un tel délai ?

Paden sentit la peau lisse de son crâne se contracter. L'homme n'était peut-être pas aussi amène qu'il y paraissait de prime abord.

Il se racla la gorge.

— Eh bien, c'est-à-dire… D'un point de vue théorique, il ne serait probablement pas impossible d'obtenir des résultats préliminaires pour demain midi, mais cela voudrait dire y travailler non-stop pendant vingt heures. Et quand bien même, je ne saurais garantir le résultat.

— Pourquoi donc ?

— Tout dépend si ce type de turquoise a déjà été analysé et si sa signature chimique figure dans notre base de données. J'ai procédé à de nombreuses analyses de ce genre à la demande d'archéologues. Cela leur permet de retracer les routes commerciales empruntées aux époques concernées, notamment. Il suffit que cette pierre provienne d'une mine plus récente pour qu'elle n'ait pas encore fait l'objet d'analyses. Plus la pierre est ancienne, plus nos chances d'en identifier l'origine sont grandes.

Pendergast laissa s'écouler un moment.

— Puis-je vous demander d'entreprendre cette tâche, professeur ?

Paden se passa à nouveau la main sur le crâne.

— Vous me demandez d'y consacrer les vingt prochaines heures, c'est bien ça ?

— Oui.

— Mais enfin, monsieur Pendergast ! J'ai une épouse, des enfants ! Et puis je ne suis plus un jeune homme !

Son interlocuteur médita les paroles du chercheur. Puis, d'un geste indolent, il glissa le poing dans sa poche, ouvrit la main, et découvrit une petite pierre taillée aux reflets rouge-brun. Paden s'en empara instinctivement, vissa sa loupe sur son œil et examina attentivement la gemme en la tournant dans tous les sens.

— Mon Dieu ! Mon Dieu, mon Dieu ! Quel magnifique spécimen pléochroïque…

Il récupéra sur sa table une petite torche à rayons ultraviolets qu'il alluma. La pierre changea instantanément de couleur pour devenir vert fluo.

Le chercheur releva la tête, les yeux écarquillés.

— Une painite !

Pendergast acquiesça.

— Je ne me trompais pas en croyant m'adresser à un éminent minéralogiste.

— Où diable vous êtes-vous procuré cette pierre ?

— Mon grand-oncle collectionnait les curiosités, j'en ai hérité en même temps que sa maison. Cette pierre provient de ses collections, elle est à vous à condition que vous accomplissiez ce que je vous demande.

— Mais enfin, une pierre telle que celle-ci doit valoir… J'hésite à avancer une estimation. La painite est l'une des gemmes les plus précieuses au monde !

— Mon cher professeur, le nom de la mine d'où a été extraite cette turquoise m'est infiniment plus précieux encore. Reste à savoir si vous accepterez de réaliser les tests nécessaires. Et surtout, ajouta-t-il sèchement, si votre femme et vos enfants seront d'accord.

Paden n'avait pas attendu la fin de la question pour enfermer la turquoise dans un sachet hermétique. Il établissait déjà dans sa tête la liste des tests chimiques et minéralogiques qu'il allait devoir réaliser.

— S'ils seront d'accord ? répéta-t-il en s'éloignant en direction de son laboratoire. Croyez bien que je m'en fiche.

9

Après avoir emprunté trois fois le mauvais couloir et s'être arrêté deux fois afin de demander son chemin, le lieutenant D'Agosta parvint enfin à regagner le rez-de-chaussée. Il traversa la grande rotonde d'un pas lent, l'air songeur. Comme son rendez-vous avec le conservateur en chef du département, Morris Frisby, n'avait rien donné, et que les autres interrogatoires qu'il avait pu mener ne l'avaient conduit nulle part, il ne comprenait toujours pas comment le coupable avait pu quitter le Muséum.

Une vacherie de meurtre de plus à mettre sur le compte de la vie new-yorkaise. Un crime sans queue ni tête, quasiment impossible à élucider. Les rares pistes dont disposait le NYPD s'étaient terminées en cul-de-sac. Tout le monde s'accordait à dire que Victor Marsala était aussi mauvais coucheur que compétent. Personne au Muséum n'avait aucune raison de vouloir sa mort. Le seul suspect crédible, le dénommé Brixton qui s'était accroché avec Marsala au sujet de ses chauves-souris deux mois auparavant, se trouvait à l'étranger au moment des faits. De toute façon, il n'avait pas le profil d'un assassin. Les voisins de Marsala dans le quartier de Sunnyside, à Queens, le décrivaient comme un taiseux et un loup solitaire. Il n'avait pas de petite amie, ne faisait jamais la fête, ne se droguait pas. Quant aux amis, à l'exception peut-être de son collègue Sandoval, il n'en avait aucun. Ses parents, installés dans le Missouri, n'avaient pas vu leur fils depuis des années. Son corps avait été découvert dans un secteur sombre et peu visité du Muséum et on lui avait fait les poches. D'Agosta n'avait plus de raison d'en douter, il se trouvait en présence d'un vol qui avait mal tourné. Marsala avait voulu résister et son agresseur l'avait bêtement tué sous le coup de la panique avant de traîner son corps dans l'alcôve.

Pour ne rien arranger, ce n'étaient pas les indices qui manquaient. D'Agosta et ses hommes en avaient même trop. On avait retrouvé sur place des cheveux, des fibres textiles et des empreintes en pagaille. Des milliers de visiteurs avaient traversé cette salle, on avait découvert des traces de doigts gras sur toutes les vitrines. Le lieutenant avait confié à plusieurs de ses inspecteurs la tâche de visionner les enregistrements des caméras de surveillance, en vain. Pas moins de deux cents employés se trouvaient dans les locaux ce soir-là. D'Agosta voyait déjà gros comme une maison qu'il allait devoir se prendre la tête sur cette enquête pendant une ou deux semaines, sans résultat. On finirait par classer l'affaire, un meurtre non élucidé de plus avec ses tonnes de procès-verbaux d'interrogatoires, de photos numériques et de rapports d'expertise qui finiraient par encombrer les bases de données du NYPD sans autre fonction que d'altérer le taux d'élucidation du service.

Il s'apprêtait à ressortir du bâtiment lorsqu'il aperçut une silhouette familière : celle de l'inspecteur Pendergast traversant le hall de marbre à grands pas, les pans de son manteau noir flottant dans son sillage.

D'Agosta, étonné de le voir, était plus surpris encore de le croiser au Muséum. Il n'avait pas revu Pendergast depuis le dîner auquel l'inspecteur les avait conviés, lui et Laura, un mois plus tôt, à la veille de leur mariage. Un repas succulent, accompagné de vins à tomber à la renverse. Pendergast avait tout préparé avec l'aide de sa gouvernante japonaise. Une suite de plats qui les avaient laissés émerveillés, jusqu'à ce que Laura s'amuse, le lendemain, à décrypter le menu imprimé pour l'occasion. À leur grand désarroi, ils avaient notamment découvert que le Sup Bibir Ikan était une soupe de lèvres et d'intestins de poissons, les tripes à la mode de Caen de la panse de bœuf cuite avec un pied de veau, du cognac et du vin. Toutefois, la meilleure surprise de la soirée avait été Pendergast lui-même. Pleinement remis de la tragédie qui l'avait frappé un an et demi plus tôt, de retour d'un séjour dans une station de ski du Colorado dont il rentrait avec des couleurs et quelques kilos bienvenus, il paraissait en excellente forme, même s'il restait sur son quant-à-soi, comme à son habitude.

— Hé, Pendergast ! le héla D'Agosta en lui tendant la main.

— Vincent.

Les yeux de glace de Pendergast s'attardèrent un instant sur le visage de son ami.

— Quel plaisir de vous revoir.

— Je voulais encore vous remercier de ce dîner. Vous nous avez fait un immense plaisir en mettant les petits plats dans les grands. À Laura comme à moi.

Pendergast accepta le compliment d'un air distrait. On le sentait préoccupé.

— Que faites-vous ici ? lui demanda D'Agosta.

— Je… j'étais venu solliciter l'avis d'un conservateur.

— C'est drôle, moi aussi, renchérit le lieutenant en riant. Comme au bon vieux temps, pas vrai ?

L'inspecteur ne semblait pas disposé à partager son hilarité.

— Puisque je vous tiens, je me disais que vous pourriez peut-être me rendre un service.

Pendergast accueillit la requête d'un air vague.

D'Agosta se lança.

— Je rentrais à peine de ma lune de miel que Singleton m'a collé un meurtre sur les bras. Un technicien du département d'ostéologie retrouvé mort en plein Muséum il y a quelques jours, le crâne défoncé, son corps dissimulé dans un coin reculé. Un vol qui aura mal tourné, probablement. Vous qui avez le nez pour ce genre de truc, je me demandais si vous accepteriez de me donner votre avis au sujet…

Pendergast, visiblement impatient, l'interrompit avant qu'il ait pu achever sa phrase :

— Je suis navré, mon cher Vincent, mais je crains fort de n'avoir ni le temps ni le loisir de discuter de cette enquête avec vous. Je vous souhaite le bonjour.

Concluant son refus par un léger mouvement du menton, il tourna les talons et se dirigea vers la sortie d'un pas vif.

10

Au cœur des bâtiments de style Renaissance allemande du Dakota, à l'extrémité d'une suite de trois appartements reliés les uns aux autres par une enfilade de couloirs, à l'abri d'une cloison coulissante de bois et de papier de riz se dissimulait un *uchi-roji*, le jardin d'une maison de thé traditionnelle japonaise. Une allée de pierres plates zigzaguait entre les arbres nains et l'air, traversé par un parfum d'eucalyptus, résonnait du chant d'oiseaux invisibles. La maison de thé proprement dite dressait sa silhouette délicate un peu plus loin, à peine visible dans la semi-pénombre imitant artificiellement la lumière d'une fin d'après-midi.

Ce jardin miniature merveilleux, créé de toutes pièces dans le secret de cet immeuble d'habitation de Manhattan, avait été conçu par les soins de l'inspecteur Pendergast puisqu'il s'y ressource. Le maître de maison méditait sur un banc de bois *keyaki* sculpté, au bord de l'allée de pierre. Parfaitement immobile, il sondait l'eau noire d'un minuscule étang dans lequel on devinait la présence spectrale de quelques poissons rouges.

En temps ordinaire, ce sanctuaire permettait à son propriétaire d'oublier momentanément ses soucis, à défaut de pouvoir altérer la marche du monde. Cet après-midi-là, pourtant, l'inspecteur parvenait difficilement à dompter son trouble.

Un grésillement s'échappa de la poche de sa veste. Le numéro de son téléphone portable n'était pourtant connu que d'une poignée de personnes. La mention NUMÉRO MASQUÉ s'affichait sur l'écran.

— Oui ?

— Inspecteur, répondit la voix du mystérieux agent de la CIA rencontré quelques jours plus tôt au stand de tir.

Les rares fois où Pendergast avait entendu cette voix, elle était teintée d'une pointe d'ironie qui lui faisait défaut ce jour-là.

— Oui ? répéta-t-il.

— J'ai une mauvaise nouvelle.

Les doigts de Pendergast se crispèrent autour de l'appareil.

— Je vous écoute.

— La mauvaise nouvelle est que je n'ai aucune nouvelle.

— Je vois.

— J'ai déployé d'impressionnants moyens, dépensé beaucoup d'argent, sollicité l'aide de correspondants ici comme à l'étranger. J'ai même mis en péril la couverture de plusieurs agents infiltrés, au cas où certains gouvernements auraient dissimulé des informations relatives à l'opération Wildfire. Je reviens vers vous les mains vides. Je n'ai retrouvé nulle trace d'Alban au Brésil ou ailleurs. Aucun signe de son entrée aux États-Unis. J'ai pourtant eu recours aux logiciels de reconnaissance faciale des Douanes et de la Sécurité intérieure, sans résultat. Pas la moindre piste de mouche ou de vermisseau.

Pendergast accueillit ces révélations sans prononcer une parole.

— Il est possible qu'on finisse par découvrir une piste un jour ou l'autre, évidemment. Un renseignement inopiné, une base de données inexploitée. J'ai pourtant usé de toutes les ficelles possibles et imaginables.

Pendergast ne disait toujours rien.

— Je suis désolé, poursuivit la voix à l'autre bout du fil. C'est… c'est extrêmement vexant. Il est rare qu'on soit confronté à l'échec dans mon métier, surtout avec les outils dont nous disposons. J'ai bien peur de m'être montré trop sûr de moi et d'avoir réveillé vos espoirs inutilement, lors de notre dernière rencontre.

— Inutile de vous excuser, réagit enfin Pendergast. Vous n'avez réveillé aucun espoir. Alban était un individu hors du commun.

L'homme laissa s'écouler quelques instants de silence avant de reprendre :

— Un détail qui pourrait vous être utile. Le lieutenant Angler, celui à qui a été confiée l'enquête sur l'assassinat de votre fils… Je me suis penché sur ses rapports internes. Il s'intéresse à vous de près.

— Vraiment ?

— Votre réticence avec lui et votre comportement ont éveillé ses soupçons. Votre présence lors de l'autopsie, en particulier. De même que votre intérêt pour ce morceau de turquoise, que vous avez convaincu le NYPD de vous prêter et que vous n'avez toujours pas rendu. Angler pourrait bien vous compliquer la tâche.

— Je vous remercie de vos conseils.

— Il n'y a pas de quoi. Encore une fois désolé de revenir vers vous les mains vides. Je reste vigilant. Si jamais vous avez besoin de moi, appelez le siège à Langley et demandez le secteur Y. En attendant, je vous avertis si j'ai du nouveau, conclut l'homme avant de raccrocher.

Pendergast resta un moment plongé dans la contemplation de son téléphone portable. Il le remisa dans sa poche, se leva, remonta la petite allée de pierres plates et quitta le jardin miniature.

*
* *

Kyôko Ishimura, la gouvernante de Pendergast, éminçait des échalotes dans la vaste cuisine de l'appartement. Elle leva les yeux en apercevant l'inspecteur et, avec l'économie de geste propre aux personnes sourdes, lui fit signe qu'un message l'attendait sur le répondeur. Pendergast la remercia d'un hochement de tête, gagna son bureau et écouta le message enregistré sans prendre la peine de s'asseoir.

— Euh... monsieur Pendergast, fit la voix sifflante du professeur Paden. J'ai analysé l'échantillon que vous m'avez laissé hier. J'ai tout essayé : diffraction des rayons X, microscopie en fond clair, fluorescence, polarisation, éclairage diascopique et épiscopique. Il s'agit sans ambiguïté d'une turquoise naturelle. Indice de dureté 6, indice de réfraction de 1,614 et densité relative de l'ordre de 2,87. On ne note aucune reconstitution ou stabilisation, comme j'avais déjà eu l'occasion de vous le préciser. Cela dit, l'échantillon présente des caractéristiques pour le moins... euh, curieuses. La taille du grain est tout à fait inhabituelle. Je n'ai jamais vu une telle translucidité dans la veinure. Quant à la couleur, cette pierre ne provient d'aucune mine connue et sa signature chimique ne figure pas dans nos bases de données. En résumé, nous sommes probablement en présence d'un échantillon en provenance d'une petite mine que nous peinerons à identifier. Il me faudrait davantage de temps, j'ose espérer que vous vous montrerez patient et que vous n'exigerez pas de reprendre votre painite tant que...

Sans prendre la peine d'écouter la suite du message, Pendergast l'effaça d'un doigt et raccrocha le combiné, puis il s'assit à sa table de travail, posa ses coudes sur le bois poli et son menton sur ses mains en pointe tandis que son regard se perdait dans le vide.

*

* *

Installée dans le salon de musique de la vieille demeure de Riverside Drive, Constance Greene jouait du clavecin. Un instrument magnifique, fabriqué à Anvers au début des années 1650 par le célèbre facteur Andreas Ruckers II. Le bois poli de la caisse était doré au niveau de la tranche et la partie inférieure du couvercle était ornée d'un tableau pastoral représentant nymphes et satyres s'ébattant au centre d'une clairière.

Si Pendergast s'intéressait peu à la musique, Constance, portée par son goût du baroque et des débuts de l'époque classique, était une claveciniste avertie. Cette passion avait incité l'inspecteur à lui acheter le plus bel instrument d'époque disponible sur le marché. Des fauteuils de cuir usé étaient disposés un peu plus loin, au pied desquels s'étalait un tapis persan entre deux lampes Tiffany identiques. L'un des murs de la pièce abritait des rayonnages sur lesquels s'alignaient des partitions originales d'œuvres des XVIIe et XVIIIe siècles. Sur le mur opposé s'affichaient une demi-douzaine de partitions manuscrites signées Telemann, Scarlatti, Haendel et quelques autres.

Il arrivait fréquemment à Pendergast de se glisser dans la pièce avec la discrétion d'un spectre et de s'installer dans l'un des fauteuils afin d'écouter sa protégée. En relevant les yeux ce jour-là, cette dernière le découvrit debout sur le seuil du petit salon. Elle haussa un sourcil afin de lui demander si elle devait s'arrêter, mais il lui répondit non de la tête. Elle poursuivit son interprétation du Prélude n° 2 en *do* dièse mineur du *Clavier bien tempéré* de Bach, s'acquittant sans difficultés des passages les plus complexes. Loin de s'asseoir comme à son habitude, Pendergast peinait à dissimuler son malaise. Il s'approcha des rayonnages, s'empara d'une partition qu'il feuilleta machinalement, et attendit que les dernières notes se soient éteintes pour prendre place dans l'un des sièges en cuir.

— Vous jouez superbement ce morceau, Constance.

— N'oubliez pas que j'ai quatre-vingt-dix ans de pratique, répliqua-t-elle avec l'ombre d'un sourire. Des nouvelles de Proctor ?

— Il s'en tirera. Il est sorti des urgences, mais il va devoir passer quelques semaines de plus à l'hôpital, avant d'entamer un à deux mois de rééducation.

Un court silence suivit, que Constance mit à profit pour s'installer dans le second fauteuil.

— Je vous sens inquiet.

Pendergast ne répondit pas immédiatement.

— Je me doute qu'il s'agit d'Alban, reprit Constance. Vous ne m'avez plus parlé de lui depuis ce soir-là. Comment vous sentez-vous ?

Pendergast, plus noué que jamais, continuait de feuilleter nerveusement la partition. Constance, qui savait mieux que quiconque à quel point il détestait étaler ses sentiments, garda le silence. Elle sentait néanmoins qu'il espérait ses conseils, aussi attendit-elle qu'il se décide.

Il finit par refermer l'ouvrage.

— Je ne souhaite à aucun père d'éprouver de tels sentiments. Il ne s'agit pas de chagrin. Plutôt de regrets. Dans le même temps, je ressens un certain soulagement. Celui de savoir que le monde n'a plus rien à craindre d'Alban et de ses déviances.

— C'est fort compréhensible, mais… c'était votre fils.

Pendergast se leva en repoussant brutalement le volume qu'il tenait et entama une ronde sur le tapis.

— Mon sentiment premier tient pourtant de la sidération. Comment ont-ils réussi un tel tour de passe-passe ? Comment ont-ils pu le capturer et le tuer ? Alban était un guerrier. Connaissant ses dons très particuliers, il aura fallu déployer des moyens considérables pour s'emparer de lui, sans parler d'argent. Je n'ai jamais vu un crime aussi soigneusement planifié. Ces gens n'ont laissé aucune trace derrière eux. À quelles fins ? Quel message a-t-on voulu me signifier ?

— J'avoue être aussi perplexe que vous, reconnut Constance, qui poursuivit après un léger silence : Qu'ont donné vos recherches ?

— Le seul indice dont je dispose, ce bloc de turquoise retrouvé dans l'estomac d'Alban, demeure un mystère. Le professeur Paden, un spécialiste de minéralogie du Muséum d'histoire naturelle, m'a laissé aujourd'hui même un message peu encourageant.

Pendergast continuait de tourner comme un lion en cage.

— Il vous faut chasser ces idées noires, lui recommanda Constance à mi-voix.

Il se tourna vers elle en balayant le conseil d'un geste.

— Vous devriez vous lancer dans une nouvelle enquête. Je suis persuadée qu'il ne manque pas de crimes prêts à vous tendre les bras.

— Ce ne sont pas les affaires qui manquent, toutes sans intérêt. À quoi bon y consacrer mon énergie mentale ?

Constance refusait de s'avouer vaincue.

— Considérez-le comme une distraction. Je prends parfois le plus grand plaisir à interpréter au clavier des œuvres écrites à l'intention de débutants. Cela aide à s'éclaircir les idées.

Pendergast fit volte-face.

— Pourquoi perdre mon temps à des broutilles lorsque l'épais mystère qui entoure la mort d'Alban me regarde droit dans les yeux ? Un individu d'une habileté rare tente de m'entraîner dans quelque jeu pervers dont je ne connais pas les règles. Je ne suis pas davantage capable de percer l'identité de mon adversaire.

— C'est précisément la raison pour laquelle vous devriez vous consacrer à un tout autre problème, répliqua Constance. En attendant la suite, penchez-vous sur une énigme simple. Sinon... vous pourriez bien y laisser votre raison.

Constance avait prononcé la dernière phrase lentement, avec conviction, en pesant chaque mot.

Pendergast baissa la tête.

— Vous avez raison, évidemment.

— Je vous pousse dans cette direction car... car je m'inquiète à votre sujet. Je ne vois que trop bien à quel point cette enquête vous obsède et vous trouble. Vous avez assez souffert par le passé.

L'espace de quelques instants, Pendergast resta figé sur place. Soudain, il glissa vers elle, se pencha, saisit son menton d'une main délicate et l'embrassa avec douceur, à la stupéfaction de l'intéressée.

— Vous êtes mon oracle, murmura-t-il.

11

Vincent D'Agosta avait obtenu de haute lutte un bureau de fortune dans un réduit du Muséum d'histoire naturelle. Du moins ce local minuscule, perdu dans les entrailles du département d'ostéologie, était-il situé loin de la puanteur des cuves de macération.

Le lieutenant écoutait l'un de ses hommes, l'inspecteur Jimenez, lui expliquer ce que ses collègues et lui-même avaient découvert en visionnant les vidéos des caméras de surveillance : rien de rien. Il rongeait son frein en feignant de s'intéresser à l'exposé de son subordonné, par respect pour le travail effectué.

— Merci, Pedro, déclara-t-il en prenant le rapport écrit que lui tendait son collaborateur.

— Et maintenant, que fait-on ? s'enquit Jimenez.

D'Agosta consulta sa montre. 16 h 15.

— Vous n'avez qu'à plier vos gaules pour aujourd'hui avec Conklin. Vous boirez une bière bien fraîche à ma santé. Rendez-vous demain matin, 10 heures, pour un débriefing.

Jimenez afficha un grand sourire.

— Merci, lieutenant.

D'Agosta regarda l'inspecteur s'éloigner. Il aurait donné un bras pour aller s'humecter le gosier avec ses hommes, mais une tâche importante l'attendait. Il feuilleta machinalement le rapport de Jimenez en poussant un soupir. Puis, mettant le document de côté, il sortit son iPad d'un attaché-case et entama son propre rapport à l'intention de son chef, le capitaine Singleton.

Malgré tous ses efforts et les centaines d'heures de travail accumulées par ses hommes depuis quatre jours, il n'avait pas découvert l'ombre d'une piste. Le meurtre de Victor Marsala s'était déroulé sans témoin, les services de sécurité du Muséum n'avaient rien noté d'inhabituel et personne n'expliquait comment le coupable s'y était pris pour quitter le bâtiment. L'équipe de D'Agosta butait sur cette question depuis le début de l'enquête.

Les recherches menées autour des indices retrouvés sur place n'avaient rien donné. Aucun des collègues de Marsala n'était en mesure de fournir un mobile et les rares personnes qui auraient pu en vouloir au technicien disposaient toutes d'alibis imparables. La vie privée de la victime était plus médiocre et rangée que celle d'un évêque. D'Agosta en arrivait à en vouloir au capitaine Singleton de lui avoir confié une enquête aussi peu valorisante.

Il commença par résumer les démarches entreprises en dressant la liste des personnes interrogées avant de détailler le reste : les vérifications effectuées au sujet de la victime, les indices relevés par les équipes de l'identité judiciaire, le visionnage des vidéos de surveillance, les déclarations des agents de sécurité concernés. Il recommanda ensuite l'élargissement de l'enquête au reste du Muséum en s'intéressant à l'ensemble des employés présents le soir du crime, voire à l'ensemble du personnel.

D'Agosta savait d'avance que Singleton n'irait pas jusque-là. Le coût en temps, en hommes, en argent était trop élevé au regard des chances de réussite. Le capitaine se contenterait plus probablement de mettre l'enquête en veilleuse ; à terme, le NYPD finirait par classer l'affaire. Une de plus.

Il acheva son rapport, le relut, l'expédia à Singleton et éteignit sa tablette. Il releva la tête et sursauta violemment en découvrant Pendergast assis en face de lui sur l'unique petite chaise de son bureau de fortune. L'inspecteur était entré dans la pièce tel un spectre.

— Seigneur ! s'écria-t-il en reprenant son souffle. Vous aimez toujours autant foutre la trouille aux gens, c'est ça ?

— Cela m'amuse, je l'avoue. La plupart des gens sont aussi attentifs à leur environnement immédiat que des concombres de mer.

— Merci du compliment. Qui donc venez-vous voir dans cette noble institution ?

— Vous, mon cher Vincent.

D'Agosta dévisagea son visiteur en plissant les yeux. En apprenant la veille l'assassinat d'Alban Pendergast, il avait compris les raisons de la brusquerie de l'inspecteur lors de leur rencontre récente dans la rotonde du Muséum.

— Écoutez, se lança-t-il sur un ton gêné. Je suis sincèrement désolé de ce qui est arrivé à votre fils. Je n'étais pas au courant quand je vous ai aperçu l'autre jour, je rentrais de mon voyage de noces et je n'avais pas eu le temps de prendre le pouls du service…

Pendergast l'arrêta d'un geste.

— Si quelqu'un doit s'excuser, c'est moi.

— Je vous en prie.

— Je vous dois une courte explication, après quoi je vous saurai gré de ne plus aborder ce sujet.

— Allez-y.

Pendergast se pencha vers son interlocuteur.

— Vincent, vous connaissiez l'existence de mon fils Alban. Je l'ai vu pour la dernière fois il y a un an et demi. Il s'apprêtait à s'évanouir dans la jungle brésilienne après avoir laissé derrière lui un sillage sanglant dans l'affaire du Tueur des hôtels.

— Vous ne m'avez rien dit, je suis sourd et muet.

— Alban n'a plus reparu depuis… jusqu'à ce que son corps sans vie soit déposé devant ma porte, il y a tout juste une semaine. Ne me demandez pas qui a pu commettre un tel forfait, encore moins comment, je n'en ai aucune idée. Un certain lieutenant Angler a été chargé de l'enquête. Je crains qu'il ne se montre pas à la hauteur de sa tâche.

— Je le connais bien. C'est un excellent flic.

— Je ne remets pas en cause ses compétences. C'est même ce qui m'a poussé à demander à un comparse informaticien d'effacer les analyses ADN qui figuraient dans le dossier du Tueur des hôtels. Vous vous souvenez sans doute d'avoir rédigé un jour un rapport officiel dans lequel vous établissiez un lien formel entre le Tueur des hôtels et Alban. Heureusement pour moi, ce rapport n'a jamais été pris au sérieux, mais je ne pouvais laisser Angler entrer l'ADN de mon fils dans la base de données du NYPD et obtenir un tel résultat.

— Bon sang, Pendergast ! Je ne veux rien savoir !

— Il n'en reste pas moins que votre collègue Angler se trouve en butte à un assassin d'exception qu'il ne retrouvera pas. Mais c'est mon problème, et non le vôtre. J'en arrive à ma présence ici. Lors de notre dernière rencontre, vous souhaitiez solliciter mon avis au sujet d'une enquête.

— C'est vrai, mais j'imagine que vous avez d'autres chats…

— Bien au contraire. Une telle parenthèse me changera les idées.

D'Agosta ouvrit de grands yeux. L'inspecteur paraissait en pleine possession de ses moyens. Pendergast lui renvoya son regard sans ciller. Connaissant sa bizarrerie, D'Agosta n'osait imaginer ce qu'il avait dans la tête.

— Bon, très bien. Mais je vous préviens, c'est une enquête de merde.

D'Agosta rapporta à son visiteur les détails dont il disposait : la découverte du corps, les circonstances du drame, la masse des éléments retrouvés sur place, les témoignages des agents de sécurité, les déclarations des chercheurs, les dépositions des collègues de Marsala dans le département d'ostéologie. Pendergast l'écouta avec la plus grande attention, parfaitement immobile, à l'exception de battements de cils épisodiques. Il tourna soudain la tête en voyant une ombre s'avancer dans le réduit.

D'Agosta suivit le regard de Pendergast et découvrit la silhouette massive de Morris Frisby, le chef du département. La première fois qu'il l'avait rencontré, D'Agosta avait été surpris de trouver un colosse craint par ses subordonnés, et non le conservateur myope et bossu auquel il s'attendait. Il portait un élégant costume à fines rayures rehaussé d'une cravate rouge et s'exprimait avec l'affectation propre à l'élite new-yorkaise.

Frisby paraissait hors de proportion, dans ce local minuscule, avec son mètre quatre-vingt-dix. Il dévisagea successivement D'Agosta et Pendergast sans chercher à dissimuler son irritation de voir la police empiéter sur son domaine.

— Vous êtes toujours là, déclara-t-il sur un mode qui n'avait rien d'interrogatif.

— Le crime n'a pas encore été élucidé, lui rappela D'Agosta.

— Il ne risque pas de l'être. Il s'agit d'un meurtre fortuit commis par une personne extérieure. Marsala n'a pas eu de chance, voilà tout. Cette histoire est sans rapport avec le département d'ostéologie. J'ai cru comprendre que vous interrogiez à tour de bras les membres de mon service, alors qu'ils ont du pain sur la planche. Puis-je espérer que vous bouclerez votre enquête dans les meilleurs délais, de façon à laisser mes gens travailler en paix ?

— Qui est cet homme, lieutenant ? s'enquit Pendergast d'une voix douce.

— Je suis le professeur Morris Frisby, répondit sèchement l'intéressé en posant sur l'inspecteur des yeux bleu sombre dont les iris rétrécis brillaient à la façon de projecteurs. Je dirige le département d'anthropologie et d'ostéologie au sein de cette institution.

— Ah ! En effet. Une promotion due à la disparition pour le moins mystérieuse d'Hugo Menzies, si je ne m'abuse.

— Qui êtes-vous ? Un autre policier en civil ?

Pendergast tira nonchalamment de la poche de sa veste une carte professionnelle et un badge qu'il agita en direction de Frisby.

Le conservateur écarquilla les yeux.

— En quoi la police fédérale est-elle concernée par ce meurtre ?

— Simple curiosité de ma part, répondit Pendergast d'une voix plaisante.

— Des vacances studieuses, en quelque sorte, le railla Frisby. Comme c'est gentil de votre part. Vous pourriez peut-être expliquer au lieutenant comment mener une enquête sans importuner inutilement des fonctionnaires payés sur la cassette du contribuable. Sans parler de l'espace perdu par sa faute.

Un sourire éclaira les traits de Pendergast.

— Ma simple curiosité pourrait se métamorphoser en une démarche officielle. Le lieutenant m'apprenait qu'un bureaucrate pompeux et à l'esprit étroit s'avise d'entraver son enquête. N'y voyez nulle référence à vous, je parlais de façon générale.

Frisby, rouge de colère, fusilla Pendergast du regard.

— L'entrave à la justice est un délit grave, professeur Frisby. De ce fait, je me réjouis d'apprendre de la bouche du lieutenant que vous vous êtes montré coopératif avec lui, et que vous avez la ferme intention de poursuivre sur un même mode.

Frisby, un instant tétanisé, tourna vivement les talons. Pendergast le rappela :

— Ah, professeur ! J'oubliais !

Le conservateur se figea sur place, sans se retourner.

— Coopératif comme vous l'êtes, je compte sur vous pour retrouver le nom et le dossier du chercheur invité qui a récemment travaillé avec Victor Marsala. Vous serez aimable de communiquer ces renseignements à mon estimé collègue.

Frisby fit aussitôt volte-face, le visage livide de rage. Il ouvrait la bouche lorsque Pendergast le devança :

— Avant de vous entendre, professeur, permettez-moi de vous poser une question. Avez-vous entendu parler de la théorie des jeux ?

Le conservateur ne répondit pas.

— Si c'est le cas, vous connaissez la réalité des jeux à somme nulle dont nous parlent mathématiciens et économistes. Des jeux dans lesquels la réussite de l'un est synonyme d'échec de l'autre. À la lumière de votre état d'esprit actuel, vous pourriez prononcer des paroles inconsidérées, auxquelles je me verrais contraint de répliquer. Vous en sortiriez humilié et mortifié, à votre détriment, si l'on en croit les enseignements de la théorie des jeux. Je ne saurais trop vous conseiller d'user de prudence en gardant le silence et en vous mettant en quête au plus vite du renseignement que je vous ai demandé.

D'Agosta, qui assistait à la scène en spectateur, nota une expression inédite sur le visage du conservateur. Incapable de prononcer une parole, ce dernier tituba légèrement d'avant en arrière, à la façon d'une branche caressée par le vent, puis il acquiesça presque imperceptiblement et s'évanouit dans le couloir.

— Un grand merci ! le salua Pendergast en passant la tête par la porte.

— Vous lui avez enfoncé le pied dans le cul si profond qu'il va devoir manger avec un chausse-pied, commenta D'Agosta.

— Je savais que je pouvais compter sur vous pour trouver les mots justes, mon cher Vincent.

— J'ai bien peur que vous ne vous soyez fait un ennemi.

— Je possède une longue expérience des spécimens que renferme ce Muséum. Certains conservateurs se comportent en tyrans dans leurs petits royaumes. J'ai tendance à me montrer sévère à leur endroit, tout en reconnaissant volontiers que c'est une piètre habitude.

Il se leva.

— À présent, je serais heureux de m'entretenir avec le technicien dont vous m'avez parlé, ce Peter Sandoval.

D'Agosta quitta son siège à son tour.

— Suivez-moi.

12

Les deux policiers trouvèrent Sandoval dans l'une des salles servant au stockage des spécimens. Le technicien s'activait devant de grands tiroirs remplis d'ossements qu'il examinait en prenant des notes. Son nez rouge et ses yeux gonflés confirmaient la ténacité de son rhume des foins.

— Je vous présente l'inspecteur Pendergast du FBI, déclara D'Agosta. Il aimerait vous poser quelques questions.

Sandoval posa autour de lui un regard nerveux, sans doute inquiet à l'idée d'être surpris par Frisby.

— Ici ?

— Ici, oui, répondit Pendergast en balayant la pièce des yeux. Le lieu est charmant. Combien de restes humains sont entreposés dans cet endroit ?

— Je dirais dans les deux mille.

— D'où proviennent-ils ?

— D'Océanie, d'Australie et de Nouvelle-Zélande.

— Combien en comptent les collections du Muséum, au total ?

— À peu près quinze mille, si on ajoute les collections du département d'anthropologie.

— Monsieur Sandoval, j'ai cru comprendre qu'une partie de votre travail consistait à offrir vos lumières aux chercheurs de passage.

— C'est même l'essentiel de mon travail, en fait. Nous en voyons défiler beaucoup.

— Cela n'entrait pourtant pas dans les attributions de Victor Marsala, alors qu'il était également technicien.

— Victor manquait de souplesse. Les scientifiques de passage ne sont pas toujours très commodes. C'est le moins qu'on puisse dire.

— En quoi les assistez-vous ?

— La plupart du temps, ils viennent au Muséum effectuer des recherches sur des collections ou des spécimens bien précis. On leur sert un peu de bibliothécaires, si vous voulez. On sort les ossements qui les intéressent, on attend qu'ils aient achevé leurs examens, et on range les squelettes.

— Un bibliothécaire à ossements. Je retiens l'expression. En moyenne, combien de chercheurs assistez-vous chaque mois ?

— Ça dépend. Entre six et dix, peut-être.

— De quoi ce chiffre dépend-il ?

— De la complexité et de la durée de leurs recherches. Dans le cas de chercheurs munis de listes très fournies, il nous arrive de passer plusieurs semaines avec eux. Ou bien alors on tombe sur un type qui a juste besoin d'un fémur ici et d'un crâne là.

— Quelles qualifications demande-t-on à ces chercheurs de passage ?

Sandoval haussa les épaules.

— Rien, du moment qu'ils ont un sujet de recherche digne de ce nom et qu'ils relèvent d'une institution reconnue.

— Rien de plus ?

— Non, à part une lettre d'introduction ou une demande officielle de leur université, la preuve qu'ils appartiennent à un organisme de recherche universitaire ou hospitalier.

Pendergast redressa machinalement ses boutons de manchette.

— J'ai cru comprendre que Marsala, en dépit des habitudes, avait collaboré avec un chercheur de passage il y a deux mois.

Sandoval acquiesça de la tête.

— A-t-il eu l'occasion de vous préciser si ce projet l'intéressait ?

— Euh... oui.

— Que vous a-t-il dit, précisément ?

— J'ai cru comprendre que le chercheur en question aurait pu lui être utile.

— Marsala travaillait exclusivement avec lui, à l'époque ?

— Oui.

— En quoi un chercheur étranger à cette institution aurait-il pu être utile à M. Marsala, sachant que ce dernier était essentiellement chargé des cuves de macération et des dermestidés, en dépit de ses dons en matière d'articulation de squelettes ?

— Aucune idée. Il avait peut-être décidé d'ajouter le nom de Victor dans la liste des contributeurs à l'article qu'il rédigeait.

— Pour quelle raison ?

— Pour l'avoir aidé. Bibliothécaire d'ossements n'est pas un métier aussi simple qu'il y paraît. Il arrive qu'on nous adresse des demandes inhabituelles en faisant appel à notre connaissance du domaine concerné.

D'Agosta assistait à cet échange avec étonnement. Loin de s'intéresser aux indices concrets recueillis par les enquêteurs, Pendergast s'embarquait sur une voie apparemment éloignée des circonstances du drame.

— Monsieur Sandoval, connaissez-vous la nature exacte des spécimens auxquels s'intéressait le chercheur avec lequel collaborait Victor Marsala ?

— Non.

— Vous serait-il possible de le savoir ?

— Bien sûr.

— Excellent, répondit Pendergast en montrant la porte. Après vous, monsieur Sandoval.

*

* *

Les trois hommes empruntèrent un dédale de corridors jusqu'à un vaste laboratoire meublé de postes de travail équipés d'ordinateurs. Plusieurs squelettes partiellement articulés attendaient sur de grands plateaux tapissés de feutrine verte.

Sandoval s'installa devant un moniteur. D'Agosta et Pendergast, penchés au-dessus de son épaule, virent les archives du département d'anthropologie et d'ostéologie s'afficher à l'écran. Seul le cliquetis des doigts du technicien sur le clavier troublait le silence de la pièce. Une imprimante voisine se mit à ronronner, dans le panier de laquelle Sandoval récupéra une feuille.

— Il semble que Marsala n'ait sorti qu'un spécimen à la demande du scientifique qu'il assistait. Voici le résumé de ses recherches.

D'Agosta s'approcha et lut le compte rendu à voix haute :

— « Dernière date d'utilisation : 20 avril. Hottentot de sexe masculin, âge approximatif : trente-cinq ans, Colonie du Cap, ancien Griqualand oriental. Condition : excellente. Aucune trace de défiguration. Cause du décès : dysenterie pendant la septième guerre cafre. Date : 1889. Rapporté par N. Hutchins. Numéro de catalogue : C-31234-rn. »

— Comme vous pouvez le constater, il s'agit de la classification originale, précisa Sandoval. Le terme « Hottentot » est aujourd'hui considéré comme péjoratif. Il a été remplacé par « Khoïkhoï ».

— Ce résumé précise que le corps est entré dans les collections du Muséum en 1889, souligna Pendergast. Si ma mémoire ne me fait pas défaut, la septième guerre cafre s'est terminée à la fin des années 1840.

Sandoval prit un air perplexe.

— Le corps aura été déterré avant d'être expédié ici.

Un silence accueillit sa remarque.

— Ce n'était pas rare à l'époque, ajouta le technicien. Les chercheurs n'hésitaient pas à ouvrir des tombes lorsqu'ils cherchaient un spécimen particulier. Les temps ont changé.

Pendergast posa un doigt sur le numéro de catalogue.

— Serait-il possible d'examiner le spécimen en question ?

Sandoval fronça les sourcils.

— Pourquoi ?

— Simple petit service.

Nouveau silence.

Pendergast inclina la tête.

— Je voudrais me familiariser avec la marche à suivre lorsque l'on a besoin de sortir un spécimen des collections.

— Très bien. Suivez-moi.

Le temps de griffonner la référence sur une feuille de papier, Sandoval conduisit ses hôtes jusqu'au couloir central qu'il remonta sur toute sa longueur en s'enfonçant dans le labyrinthe des collections. Il lui fallut plusieurs minutes avant de localiser le squelette qu'il cherchait au milieu d'une forêt d'armoires aux portes vitrées translucides. Il s'immobilisa enfin devant l'une d'elles. Le numéro de référence, rédigé à la main d'une écriture ancienne, figurait sur la tranche d'une boîte posée sur l'un des rayonnages supérieurs. Sandoval s'assura qu'il ne s'était pas trompé avant de sortir la boîte concernée et la déposa sur une table recouverte de feutrine. Il tendit à D'Agosta et Pendergast des gants de chirurgien, et en enfila lui-même une paire avant de soulever le couvercle de la boîte.

Les deux policiers découvrirent une masse d'ossements mélangés : côtes, vertèbres et autres. Une curieuse odeur musquée, mélange de vieilles racines, de naphtaline et de moisi, s'échappa de la boîte.

— Ces os sont drôlement propres alors qu'ils ont été enterrés pendant quarante ans, remarqua D'Agosta.

— Le Muséum avait autrefois l'habitude de nettoyer les squelettes qu'il recevait dans ses fonds, expliqua Sandoval. Ils n'avaient pas conscience à l'époque que la terre apportait de précieuses indications aux chercheurs et qu'il était essentiel de la conserver.

Pendergast examina quelques instants les ossements éparpillés à l'intérieur de la boîte, puis saisit délicatement le crâne auquel il manquait la mâchoire inférieure. Avec sa relique à la main, D'Agosta lui trouvait des airs d'Hamlet face à la sépulture de Yorick.

— Intéressant, murmura-t-il. Même très intéressant. Je vous remercie, monsieur Sandoval.

Il reposa le crâne dans sa boîte, signifia au technicien d'un mouvement de tête que l'entretien était terminé, retira ses gants et regagna le monde des vivants après avoir traversé les coursives du département d'ostéologie, suivi de D'Agosta.

13

La Salle à Manger du Préfet – ou SMP dans le jargon du NYPD – était installée à l'avant-dernier étage du One Police Plaza. C'était là que le préfet de police, son adjoint et les autres huiles du service tenaient conseil à l'heure du déjeuner. D'Agosta n'y avait été convié qu'une fois, à l'occasion du déjeuner officiel organisé le jour de sa promotion au grade de lieutenant, en même temps qu'une vingtaine de ses collègues. Si la pièce elle-même était une relique désuète du pire des années 1960, la vue sur le bas de Manhattan qu'offraient ses immenses baies vitrées était époustouflante.

D'Agosta ne pensait toutefois nullement à la vue ce jour-là, alors qu'il patientait dans la vaste antichambre de la SMP. Il guettait Glen Singleton à la sortie du déjeuner auquel participait son supérieur, comme tous les troisièmes mercredis du mois, en compagnie des autres chefs de service.

D'Agosta ne tarda pas à le reconnaître, toujours impeccablement mis. Il se leva précipitamment et se glissa auprès du capitaine dans la masse de ses collègues.

— Vinnie, s'étonna Singleton en le reconnaissant.

— On m'a dit que vous cherchiez à me voir, répondit D'Agosta.

— En effet, mais ce n'était pas urgent.

D'Agosta, informé par la secrétaire de son supérieur, savait que celui-ci n'avait rien de particulier à son planning cet après-midi-là.

— Pas de souci. De quoi s'agit-il ?

Singleton, qui se dirigeait vers l'ascenseur, s'arrêta en chemin.

— J'ai lu votre rapport sur l'assassinat de Marsala.

— Oui ?

— Bon boulot, étant donné les circonstances. J'ai décidé de passer le bébé à Formosa et de vous affecter au meurtre de la 73e Rue. Cette joggeuse qui s'est fait trancher la gorge en se défendant contre un voleur. Il s'agit apparemment d'une histoire simple, avec plusieurs témoins et de solides pièces à conviction. Vous n'aurez qu'à choisir les hommes dont vous avez besoin.

D'Agosta s'y attendait, si bien qu'il avait tenu à coincer Singleton avant qu'il ne soit trop tard. Formosa, un lieutenant fraîchement nommé, manquait cruellement d'expérience.

— Si ça ne vous ennuie pas, capitaine, je préférerais continuer à travailler sur le meurtre du Muséum.

Singleton fronça les sourcils.

— Pourtant, à la lecture de votre rapport, j'ai cru comprendre que c'était une cause perdue. L'absence d'indices probants, de témoins...

Derrière son interlocuteur, D'Agosta aperçut le visage de Laura Hayward, sa nouvelle femme.

Elle quittait la Salle à Manger du Préfet, sa silhouette avenante en contre-jour, le gratte-ciel Woolworth en arrière-plan. Elle lui sourit naturellement, hésitant à le rejoindre avant de comprendre qu'il discutait avec Singleton. Elle se contenta de lui adresser un clin d'œil et se dirigea vers l'ascenseur.

D'Agosta reporta son attention sur Singleton.

— J'ai bien conscience que c'est une enquête difficile, capitaine, mais j'aimerais disposer d'une semaine de plus.

Singleton le dévisagea avec curiosité.

— Ce changement de mission n'est nullement une réprimande, si c'est ce que vous pensez. L'assassinat de cette joggeuse vous donnera au contraire l'occasion de briller à bon compte.

— Ce n'est pas ça, capitaine. J'ai lu les comptes rendus dans la presse, je sais très bien que c'est une mission de premier ordre.

— Dans ce cas, pourquoi continuer à vous intéresser à Marsala ?

La veille encore, D'Agosta aurait été trop heureux de transmettre la patate chaude à un collègue.

— Je ne sais pas exactement, capitaine, répondit-il, l'air songeur. C'est juste que je n'aime pas laisser tomber une enquête en cours de route. Appelez ça mon sixième sens, j'ai l'impression d'être à la veille d'une découverte importante. Vous savez ce que c'est, capitaine.

D'Agosta n'était pas dupe de sa propre démarche, le sixième sens en question avait un nom : Pendergast.

Singleton l'observa longuement, perplexe. Puis il hocha la tête avec l'ombre d'un sourire.

— Vous avez raison, approuva-t-il. Je suis le premier à croire à mon intuition. Très bien, Vinnie. Je vous laisse sur l'affaire Marsala. Je confierai l'assassinat de la joggeuse à Clayton.

D'Agosta avala sa salive.

— Merci, capitaine.

— Bonne chance, et tenez-moi informé.

Sur cette décision, Singleton s'éloigna.

14

Le professeur Paden avança avec empressement le siège réservé à ses visiteurs en voyant Pendergast le rejoindre dans son bureau encombré.

— Ah ! Inspecteur Pendergast ! Asseyez-vous, je vous en prie.

Au son de sa voix, Pendergast comprit que le petit homme n'entretenait plus les mêmes doutes que lorsqu'il lui avait laissé un message, deux jours auparavant. Paden, tout sourire, paraissait même très content de lui.

Pendergast inclina la tête.

— J'ai cru comprendre que vous aviez de nouvelles informations à me communiquer, professeur.

— En effet, en effet !

Le minéralogiste se frotta les mains, qu'il avait potelées.

— Je dois vous avouer, monsieur Pendergast – mais cela devra rester entre nous –, que je suis légèrement ennuyé.

Il donna un tour de clé à l'un des tiroirs de son bureau et sortit un chiffon qu'il déplia, révélant la présence de la turquoise. Il caressa machinalement celle-ci.

— Une pierre magnifique. Absolument magnifique.

Le minéralogiste tendit la gemme à son visiteur.

— Quoi qu'il en soit, faute d'avoir pu identifier précisément l'origine de cette pierre, j'ai procédé à divers tests afin de déterminer sa signature chimique, son indice de réfraction, et autres analyses de ce genre. De fait… euh… pour vous annoncer la vérité telle qu'elle est, l'évidence aurait dû me sauter aux yeux.

— Je ne suis pas certain de vous suivre, professeur.

— J'aurais été mieux inspiré de m'intéresser à l'aspect même de la pierre, et non à ses propriétés chimiques. Dès le premier jour, je vous ai précisé que ce spécimen possédait une couleur extrêmement inhabituelle et qu'elle tenait sa valeur de sa veinure si particulière. Si vous vous souvenez, je vous ai également dit que les turquoises d'un bleu indigo aussi marqué provenaient uniquement de trois États. Je ne me trompais pas… à un détail près.

Il récupéra sur le plateau de son imprimante laser une feuille qu'il tendit à Pendergast.

D'un coup d'œil, le policier reconnut une reproduction tirée d'un catalogue de bijoutier, ou peut-être de vente aux enchères. Un long texte descriptif accompagnait une photographie d'une pierre précieuse. Nettement plus petite que celle retrouvée dans l'estomac d'Alban, elle n'en était pas moins une réplique presque parfaite de cette dernière.

— Vous avez sous les yeux la seule turquoise américaine de couleur azur découverte en dehors des trois États dont je vous ai parlé, expliqua Paden avec déférence. Il s'agit surtout de la seule turquoise à veinure dorée qu'il m'a été donné de voir.

— D'où provient-elle ? s'enquit Pendergast d'une voix sourde.

— D'une mine californienne assez obscure, connue sous le nom d'Araignée Dorée. Une mine extrêmement ancienne, épuisée depuis plus d'un siècle, qui ne figure dans aucun des principaux ouvrages de référence et autres catalogues. Il n'empêche, cette pierre est si particulière, j'aurais dû l'identifier instantanément. Il est vrai que cette mine, très modeste, a produit très peu de pierres. Une trentaine de kilos de turquoise de premier ordre, tout au plus. C'est cette rareté même et le fait que la mine se trouve en Californie qui m'ont induit en erreur.

— Où précisément en Californie ? insista Pendergast, cette fois dans un chuchotement.

— Au nord-est d'Anza-Borrego et au sud du parc national de Joshua Tree, en bordure de la mer de Salton. Un lieu inhabituel d'un point de vue minéralogique, dans la mesure où…

Pendergast, statufié sur sa chaise jusqu'alors, se leva d'un mouvement fluide et quitta la pièce, suivi par les pans de sa veste, la feuille imprimée à la main. C'est tout juste si le professeur, ébahi, entendit flotter jusqu'à lui un murmure de remerciement.

15

La pièce du commissariat du 26e où étaient entreposées les pièces à conviction n'était pas une salle à proprement parler, mais un capharnaüm de niches et de recoins, séparé du reste du sous-sol par un grillage métallique. L'endroit sentait le moisi et le salpêtre, au point de convaincre le lieutenant Angler qu'on pourrait bien y retrouver un jour, emmuré derrière une cloison de brique, le squelette qui avait inspiré à Edgar Poe *La Barrique d'amontillado*.

Debout devant le guichet trouant le grillage, il prêta machinalement l'oreille aux bruits qui lui parvenaient des profondeurs de la pièce. Une minute plus tard, le sergent Mulvahill émergeait de la pénombre en brandissant un petit boîtier.

— Le voici, lieutenant.

Angler approuva du menton, remonta le couloir et pénétra dans la pièce voisine. Il referma la porte derrière lui et attendit que Mulvahill glisse la boîte dans le casier de sécurité aménagé dans la cloison. Il signa le reçu, récupéra le boîtier et s'installa à la table la plus proche afin d'en examiner le contenu.

Le coffret, quasiment vide, renfermait des échantillons prélevés sur les vêtements d'Alban, ainsi qu'un peu de terre retrouvée sur un talon de chaussure, enfermée dans un sachet hermétique. Les balles extraites des carrosseries à la suite de la poursuite sur l'autoroute le soir du drame se trouvaient toujours entre les mains des experts balistiques.

Quant au seul indice d'importance, le bloc de turquoise, il avait disparu de son écrin de plastique depuis que Pendergast l'avait… emprunté.

Tout en s'y attendant, Angler avait entretenu jusqu'au dernier moment l'espoir que Pendergast tiendrait parole. Hypnotisé par la boîte, il sentit monter en lui une colère sourde. Pendergast avait promis de ne pas garder la pierre plus de vingt-quatre heures, or il avait déjà deux jours de retard. En dépit de multiples tentatives, Angler n'avait pas réussi à le joindre, et l'inspecteur ne le rappelait jamais.

S'il était furieux contre Pendergast, Angler s'en voulait plus encore à lui-même. Il n'aurait jamais dû se laisser attendrir lorsque l'inspecteur l'avait supplié lors de l'autopsie de son fils. Angler se sentait trahi.

D'ailleurs, pourquoi diable avait-il besoin de cette pierre ?

Du coin de l'œil, Angler crut distinguer une tache noire dans son champ de vision. Il tourna la tête et vit Pendergast, debout sur le seuil de la pièce. Il aurait pu le croire tout droit sorti de son imagination. L'inspecteur approcha sans un mot, glissa une main dans sa poche et tendit la turquoise au lieutenant.

Angler scruta longuement la pierre, histoire de s'assurer qu'il s'agissait bien de la même. Il souleva le couvercle de l'écrin en plastique, y déposa la turquoise, referma l'écrin et l'enferma dans la boîte. Enfin, il reporta son attention sur Pendergast.

— Que suis-je censé vous dire ? demanda-t-il.

Pendergast, ignorant son regard noir, le gratifia d'une expression aimable.

— J'espérais que vous me remercieriez.

— Vous remercier ? De quoi ? D'avoir gardé une pièce à conviction deux jours de plus que vous n'en aviez reçu l'autorisation ? De ne m'avoir jamais rappelé ? Inspecteur, l'univers de l'enquête ne répond pas sans raison à des règles strictes. Votre comportement est tout sauf professionnel.

— Je suis parfaitement au fait des règles, rétorqua Pendergast. Tout comme vous. C'est même en dépit de ces règles que vous m'avez autorisé à emprunter cette pierre, et non à cause d'elles.

Angler prit une longue respiration. Comme il s'enorgueillissait de ne jamais perdre son sang-froid, il n'était pas question que ce sphinx de marbre noir le fasse sortir de ses gonds.

— Je serais curieux de savoir pour quelle raison vous avez gardé cet objet aussi longtemps par-devers vous.

— Je souhaitais en déterminer la provenance.

— Vous y êtes parvenu ?

Les résultats ne sont pas totalement concluants.

Pas totalement concluants ! Encore une réponse à la mords-moi-le-nœud. Angler tenta un nouvel angle d'attaque.

— Nous avons modifié notre stratégie pour retrouver l'assassin de votre fils.

— Vraiment ?

— Nous essayons de retracer les mouvements d'Alban le plus précisément possible au cours des jours et des semaines qui ont précédé sa mort.

Pendergast accueillit la nouvelle sans un mot. Soudain, il haussa légèrement les épaules et tourna le dos à son interlocuteur.

Angler ne put contenir plus longtemps son irritation.

— C'est tout ce que ça vous inspire ? Un vague haussement d'épaules ?

— Je suis pressé, lieutenant. Laissez-moi vous exprimer à nouveau toute ma gratitude au sujet de cette turquoise. À présent, si cela ne vous ennuie pas, je dois partir.

Angler, qui n'avait pas l'intention de le laisser s'en tirer à si bon compte, lui emboîta le pas.

— J'aimerais bien savoir ce qui se passe dans votre tête. Comment pouvez-vous être aussi… indifférent ? Vous ne souhaitez donc pas savoir qui a tué votre fils ?

Mais Pendergast avait déjà disparu au détour du couloir, et ses pas feutrés s'éloignaient en direction de l'escalier conduisant au rez-de-chaussée. Le silence revenu, Angler referma la boîte, toqua à la cloison afin d'appeler Mulvahill et déposa l'objet dans le casier de sécurité.

Alors, bien contre son gré, son regard s'arrêta sur la porte par laquelle venait de s'éclipser son visiteur.

16

Une jolie trentenaire aux cheveux d'un brun luxuriant qui lui tombaient sur les épaules se détacha de la foule dans la grande rotonde du Muséum. Elle rejoignit le premier étage par le grand escalier central et remonta un couloir dallé de marbre jusqu'à une porte flanquée de reproductions colorées de pétroglyphes anasazis. Elle s'immobilisa devant le battant ouvert, reprit sa respiration, et entra. Un maître d'hôtel installé derrière un petit pupitre en bois leva les yeux sur elle.

— Bonjour, j'ai une réservation pour deux, déclara la jeune femme. Au nom de Green. Margo Green.

L'homme consulta son écran.

— En effet, professeur Green. Heureux de vous revoir. La personne avec qui vous avez rendez-vous est déjà arrivée.

Margo suivit le maître d'hôtel entre les tables couvertes de nappes tout en étudiant le décor d'une salle dont elle connaissait la curieuse histoire. Connue sous le nom de Nécropole Anasazi, elle avait initialement accueilli plusieurs dizaines de momies amérindiennes en position traditionnelle accroupie, entourées d'un trésor de couvertures, de poteries et de têtes de flèches prélevées à la fin du XIXe siècle dans la caverne des Momies en Arizona, ainsi que dans divers cimetières préhistoriques. Le temps passant, cette salle d'exposition s'était retrouvée au centre d'une controverse ; au début des années 1970, une importante délégation navajo était venue à New York et avait planté son campement devant l'entrée du Muséum afin de protester contre une présentation jugée sacrilège. La salle avait discrètement fermé ses portes, les momies avaient été retirées, et le lieu était resté en jachère pendant plusieurs décennies. Deux ans plus tôt, un administrateur imaginatif avait eu l'idée de transformer le lieu en restaurant chic à l'intention des généreux donateurs, des membres du Muséum et des conservateurs désireux de recevoir en grande pompe leurs visiteurs les plus importants. Rebaptisé Chaco, l'endroit avait conservé ses fresques originales reproduisant l'intérieur d'une *kiva* au cœur d'un ancien pueblo anasazi. Sans ses hôtes momifiés, bien évidemment. La cloison en adobe qui fermait le fond de la salle avait été retirée afin de dévoiler les immenses baies vitrées donnant sur Museum Drive, à travers lesquelles le soleil coulait à flots ce jour-là, au grand plaisir de Margo.

Le lieutenant Vincent D'Agosta se leva de table en voyant arriver la jeune femme. Il avait peu changé depuis leur dernière rencontre. Peut-être avait-il perdu quelques kilos, et son crâne était plus dégarni qu'auparavant, mais il restait globalement fidèle au souvenir qu'elle avait conservé de lui. Un souvenir teinté d'un curieux mélange de gratitude et de mélancolie.

— Margo, l'accueillit-il en commençant par lui tendre la main avant de la serrer maladroitement contre lui. Je suis très content de vous revoir.

— Moi aussi.

— Vous êtes ravissante. Merci d'avoir accepté de me voir aussi vite.

Ils prirent place l'un en face de l'autre. D'Agosta avait appelé la jeune femme à l'improviste la veille afin de solliciter un rendez-vous. C'était elle qui avait suggéré l'idée d'un déjeuner au Chaco.

D'Agosta balaya la salle des yeux.

— Cet endroit a bien changé depuis notre première rencontre. Combien d'années, déjà ?

— Vous voulez parler des Meurtres du Muséum[1] ? répondit Margo, l'air songeur. Onze ans. Non, douze.

— Incroyable.

Un serveur leur apporta des menus ornés d'une silhouette de Kokopelli. D'Agosta commanda un thé glacé et Margo l'imita.

— Alors, que devenez-vous depuis tout ce temps ?

— Eh bien, je travaille actuellement dans l'East Side pour une fondation de santé publique, l'Institut Pearson.

— C'est vrai ? En qualité de quoi ?

— Je suis ethnopharmacologue. J'étudie les remèdes indigènes concoctés à base de plantes dans l'espoir de découvrir de nouveaux médicaments.

---

1. Lire *Relic* (J'ai lu, 2010).

— C'est fascinant.

— Tout à fait.

— Et vous continuez d'enseigner ?

— J'ai renoncé le jour où j'ai compris que j'étais en mesure d'aider des milliers de gens, et non pas une poignée d'étudiants.

D'Agosta se pencha sur le menu.

— Avez-vous découvert des remèdes miracles ?

— Jusqu'à présent, ma plus grande trouvaille est un composant de l'écorce du ceiba qui aurait des vertus curatives pour l'épilepsie et la maladie de Parkinson. Les Mayas s'en servent pour traiter la sénilité chez les personnes âgées. Le problème n'est pas simple, la mise au point d'un nouveau médicament prend une éternité.

Le temps que le serveur revienne prendre la commande, et D'Agosta interrogeait son interlocutrice :

— Vous m'avez expliqué au téléphone que vous reveniez souvent au Muséum.

— C'est vrai. Au moins deux ou trois fois par mois.

— Pour quelle raison ?

— Pour notre plus grand malheur, l'habitat naturel des plantes que j'étudie est détruit à un rythme terrifiant par la déforestation, le brûlis et l'extension des cultures. Dieu seul sait combien de végétaux potentiellement capables de traiter les cancers ont été éradiqués par l'homme. Il se trouve que le Muséum possède la plus grande collection ethnobotanique au monde. Les fondateurs de cette institution n'en avaient bien sûr pas conscience au départ, lorsqu'ils réunissaient des traitements et des remèdes magiques auprès des tribus indigènes de la planète. Toujours est-il que ces collections sont idéales pour mes recherches. Les réserves du Muséum contiennent des plantes qui n'existent même plus à l'état naturel.

La jeune femme se tut, gênée, brusquement consciente que le lieutenant ne partageait pas forcément son enthousiasme.

D'Agosta croisa les doigts sur la table.

— Figurez-vous que ça m'arrange bien que vous visitiez régulièrement ces lieux.

— Comment ça ?

Il se pencha vers elle.

— J'imagine que vous avez entendu parler du crime qui a eu lieu ici, non ?

— Celui de Victor Marsala ? J'ai travaillé avec lui à l'époque où je préparais ma thèse dans le département d'anthropologie. J'étais l'une des rares personnes avec qui il s'entendait.

Elle secoua la tête d'un air désolé.

— Je n'arrive pas à croire que quelqu'un ait voulu le tuer.

— C'est à moi qu'on a confié l'enquête, et j'ai besoin de votre aide.

Constatant que Margo ne réagissait pas, le lieutenant poursuivit :

— Marsala a collaboré avec un chercheur invité peu avant sa mort. Il l'a aidé à retrouver dans les collections un spécimen bien particulier, le squelette d'un Hottentot. L'inspecteur Pendergast, qui m'aide sur cette enquête, s'intéresse de près au squelette en question.

— Poursuivez.

D'Agosta donna l'impression d'hésiter.

— Sauf que... eh bien... figurez-vous que Pendergast a disparu. Il a quitté New York avant-hier sans laisser d'adresse. Vous le connaissez aussi bien que moi. En plus, nous avons découvert hier que les accréditations du chercheur avec qui collaborait Marsala étaient fausses.

— Fausses ?

— Absolument. Ce type prétendait être le professeur Jonathan Waldron, un anthropologue attaché à une université de Philadelphie. Sauf que le vrai Waldron n'est au courant de rien. Je l'ai interrogé moi-même, il n'a jamais mis les pieds au Muséum de sa vie.

— Qui vous dit que ce n'est pas lui l'assassin, et qu'il se contente de jouer les imbéciles ?

— J'ai montré sa photo au personnel du département d'anthropologie. Aucun rapport avec le type qui a travaillé avec Marsala. Le vrai Waldron a vingt ans de plus et mesure trente centimètres de moins.

— Bizarre.

— Comme vous dites. Pourquoi usurper l'identité d'un scientifique dans le seul but d'examiner un vieux squelette ?

— Vous pensez que le coupable serait ce chercheur bidon ?

— Je ne pense rien pour l'instant, mais c'est une piste plutôt intéressante. La première depuis le début de l'enquête. De sorte que...

Il marqua une pause avant de se lancer :

— Bref, je me demandais si vous accepteriez de jeter un œil à ce squelette.

— Moi ? s'étonna Margo. Pourquoi ?

— Parce que vous êtes anthropologue.

— Soit, mais je suis spécialiste d'ethnopharmacologie. Je n'ai pas pratiqué l'anthropologie physique depuis ma thèse.

— Je suis certain que vous en connaissez plus que la majorité des anthropologues d'ici. Surtout, j'ai confiance en vous. En outre, vous connaissez parfaitement les lieux sans appartenir au personnel du Muséum.

— Mes recherches prennent tout mon temps.

— Un simple coup d'œil. Votre opinion me sera très utile.

— Je vois mal comment un vieux squelette hottentot pourrait avoir un rapport avec ce meurtre.

— Je n'en ai aucune idée, mais c'est mon unique piste pour le moment. Je vous en prie, Margo. Vous connaissiez Marsala, aidez-moi à retrouver son meurtrier.

Margo poussa un soupir.

— Présenté sous cet angle, je vois mal comment je pourrais refuser.

— Je vous remercie, répondit D'Agosta avec un grand sourire. À propos, c'est moi qui vous invite.

17

L'inspecteur Pendergast, vêtu d'un jean délavé et d'une chemise de toile à boutons de nacre, des bottes de cow-boy aux pieds, observait la mer de Salton depuis le parc naturel Sonny Bono, dissimulé au milieu des hautes herbes du rivage. Des pélicans bruns survolaient les eaux sombres du lac en poussant des cris aigus. Il était 10 h 30 et la température atteignait déjà les 42 degrés.

Contrairement à ce que son nom indiquait, la mer de Salton était un simple lac, créé accidentellement au tournant du XXe siècle lorsque de fortes précipitations avaient détruit un réseau de canaux d'irrigation mal conçu. L'eau de la rivière Colorado s'était engouffrée dans le bassin de Salton, engloutissant la bourgade du même nom et laissant dans son sillage une étendue d'eau de près de mille kilomètres carrés. La région avait initialement connu un boom, plusieurs hôtels avaient vu le jour au bord du lac. Mais à mesure que l'eau reculait et que son taux de salinité augmentait, les vacanciers avaient cessé de venir et les promoteurs locaux avaient été acculés à la faillite. Avec ses collines désertiques et ses rives couvertes d'une épaisse croûte de sel, ses campings abandonnés et ses villas en ruine, l'endroit ressemblait désormais à une planète ravagée par une explosion nucléaire. Abandonné de ses habitants, sa terre blanchie et brûlée par le sel, le lieu n'était guère hospitalier, sinon pour les milliers d'oiseaux qui y avaient trouvé refuge.

L'inspecteur Pendergast rangea ses jumelles et regagna sa voiture, une Cadillac DeVille 1998 de couleur crème. Quelques minutes plus tard, il s'engageait sur la Route 86 et partait à l'assaut de l'Imperial Valley en suivant la rive occidentale du lac. Il fit halte à tous les étals de souvenirs et autres vieux magasins d'« antiquités » installés le long de la route, prenant le temps d'examiner les marchandises et de sonder les commerçants sur leurs collections de vieux bijoux indiens lorsqu'il n'achetait pas une babiole.

Aux alentours de midi, il bifurqua sur un petit chemin anonyme, parcourut plusieurs kilomètres et gara la Cadillac au pied des monts Scarrit, une chaîne de crêtes et de pics désolés, rongés par l'érosion. Il descendit de voiture après avoir récupéré ses jumelles sur le siège passager et partit à l'ascension du monticule le plus proche en ralentissant sa course à l'approche du sommet. Dissimulé derrière un rocher, il porta les jumelles à ses yeux et observa minutieusement le paysage.

Le désert s'étalait au pied des collines vers l'est, à moins de deux kilomètres des rives désolées de la mer de Salton. Des tourbillons balayaient l'immensité salée en soulevant des cyclones de poussière.

En contrebas, à mi-chemin des collines et du lac, il distingua une bâtisse biscornue dont la silhouette délabrée s'élevait dans le ciel brûlant. Un curieux mélange de béton et de bois dont les couleurs vives avaient pâli. Avec ses nombreux pignons, minarets et pagodes, l'ensemble hésitait entre le temple oriental et le stand forain. Pendergast reconnut le Fontainebleau, autrefois surnommé le Las Vegas du Sud, qui avait connu son heure de gloire soixante ans plus tôt, lorsque stars de cinéma et gangsters se ressourçaient sur les rives de la mer de Salton. L'un des films d'Elvis avait été tourné sur ses plages et dans ses immenses vérandas. La bande de Sinatra, le Rat Pack, s'était produite sur ses planches tandis que des personnages sulfureux tels que Frank Costello, Meyer Lansky et Moe Dalitz passaient entre eux des accords douteux dans ses salons privés. Et puis les eaux du lac avaient reculé en laissant derrière elles des pontons inutiles, le sel avait eu raison des poissons qui venaient s'échouer sur le rivage dans une puanteur atroce, et le Fontainebleau avait été abandonné au soleil, au vent et aux oiseaux migrateurs.

De sa cachette, Pendergast observa le vieil hôtel avec minutie. Le temps avait mis à nu le bois, la plupart des fenêtres ne présentaient plus que des trous sombres. L'immense toit s'était effondré à plusieurs endroits en laissant apparaître des ouvertures béantes. Les balcons lourdement ouvragés s'écroulaient çà et là, affaiblis par des années d'abandon. Pendergast n'apercevait aucun signe d'activité récent. Le Fontainebleau, véritable temple de l'oubli et de la désolation, n'attirait même pas la convoitise des bandes d'ados et autres amateurs de graffitis.

L'inspecteur tourna ses jumelles un peu plus au nord, au-delà de l'hôtel abandonné. Un vieux chemin de terre raviné traversait le désert en direction d'une grotte dont la gueule sombre, bouchée par une ancienne porte en bois, s'ouvrait à flanc de colline. Il s'agissait de la mine de l'Araignée Dorée, d'où provenait la pierre découverte au fond de l'estomac d'Alban. Pendergast en détailla longuement l'entrée et les abords. Contrairement au Fontainebleau, l'ancienne mine de turquoise avait été visitée récemment, ainsi que le confirmaient des traces de pneus sur le chemin et la croûte de sel cassée à plusieurs endroits au niveau de l'entrée. On avait bien tenté d'effacer ces indices d'une présence humaine, mais la manœuvre, efficace de près, ne faisait pas illusion depuis le poste d'observation de l'inspecteur.

Une telle négligence n'était pas accidentelle. La turquoise avait été volontairement introduite dans l'estomac d'Alban après sa mort dans un seul but : attirer Pendergast jusqu'à ce lieu perdu. Restait à comprendre pourquoi.

Si Pendergast était tombé volontairement dans le panneau, il n'avait aucune intention de se laisser piéger.

Il poursuivit l'examen de la mine pendant une éternité, puis dirigea ses jumelles dans le lointain afin de scruter le paysage. À trois kilomètres du Fontainebleau, au sommet d'un repli de terrain, se dressaient les silhouettes abandonnées des maisons d'une ville fantôme. Pendergast examina soigneusement le lieu avant de s'intéresser plus d'une heure durant aux environs immédiats, à la recherche de signes d'activité humaine.

Il redescendit jusqu'à sa voiture et prit la direction de la bourgade abandonnée. Une pancarte plantée à l'entrée, à peine lisible, lui annonça qu'il s'agissait de Salton Palms. Une silhouette féminine en bikini, des skis nautiques aux pieds, affichait un sourire aux trois quarts effacé.

La Cadillac garée, Pendergast se promena dans les rues désertes. Ses bottes de cow-boy sonnaient creux sur le macadam étoilé en soulevant un voile de poussière blanche. Les résidences secondaires, plutôt modestes, qui se trouvaient autrefois à Salton Palms étaient toutes en ruine. Une marina curieusement penchée subissait les assauts du soleil et du vent à plusieurs centaines de mètres du rivage actuel. Un virevoltant solitaire, prisonnier de la croûte de sel et constellé de cristaux, brillait de mille feux à la façon d'un flocon de neige géant.

Pendergast poursuivit sa déambulation au milieu de cet univers de désolation, découvrant ici une balançoire rouillée dans un jardin dénudé, là un vieux barbecue et une piscine pour enfant en piteux état. Une vieille voiture à pédales des années 1950 gisait sur le flanc au milieu d'une rue. À l'ombre d'une galerie s'étalait un squelette de chien rongé par le sel, son collier autour du cou. Seule la plainte lancinante du vent troublait le silence.

Au sud de la petite ville, loin des autres bâtiments, se dressait une cabane de fortune au toit goudronné. Couverte de sel, triste et miteuse, elle avait été fabriquée de bric et de broc à l'aide de matériaux récupérés dans les bâtiments abandonnés voisins. Un vieux pick-up rouillé, toujours en état de marche, était garé le long de la façade. Pendergast observa minutieusement le cabanon avant de s'en approcher d'une démarche chaloupée.

En dehors du pick-up, rien n'indiquait la moindre présence humaine. La masure ne disposait ni de l'eau, ni de l'électricité. Après un ultime coup d'œil, Pendergast frappa du poing sur la tôle ondulée faisant office de porte. Faute de réponse, il insista.

Un faible bruit s'éleva des profondeurs de la cabane.

— Allez-vous-en ! lui cria une voix éraillée.

— Excusez-moi, répondit Pendergast à travers la porte de tôle avec un fort accent texan, mais je n'en ai pas pour longtemps.

Comme sa requête restait sans réponse, il tira de l'une des poches de sa chemise une carte professionnelle :

William W. Feathers
Marchand d'objets anciens et de souvenirs
de l'Ouest sur eBay

Il glissa la carte sous le battant métallique où elle finit par disparaître, harponnée par une main invisible.

— Qu'est-ce que vous voulez ? s'enquit la même voix rauque.

— Je me disais que vous aviez peut-être des objets à vendre.

— J'ai rien de rien.

— C'est toujours ce que croient les gens. Ils ne se doutent pas des trésors qu'ils peuvent avoir chez eux. Je suis prêt à payer au prix fort.

Vous regardez quelquefois l'émission « Antiques Roadshow » ?

Pas de réaction.

— Je serais surpris que vous n'ayez pas accumulé toutes sortes d'objets intéressants glanés dans les rues de cette ville. Certains d'entre eux peuvent très bien m'intéresser. Maintenant, si je vous dérange, je me contenterai d'aller faire un petit tour dans toutes ces vieilles baraques.

Rien ne se passa pendant une minute. Puis la porte en tôle s'ouvrit et un visage grisonnant et soupçonneux, mangé par une barbe épaisse, se détacha de l'ombre à la façon d'un ballon fantôme.

Pendergast en profita pour glisser discrètement un pied dans l'entrebâillement tout en serrant la main de son interlocuteur avec effusion. L'instant suivant, le visage rayonnant, il entrait dans la cabane sans y être invité en noyant son hôte forcé, muet de saisissement, sous un déluge de remerciements.

L'intérieur du taudis sentait le renfermé. Pendergast balaya rapidement la pièce des yeux. Une vieille paillasse était posée dans un coin et il aperçut sous l'unique fenêtre un fourneau sur lequel était posée une poêle en fonte. Deux souches de bois faisaient office de sièges. Le plus grand désordre régnait dans cet espace confiné. Des vêtements, des couvertures, des boîtes de conserve vides, de vieilles cartes routières, des morceaux de bois flotté, des outils cassés… Pendergast découvrit un bric-à-brac inouï éparpillé dans tous les coins.

Apercevant un objet qui luisait dans la pénombre, il lâcha la main de son interlocuteur et se précipita en poussant un cri de ravissement.

— Qu'est-ce que je vous disais ! Regardez-moi ça ! Et vous laissez traîner par terre une telle merveille ! Ce bijou devrait être exposé dans une vitrine !

Il ramassa sur le sol un collier navajo en mauvais argent, sa turquoise disparue, qu'il examina cérémonieusement, comme s'il s'agissait du Saint Sacrement.

— Un truc pareil va chercher dans les soixante dollars sur eBay, sans problème. Je m'occupe de tout : je rédige l'annonce, je prends la photo, je gère la transaction, j'envoie l'objet par la poste et je récupère l'argent. Tout ça en échange d'une petite commission. Je commence par vous verser une somme et, si ça rapporte plus sur eBay, je prends dix pour cent. Combien je disais ? Soixante dollars ? On se met d'accord sur soixante-dix.

Joignant le geste à la parole, il sortit de sa poche une liasse de billets.

Les yeux chassieux de l'occupant de la cabane quittèrent le visage de Pendergast pour se poser durablement sur les billets verts. Pendergast compta sept billets de dix dollars et les lui tendit. Au terme d'une hésitation à peine perceptible, le vieil homme lui arracha les billets et les fourra d'une main tremblante au fond d'une poche de sa salopette, de peur de les voir s'envoler.

Pendergast, en parfait Texan débonnaire, adressa un large sourire à son hôte et s'installa d'autorité sur l'une des souches. Le vieil homme l'imita d'un air perplexe. Petit et maigre, avec de longs cheveux blancs et une barbe broussailleuse, le visage et les bras tannés par le soleil, il avait des mains potelées aux ongles crasseux. La somme offerte par son visiteur n'avait pas suffi à le délivrer de sa méfiance.

— Comment vous appelez-vous, l'ami ? s'enquit Pendergast, la liasse de billets bien en vue dans sa main.

— Cayute.

— Eh bien, monsieur Cayute, je me présente. Bill Feathers, à votre service. Avec tout ce que vous avez ici, je suis persuadé qu'on va trouver un terrain d'entente.

Pendergast s'empara d'un panneau rouillé de la Highway 111 posé sur deux parpaings en guise de plateau de table. La peinture en était écaillée et le métal était persillé de plombs de chasse.

— Ça, par exemple, les restaurants en sont friands, ils les accrochent au mur. Ce genre d'objet est très demandé. Je devrais pouvoir en tirer… je ne sais pas, moi. Dans les cinquante dollars. Qu'est-ce que vous en dites ?

Une nouvelle lueur s'alluma dans les yeux du vieil homme. Une minute plus tard, Cayute donnait son accord d'un mouvement de tête rusé. Pendergast compta cinq autres billets de dix et les lui glissa dans la main.

— Monsieur Cayute ! s'exclama-t-il, rayonnant. Vous êtes un homme d'affaires né. Je suis convaincu que nous avons tout à y gagner, tous les deux.

18

En l'espace d'un quart d'heure, Pendergast compléta sa moisson en négociant cinq drouilles de la même eau pour la somme rondelette de trois cent quatre-vingts dollars. À ce stade, les derniers soupçons de Cayute s'estompaient. Une bouteille de Southern Comfort, adroitement sortie de la poche revolver du jean de Pendergast et offerte sans contrepartie, acheva de délier la langue du vieil ermite. Ce dernier avait apparemment traîné dans les environs pendant son enfance, avant de revenir à Salton Palms un jour de disette. Usant de ce qu'il nommait un « bungalow » comme quartier général, il écumait la région à la recherche d'objets à vendre.

À force de patience et de tact, Pendergast parvint à aiguiller la conversation sur l'histoire de la ville et de l'hôtel Fontainebleau. Il recueillit ainsi toute une série d'anecdotes sur les heures les plus glorieuses du casino, son déclin et sa chute. Cayute lui-même avait œuvré en qualité de commis dans le plus chic restaurant du Fontainebleau, à son zénith.

— Seigneur ! s'enthousiasma Pendergast. J'imagine que ça devait être grandiose !

— Plus que vous l'imaginez, répliqua Cayute de sa voix rocailleuse après avoir vidé la bouteille qu'il déposa près de lui, tel un trophée. Tout le monde venait dans le coin. Les plus grands noms d'Hollywood. Marilyn Monroe a même signé une manchette de ma chemise un jour où je la servais à table !

— Non !

— C'te chemise a été lavée un jour par erreur, ajouta Cayute d'un air désolé. Imaginez un peu c'que ça vaudrait aujourd'hui !

— Quel dommage ! commenta Pendergast.

Il laissa s'écouler un instant avant de reprendre :

— L'hôtel a fermé ses portes il y a longtemps ?

— Dans les cinquante, cinquante-cinq ans.

— Quelle honte, un aussi beau bâtiment !

— Y'avait tout sur place. Un casino, une piscine, un ponton à bateaux, des thermes, même un zoo.

— Un zoo ?

— Parfaitement.

Le vieil homme prit la bouteille de Southern Comfort, constata à regret qu'elle était vide, et la reposa.

— Ils l'avaient installé dans une grotte naturelle, sous l'hôtel. À côté du bar à cocktails. Une espèce de jungle, avec des vrais lions, des panthères noires et des tigres de Sibérie. Le soir, les huiles qui descendaient à l'hôtel s'accoudaient au balcon avec leur verre pour admirer les bêtes.

— C'est passionnant, reprit Pendergast en se caressant le menton d'un air songeur. Il ne reste rien de valeur là-bas, vous pensez ? Vous avez déjà été voir à l'intérieur ?

— Tout a été dépouillé.

Un éclat attira l'œil de Pendergast. À moitié dissimulé sous un catalogue de vente par correspondance vieux d'un demi-siècle luisait faiblement un fragment de turquoise veiné de noir. L'inspecteur s'en empara et s'approcha de la lucarne afin de l'examiner.

— Quelle pierre magnifique ! Une veinure splendide. On devrait pouvoir s'entendre sur le prix.

Il se tourna vers Cayute.

— J'ai cru comprendre qu'il y avait une vieille mine dans le coin. La mine de l'Araignée Dorée, si je me souviens bien. C'est de là que provient cette turquoise ?

Le vieil homme secoua sa tignasse grise.

— J'vais jamais là-bas.

— Pourquoi donc ? C'est l'endroit idéal pour trouver des turquoises.

— À cause des histoires.

— Quelles histoires ?

Cayute se renfrogna.

— Les gens prétendent que la mine est hantée.

— Pas possible !

— Elle est pas bien grande, c'te mine, mais c'est qu'les puits vont profond. Il court des bruits bizarres.

— Des bruits bizarres ?

— J'ai entendu dire une fois que le propriétaire avait caché une fortune en turquoise que'que part dedans. Et pis il est mort en emportant son secret dans la tombe. De temps à autre, quelqu'un allait fouiller là-d'dans, mais personne a jamais rien trouvé. Et pis y'a vingt ans, un chasseur de trésor a voulu s'y mettre. Les planches étaient pourries, il est passé à travers et il est tombé au fond d'un puits. S'est cassé les deux jambes. Personne l'a entendu crier à l'aide, il a fini par mourir de soif, tout seul dans le noir.

— C'est horrible.

— On dit que ceux qui vont dans la mine l'entendent encore.

— Arpenter les galeries, vous voulez dire ?

Cayute fit non de la tête.

— Non. Plutôt comme quelqu'un qui s'traîne, et des cris à l'aide.

— Bien sûr, puisqu'il avait les jambes cassées. Drôle d'histoire, dites-moi.

Cayute se contenta de lancer un regard apitoyé en direction de la bouteille vide.

— Il faut croire que cette légende ne fait pas peur à tout le monde, reprit Pendergast.

Cayute releva brusquement la tête.

— Pourquoi vous dites ça ?

— Rien, je me suis baladé dans le coin tout à l'heure et j'ai remarqué des traces de pas et de pneus. Des traces récentes.

Le vieil homme baissa les yeux aussi vite qu'il les avait relevés.

— J'suis pas au courant.

Pendergast s'attendait à ce que son hôte lui fournisse d'autres explications. Comme Cayute restait silencieux, il insista.

— Vraiment ? C'est bizarre. On voit pourtant bien la mine de chez vous...

Pendergast conclut sa phrase en tirant négligemment de sa poche la liasse de billets.

Mais Cayute restait muet.

— Je suis surpris. L'entrée se trouve à moins de deux kilomètres d'ici.

Tout en parlant, il découvrit des billets de vingt et de cinquante sous ceux de dix dollars.

— Pourquoi ça vous intéresse tant ? demanda Cayute, à nouveau méfiant.

— Je vends beaucoup de turquoises. Pour ne rien vous cacher, je suis chasseur de trésors. Comme le type de votre histoire.

Il se pencha vers son interlocuteur, un doigt sur l'aile du nez, à la façon d'un conspirateur.

— Je serais curieux de savoir ce qui se passe dans la mine de l'Araignée Dorée.

Les yeux du vieux brocanteur, hésitant, papillotèrent.

— Ils m'ont payé pour rien dire.

— Moi aussi, je peux vous payer.

Il tira de la liasse un billet de cinquante dollars, puis un autre.

— Vous pourriez gagner sur les deux tableaux. Personne n'en saura jamais rien.

Cayute, fasciné par l'argent, ne bougeait pas. Pendergast produisit deux billets de cinquante supplémentaires et les ajouta aux précédents. Le vieil ermite hésita brièvement, puis les arracha des mains de son tentateur et les glissa dans sa poche où ils rejoignirent les autres.

— C'était y'a que'ques semaines, expliqua-t-il. Ils sont venus avec des camions et tout le tralala. Ils se sont garés devant la mine et y z'ont tout déballé. J'me suis dit qu'y z'avaient décidé de rouvrir la mine, alors j'ai été dire bonjour. Je leur ai proposé d'acheter un vieux plan d'la mine que j'avais.

— Et alors ?

— Pas très aimables, les cocos. Y m'ont raconté qu'y z'inspectaient la mine, rapport à son intégrité structurelle, qu'y z'ont dit. Sauf qu'y z'avaient pas le profil.

— Pourquoi donc ?

— Y ressemblaient pas à des inspecteurs. Et pis leur matériel. Jamais vu ça d'ma vie. Des crochets, des cordes, et une espèce de... de...

Cayute dessina un grand cube avec les mains.

— Comme les trucs dans lesquels s'enferment les plongeurs.

— Une cage anti-requin ?

— Ouais, mais en plus gros. Y voulaient pas de mon plan, y prétendaient qu'y z'en avaient déjà un. Et pis y m'ont dit de me mêler de mes oignons et y m'ont donné un billet de cinquante pour que j'tienne ma langue.

Le vieil homme tira Pendergast par la manche.

— Vous direz à personne c'que j'ai vu, hein ?

— Bien sûr que non.

— Promis ?

— Ce sera notre petit secret, le rassura Pendergast en se caressant le menton. Que s'est-il passé ensuite ?

— Y sont repartis au bout de que'ques heures. Pis y sont rev'nus, pas plus tard qu'hier. Tard. Un seul camion, cette fois, avec deux types dedans qui se sont garés à l'écart avant de descendre.

— Alors ?

— C'était la pleine lune, on y voyait comme en plein jour. Y'en a un qu'a effacé toutes les traces avec un râteau pendant que l'autre passait un balai. Y marchaient à reculons, pour effacer leurs empreintes de pas. Jusqu'au camion. Y sont remontés dedans et y sont repartis.

— Vous pourriez me décrire ces deux hommes ? À quoi ressemblaient-ils ?

— Des durs, c'est tout ce que j'peux dire. J'ai déjà trop parlé. Souvenez-vous de c'que vous m'avez promis.

— N'ayez crainte, monsieur Cayute, répliqua Pendergast qui resta un instant plongé dans ses pensées avant de s'enquérir : Vous m'avez bien dit que vous aviez un plan de la mine ?

Une lueur intéressée s'alluma dans les yeux fatigués du vieux chineur, brusquement moins inquiet.

— Oui, et alors ?

— Je suis disposé à l'acquérir.

Cayute l'observa quelques instants. Puis, sans se lever de son tabouret de fortune, il fouilla son bric-à-brac au milieu duquel il dénicha un vieux rouleau de papier jauni et partiellement déchiré, constellé de chiures de mouches. Il le déroula sans un mot en le montrant à Pendergast, sans le lui donner pour autant.

L'inspecteur se pencha sur le diagramme à demi effacé. Alors, tout aussi silencieusement, il tira de sa liasse quatre billets de cinquante dollars qu'il brandit sous le nez de Cayute.

La transaction achevée, il roula le plan, quitta son siège de fortune et serra la main calleuse du vieil homme.

— Merci et bonne journée à vous, monsieur Cayute, déclara-t-il en fourrant ses achats dans ses poches avant de glisser le plan et le panneau routier sous un bras. C'est un plaisir de travailler avec vous. Ne vous dérangez pas, je trouverai la sortie tout seul.

19

D'Agosta, une fesse appuyée sur un bureau dans le grand laboratoire du département d'ostéologie, masquait mal son impatience. Debout à côté de lui, les bras croisés, Margo Green tambourinait des doigts sur son coude. Tous deux observaient Sandoval s'escrimer sur son clavier, les yeux rivés sur l'écran de son ordinateur. D'Agosta en arrivait à se demander comment pouvait fonctionner le Muséum, tant la moindre démarche prenait des heures.

— J'ai jeté le bout de papier sur lequel j'avais noté le numéro de catalogue la dernière fois, expliqua Sandoval. Je ne pensais pas que vous en auriez à nouveau besoin.

Il semblait agacé de devoir tout recommencer à zéro. Ou bien alors il avait peur de voir débarquer Frisby.

— J'aurais voulu que le professeur Green puisse examiner ce squelette, insista D'Agosta en appuyant légèrement sur le mot *professeur*.

— C'est bon ! annonça Sandoval.

Quelques clics plus tard, une feuille sortait de l'imprimante voisine. Le technicien la tendit à D'Agosta qui l'examina, Margo penchée au-dessus de son épaule.

— Ce document est un simple résumé, dit-elle. Pourriez-vous me sortir la description complète du spécimen ?

Sandoval cligna des yeux, puis se remit lentement à son clavier. L'imprimante cracha bientôt plusieurs feuillets qu'il donna à la jeune femme.

D'Agosta nota la présence de gouttelettes de transpiration sur le front de Margo alors qu'il faisait froid dans la pièce, comme dans l'ensemble du Muséum. Il s'étonna de la trouver aussi pâle.

— Vous ne vous sentez pas bien, Margo ?

Elle le rassura d'un geste ponctué d'un bref sourire.

— Il s'agit du seul spécimen que Victor a montré à ce chercheur bidon ?

Sandoval confirma d'un hochement de tête et Margo poursuivit sa lecture du descriptif à voix haute :

— Hottentot de sexe masculin, âge approximatif : trente-cinq ans. Squelette entier. Préparateur : Professeur E.R. Padgett.

L'évocation de ce nom provoqua un ricanement chez Sandoval.

— Ah, lui !

Margo lança un coup d'œil dans sa direction avant de reporter son attention sur les documents.

— Vous avez trouvé des informations intéressantes ? s'enquit D'Agosta.

— Pas vraiment. Ce spécimen a été acquis de façon normale. Normale pour l'époque, j'entends.

Elle continua de feuilleter le dossier.

— Apparemment, le Muséum a passé un contrat avec un explorateur sud-africain pour alimenter ses collections ostéologiques. Les notes de terrain de l'explorateur en question, un certain Hutchins, figurent ici.

Elle parcourut silencieusement la suite.

— J'ai comme l'impression que ce Hutchins était un pilleur de tombes. Il aura entendu parler d'une cérémonie funéraire hottentote, aura surveillé la cérémonie avant de revenir de nuit déterrer le cadavre, le préparer, et l'expédier au Muséum. La cause du décès invoquée, cette histoire de dysenterie contractée pendant la septième guerre cafre, était probablement une ruse pour appâter le Muséum.

— Comment pouvez-vous le savoir ? s'étonna Sandoval.

— Je n'en sais rien, effectivement, mais j'ai consulté assez de dossiers de ce type pour être capable de lire entre les lignes, répondit-elle en reposant les feuillets.

D'Agosta se tourna vers le jeune technicien.

— Pourriez-vous nous montrer le squelette, à présent ?

Sandoval poussa un soupir.

— D'accord.

Il quitta son siège, récupéra la feuille sur laquelle était imprimé le numéro de catalogue et se dirigea vers la porte. Arrivé au seuil, il se retourna.

— Vous m'accompagnez ?

D'Agosta lui emboîtait le pas lorsque Margo l'arrêta en lui posant une main sur le bras.

— Nous vous attendrons dans la salle d'observation qui se trouve un peu plus loin, si ça ne vous dérange pas.

Sandoval haussa les épaules.

— Comme vous voulez.

D'Agosta suivit Margo jusqu'à une pièce réservée aux chercheurs de passage désireux d'examiner des spécimens. Il regrettait presque d'avoir refusé l'enquête sur la joggeuse proposée par Singleton. Il en voulait à Pendergast d'avoir disparu sans un mot, oubliant de lui préciser en quoi ce squelette était si important. Sans parler de la paperasserie engendrée par les interrogatoires et le reste. N'importe quelle enquête produisait son lot de rapports inutiles, mais celle-ci dépassait les bornes, du fait de la taille du Muséum et du nombre de ses employés. Les dossiers commençaient à s'empiler dans le petit bureau inoccupé qu'il avait réquisitionné à côté du sien, dans les locaux de la Criminelle.

Du coin de l'œil, il vit Margo enfiler des gants de chirurgien, regarder sa montre et tourner en rond dans la pièce. Son agitation ne faisait aucun doute.

— Vous savez, Margo, si le moment est mal choisi, nous pouvons revenir un autre jour. Je vous l'ai dit, c'est une simple intuition.

— Non. C'est vrai, on m'attend à l'Institut, mais ce n'est pas la question.

Elle poursuivit ses allées et venues quelques instants. Soudain, elle s'immobilisa, se tourna vers le lieutenant et posa sur lui un regard d'un vert ardent. D'Agosta se revit le jour où il l'avait rencontrée, à l'occasion d'un interrogatoire, lors de l'affaire des Meurtres du Muséum.

Elle le dévisagea le temps d'une éternité, puis se laissa tomber sur une chaise. D'Agosta l'imita.

La jeune femme avala péniblement sa salive.

— Je vous serais reconnaissante de ne parler à personne de ce que je vais vous révéler.

D'Agosta acquiesça.

— Vous vous souvenez de ce qui m'est arrivé, autrefois.

— Bien sûr. Cette série de meurtres au Muséum et dans le métro. Une période difficile.

Margo baissa les yeux.

— Ce n'est pas ça. C'est lié à ce qui m'est arrivé... ensuite.

D'Agosta ne comprit pas instantanément. Soudain, la vérité le frappa de plein fouet. Nom d'un chien ! Il avait complètement oublié le drame dont Margo avait été victime lorsqu'elle avait repris la direction de *Muséologie*, la revue scientifique du Muséum. Elle avait été poursuivie à travers le Muséum par un tueur en série aussi dangereux que fou qui l'avait poignardée avant de la laisser pour morte. La malheureuse n'avait retrouvé une vie normale qu'après des mois d'hospitalisation. D'Agosta n'aurait jamais dû lui imposer ce retour au Muséum.

Après un court moment de silence, Margo reprit la parole :

— Depuis cette histoire, je... je me sens mal chaque fois que je viens au Muséum. C'est d'autant plus ironique que je suis obligée d'y effectuer mes recherches.

Elle secoua la tête.

— Moi, le garçon manqué. Moi, toujours pleine de courage. Vous vous souvenez que j'avais insisté pour vous accompagner dans les tunnels du métro et dans cette ville souterraine ? La situation a bien changé depuis. Il y a très peu d'endroits au Muséum où je ne suis pas prise de bouffées de panique. Je suis incapable d'aller fouiller dans les collections. Je demande à ce qu'on m'apporte les spécimens dont j'ai besoin. Je repère toujours les issues de secours, prête à foncer à la moindre alerte. Je suis infichue de rester seule quand je travaille et je ne traîne jamais au-delà des heures d'ouverture, ou lorsqu'il fait nuit. Le simple fait de me trouver dans les étages, comme aujourd'hui, m'est extrêmement pénible.

D'Agosta sentait croître sa culpabilité à mesure qu'elle lui exposait ses difficultés. Il se sentait complètement idiot.

— Votre réaction est normale, Margo.

— Ce n'est pas tout. Je déteste les lieux sombres. Le noir en général. Je laisse les lumières allumées en permanence dans mon appartement. Vous devriez voir ma facture d'électricité.

Elle laissa échapper un rire amer.

— Je suis complètement en vrac. J'ai inventé à moi toute seule un nouveau syndrome, la muséophobie.

— Écoutez, l'interrompit D'Agosta en lui prenant la main. Oublions ce fichu squelette. Je demanderai à quelqu'un d'autre de…

— Pas question. Je suis peut-être folle, mais je ne suis pas lâche. Je tiens à examiner ces ossements, mais ne me demandez pas de me rendre dans les réserves, dit-elle en pointant du doigt les salles consacrées aux collections. Ne me demandez pas non plus de me balader dans les sous-sols.

La jeune femme s'était efforcée de prononcer la dernière phrase sur un ton dégagé, mais la peur faisait légèrement trembler ses cordes vocales.

— Merci de votre aide, Margo.

Un bruit de pas dans le couloir leur signala le retour de Sandoval. Il tenait entre les mains une boîte que D'Agosta reconnut sans peine. Il la déposa délicatement devant ses visiteurs.

— Je retourne à mon poste, annonça-t-il. Prévenez-moi quand vous aurez terminé.

Il quitta la pièce en refermant la porte derrière lui. Margo ajusta ses gants, récupéra dans un tiroir un carré de coton qu'elle étala devant elle avant d'y aligner les ossements : des côtes, des vertèbres, les os des bras et des jambes, le crâne, la mâchoire inférieure, ainsi qu'une litanie de petits ossements que D'Agosta aurait été bien incapable d'identifier. Il pensa au courage avec lequel Margo avait rebondi après les meurtres du Muséum. Elle avait fait du sport, demandé et obtenu un permis de port d'arme, appris à manier un pistolet. En apparence, elle était en pleine forme, mais le lieutenant avait assisté au même phénomène chez certains collègues. Il priait le ciel que cette expérience ne vienne pas compliquer le traumatisme de la jeune femme…

Il échappa brusquement à sa rêverie en voyant Margo se pétrifier sur sa chaise, le pelvis du mort entre ses mains gantées. À l'expression angoissée qui s'affichait sur ses traits quelques instants plus tôt avait succédé la surprise.

— Que se passe-t-il ? l'interrogea D'Agosta.

Au lieu de lui répondre, elle tourna le pelvis dans tous les sens en l'examinant attentivement. Elle le reposa enfin et se tourna vers son voisin.

— Un Hottentot de sexe masculin, approximativement âgé de trente-cinq ans ?

— C'est ça.

Elle s'humecta les lèvres.

— Intéressant. Je vais devoir revenir quand j'aurai un peu plus de temps, mais je puis déjà vous signaler que ce squelette n'est pas plus un Hottentot de sexe masculin que moi.

20

Un soleil brûlant inondait le paysage lorsque Pendergast avait quitté Salton Palms à la mi-journée, au volant de sa Cadillac crème. Il était minuit passé et la nuit était tombée depuis longtemps lorsqu'il reprit le chemin de la ville fantôme.

Parvenu à cinq kilomètres de la bourgade abandonnée, il éteignit ses phares, quitta la route et dissimula la voiture derrière un bosquet de yuccas rabougris. Il coupa le moteur et resta plongé dans ses pensées, le volant entre les mains.

La situation conservait tout son mystère, ce qui ne l'avait pas empêché d'effectuer deux découvertes d'importance : la mort d'Alban n'était qu'un prétexte visant à le conduire jusqu'à la mine de l'Araignée Dorée ; il était donc attendu là-bas, il ne faisait aucun doute à ses yeux que l'entrée de la mine était surveillée en permanence.

Il sortit de sa poche deux documents enroulés qu'il étala sur ses genoux. Le premier était le plan de la mine acheté à Cayute, le second le plan original de l'hôtel Fontainebleau.

Il prit dans la boîte à gants une lanterne sourde dont il dirigea la lumière sur le plan de la mine. Celle-ci, de dimensions modestes, était composée d'une galerie principale s'enfonçant en pente douce dans la terre, du côté opposé à celui où se trouvait le lac. Une demi-douzaine de galeries plus petites s'échappaient du boyau central en suivant les couches de turquoise, parfois tout droit, parfois en zigzaguant. Plusieurs d'entre elles se terminaient en cul-de-sac à l'entrée d'un puits très profond.

Pendergast acheva d'en mémoriser tous les détails, puis dirigea la lumière de sa lampe vers l'extrémité du plan. Au fond de la mine s'ouvrait un souterrain en tire-bouchon qui allait en se rétrécissant avant de déboucher, un peu moins d'un kilomètre plus loin, sur un passage vertical. Un conduit d'aération, peut-être, ou plus sûrement une issue de secours oubliée. Le dessin en était à moitié effacé, comme si l'auteur du plan s'était contenté d'en esquisser les contours.

Pendergast se pencha ensuite sur les plans de l'hôtel en ruine. Ses yeux naviguèrent à plusieurs reprises du plan de la mine à ceux du Fontainebleau, de façon à tenter de localiser la première par rapport au second. Chaque niveau du bâtiment avait fait l'objet d'un détail précis. Il y découvrit successivement les suites réservées à la clientèle, le vaste hall d'entrée, les salles de restaurant, les cuisines, le casino, le spa, le dancing, ainsi qu'une curieuse construction circulaire séparant le bar à cocktails de la promenade longeant le lac : le zoo.

Cayute lui avait précisé que le zoo en question, autrefois peuplé de lions, de panthères noires et de tigres de Sibérie, avait été construit dans une grotte naturelle située sous l'hôtel.

Pendergast compara une fois de plus les deux plans. Le doute n'était plus permis, le zoo se trouvait juste à la verticale de l'issue de secours de la mine.

Il éteignit la lampe et médita sur sa découverte. Tout s'enchaînait. Quel meilleur endroit pour installer un zoo souterrain que l'extrémité d'une vieille mine abandonnée ?

Ses mystérieux adversaires avaient exécuté de longs préparatifs à l'intérieur de la mine en attendant son arrivée, avant d'effacer les traces de leur passage. L'Araignée Dorée recelait un piège, mais un piège doté d'une issue de secours.

Sourd aux cliquetis intermittents qui s'échappaient du moteur encore chaud, Pendergast mit au point son plan de campagne. Le mieux était de profiter de la nuit pour opérer une reconnaissance du côté de l'hôtel, repérer l'issue de secours de la mine et déjouer les attentes de ses adversaires en entrant par l'arrière. Une solution qui lui offrait la possibilité de désamorcer le piège, voire de le retourner contre ses concepteurs. Il n'aurait plus alors qu'à revenir le lendemain en plein jour et se garer innocemment devant l'entrée de la mine afin de découvrir qui étaient ses ennemis. Il lui serait facile ensuite de leur tirer les vers du nez, histoire de découvrir les raisons du plan complexe et coûteux dont son fils avait fait les frais à seule fin d'attirer son attention.

Il lui fallait évidemment envisager la possibilité de n'avoir pas tout prévu, d'être contraint de modifier ses plans en cas de complication. La stratégie qu'il avait longuement peaufinée était pourtant celle qui lui garantissait les meilleures chances de succès.

Il consacra un quart d'heure supplémentaire à l'examen des plans de l'hôtel, mémorisant l'emplacement du moindre couloir, du moindre placard, du moindre escalier. Le zoo se trouvait au niveau du sous-sol, de façon que les bêtes sauvages restent à distance respectueuse des spectateurs. On y accédait en traversant une suite de pièces, parmi lesquelles une infirmerie, un local technique et un espace vétérinaire. Pendergast allait devoir les emprunter pour s'introduire dans le zoo lui-même, et accéder à l'entrée de secours de la mine.

Il récupéra son Les Baer, en vérifia le bon fonctionnement, et le coinça dans sa ceinture. Les plans à la main, il descendit de voiture, referma sans bruit la portière et s'immobilisa dans la nuit, tous les sens aux aguets. Des nuages vaporeux cachaient en partie une demi-lune dont la lueur tamisée suffisait à sa vision nocturne particulièrement aiguisée. Il avait troqué sa tenue de cow-boy contre un pantalon noir, des chaussures noires à semelles de crêpe, un col roulé noir et un gilet de chasse noir.

La nature autour de lui était immobile. Il patienta quelques minutes en scrutant attentivement les alentours, puis glissa les plans dans une poche du gilet et se mit en route silencieusement en se coulant dans l'ombre des monts Scarrit.

Il bifurqua à droite un quart d'heure plus tard afin d'escalader la face arrière de la colline. Arrivé au sommet, il sonda des yeux la silhouette du Fontainebleau dont les pignons et les minarets semblaient flotter dans le vide sous les rayons pâles de la lune. En arrière-plan se déroulait la surface noire et lisse de la mer de Salton.

Pendergast observa patiemment les alentours à l'aide de ses jumelles. Le paysage désertique paraissait aussi figé que le lac auquel il servait de décor. Un peu plus au nord se détachait la pente sombre conduisant à l'entrée principale de la mine. Il y avait fort à parier que des yeux invisibles guettaient sa venue, leur propriétaire tapi au milieu des ruines de Salton Palms.

Il étudia jusqu'au moindre repli de terrain de longues minutes durant. Alors, profitant d'un banc de nuages qui obscurcissait la lune, il descendit la colline en direction des ruines du Fontainebleau en veillant à toujours se fondre dans l'ombre. La sentinelle postée en surveillance près de l'entrée de la mine n'avait aucun moyen de le voir. Quelques minutes plus tard, la silhouette massive de l'hôtel se dressait devant lui.

Une large véranda courait tout le long de la façade arrière du bâtiment. Pendergast attendit une poignée de secondes et emprunta précautionneusement l'escalier permettant d'y accéder en faisant grincer le bois desséché des marches. Il soulevait à chaque pas des champignons d'une poussière fine qui lui donnait l'impression d'avancer sur la surface lunaire. Parvenu dans la véranda, il s'assura qu'elle était déserte avant de jeter un coup d'œil en direction des quelques marches qu'il venait d'escalader, à la recherche d'autres empreintes de pas que les siennes. Rien. Le Fontainebleau était plongé dans un profond sommeil.

Il s'approcha de la double porte permettant d'accéder à l'hôtel lui-même. Il avançait à pas de loup en testant chaque latte du plancher avant de s'y aventurer. Les portes, autrefois verrouillées, n'avaient pas résisté aux vandales qui avaient arraché l'une d'elles de ses gonds.

Pendergast découvrit un grand salon, sans doute réservé aux amateurs de thé l'après-midi. La pièce était plongée dans le noir et il attendit sur le seuil que ses yeux s'accoutument à l'obscurité. Une forte odeur de pourriture cubique, de sel et de pisse de rat flotta jusqu'à ses narines. Une immense cheminée habillait l'un des murs. Des fauteuils et des canapés montaient la garde, réduits à l'état de squelettes, leur tissu moisi crevé par les ressorts. Un alignement de banquettes en cuir et de tables meublait le fond de la salle. Des bribes de coton s'échappaient de leur assise fatiguée. Sur les murs étaient accrochées quelques photos délavées de la mer de Salton dans les années 1950, au zénith de sa gloire : des canots à moteur, des amateurs de ski nautique, des pêcheurs chaussés de cuissardes. De nombreux rectangles clairs sur le papier mural signalaient la disparition d'autres clichés. Un fin manteau poussiéreux recouvrait le tout.

Pendergast traversa la pièce, franchit une arche et se retrouva dans un immense espace d'où s'échappait l'escalier monumental permettant d'accéder aux étages, où se trouvaient chambres et suites. Le hall d'entrée de l'établissement s'ouvrait un peu plus loin, avec ses épaisses colonnes en bois et ses fresques nautiques partiellement effacées. Il s'arrêta afin de se repérer, sans éprouver le besoin de sortir les plans pliés dans une poche de son gilet. Le large couloir qui s'échappait à sa gauche menait au dancing et au spa. À sa droite, une arche basse marquait l'entrée du bar à cocktails.

Sur le mur s'affichait une feuille racornie dans une vitrine étoilée. Pendergast s'approcha afin d'en découvrir le contenu à la lueur argentée de la lune.

Bienvenue au fabuleux Hôtel Fontainebleau !
L'endroit à la mode sur la mer de Salton

Samedi 6 octobre 1962

Activités du jour :

6 h – Nage sportive avec Ralph Caminitti,
double participant olympique
10 h – Concours de ski nautique
14 h – Course de hors-bord
16 h – Élection de Miss Mer de Salton
20h30 – Soirée dansante dans la salle de bal,
animée par l'orchestre de Verne Williams
avec la chanteuse Jean Jester
23 h – « La jungle s'anime », spectacle animalier,
cocktails gratuits.

Pendergast se dirigea vers le bar. De nombreuses lattes des volets clos avaient disparu et les carreaux étaient cassés depuis longtemps. La pièce n'en était pas moins sombre, obligeant Pendergast à sortir de sa poche des lunettes de vision nocturne dernier cri, équipées d'un amplificateur d'image, qu'il arrima autour de sa tête avant de les allumer. Les murs, les lustres, les chaises s'éclairèrent brusquement devant ses yeux, baignant dans une lueur verte spectrale. Il ajusta la luminosité et fit le tour de la pièce.

Celle-ci, très vaste, était équipée d'une scène en coin et d'un long bar semi-circulaire. Des tables rondes occupaient le reste de l'espace. Des débris de verres jonchaient le sol et les tables. Leur contenu s'était évaporé depuis des décennies, laissant en souvenir des traces goudronneuses. Le bar, débarrassé de ses bouteilles, avait gardé intactes ses serviettes soigneusement empilées et ses rangées de bocaux remplis de bâtonnets à cocktail que protégeait une fine couche de poussière. Le miroir, brisé, avait laissé à ses pieds une pluie d'éclats dont le tain luisait faiblement. L'établissement, parce qu'il en émanait une tristesse sourde, ou peut-être à cause de l'impression de maison hantée qui l'affligeait, avait en partie échappé aux vandales et aux chineurs tels que Cayute. On aurait pu croire que le temps s'était arrêté le jour où le Rat Pack de Sinatra avait déserté ces murs.

La grande baie vitrée donnant sur l'extérieur avait échappé aux outrages du temps. À peine étoilée en de rares endroits, elle était recouverte d'une croûte de sel qui la rendait quasiment opaque. Pendergast s'en approcha, nettoya un petit coin à l'aide d'une serviette en papier, et découvrit de l'autre côté de la vitre un espace clos. Des chaises longues étaient éparpillées sur une sorte de grand balcon protégé par une rambarde. Celui-ci surplombait une fosse noire habillée de brique dont l'ouverture, large de cinq mètres, évoquait la gueule d'un puits géant. Pendergast crut distinguer à l'intérieur de la fosse, grâce à ses lunettes de vision nocturne, les feuilles en plastique d'une forêt de faux palmiers.

Le zoo. On imaginait sans peine les flambeurs et les stars hollywoodiennes d'autrefois se donnant rendez-vous là, sous un ciel étoilé, un verre à la main, dans le brouhaha des rires et des grondements d'animaux sauvages.

Pendergast redessina dans sa tête le plan de l'hôtel et celui de la mine. L'issue de secours devait s'ouvrir là, la galerie originale servant à la circulation des animaux pour le plus grand plaisir de la clientèle.

Il s'éloigna de la baie vitrée et passa derrière le bar en soulevant la trappe du comptoir munie de gonds. Il longea les étagères, autrefois pleines de bouteilles de cognac et de champagne millésimé, en veillant à ne pas faire crisser les débris de verre sous ses semelles, et atteignit une porte couverte de toiles d'araignées percée d'un hublot. Le battant s'écarta sous sa poussée avec un faible grincement, déchirant les toiles d'araignées. Des trottinements de rongeurs accueillirent la manœuvre tandis que l'assaillait une odeur de renfermé, de graisse rance et de crottes de rats.

Pendergast déambula silencieusement dans la succession de cuisines et d'offices qui s'ouvrait devant lui, ses yeux aux aguets derrière les lunettes de vision nocturne. Il ne tarda pas à découvrir une porte donnant sur un escalier de béton qui s'enfonçait dans les profondeurs du bâtiment.

Les locaux techniques de l'hôtel étaient aussi spartiates que fonctionnels, à l'image des ponts inférieurs d'un paquebot. Pendergast passa devant la chaufferie, repéra une première cave contenant des chaises longues et des parasols moisis, une seconde dans laquelle s'alignaient sur des cintres plusieurs rangées d'uniformes de femme de chambre mités, et se retrouva nez à nez avec un lourd battant métallique.

Il s'immobilisa à nouveau en reconstituant mentalement la disposition des lieux. Cette porte permettait d'accéder aux différentes salles destinées à nourrir et soigner les animaux. Le zoo lui-même, et donc l'issue de secours de la mine, se trouvait au-delà.

Pendergast tenta d'ouvrir la porte, mais le métal avait gonflé sous l'effet de la rouille et refusait de s'écarter. Il pesa de tout son poids sur le battant qu'il parvint à écarter de quelques centimètres dans un grincement sonore. Il sortit de son gilet de chasse un petit pied-de-biche à l'aide duquel il détacha les plaques de rouille, tout autour du chambranle, avant d'asperger les gonds de lubrifiant. Cette fois, la porte s'écarta tout juste assez pour le laisser passer.

Au-delà de l'obstacle s'étendait un couloir entièrement carrelé de blanc. De part et d'autre s'ouvraient des pièces dont les lunettes ne parvenaient même pas à chasser les ténèbres. Pendergast avança prudemment. En dépit des décennies qui s'étaient écoulées, une odeur musquée de grands félins imprégnait l'air. Il découvrit un peu plus loin, sur sa gauche, une pièce contenant quatre cages en fer munies d'une trappe. Elle donnait sur une salle carrelée réservée à un usage vétérinaire, voire à des opérations chirurgicales mineures pratiquées sur les animaux. Une autre porte métallique bloquait l'extrémité du couloir.

Pendergast s'arrêta. Il savait trouver, de l'autre côté, la salle destinée aux dresseurs chargés d'endormir les animaux en cas de danger avant de les évacuer de la fosse. À en croire les documents dont il disposait, cette pièce servait de sas entre le zoo et le reste du souterrain.

Le plan du sous-sol ne précisait pas à quel endroit précis de la fosse s'ouvrait l'issue de secours de la mine, ni même si celle-ci avait été bouchée. Pendergast, prévoyant cette éventualité, avait pris la précaution d'emporter un burin et une masse.

Le second battant métallique était heureusement moins rouillé que le précédent et Pendergast l'ouvrit sans difficulté. Il s'arrêta sur le seuil et observa la pièce voisine. Très petite, entièrement carrelée et aveugle, elle était équipée d'anneaux et de chaînes fixés aux murs. Des grilles d'aération s'ouvraient au niveau du plafond. Le lieu, parfaitement hermétique, avait échappé aux éléments, au point de paraître épargné par le temps. Les murs immaculés brillaient d'une lueur verdâtre dans ses lunettes de vision nocturne.

À cet instant, un coup terrible, assené au niveau du cou, l'envoya rouler par terre. Hébété, sous le choc, il constata que son attaquant lui bloquait toute sortie. L'homme, grand et musclé, vêtu d'une combinaison camouflage et équipé comme lui de lunettes de vision nocturne, pointait sur lui le canon d'un calibre 45.

Pendergast retira lentement la main de l'intérieur de son gilet de chasse, jugeant préférable de laisser le Les Baer dans sa cachette. Il se releva silencieusement en voyant la porte se refermer avec un cliquetis de verrou dans le dos de son assaillant. Reconnaissant volontiers sa défaite, il veilla à garder ses mains bien en vue tout en se laissant le temps de revenir de sa surprise. Il s'était fait piéger en se persuadant que l'endroit était désert, trompé par la poussière qui recouvrait tout l'hôtel.

Ses sens, incroyablement aiguisés, ne tardèrent pas à reprendre le dessus.

Sans que son agresseur ait prononcé une parole ou esquissé un geste, Pendergast sentit qu'il montrait les premiers signes de relâchement, son attention émoussée par l'apparente soumission de son prisonnier.

— Que se passe-t-il ? gémit-il d'une voix plaintive en abusant à nouveau de son accent texan. Pourquoi m'avez-vous frappé ?

L'inconnu ne répondit pas.

— Je suis un simple collectionneur de vieux objets, je ne faisais rien de mal.

Telle une larve, il baissa la tête et s'agenouilla devant son assaillant, au bord des sanglots.

— Je vous en prie, ne tirez pas. Je vous en supplie.

D'une pichenette discrète, il fit tomber à terre le pied-de-biche qui s'écrasa bruyamment sur le carrelage. Profitant de cette diversion d'un millième de seconde, il bondit en un éclair et cassa le poignet de son adversaire d'une manchette en envoyant voler son arme.

Au lieu de se jeter sur son pistolet, l'inconnu pivota sur un pied et envoya l'autre à toute force, dans un mouvement de karaté parfait, frapper le sternum de Pendergast. Ce dernier roula à nouveau à terre sans avoir pu sortir son Les Baer. Désormais conscient des qualités de combattant de son adversaire, il évita un second coup de pied, bondit sur ses jambes et esquiva de justesse le poing de l'assaillant. D'un coup de talon dans le creux du genou droit, il explosa les tendons de l'inconnu. L'homme vacilla, se rétablit et envoya un direct à Pendergast, qui recula juste à temps avant de riposter en le frappant au visage, les doigts tendus, dans la position connue sous le nom de *tigre* par les amateurs de kung-fu. L'homme recula vivement, la main de Pendergast le frôla sans l'atteindre, et il en profita pour enfoncer son poing dans l'estomac de l'inspecteur, lui coupant le souffle.

Ce combat étrange, exécuté avec une force impitoyable, se déroulait en silence dans le noir le plus absolu. Pas un son n'était sorti de la bouche de l'homme, sinon un grognement épisodique. Il se déplaçait avec une rapidité telle que Pendergast n'avait pas le loisir de récupérer son arme. L'inconnu était un combattant aguerri et, pendant une minute qui dura une éternité, aucun des deux adversaires ne parvint à prendre le dessus. Pendergast disposait pourtant d'une meilleure connaissance des arts martiaux, alliée à sa maîtrise des techniques d'autodéfense apprises dans un monastère tibétain. Enfin, d'un *bec de corbeau* – un mouvement consistant à user des deux mains jointes comme d'une épée –, il parvint à arracher les lunettes de vision nocturne de son attaquant. Porté par son avantage, il roua de coups l'inconnu qui s'écroula, à bout de souffle. L'instant d'après, Pendergast posait le canon du Les Baer sur la tempe de l'homme. Il le fouilla rapidement, trouva un couteau qu'il lança à l'autre bout de la pièce.

— FBI, annonça-t-il. Vous êtes en état d'arrestation.

L'inconnu s'entêta à rester muet.

— Ouvrez la porte.

Pas de réponse.

Pendergast retourna son adversaire, lui attacha les mains dans le dos à l'aide d'un lien en nylon qu'il accrocha à un tuyau de plomberie.

— Très bien. Dans ce cas, j'ouvrirai moi-même la porte.

Pendergast aurait pu croire que son adversaire ne l'entendait même pas. Assis par terre, prisonnier du tuyau, il affichait une mine impassible.

Au moment où Pendergast s'apprêtait à tirer sur la serrure, un délicat parfum de nénuphar emplit la pièce. Surpris, il chercha l'origine de l'odeur et comprit qu'elle émanait de la grille d'aération située au-dessus de la tête de son prisonnier. Encore fermée quelques instants plus tôt, elle laissait à présent échapper un brouillard aérien. L'agresseur de Pendergast, aveuglé par la perte de ses lunettes, roula des yeux avec effroi en sentant la brume lui envahir les narines, puis se mit à tousser en secouant la tête avec virulence.

Sans attendre, Pendergast visa la serrure et pressa sur la détente. Le vacarme de la détonation se répercuta contre les murs carrelés de la petite pièce. À sa grande surprise, le projectile ricocha sur le métal. Il allait tirer à nouveau lorsqu'il sentit ses membres s'engourdir, ses gestes perdre de leur netteté. Une étrange sensation lui embrumait le cerveau, une impression de plénitude et de bien-être, de sérénité et de lassitude. Des points noirs apparurent dans son champ de vision verdâtre. Il tituba, se rattrapa, vacilla de plus belle, laissa échapper son arme. Au moment où il sombrait définitivement dans un océan de nuit, il entendit la grille d'aération se refermer au-dessus de sa tête. Au même instant, quelques mots lui parvinrent dans un murmure :

— Vous pourrez remercier Alban…

*

* *

Plus tard, sans qu'il puisse déterminer combien de temps avait duré son endormissement, Pendergast émergea lentement de rêves sombres. Il ouvrit les yeux et découvrit une forme verte. Totalement désorienté, incapable de donner un sens à ce qu'il voyait, il finit par comprendre qu'il portait toujours ses lunettes de vision nocturne et que l'objet vert qui l'avait intrigué était la grille d'aération du plafond. La mémoire lui revint d'un seul coup.

Il se releva péniblement en commençant par se hisser sur les genoux. La lutte contre l'inconnu le laissait moulu, mais il se sentait anormalement fort, presque frais. L'odeur de nénuphar s'était évaporée. Son agresseur gisait toujours par terre, inconscient.

Pendergast fit le bilan de sa situation. Grâce à ses lunettes, il étudia la pièce plus attentivement qu'il ne l'avait fait auparavant. Les murs étaient carrelés sur plus d'un mètre de hauteur, avant de céder la place à un revêtement d'acier. La grille d'aération du plafond était fermée, le trou d'écoulement à ses pieds scellé par un bouchon de ciment.

L'endroit évoquait des lieux bien différents, utilisés à des fins autrement plus barbares.

Le silence, l'obscurité, l'atmosphère même de la pièce firent courir un frisson le long de sa colonne vertébrale. Il sortit son portable de sa poche et composa un numéro.

Au même moment, un cliquetis se fit entendre. Le pêne tourna dans la serrure et la porte métallique s'ouvrit lentement, révélant le petit couloir désert sur le sol duquel s'étaient imprimées les empreintes de ses propres pas.

21

Le lieutenant D'Agosta arriva à 13 heures précises. Il referma la porte derrière lui tandis que Margo l'invitait à s'asseoir.

— Vous avez du nouveau ? s'enquit-il en posant un regard curieux sur les ossements étalés sur la table.

Elle souleva l'écran de son ordinateur portable.

— Vous souvenez-vous des précisions figurant dans le dossier ? Un Hottentot de sexe masculin, approximativement âgé de trente-cinq ans ?

— Je ne risque pas de l'avoir oublié. J'en rêve la nuit.

— En réalité, nous sommes en présence du squelette d'une femme de race blanche, sans doute une Américaine, sexagénaire au minimum.

— Seigneur ! Vous êtes formelle ?

— Regardez vous-même, répondit Margo en saisissant délicatement le bassin. Le plus sûr moyen de déterminer le sexe du propriétaire d'un squelette est d'examiner son pelvis. Voyez comme celui-ci est large. Tout simplement parce que les femmes doivent pouvoir accoucher. Chez les individus de sexe masculin, l'écartement des iliaques serait différent. Vous noterez également la densité osseuse, la façon dont le sacrum penche vers l'arrière.

Elle reposa l'os du bassin et s'empara du crâne.

— À présent, regardez la forme du front, la minceur des arcades sourcilières, ce qui est une autre indication du sexe de l'individu concerné. Enfin, vous remarquerez la façon dont la suture sagittale et la suture coronale sont soudées entre elles, là et là. Un élément qui plaide en faveur d'un individu d'au moins quarante ans. L'usure des dents, constatée au microscope stéréoscopique, nous permet d'affiner l'âge réel et de l'évaluer à soixante ans au moins, peut-être soixante-cinq.

— Comment pouvez-vous déterminer les origines ethniques ?

— Ce n'est pas aussi évident que le reste, mais on détermine généralement le patrimoine ethnique d'un individu à la forme de son crâne et de sa mâchoire.

La jeune femme retourna le crâne entre ses doigts.

— Notez la forme triangulaire de la cavité nasale, la pente douce des orbites, traditionnellement caractéristiques d'une origine européenne. Les mâchoires européennes sont également plus plates sur l'arrière que les mâchoires africaines, par exemple.

Elle pointa du doigt le sinus situé à la base du crâne.

— Vous voyez ceci ? L'arche maxillaire est parabolique. Si nous avions affaire à un Hottentot, elle serait hyperbolique. Bien sûr, seule une analyse ADN me permettrait d'être certaine de ce que j'avance, mais je jurerais sur la Bible de mes parents que nous sommes en présence d'une femme blanche de plus de soixante ans.

Tout en parlant, Margo crut voir, à travers le hublot percé dans la porte de la pièce, une silhouette passer dans le couloir et s'arrêter en la voyant. Elle reconnut le professeur Frisby. Il dévisagea longuement Margo et D'Agosta, les sourcils froncés, avant de disparaître. Elle frissonna. Elle n'avait jamais aimé ce type-là. Restait à savoir de quelle façon D'Agosta avait pu se le mettre à dos, ce que tout semblait indiquer.

— Vous pensez aussi qu'elle est américaine.

Margo reprit ses explications :

— Simple supposition. Les dents, en bon état, sont usées de façon égale. Les os indiquent une bonne santé générale, sans maladie apparente. Il faudrait procéder à des analyses chimiques pour en savoir davantage. Certains signaux isotopiques dentaires permettent de savoir de quelle façon vivait un individu, voire quelle était son alimentation.

D'Agosta émit un petit sifflement.

— On en apprend tous les jours.

— Un dernier détail. Le fichier attaché à ce spécimen précise que le squelette est complet, ce qui n'est pas le cas. Il y manque un fémur.

— Une erreur d'écriture, à votre sens ?

— Certainement pas. La mention « complète » n'était pas utilisée à la légère à l'époque, tant les squelettes entiers étaient rares. Sans compter qu'un fémur ne passe pas inaperçu.

Plongé dans un silence pensif, tassé sur sa chaise, D'Agosta regarda machinalement la jeune femme replacer les ossements dans leur casier d'origine.

— Comment diable ce squelette a-t-il pu atterrir ici ? Le Muséum n'a tout de même pas de collections consacrées aux petites vieilles ?

— Bien sûr que non.

— De quand date ce corps, à votre avis ?

— Au regard des soins dentaires pratiqués sur cette femme, je dirais la fin du XIXe siècle. Il faudrait pratiquer une datation au carbone 14 pour en être certain, et ça prendrait des semaines.

D'Agosta digéra l'information.

— Commençons par nous assurer qu'il ne s'agit pas d'une erreur de classification, et que le fémur manquant ne traîne pas dans un coin. Je vais demander à notre copain Sandoval de sortir les squelettes des tiroirs voisins, ainsi que ceux dont les numéros de catalogue sont proches. Ça vous ennuierait de revenir un de ces jours afin de vous assurer qu'on ne trouve pas un Hottentot de trente-cinq ans dans le tas ?

— Avec plaisir. De toute façon, j'aurais aimé procéder à d'autres examens sur ce squelette-ci.

D'Agosta se mit à rire.

— Si Pendergast était là, vous pouvez être certaine qu'il nous dirait un truc du style : « Cet os est la clé de l'affaire. »

Il se leva de sa chaise.

— Je vous appelle dès que j'ai pu fixer une date avec Sandoval. En attendant, n'en soufflez mot à personne. Surtout pas à Frisby.

*

* *

Margo remontait le grand couloir du département d'ostéologie lorsque Frisby surgit soudain d'un recoin poussiéreux. Il calqua ses pas sur ceux de la jeune femme.

— Professeur Green ? demanda-t-il, les yeux droit devant lui.

— Bonjour, professeur Frisby.

— Je vous ai vue discuter avec ce policier.

— Oui, répondit-elle sur un ton qu'elle voulait badin.

Frisby ne s'était toujours pas tourné vers elle.

— Que voulait-il ?

— Il m'a demandé d'examiner un squelette.

— Lequel ?

— Celui que Victor Marsala avait sorti à la demande de ce chercheur invité.

— Il vous a demandé de l'examiner ? Pourquoi vous ?

— Je connais le lieutenant depuis longtemps.

— Qu'avez-vous découvert ?

La conversation tenait de l'interrogatoire. Margo décida de ne rien laisser paraître.

— D'après la fiche de ce spécimen, il s'agit d'un Hottentot de sexe masculin, ajouté aux collections du Muséum en 1889.

— Quel rapport pourrait-il y avoir entre l'assassinat de Marsala et un squelette vieux de plus d'un siècle ?

— Aucune idée, professeur. Je me contente d'aider la police.

Frisby poussa un ricanement.

— C'est intolérable. La police se fourvoie complètement. On dirait que les enquêteurs ont décidé d'impliquer mon département dans cet assassinat sans queue ni tête, au risque de provoquer un scandale. J'en ai plus qu'assez.

Frisby s'immobilisa.

— Souhaite-t-il vous solliciter à nouveau ?

Margo fut prise d'une hésitation.

— J'ai cru comprendre qu'il souhaitait examiner d'autres squelettes appartenant à la collection.

— Je vois, réagit Frisby en regardant pour la première fois son interlocutrice. À ma connaissance, la direction du Muséum vous laisse mener vos recherches à votre guise.

— Absolument. J'ai beaucoup de chance de ce point de vue.

— Que se passerait-il si vous ne disposiez plus des mêmes facilités à l'avenir ?

Margo refusa de baisser les yeux, scandalisée. Il n'était pas question qu'elle perde son calme.

— Ce serait la fin de mes recherches, je risquerais de perdre mon travail.

— Effectivement, ce serait dommage.

Sur ces mots, il tourna le dos à Margo en la laissant plantée au milieu du couloir.

22

La suite située au deuxième étage du Hilton de Palm Springs était plongée dans une semi-pénombre. Les rideaux étaient tirés devant les baies vitrées dominant la paillote réservée aux amateurs de cocktails, face à la piscine dont l'eau scintillait sous le soleil de cette fin de matinée. L'inspecteur Pendergast était confortablement installé dans un coin de la pièce, une théière posée à côté de lui sur une table basse, les jambes allongées, chevilles croisées, sur le repose-pieds de son fauteuil. Un téléphone portable à l'oreille, il était en pleine conversation.

— Il est enfermé dans la prison d'Indio en attendant que soit fixé le montant de sa caution. Aucun papier d'identité n'a été découvert sur sa personne, ses empreintes ne figurent dans aucune base de données.

— Vous a-t-il expliqué les raisons de cette agression ? répondit la voix de Constance Greene.

— Il se montre plus silencieux qu'un trappiste.

— Si je comprends bien, vous avez tous deux été victimes d'un gaz anesthésiant.

— Apparemment.

— À quelles fins ?

— C'est un mystère. J'ai consulté un médecin, il confirme que je suis en parfaite santé, si l'on oublie les plaies et bosses reçues lors du combat. Aucune trace de poison, aucun effet secondaire. Aucune trace de piqûre indiquant qu'on aurait profité de mon évanouissement pour m'inoculer quoi que ce soit.

— Votre agresseur était forcément de mèche avec l'inconnu qui vous a administré ce sédatif. Il est curieux que ce dernier ait également anesthésié son complice.

— Le déroulement des faits dans son ensemble défie le sens commun. Je suis convaincu que mon agresseur a lui-même été berné. Tant qu'il ne parlera pas, ses raisons nous resteront obscures. Quant à ma seule certitude, elle n'est pas à mon honneur.

Il marqua une pause.

— Je vous écoute.

— Tout ce qui s'est passé, la turquoise, la mine de l'Araignée Dorée, l'hôtel Fontainebleau de Salton, les traces de pneus mal effacées, le plan de la mine, peut-être même le vieil homme que je suis allé interroger, tout était truqué. Savamment orchestré de façon à me conduire dans cette petite pièce afin de m'y gazer. Une pièce construite il y a plusieurs décennies, précisément dans le but d'administrer des gaz anesthésiants à des animaux dangereux.

— Quel rapport avec votre honneur ?

— Je pensais posséder une longueur d'avance sur eux, alors qu'ils en avaient plusieurs sur moi.

— Vous usez du pronom « ils ». Pensez-vous vraiment qu'Alban ait pu se trouver mêlé à cette histoire ?

Pendergast resta silencieux quelques instants, avant de répéter d'une voix sourde :

— Cette phrase. « Vous pourrez remercier Alban. » L'affirmation est claire, ne trouvez-vous pas ?

— En effet.

— La complexité même de cette mise en scène au Fontainebleau, conçue dans ses moindres détails de façon à prévenir toute possibilité d'échec, évoque les pièges élaborés dont Alban était friand. C'est pourtant son meurtre qui a servi d'élément déclencheur à ce piège.

— Pourrait-il s'agir du suicide d'un être tourmenté ? suggéra Constance.

— J'en doute. Alban n'était pas homme à se suicider.

Un nouveau silence s'installa, que Constance se décida à rompre.

— En avez-vous parlé au lieutenant D'Agosta ?

— Je n'en ai soufflé mot à personne, à commencer par D'Agosta. Il en sait déjà trop pour son bien au sujet d'Alban. Quant aux autres enquêteurs du NYPD, je doute qu'ils soient capables de m'aider. Ils ne pourraient que provoquer des dégâts en piétinant mes plates-bandes. Je compte retourner à Indio tout à l'heure dans l'espoir de tirer les vers du nez de mon prisonnier.

Il fut pris d'une courte hésitation avant de poursuivre :

— Constance, je m'en veux terriblement de m'être laissé entraîner dans ce piège.

— C'était votre fils. Comment auriez-vous pu avoir les idées claires ?

— Ce n'est pas une excuse, conclut Pendergast avant de mettre fin à la conversation.

Il remisa le portable dans la poche de sa veste et resta longtemps immobile dans la pénombre, le front barré d'un pli.

23

Terry Bonomo était le spécialiste incontesté de l'identification des suspects au sein du NYPD. C'était surtout une grande gueule, que ses origines italo-américaines rendaient particulièrement sympathique aux yeux de D'Agosta. Ce dernier, perdu au milieu d'une forêt d'ordinateurs, d'écrans, de tableaux et d'appareils biscornus dans les locaux de l'identité judiciaire, sentit son moral remonter en flèche. Il commençait à avoir sa dose de l'atmosphère poussiéreuse et confinée du Muséum. Il était surtout heureux de passer à l'action. Non pas qu'il se soit tourné les pouces pendant que ses hommes passaient au crible les casiers d'ossements à la recherche d'empreintes, de traces ADN, de cheveux, de fibres textiles. Mais identifier le faux scientifique en reconstituant son visage grâce au logiciel de portrait-robot serait une avancée majeure. Et personne ne s'y entendait comme Terry Bonomo pour reconstituer un visage.

Penché au-dessus de son épaule, D'Agosta l'observait manœuvrer sa souris avec habileté. Sandoval, le technicien du département d'ostéologie, avait pris place en face d'eux. D'Agosta aurait fort bien pu organiser cette petite séance au Muséum, mais l'expérience lui avait enseigné qu'il était toujours préférable de convoquer les témoins au siège de la Criminelle. Les intimider était encore le meilleur moyen de les aider à se concentrer. À en juger par sa pâleur inhabituelle, Sandoval ne faisait pas exception à la règle.

— Hé, Vinnie ! s'exclama Bonomo d'une voix de basse en faisant chanter son accent du New Jersey. Tu te souviens de la fois où on a fait le portrait-robot d'un assassin présumé en faisant appel à l'intéressé ?

— Tu parles, gloussa D'Agosta.

— Putain de ma mer à boire. Ce con s'était cru malin en prétendant avoir été témoin du meurtre. Il pensait nous lancer sur une fausse piste en nous refourguant un portrait bidon. J'ai tout de suite compris qu'y avait un lézard.

Tout en évoquant le bon vieux temps, Bonomo s'affairait entre sa souris et son clavier.

— Alors que la plupart des témoins ont des souvenirs diffus, cet abruti nous dressait un portrait-robot hyperdétaillé de tout ce qu'il n'était pas. Gros nez, alors qu'il en avait un petit. Grosses lèvres, alors que les siennes étaient fines. Mâchoire carrée, alors que la sienne était étroite. Chauve, alors que le type avait les cheveux longs.

— Ouais, je m'en souviendrai toute ma vie. Quand tu as pigé le truc, tu t'es mis à dessiner sur ton ordinateur l'inverse de ce qu'il te disait. À la fin, le visage de notre témoin s'affichait sur l'écran. À force de se croire malin, il avait fini par se décrire lui-même en négatif.

Bonomo laissa échapper un rire gras.

D'Agosta suivait avec intérêt l'avancée du portrait. Chaque fois que Sandoval répondait à l'une de ses questions, Bonomo ajoutait un élément au visage initial.

— Super programme, murmura le lieutenant. Encore plus sophistiqué que le précédent.

— Ils n'arrêtent pas d'apporter des améliorations au logiciel initial. C'est une sorte de Photoshop amélioré. Il m'avait fallu trois mois pour m'y habituer, et pan ! Voilà qu'ils remettent le couvert. Maintenant, c'est bon. Je connais ce con sur le bout des doigts. Tu te souviens de la grande époque où on posait des cartes avec les yeux, les oreilles, le nez, la bouche, sur un visage dessiné ?

— Et comment !

Bonomo enfonça une dernière touche d'un mouvement plein d'entrain et tourna l'écran en direction de Sandoval. Ce dernier découvrit une large fenêtre centrale sur laquelle s'affichait un visage masculin dessiné numériquement. Une série de petites fenêtres entouraient la principale.

— Alors ? demanda Bonomo à Sandoval. C'est ressemblant ?

Le technicien observa longuement l'écran.

— Oui, d'une certaine façon.

— Nous n'en sommes qu'au début. Poursuivons en affinant au niveau de chacune des caractéristiques du visage. Je vous propose de commencer par les sourcils.

Bonomo cliqua sur une petite fenêtre et choisit l'onglet « Sourcils ». Diverses propositions s'affichèrent à l'écran. Sandoval sélectionna celle qui correspondait le mieux à ses souvenirs, faisant apparaître de nombreuses variantes parmi lesquelles il dut opérer un choix en fonction de la forme, de l'épaisseur, de la distance séparant les sourcils. Cette étape franchie à la satisfaction de Bonomo et de Sandoval, les deux hommes s'intéressèrent aux yeux du faux professeur.

— Sinon, de quoi est soupçonné ton type ? demanda Bonomo en se tournant vers D'Agosta.

— On s'intéresse à lui pour le meurtre d'un technicien du Muséum d'histoire naturelle.

— Ah oui ? Et de quelle façon tu t'intéresses à lui ?

D'Agosta l'avait oublié, mais la curiosité de Bonomo était insatiable dès qu'on lui demandait de recréer un visage.

— Il s'est servi d'une identité bidon pour avoir accès aux collections du Muséum, peut-être même tuer ce technicien. Il s'est fait passer pour un prof de l'université de Bryn Mawr près de Philadelphie, en Pennsylvanie. Un vieux croulant avec des lunettes à triple foyer qui a failli faire dans son froc quand il a appris que quelqu'un s'était servi de son identité, et que l'usurpateur en question était mêlé à un meurtre.

Bonomo rit grassement.

— Je vois le tableau.

D'Agosta rongea son frein en voyant son collègue s'intéresser successivement au nez, aux lèvres, au menton, aux pommettes, aux oreilles, aux cheveux, au teint du suspect. Il avait la chance de disposer d'un témoin fiable qui avait croisé le faux savant à de nombreuses reprises. Son travail enfin terminé, Bonomo appuya sur une touche de son clavier et le logiciel lui proposa plusieurs versions du visage décrit par Sandoval, parmi lesquelles ce dernier était censé choisir la plus ressemblante. Le temps d'apporter quelques corrections de dernière minute et Bonomo se cala confortablement sur son fauteuil avec la mine satisfaite d'un peintre venant d'achever un portrait.

— Que se passe-t-il ? s'inquiéta D'Agosta en voyant l'image se figer sur l'écran.

— Le logiciel procède à tous les calculs, le rassura Bonomo.

Quelques minutes plus tard, un message signalait que le processus était terminé. D'un clic, Bonomo mit en marche une imprimante et une image grisée en sortit lentement. Bonomo s'en empara, y jeta un coup d'œil et la tendit à Sandoval.

— C'est lui ? demanda-t-il.

Sandoval ouvrit des yeux éberlués.

— Mon Dieu ! C'est mon bonhomme ! Je n'en reviens pas. Comment avez-vous fait ?

— Je n'ai rien fait du tout, le corrigea Bonomo en lui tapant sur l'épaule. C'est vous qu'il faut féliciter.

D'Agosta se pencha sur le portrait, d'une précision quasi photographique.

— Terry, mon vieux, tu es un champion, murmura-t-il.

Bonomo, rayonnant, imprima une demi-douzaine de tirages et les donna à son collègue. D'Agosta les empila soigneusement en les tapotant sur la table avant de les enfermer dans son attaché-case.

— Je compte sur toi pour m'envoyer l'image par e-mail.

— Pas de souci, Vinnie.

En repartant quelques instants plus tard avec Sandoval, D'Agosta se fit la réflexion qu'il ne lui restait plus qu'à comparer le portrait-robot aux visages des douze mille personnes passées par le Muséum le jour du meurtre. Une vraie partie de plaisir en perspective.

24

La salle d'interrogatoire B du centre de détention d'Indio était une pièce aux murs de parpaing de couleur beige, meublée d'une table et de quatre chaises dont trois faisaient face à la dernière. Un micro descendait du plafond et des caméras vidéo traçaient une diagonale au plafond. Une grande vitre sans tain dessinait un grand rectangle sur le mur du fond.

L'inspecteur Pendergast, mains sur la table, doigts croisés, avait pris place sur la chaise du milieu dans un silence absolu. Il observait le vide de ses yeux pâles, aussi immobile qu'une statue de marbre.

Des pas résonnèrent dans le couloir. Un verrou coulissa bruyamment et la porte s'ouvrit. Pendergast tourna la tête et reconnut John Spandau, le gardien-chef de l'établissement.

Il se leva d'un mouvement que sa mésaventure de la veille rendait un peu raide, et tendit la main au nouvel arrivant.

— Bonjour, monsieur Spandau.

Le gardien-chef lui répondit par une ombre de sourire en hochant la tête.

— Il est à votre disposition, si vous êtes prêt.

— Vous a-t-il parlé ?

— Pas un mot.

— Je vois. Je vous en prie, amenez-le-moi.

Spandau regagna le couloir où des murmures se firent entendre. Quelques instants plus tard, l'agresseur du Fontainebleau entrait dans la pièce, escorté par deux gardiens. Un plâtre lui entourait le poignet droit. Il s'avança lentement en boitillant, handicapé par l'attelle qu'il portait autour du genou. Vêtu d'une combinaison orange de prisonnier, il était menotté et des chaînes lui entravaient les chevilles. Les gardiens le dirigèrent vers la chaise isolée sur laquelle ils l'installèrent.

— Souhaitez-vous que nous restions présents ? s'enquit Spandau.

— C'est inutile, je vous remercie.

— Mes hommes montent la garde dans le couloir. N'hésitez pas à les appeler en cas de besoin.

Spandau adressa un signe de tête à ses subordonnés et les trois hommes quittèrent la pièce. Le verrou se referma en grinçant et une clé tourna dans la serrure.

Le regard de Pendergast resta rivé sur la porte pendant quelques instants, puis l'inspecteur reporta son attention sur le prisonnier. Ce dernier, le visage impassible, l'observait fixement. Grand et musclé, le visage large, il avait d'épais sourcils surmontés d'un front haut.

Les deux hommes se défièrent du regard, sans prononcer une parole, le temps d'une éternité. Pendergast rompit le silence :

— Je suis en mesure de vous aider. À condition que vous acceptiez cette aide, évidemment.

L'homme ne répondit rien.

— Vous êtes une victime, au même titre que moi. Vous avez été aussi surpris que moi lorsque ce gaz anesthésiant a été introduit dans la pièce.

Il s'exprimait d'une voix douce et bienveillante, presque respectueuse.

— On vous a fait « porter le chapeau », comme on dit. Ce n'est jamais agréable d'être le dindon de la farce. Maintenant, je ne sais pas ce qui vous a poussé à accepter ce travail et à m'attaquer, ni sur quelle base on vous a rémunéré. J'imagine simplement qu'il s'agissait d'un travail, et non d'une vengeance, puisque je ne vous connaissais nullement. On vous a berné, dupé, utilisé, avant de vous livrer aux chiens.

Il laissa le temps à son interlocuteur de digérer ses propos.

— J'affirme pouvoir vous aider. Il m'est aisé de tenir parole, à condition de savoir qui vous êtes, et pour le compte de qui vous travaillez. C'est tout ce que je vous demande : des noms. Je m'occupe du reste.

Pour toute réponse, l'inconnu continua de lui montrer le même visage impénétrable.

— Si vous vous murez dans le silence par un réflexe de loyauté mal placé, laissez-moi vous expliquer ce qui vous attend. Votre commanditaire vous a déjà sacrifié. Celui qui tire les ficelles en téléguidant vos actes savait dès le départ que le gaz vous endormirait, tout comme moi. Alors pourquoi vous entêter dans ce mutisme ?

Pas de réaction.

— Laissez-moi vous raconter une histoire. L'un de mes collègues a envoyé un gangster en prison il y a sept ans, pour racket et chantage. Le gangster en question aurait eu tout le loisir de dévoiler à la justice l'identité de ses employeurs en échange d'une certaine clémence. Il a choisi de se comporter en bon petit soldat, de sorte qu'il a effectué l'intégralité de sa peine. Sept ans d'incarcération. Il a été libéré il y a tout juste quinze jours. Son premier réflexe a été de rentrer chez lui, où les siens l'ont accueilli avec joie. Moins d'une heure plus tard, il était abattu par ceux-là mêmes qu'il avait protégés en refusant de les dénoncer. Il s'agissait de l'empêcher définitivement de s'exprimer, alors qu'il avait donné la mesure de sa loyauté pendant sept ans.

Tout au long de ce monologue, c'est tout juste si l'homme avait battu des cils.

— Gardez-vous le silence dans l'espoir d'être récompensé ? N'y comptez pas.

Comme le prisonnier ne disait toujours rien, Pendergast l'observa longuement avant de reprendre la parole :

— Peut-être protégez-vous vos proches. Peut-être craignez-vous pour leur vie au cas où vous parleriez.

Pendergast se leva en constatant que l'homme restait sans réaction.

— Si c'est le cas, votre meilleur espoir, en leur nom comme au vôtre, est encore de parler. Nous sommes en mesure de les protéger. Dans le cas contraire, vous êtes tous irrémédiablement perdus. Croyez-en mon expérience.

Pendergast crut voir un éclair traverser le regard de son agresseur.

— Je vous souhaite le bonjour, conclut l'inspecteur avant d'appeler les gardiens.

La clé tourna dans la serrure, le verrou coulissa dans son encoche et Spandau apparut sur le seuil, suivi de ses hommes. Pendergast attendit que ces derniers se soient éloignés avec le prisonnier avant de reprendre la parole :

— Je rentre à New York. Puis-je compter sur vous pour me fournir la photo, les empreintes et l'ADN de cet homme, ainsi que le rapport médical établi lors de son admission dans votre établissement ?

— Bien sûr.

— Vous vous êtes montré extrêmement coopératif. Dites-moi, monsieur Spandau, ajouta-t-il après une courte pause. N'êtes-vous pas un grand amateur de vin ?

Son interlocuteur s'efforça de masquer sa surprise.

— Qu'est-ce qui vous fait dire ça ?

— La publicité pour de grands crus de bordeaux entrevue sur votre bureau hier.

Spandau sembla hésiter.

— J'ai une passion pour le vin, je l'avoue.

— Dans ce cas, vous savez ce qu'est un Château Pichon Longueville Comtesse de Lalande.

— Forcément.

— L'appréciez-vous ?

— Je n'en ai jamais bu, avoua Spandau en secouant la tête. Et ça ne risque pas de changer, avec mon traitement de gardien-chef.

— C'est bien dommage. Figurez-vous que j'ai réussi à me procurer ce matin même une caisse de leur cru 2000. Un excellent millésime, déjà buvable. J'ai demandé à ce qu'on la fasse livrer chez vous.

Spandau fronça les sourcils.

— Je ne comprends pas.

— Vous me rendriez un sacré service en m'appelant à la minute où notre ami commencera à parler. Vous œuvreriez à une bonne cause en m'aidant à résoudre cette enquête.

Spandau étudia la proposition en silence.

— Si vous pouviez en outre obtenir la transcription de ses propos... officiellement, bien entendu, vous joindriez l'utile à l'agréable. Je vous laisse ma carte, au cas où il me serait possible de vous aider.

Spandau, un temps silencieux, afficha soudain un sourire sur son visage habituellement flegmatique.

— Ce sera avec le plus grand plaisir, inspecteur.

25

Pendergast quitta Indio en direction du sud. L'après-midi tirait à sa fin lorsqu'il fit halte au pied de la crête acérée des monts Scarrit.

Il escalada la colline et tourna son regard vers l'est. La silhouette baroque du Fontainebleau se découpait sur l'étendue noire de la mer de Salton. Tout était immobile. Pas un signe de vie ne troublait l'infini du paysage étendu à ses pieds. Seule la discrète plainte du vent lui tenait compagnie.

Pendergast tourna la tête en direction de la piste ravinée conduisant à la mine de l'Araignée Dorée. Les traces de pneus mal effacées de la veille avaient disparu, laissant intacte en apparence la croûte de sel.

Il descendit le flanc opposé de la colline et gagna l'hôtel, ainsi qu'il l'avait fait la veille, en soulevant dans son sillage des nuages de poussière de sel. Aucune trace de son passage le soir précédent n'était visible, aussi bien devant la véranda qu'à l'intérieur. On aurait pu croire l'endroit déserté depuis des décennies.

Il s'éloigna du Fontainebleau et parcourut le kilomètre qui le séparait de l'entrée principale de la mine. La porte de cette dernière était à demi fermée par l'accumulation de sel. Des dunes de sel miniatures, dessinées au gré des tourbillons, avaient envahi le chemin raviné. Ainsi que Pendergast avait pu le constater de son poste d'observation, la croûte de sel paraissait intouchée.

L'inspecteur examina attentivement l'entrée de la mine. Ici, puis là, s'arrêtant épisodiquement afin de scruter les alentours dans leurs plus petits détails. Il s'agenouilla alors afin d'étudier de plus près la croûte qu'il foulait aux pieds, s'aidant d'une brosse exhumée d'une poche de sa veste. Il écarta la poussière avec d'infinies précautions, jusqu'à voir apparaître un sel plus immaculé encore. Là, et seulement là, il distingua les premières traces d'activité humaine, si habilement effacées qu'il eût été vain de vouloir s'entêter à les décrypter. Stupéfait par la minutie de ce travail de camouflage, il resta longtemps penché au-dessus du sol avant de se relever.

Le vent criait et gémissait, lui ébouriffant les cheveux, agitant les pans de sa veste. L'espace d'un instant fugace, l'air sec fit flotter jusqu'à ses narines une agréable odeur de nénuphar.

Pendergast tourna le dos à la mine et parcourut trois kilomètres en direction du nord, jusqu'aux premières maisons fantômes de Salton Palms. Rien n'avait bougé depuis la veille : les réverbères cassés, les bâtiments en ruines, les fenêtres béantes, les fontaines à oiseaux, les piscines vides. En revanche, la cabane au toit recouvert de toile goudronnée qui se dressait à l'orée de la bourgade quelques heures plus tôt s'était évanouie.

Pendergast s'approcha de l'endroit où il avait frappé la veille à la porte de Cayute et constata qu'il ne restait plus qu'un tapis de poussière de terre parsemé de touffes d'herbe sèche.

Comme si le vieil homme et son bric-à-brac dérisoire n'avaient jamais existé. Comme si la mine et l'hôtel n'avaient pas reçu de visite depuis des années.

Comme si Pendergast avait rêvé.

Il tituba légèrement sous le choc, déstabilisé par le vent qui lui fouettait les chevilles. Puis il fit demi-tour et reprit le chemin de sa voiture de location en empruntant le petit chemin de terre rongé par le sel.

26

— Bien sûr que je m'en souviens, répondit le conservateur adjoint. Il a travaillé avec Marsala il y a peut-être deux mois. Ils avaient l'air de très bien s'entendre tous les deux, j'en ai même été surpris.

— Le portrait que vous voyez sur l'écran lui ressemble ? s'enquit Bonomo.

— Presque parfaitement, à part…

Le chercheur fronça les sourcils en regardant fixement l'ordinateur.

— Il me semble que son front était un peu plus large. Au niveau des tempes, probablement.

Bonomo procéda à quelques modifications à l'aide du logiciel Identi-CAD.

— Comme ça ?

— Encore un peu plus large, répondit le chercheur dont la voix avait gagné en assurance. Et plus haut.

Bonomo s'exécuta.

— Et maintenant ?

— Oui. C'est parfait.

— Parfait ? Vraiment ?

— Vraiment.

— Nous sommes là pour vous servir ! plaisanta Bonomo en ponctuant la remarque de son rire épais.

D'Agosta sourit à son tour. Il avait embarqué Bonomo avec lui et faisait le tour du département d'ostéologie en s'adressant à tous ceux qui se souvenaient d'avoir croisé le faux chercheur auquel Marsala avait prêté ses lumières. Cette démarche allait permettre à Bonomo d'affiner son portrait-robot de la veille, pour davantage d'efficacité. D'Agosta pouvait désormais comparer le dessin aux images des caméras de surveillance. Deux journées l'intéressaient plus particulièrement : celle du meurtre ainsi que celle où Marsala avait sorti le faux squelette d'Hottentot à la demande de l'imposteur.

D'Agosta raya de sa liste le nom du jeune conservateur qu'ils venaient d'interroger et poursuivit sa tournée en compagnie de son collègue. Repérant une autre employée du département qui avait croisé la route du prétendu scientifique, il lui présenta Bonomo avant d'observer sa réaction à la vue du portrait. Bonomo ne passait pas vraiment inaperçu dans les couloirs poussiéreux du Muséum, avec sa voix sonore, ses plaisanteries et ses remarques directes, son rire tonitruant. D'Agosta n'était pas mécontent de la manœuvre, surtout depuis qu'il avait vu Frisby passer la tête hors de son bureau, rouge de colère.

Le lieutenant aperçut Margo Green. La jeune femme remontait le couloir central du département d'ostéologie. Leurs regards se croisèrent et la jeune femme fit signe à D'Agosta de la rejoindre dans l'une des réserves.

— Quoi de neuf ? s'enquit le policier après avoir soigneusement refermé la porte derrière eux. Vous avez trouvé le temps d'examiner les autres spécimens ?

— C'est fait. Pas l'ombre d'un Hottentot dans le tas. Quant au fémur, il reste introuvable, même dans les casiers voisins. Cela dit, j'ai procédé à des analyses complémentaires sur ce squelette de femme, comme promis. Je souhaitais vous en parler.

— Je vous écoute, répondit D'Agosta, tout en trouvant Margo bien nerveuse.

— Ces nouveaux tests confirment l'essentiel de mes conclusions initiales. Le taux d'oxygène comme les isotopes du carbone présents dans le squelette montrent que son régime alimentaire correspondrait parfaitement à celui d'une sexagénaire vivant dans un milieu urbain de l'Amérique de la fin du XIXe siècle. Probablement New York ou ses environs.

Le rire de Bonomo, reconnaissable entre tous à son pouvoir d'ébranler les murs, résonna dans le couloir.

— Pour un peu, remarqua Margo, votre copain pourrait se lancer dans une carrière comique à la Jimmy Durante.

— Il est parfois agaçant, mais c'est un as dans sa partie. En plus, il a le mérite de rendre Frisby complètement dingue.

Le visage de Margo s'assombrit.

— Sinon, comment vous sentez-vous ? Je sais à quel point c'est dur pour vous de venir au Muséum.

— Je m'en tire.

— Frisby ne vous embête pas, au moins ?

— Je suis une grande fille.

— Vous voulez que je lui en touche un mot ?

— Non merci, ça ne faciliterait guère ma tâche. Nous avons tout à perdre en l'attaquant de front. Le Muséum est un vrai panier de crabes. Tant que je ne fais pas de vagues, ça devrait aller.

Elle fut prise d'une hésitation.

— Dites-moi, lieutenant. J'aimerais vous parler d'autre chose.

— Oui ?

Margo baissa la voix, alors qu'ils étaient seuls dans la pièce.

— Vous souvenez-vous du jour où nous avons demandé à Sandoval de sortir la fiche de ce squelette ?

D'Agosta acquiesça, intrigué.

— Quand il a lu dans le dossier le nom du préparateur, le professeur Padgett, Sandoval a dit : « Ah, lui ! »

— Poursuivez.

— Sur le coup, sa réaction m'a paru étrange. J'en ai reparlé tout à l'heure à Sandoval. Comme beaucoup d'employés du Muséum, il collectionne les vieilles rumeurs et les ragots attachés à l'histoire de cette institution. Il m'a expliqué que le Padgett en question avait été mêlé à un scandale à l'époque où il dirigeait le département d'ostéologie, il y a très longtemps. Figurez-vous que sa femme a disparu et que son corps n'a jamais été retrouvé.

— Quel genre de scandale ? réagit D'Agosta.

— Sandoval n'en savait pas davantage.

— Vous pensez comme moi ?

— Exactement, et ça me colle des frissons.

27

Le lieutenant Angler, installé derrière un vieux bureau qui croulait sous le poids des dossiers dans les immenses locaux du Service de la sécurité des transports, observait distraitement par la fenêtre le ballet strident des avions sur la piste 4L-22R de l'aéroport JFK. Le bruit était à peine plus supportable à l'intérieur, entre les sonneries de téléphone, le cliquetis des claviers et les claquements de porte, parfois ponctués de cris d'énervement ou de protestation. Dans le bureau d'en face, un voyageur herculéen en provenance de Carthagène faisait l'objet d'une fouille corporelle.

Qu'avait écrit Sophocle dans *Œdipe roi* ? « Connaître la vérité est parfois bien cruel. »

Angler reporta son attention sur les documents étalés devant lui.

Faute de grain à moudre, il avait demandé à ses hommes de s'intéresser à la façon dont Alban avait pu s'introduire sur le territoire américain. Angler partait d'un constat imparable : avant d'être déposé mort devant la porte d'une maison new-yorkaise, Alban avait été vu pour la dernière fois au Brésil. Le lieutenant avait donc pris la décision d'envoyer ses équipes enquêter dans les aéroports locaux, à la gare de Penn Station, ainsi qu'à la gare des bus de Port Authority, dans l'espoir de remonter la piste du jeune homme.

Il saisit un épais dossier : la liste des personnes ayant débarqué à JFK en provenance du Brésil depuis plusieurs mois. Un dossier épais de trois bons centimètres. Un dossier parmi des dizaines d'autres. Les sources de renseignement potentielles, extrêmement nombreuses, menaçaient de le noyer. Et quand ils ne passaient pas au crible les listes de passagers, ses hommes s'intéressaient aux criminels à qui Alban aurait pu être associé. La moindre anomalie, le plus petit détail inhabituel étaient examinés à la loupe.

Après avoir passé des heures à consulter des registres, Angler attendait patiemment qu'un fait anodin attire son attention.

Le lieutenant pensait différemment de la plupart de ses collègues. « Cerveau droit » de nature, il comptait sur son intuition, sur l'éclair de lumière auquel n'aurait pas été sensible un esprit plus logique. Convaincu des vertus d'une technique qui l'avait servi par le passé, il feuilletait inlassablement les listes de passagers sans même savoir ce qu'il cherchait précisément, conscient qu'Alban ne serait jamais arrivé aux États-Unis sous son véritable nom.

Howard Miller
Diego Cavalcanti
Beatriz Cavalcanti
Roger Taylor
Fritz Zimmermann
Gabriel Azevado
Pedro Almeida

Depuis qu'il avait entamé ce pensum, il avait eu plusieurs fois l'impression de ne pas être le premier à consulter ces listings. Des détails de rien du tout : des feuilles mal empilées, des dossiers dérangés dans un classeur à tiroirs, sans compter les témoins qui se souvenaient d'avoir répondu aux mêmes questions six mois ou un an plus tôt.

Qui avait bien pu le précéder ? Pendergast ?

À l'évocation de ce nom, Angler sentit ses poils se hérisser. Jamais il n'avait croisé un personnage aussi singulier. Le lieutenant n'aurait pas été contraint d'examiner à la loupe le nom de tous ces passagers si l'inspecteur s'était montré un peu plus coopératif.

Il chassa cette pensée de sa tête et reprit sa tâche. Il était déjà au bord de l'indigestion, pas question de se rendre plus malade encore en pensant à Pendergast.

Dener Goulart
Mattias Kahn
Elizabeth Kemper
Robert Kemper
Nathalia Rocha
Tapanes Landberg
Marta Berlitz
Yuri Pais

Il se figea sur son siège. Un nom sortait du lot. Tapanes Landberg.

Pour quelle raison ? Ce n'était pas la première fois qu'il s'arrêtait sur un nom inhabituel, et cela n'avait jamais rien donné. Pourquoi donc celui-ci stimulait-il son cerveau droit ?

Il fronça les sourcils. Que lui avait dit Pendergast au sujet de son fils ? Alban avait le don de s'en tirer dans la pire des situations, lui avait-il affirmé. Une autre révélation, aussi : Alban prenait un malin plaisir à se lancer dans des jeux cruels, il était passé expert dans l'art de railler et d'humilier autrui.

Jeu, raillerie et humiliation. Intéressant. Quelle notion dissimulaient précisément ces mots ? Si Alban avait l'habitude de finasser, ne serait-il pas capable de jouer avec les mots ?

Angler, les lèvres pincées, s'amusa à décortiquer le nom « Tapanes Landberg » en crayonnant dans la marge de son listing.

Tapanes Landberg
Tapanes Bergland
Sada Pantenberg
Abrades Plangent

Abrades Plangent. Pris d'une intuition, Angler raya les lettres du prénom Alban et se retrouva avec trois voyelles et sept consonnes :

rdesPagent

Il réarrangea alors les dix lettres au bas de la feuille.

dergaPenst
Pendergast

D'un coup d'œil, il constata que le passager concerné avait pris place à bord d'un vol Air Brazil reliant Rio de Janeiro à New York.

L'individu en question était arrivé à l'aéroport JFK affublé d'un nom dont l'anagramme était « Alban Pendergast ».

Pour la première fois depuis de longs jours, Angler s'autorisa un sourire.

28

La salle des microfilms, située au rez-de-chaussée de la bibliothèque municipale de New York, débordait de machines destinées à des utilisateurs que ne semblait pas décourager l'atmosphère étouffante et trop éclairée du lieu. Assis à côté de Margo Green, Vincent D'Agosta desserra l'étau de sa cravate et déboutonna son col de chemise. La jeune femme chargea un rouleau de microfilm dans l'appareil posé devant elle, cala les picots à l'intérieur des perforations et manœuvra la poignée.

— Bon sang, maugréa D'Agosta. Comme s'ils n'avaient pas les moyens de numériser leurs archives. Alors, de quel journal s'agit-il ?

— Du *New York Evening Independent*. Un organe de presse généraliste, qui s'intéressait davantage que le *Times* aux faits divers.

Elle regarda brièvement la boîte du microfilm.

— Ce rouleau couvre les années 1888 à 1892. Par où commence-t-on, à votre avis ?

— Le squelette a été ajouté aux collections du Muséum en 1889. Commençons par cette année-là.

Il desserra sa cravate un peu plus encore. Il étouffait littéralement.

— Si ce bonhomme s'est effectivement débarrassé de sa femme, il n'aura pas traîné avant de planquer le corps.

— Vous avez raison, approuva Margo en tournant la poignée.

De vieux journaux défilèrent à l'écran, lentement dans un premier temps, puis plus vite. L'appareil ronronnait doucement. D'Agosta se fit la réflexion que sa compagne n'était plus la même. On la sentait nettement plus à l'aise dans ce lieu qu'au Muséum.

Il ne pouvait s'ôter de l'idée que si cette démarche ne manquait pas d'intérêt, elle n'aiderait en rien à résoudre son enquête, quand bien même Padgett aurait tué sa femme et dissimulé son squelette dans les collections du Muséum. D'Agosta en voulait aussi à Pendergast de son attitude. C'est tout juste s'il était passé au Muséum en coup de vent, le temps de susciter de faux espoirs chez D'Agosta avant de s'évanouir dans la nature. Il n'avait pas donné signe de vie depuis maintenant quatre jours. D'Agosta avait pourtant laissé à l'inspecteur des messages de plus en plus pressants, sans résultat.

Margo ralentit le moteur de la machine en atteignant l'année 1889. Les articles défilaient les uns après les autres : des reportages consacrés au monde politique new-yorkais, des événements internationaux pittoresques ou tragiques, des rumeurs, des crimes, le lot quotidien d'une ville en plein essor. Le premier détail d'intérêt surgit dans un numéro de la fin d'été :

INFORMATIONS LOCALES

Ouverture du capital du métro aérien – Un homme arrêté suite à la disparition de sa femme – Première au Garrick Theatre – Démantèlement d'un réseau de trafic de sucre – Stinson emprisonné après une plainte en diffamation

En exclusivité dans les colonnes du
New York Evening Independent

*New York, 15 août – Consolidated Steel ouvre son capital suite à une commande d'acier, après l'ouverture programmée d'un métro aérien au niveau de la 3ᵉ Avenue – La police métropolitaine de New York a procédé à l'arrestation du professeur Evans Padgett du Muséum d'histoire naturelle, au lendemain de la disparition récente de son épouse – Le Garrick Theatre propose ce vendredi la première d'une nouvelle mise en scène d'*Othello*, avec Julian Halcomb dans le rôle du Maure de Venise – Le tristement célèbre réseau de trafic de sucre a récemment…*

— Mon Dieu ! murmura Margo. Il a vraiment tué sa femme !

— Le journal ne parle pour l'heure que d'une arrestation. Essayons d'en savoir davantage.

Margo écuma les numéros suivants et finit par découvrir, une semaine plus tard, une nouvelle mention de l'affaire. Il s'agissait cette fois d'un article entier.

UN CHERCHEUR DU MUSÉUM ACCUSÉ D'UXORICIDE LE SCANDALE PREND DE L'AMPLEUR ALORS QUE LE CORPS DE L'ÉPOUSE RESTE INTROUVABLE

Le suspect aurait menacé de tuer sa femme quelques jours avant sa disparition – L'inculpé reste muet – Le directeur du Muséum nie toute implication de son établissement.

New York, 23 août – Le professeur Evans Padgett a été placé sous écrou ce jour, suite à la disparition et au meurtre présumé de son épouse, Ophelia Padgett. À en croire ses amis et voisins, Mme Padgett était atteinte d'une maladie dévastatrice, accompagnée de troubles mentaux croissants. Les soupçons se sont portés sur le professeur Padgett lorsque ses collègues du Muséum d'histoire naturelle, dont il est l'un des conservateurs, ont signalé à la police l'avoir entendu à plusieurs reprises exprimer son intention de mettre un terme à l'existence de son épouse. Selon ces mêmes collègues, le professeur Padgett affirmait qu'un remède était responsable de l'état de sa femme. Il aurait, par des commentaires voilés, parlé de « la soulager de ses souffrances ». Depuis son arrestation, le professeur Padgett n'a fait aucun commentaire, que ce soit à la police ou aux magistrats chargés de l'instruction, préférant se murer dans le silence. Il se trouve actuellement incarcéré à la prison des Tombs dans l'attente de son jugement. Sollicité par nos soins, le directeur du Muséum n'avait rien à déclarer au sujet de cette triste histoire, sinon pour préciser que son institution n'avait joué aucun rôle dans cette disparition.

D'Agosta laissa échapper un ricanement.

— Rien n'a changé. La direction du Muséum s'intéressait déjà plus à sa réputation qu'à la vérité.

Il resta un instant silencieux avant de reprendre :

— Je me demande quel était le fameux remède en question. Sans doute un truc bourré de cocaïne ou d'opium.

— Les symptômes ne ressemblent pas à ceux d'une intoxication aux stupéfiants. Une maladie dévastatrice... Une façon élégante de dire incurable au XIXe siècle. Ce qui n'est pas inintéressant...

Comme la jeune femme ne précisait pas sa pensée, D'Agosta l'aiguillonna :

— Qu'alliez-vous dire ?

— L'une des analyses pratiquées sur le squelette fait apparaître des troubles de type minéral. Ophelia Padgett souffrait peut-être d'une maladie osseuse dégénérative.

Margo poursuivit son examen des numéros suivants, sans découvrir mieux que de brèves allusions à l'imminence du procès, puis à son ouverture. Enfin, elle lut, à la date du 14 novembre 1889 :

Le professeur Arthur Padgett de Gramercy-Lane, inculpé du meurtre de sa femme Ophelia, a été acquitté ce jour de l'ensemble des charges qui pesaient sur lui par le président de la King's

Courtroom, 2 Park Row. En dépit des témoignages confirmant que le professeur avait évoqué en termes voilés son intention de mettre un terme aux jours de son épouse, et malgré les preuves circonstancielles apportées par le procureur de l'État de New York, le professeur Padgett a été blanchi, l'objet du délit restant introuvable à la suite des recherches diligentes menées par la police de Manhattan. Le professeur Padgett a été remis en liberté et autorisé à quitter le tribunal libre ce jour à midi.

— L'objet du délit reste introuvable ! s'écria D'Agosta. Et pour cause. Le vieux filou a fait macérer le corps dans les cuves du département d'ostéologie avant de classer le squelette parmi les collections du Muséum, en affirmant qu'il s'agissait d'un Hottentot !

— L'anthropologie était une science très limitée en 1889. Une fois le corps réduit à l'état de squelette, personne n'aurait été capable de découvrir la supercherie. Un crime parfait.

D'Agosta se tassa sur son siège, soudain las.

— À quoi rime toute cette histoire ? Quelle raison pouvait bien avoir ce faux chercheur de voler un fémur ?

Margo haussa les épaules.

— Mystère.

— Super. Au lieu de résoudre un meurtre commis la semaine dernière, on en découvre un autre vieux de plus d'un siècle !

29

D'où venons-nous ? Comment est apparue la vie ? Comment avons-nous échoué sur ce grain de poussière qu'est la planète Terre, entourés de l'infini des grains de poussière qui composent le cosmos ? La réponse à ces questions nous emporte plusieurs milliards d'années en arrière, avant même la naissance de l'univers. À une époque où il n'existait rien. Rien, sinon l'obscurité.

D'Agosta s'écarta de la vitre incurvée et frotta ses yeux fatigués. C'était la cinquième fois qu'il entendait cette foutue présentation, au point de la connaître par cœur.

Il étouffa un bâillement en balayant du regard la salle de vidéosurveillance du Muséum, à laquelle les habitués avaient donné le nom de PC Planétarium. La pièce, aménagée dans un recoin du cinquième étage, abritait les ordinateurs, les logiciels, les serveurs NAS et les logiciels pilotant le planétarium que l'on voyait en contrebas grâce à une baie vitrée en demi-lune.

Car si la direction du Muséum avait veillé à installer des caméras dans tout l'établissement, elle avait oublié de prévoir un local destiné à visionner les images en cas de besoin. Faute de mieux, le visionnage se déroulait au PC Planétarium grâce aux ordinateurs théoriquement réservés à celui-ci. Encore une idée de gratte-papier pour réaliser des économies.

Pendant les heures d'ouverture du Muséum, le PC était plongé dans le noir et les moniteurs de visionnage tournaient le dos à la baie vitrée de façon à ne pas gêner les visiteurs confortablement installés dans la salle. L'espace était minuscule. D'Agosta et les deux inspecteurs qui l'accompagnaient, Jimenez et Conklin, étaient tassés les uns sur les autres face aux écrans dont ils disposaient. Le lieutenant se trouvait là depuis des heures, les yeux usés à force de visionner les bandes. Un méchant mal de crâne commençait à lui vriller les tempes. Il s'entêtait pourtant, porté par la crainte que l'enquête retombe dans une impasse s'il n'arrivait pas à faire parler ces satanées vidéos.

Une clarté aveuglante traversa brusquement la pièce : de l'autre côté de la baie vitrée venait de se produire le Big Bang. D'Agosta bondit sur son siège. Il aurait dû se méfier, d'autant qu'il venait d'entendre le baratin d'introduction une minute plus tôt. Il ferma les yeux, mais il était trop tard, des centaines d'étoiles dansaient follement derrière ses paupières closes.

— Putain de merde ! gronda Conklin.

Une musique tonitruante envahit la petite pièce. D'Agosta attendit sans bouger que les étoiles s'effacent et que le niveau sonore diminue un peu, puis il ouvrit les yeux, ses paupières papillotèrent et il s'efforça de se concentrer sur l'image granuleuse qui s'affichait sur son écran.

— Rien de neuf ? demanda-t-il.

— Non, fit Conklin.
— *Nada*, renchérit Jimenez.
L'interrogation était inepte. Ses hommes auraient déjà poussé un cri de joie s'ils avaient touché le jackpot, mais poser la question était une façon comme une autre de forcer le destin.
Il achevait de visionner une vidéo de l'espace dédié à la vie marine, enregistrée entre 17 et 18 heures le samedi 12 juin, jour du meurtre. L'écran vira au noir sans qu'il ait rien noté d'intéressant. Il referma la fenêtre d'un clic, se frotta les yeux de plus belle, raya une ligne de plus de la liste posée à côté de lui, et fit apparaître le menu principal afin de sélectionner la vidéo suivante. Sans enthousiasme, il appela à l'écran les images prises par la même caméra une heure plus tard. Il commença par les regarder à vitesse réelle, puis à double vitesse, avant de les laisser défiler huit fois plus vite à mesure que la salle d'exposition se vidait.
Rien.
Pour changer, il décida de s'intéresser à la caméra filmant la moitié sud de la grande rotonde, entre 16 et 17 heures. D'un doigt aguerri par l'habitude, il mit l'enregistrement numérique à zéro, passa en mode plein écran, et regarda la scène à vitesse normale. L'image en plongée de la rotonde s'anima, les visiteurs se mirent à traverser l'écran. Il plissa les yeux, bien décidé à ne pas perdre sa concentration en dépit des mauvaises conditions de travail que lui imposait le lieu. Les gardiens à leur poste, les guides agitant leurs petits drapeaux histoire de rallier leurs troupes au milieu de la foule, les bénévoles

de l'accueil qui commençaient à ranger plans et prospectus à l'approche de la fermeture.

Un grondement s'éleva du planétarium. Les cris et les applaudissements de la foule crépitèrent, saluant la formation de la Terre dans un déluge de feu et de flammes. Des nappes d'orgue firent trembler la chaise de D'Agosta, manquant de le renverser.

Et merde. Il repoussa l'écran d'un geste rageur. Ras-le-bol de toutes ces conneries. C'était dit, il irait trouver Singleton le lendemain matin, histoire de battre sa coulpe, de lui lécher le cul, de ramper, n'importe quoi pourvu qu'on l'affecte sur le meurtre de cette joggeuse dans l'Upper East Side.

Il se figea soudain sur place avant de se rapprocher précipitamment du moniteur, les yeux écarquillés. Il resta sans battre un cil pendant trente secondes, puis enfonça la touche retour d'un doigt qui tremblait d'émotion et visionna à nouveau la même séquence, les yeux rivés à l'écran. Au comble de l'excitation, il répéta l'opération à plusieurs reprises.

— Nom de Dieu, murmura-t-il.

Là, sous ses yeux ! Le faux chercheur !

Il jeta un coup d'œil de confirmation en direction du portrait-robot de Bonomo, scotché sur le côté de l'ordinateur de Jimenez. Aucun doute, il s'agissait bien de lui. Vêtu d'un imperméable léger, d'un pantalon noir, de baskets sans lacets grâce auxquelles il se déplaçait sans un bruit. Pas exactement la tenue standard du savant en goguette. D'Agosta le vit pénétrer dans la rotonde, balayer l'immense espace des yeux en s'intéressant à l'emplacement des caméras de sécurité, acheter un ticket d'entrée, franchir le portique de sécurité et remonter à contre-courant de la foule des visiteurs avant de disparaître du champ de vision de la caméra. D'Agosta visionna une nouvelle fois le passage, subjugué par l'aisance du personnage, la nonchalance insolente avec laquelle il se déplaçait.

Bordel de merde, il avait enfin touché le gros lot. Il se tournait vers son voisin afin de lui annoncer la bonne nouvelle lorsqu'il découvrit une silhouette noire derrière lui.

— Pendergast !

— Bonjour, Vincent. J'ai cru comprendre, aux dires de Mme Trask, que vous... euh, cherchiez à me joindre d'urgence.

Pendergast observa de ses yeux pâles le décor de la pièce.

— Je constate que vous assistez en direct à la création du cosmos. Quelle chance. À présent, je suis impatient de vous entendre.

D'Agosta, ravi de sa découverte, en oublia instantanément la rancœur accumulée depuis plusieurs jours contre son ami.

— Je l'ai trouvé !

— Qui donc ? Dieu ?

— Mais non ! Le faux professeur Waldron ! Là, regardez !

Un éclair d'impatience brouilla les traits de Pendergast.

— Le faux qui ? J'avoue être perdu.

Jimenez et Conklin se pressèrent face au moniteur en attendant les explications de leur chef.

— Souvenez-vous, lors de votre dernière visite, vous vous interrogiez sur le chercheur invité avec lequel avait travaillé Marsala. Eh bien, figurez-vous que son accréditation était bidon. Maintenant, regardez bien : on le voit entrer dans le Muséum à 16 h 20 le jour où Marsala a été tué.

— Comme c'est passionnant, réagit Pendergast d'une voix qui trahissait son manque total d'intérêt.

Il se dirigeait déjà vers la porte lorsque D'Agosta l'arrêta.

— On a dressé le portrait-robot que voici. Comparez-le avec le type de la vidéo de surveillance.

D'Agosta arracha le portrait scotché à l'ordinateur de Jimenez.

— Regardez. C'est notre homme.

— Je me réjouis de constater que votre enquête progresse, déclara Pendergast, la main sur la poignée de la porte. Je suis au regret de vous annoncer que mes préoccupations actuelles m'empêchent de vous aider, mais je sais que l'enquête se trouve en de bonnes…

Alors qu'il parlait, son regard s'était arrêté machinalement sur le portrait-robot que D'Agosta tendait dans sa direction. Il ne put achever sa phrase, transformé en statue de sel. Le temps donna l'impression de s'arrêter tandis qu'il devenait pâle comme la mort. Il se précipita sur la feuille qu'il fit bruisser entre ses doigts en la dévorant des yeux, puis il se laissa tomber sur la chaise la plus proche, hypnotisé par le portrait-robot.

— Bonomo a réalisé un super boulot, remarqua D'Agosta. Il ne nous reste plus qu'à mettre la main sur ce fils de pute.

Pendergast, longtemps plongé dans le silence, finit par réagir d'une voix d'outre-tombe.

— Un boulot remarquable, en effet. Mais il est inutile de nous mettre en chasse de cet homme.

D'Agosta en resta interloqué.

— Comment ça ?

— J'ai eu récemment l'occasion de le rencontrer. Très récemment, même.

Les doigts de l'inspecteur s'écartèrent et le portrait-robot glissa lentement vers le sol poussiéreux.

30

Le lieutenant D'Agosta découvrait pour la première fois la salle d'armes de la vieille demeure de Riverside Drive. Il est vrai qu'il n'avait vu qu'une infime partie de la vaste maison. Cette pièce n'en constituait pas moins une surprise. Le père du lieutenant, lui-même collectionneur, lui avait légué son amour des armes anciennes. D'un coup d'œil, il constata que Pendergast possédait de nombreuses pièces de choix. Sans être immense, la salle d'armes était superbement arrangée, avec ses murs lambrissés de bois de rose, ses plafonds à caissons, ses tapisseries anciennes.

Les vitrines aux portes cadenassées abritaient un nombre impressionnant d'armes de collection. Aucun des pistolets exposés là n'était postérieur à la Seconde Guerre mondiale. D'Agosta nota la présence d'un Lee-Enfield .303 et d'un Mauser 1893, tous deux en parfait état ; un Luger de calibre 45 d'une grande rareté ; un fusil à éléphant Nitro Express .377, signé Westley Richards, à la crosse incrustée d'ivoire ; un Colt 45 à un coup tout droit sorti du Far West, sa crosse striée de sept encoches ; sans parler d'une litanie de fusils, de carabines et d'armes de poing que D'Agosta n'aurait pas su identifier. Il examina les vitrines l'une après l'autre en multipliant les sifflements admiratifs.

Au centre de la pièce se dressait une table entourée d'une demi-douzaine de chaises. Pendergast, assis sur l'une d'elles, les mains en pointe, battait un rythme invisible en frappant silencieusement les index l'un contre l'autre, son regard félin perdu dans le vague. D'Agosta, son inspection terminée, se tourna vers son hôte. Il s'agaçait que ce dernier ait refusé catégoriquement de lui livrer l'identité du faux chercheur. Une singularité de plus. Ravalant son impatience, il s'était résolu à accompagner son ami chez lui.

— Belle collection, remarqua-t-il.

Il fallut à Pendergast quelques instants pour s'extraire de ses pensées, plus longtemps encore pour réagir au commentaire du lieutenant.

— Cette collection était celle de mon père, expliqua-t-il en se levant. À l'exception de mon Les Baer, mes goûts personnels m'entraînent vers d'autres directions.

Margo ne tarda pas à rejoindre les deux hommes, bientôt suivie par Constance Greene. En dépit de leur patronyme commun, les deux femmes n'auraient pu être plus différentes. Quand Margo affichait des goûts vestimentaires modernes, Constance était vêtue ce jour-là d'une robe du soir à l'ancienne, col et manches habillés de dentelle. Pour un peu, D'Agosta se serait cru en présence d'une héroïne de film historique. Avec son opulente chevelure acajou, la protégée de Pendergast était une vraie beauté. Mais une beauté froide, presque inquiétante.

Elle adressa un mouvement du menton au lieutenant.

D'Agosta lui sourit en retour. Il se demandait bien pourquoi Pendergast les avait tous convoqués de la sorte.

L'inspecteur fit signe à ses hôtes de s'asseoir. Au moment où il les imitait, le grondement sourd du tonnerre traversa les murs de la pièce. Le violent orage que la météo annonçait depuis plusieurs jours éclatait enfin.

L'inspecteur dévisagea successivement D'Agosta et Margo de ses yeux argentés qui luisaient dans la pénombre de la pièce.

— Professeur Green, déclara-t-il à l'intention de la jeune chercheuse. Je suis heureux de vous retrouver après tant d'années, même si j'aurais préféré que cela fût dans des circonstances plus plaisantes.

Margo le remercia d'un sourire.

— Je vous ai invités à me rejoindre ici, poursuivit Pendergast, parce qu'il est désormais établi que les deux meurtres sur lesquels nous enquêtions séparément sont en réalité liés. Vincent, j'ai négligé de vous communiquer certaines informations dans l'espoir de ne pas vous impliquer au-delà du nécessaire dans l'enquête consacrée au meurtre de mon fils. Je vous ai déjà suffisamment mis en porte-à-faux avec le NYPD par le passé. L'heure est toutefois venue de vous révéler ce que je sais.

D'Agosta approuva d'un hochement de tête. Pendergast n'exagérait en rien, il avait partagé avec lui un terrible secret. Mais, ainsi que le disait sa grand-mère, c'était *acqua passata.* De l'eau avait coulé sous les ponts.

L'inspecteur se tourna vers Margo.

— Professeur, sachant pouvoir compter sur votre discrétion, je vous demanderai de garder le secret sur ce qui se dira entre ces quatre murs aujourd'hui.

La jeune femme murmura son accord.

D'Agosta connaissait suffisamment Pendergast pour comprendre qu'il était anormalement agité, ainsi que le confirmaient ses doigts qui tambourinaient sur la table.

— Commençons par énumérer les faits tels que nous les connaissons, se lança Pendergast. Il y a tout juste deux semaines ce soir, mon fils Alban a été retrouvé mort devant l'entrée de cette demeure. Un bloc de turquoise a alors été découvert dans son appareil digestif. J'ai réussi à remonter la trace de cette pierre jusqu'à une obscure mine située sur les rives de la mer de Salton, en Californie. Je me suis rendu sur place il y a quelques jours et suis tombé dans une embuscade.

— Je suis curieux de savoir qui a bien pu vous tendre un tel piège, s'interrogea D'Agosta.

— La question mérite d'être posée, mais je n'en connais pas la réponse. Au moment où je neutralisais enfin mon agresseur, nous avons tous deux été paralysés par un gaz inconnu. J'ai perdu connaissance. Les raisons de ce guet-apens restent mystérieuses, ainsi que ce qui a pu m'arriver pendant que je me trouvais sans connaissance. Une fois réveillé, j'ai procédé à l'arrestation de mon assaillant. Depuis son incarcération, ce dernier s'entête toutefois à garder le silence, de sorte que j'ignore son identité.

Il lança un coup d'œil en direction de D'Agosta.

— Revenons à votre affaire, celle du meurtre de Victor Marsala. Le principal suspect s'est fait passer pour un chercheur de façon à pouvoir examiner un squelette d'origine étrange appartenant aux collections du Muséum. Avec l'aide de Margo, vous avez découvert trois éléments d'importance. *Primo*, qu'il manquait un os au squelette.

— Le fémur droit, précisa la jeune femme.

— Il est clair que notre faux savant aura subtilisé cet os, pour des raisons qui nous échappent, avant de tuer Marsala.

— Sans doute, concéda D'Agosta.

— *Secundo*, que le squelette conservé dans les collections du Muséum ne correspondait pas aux indications portées sur sa fiche. Loin d'être un jeune Hottentot de sexe masculin, il s'agit d'une Américaine plus âgée, fort probablement l'épouse d'un conservateur accusé de l'avoir tuée en 1889. L'intéressé a été acquitté à son procès, le corps de sa victime n'ayant jamais été retrouvé.

Pendergast fit des yeux le tour de la table.

— Aurais-je omis quelque point d'importance ?

D'Agosta s'agita sur son siège.

— Oui. En quoi les deux enquêtes sont-elles liées ?

— J'en arrive au troisième point : l'individu qui m'a attaqué près de la mer de Salton et celui que vous recherchez pour le meurtre de Victor Marsala, ce pseudo-« chercheur invité », sont un seul et même homme.

D'Agosta en resta pétrifié.

— Qu… quoi ?!!

— Je l'ai identifié sans peine à la vue de votre remarquable portrait-robot.

— Mais... quel est le rapport ?

— Question judicieuse s'il en est. Lorsque nous pourrons y répondre, mon cher Vincent, les deux meurtres seront en voie de résolution.

— Il faut impérativement que j'aille l'interroger à Indio, décida le lieutenant.

— Assurément. Peut-être aurez-vous plus de succès que moi dans cette entreprise.

Pendergast se tourna nerveusement vers Margo.

— À votre tour de nous communiquer le détail de vos découvertes.

— Vous avez très bien résumé la situation, répondit la jeune femme. Le squelette est celui d'une sexagénaire de race blanche. L'analyse isotopique des ossements nous confirme qu'elle était américaine. Son régime alimentaire, l'examen dentaire, tout indique qu'elle vivait dans une ville de la côte atlantique. Avec le lieutenant, nous avons découvert que l'un des conservateurs du département d'ostéologie avait été jugé pour avoir euthanasié sa femme. Ainsi que vous l'avez souligné, il a été acquitté au prétexte qu'il n'y avait pas de corps. J'en déduis que le conservateur, un certain professeur Padgett, a introduit le cadavre de sa femme au Muséum en toute discrétion, puis qu'il l'a placé dans une cuve de macération avant d'intégrer le squelette aux collections à l'aide d'une fiche falsifiée.

Constance Greene, assise en face de Margo, eut un haut-le-corps. Toutes les têtes se tournèrent vers elle.

— Constance ? s'étonna Pendergast.

Mais Constance n'avait d'yeux que pour Margo.

— Vous avez bien dit qu'il s'appelait Padgett ? s'enquit-elle, prenant la parole pour la première fois depuis le début de la réunion.

— Oui, Evans Padgett. Pourquoi ?

Constance garda un moment le silence, avant de poser une main sur les dentelles qu'elle portait autour du cou.

— J'ai récemment procédé à des recherches relatives au passé de la famille Pendergast, déclara-t-elle d'une voix grave à l'intonation étrangement désuète. Si ce nom m'est familier, c'est que le professeur Padgett a été l'un des premiers à accuser Hezekiah Pendergast de commercialiser un remède empoisonné.

Cette fois, ce fut au tour de Pendergast d'afficher sa surprise.

De son côté, D'Agosta n'y comprenait plus rien.

— Attendez une seconde. Qui est cet Hezekiah Pendergast ? Je suis complètement perdu.

Un profond silence enveloppa la pièce. Constance ne quittait pas des yeux Pendergast. Celui-ci resta sans réaction le temps d'une éternité, avant de se décider à hocher faiblement la tête.

— Poursuivez, Constance. Je vous en prie.

— Hezekiah Pendergast, reprit Constance, était l'arrière-arrière-grand-père d'Aloysius, et un charlatan patenté. Il a entamé sa carrière en vendant des élixirs miracles dans un spectacle ambulant avant de mettre au point, après quelques années, un « remède » baptisé *Élixir composé et Fortifiant glandulaire*. Grâce à son sens inné du commerce, les ventes de son philtre ont explosé au cours des années 1880. Les patients inhalaient son produit, une pratique assez courante à l'époque, en usant d'une sorte d'atomiseur auquel il avait donné le nom d'Hydrokonium. Un simple vaporisateur, en vérité, qu'il avait fait breveter et vendait en même temps que son élixir. Ces deux produits ont contribué à restaurer la fortune familiale des Pendergast, qui connaissait alors un certain déclin. Si mes souvenirs sont exacts, l'élixir était décrit comme « un agréable fortifiant au service des troubles biliaires », capable de « rendre force au faible et d'apaiser la neurasthénie », de « parfumer l'air que nous respirons ». Mais à mesure que se répandait l'usage du remède d'Hezekiah, les rumeurs commençaient à circuler : on soupçonnait cet élixir de provoquer la folie en favorisant la violence meurtrière, d'entraîner la mort dans des conditions aussi douloureuses que dévastatrices. Les rares voix qui s'élevaient, à l'image de celle du professeur Padgett, n'étaient pas écoutées. Plusieurs médecins ont tenté de dénoncer les effets pervers de cet élixir, sans que le public s'en émeuve, jusqu'à ce que le magazine *Collier's* publie un article dans lequel il était démontré que ce philtre provoquait l'addiction et qu'il s'agissait d'un mélange mortel de chloroforme, de cocaïne, de plantes vénéneuses et autres ingrédients toxiques. La production en a finalement cessé en 1905. Ironie de l'histoire, l'une des dernières victimes de ce poison a été la propre épouse d'Hezekiah, Constance Leng Pendergast, que tout le monde au sein de la famille connaissait sous le nom de Stanza.

Un silence glacial accueillit l'explication. Pendergast, le visage impénétrable, tambourinait légèrement des doigts sur la table en regardant droit devant lui.

Margo reprit la parole la première :

— L'un des articles que nous avons découverts précisait que Padgett mettait la maladie de sa femme sur le compte d'un médicament. Il se trouve que l'analyse isotopique de ses ossements fait apparaître des anomalies chimiques.

D'Agosta se tourna vers Constance.

— Si je comprends bien, la femme de Padgett serait tombée gravement malade à cause de cet élixir mis au point et vendu par l'ancêtre de Pendergast, et le professeur aurait décidé de mettre un terme à ses souffrances ?

— C'est mon hypothèse.

Tous les yeux se tournèrent vers Pendergast qui venait de quitter sa chaise. Il se contenta de lisser sa chemise du plat de la main avant de se rasseoir. Ses doigts tremblaient de façon à peine perceptible.

D'Agosta, qui hésitait à s'exprimer, jugea préférable de se taire. Il commençait à entrevoir un rapport entre tous les éléments dont il disposait. Mais un rapport si étrange, si effrayant, qu'il peinait à en envisager les conséquences.

La porte s'ouvrit doucement au même instant, dévoilant la silhouette de Mme Trask.

— Un appel pour vous, monsieur, annonça-t-elle à Pendergast.

— Je vous demanderai de bien vouloir prendre un message.

— Je vous prie de m'excuser, mais votre correspondant appelle d'Indio, en Californie. Il affirme que ça ne peut attendre.

— Ah.

Pendergast se leva à nouveau. Il se dirigeait vers la porte lorsqu'il se retourna.

— Mademoiselle Green, dit-il en posant les yeux sur Margo. La discussion que nous venons d'avoir touche à un sujet particulièrement sensible. Puis-je espérer ne pas vous froisser en exigeant de vous la promesse de n'en toucher mot à quiconque ?

— Je vous l'ai déjà dit, vous pouvez compter sur moi. N'oubliez pas que vous nous avez quasiment fait jurer le secret tout à l'heure.

Pendergast hocha la tête.

— En effet.

Le temps d'un bref regard à son auditoire, il emboîta le pas à Mme Trask et referma la porte derrière lui.

31

D'Agosta observait avec curiosité le paysage qui défilait de l'autre côté de la vitre du véhicule des services pénitentiaires. Il avait visité la Californie une seule fois à l'âge de neuf ans, quand ses parents l'avaient emmené à Disneyland. Il avait conservé le souvenir ténu de palmiers, de piscines aux formes biscornues, de larges boulevards dégagés et fleuris, du pic Matterhorn et de Mickey. Découvrir l'envers du décor californien constituait pour lui une surprise. Un paysage brûlé par le soleil, une chaleur torride, des buissons bizarres et des arbres rabougris, des collines désertiques. Que l'on puisse vivre dans un endroit pareil défiait son entendement.

Pendergast, avec lequel il partageait la banquette arrière, s'agita à côté de lui.

— Vous qui avez déjà rencontré ce type, lui demanda D'Agosta, vous avez des conseils à me donner ?

— J'ai reçu des nouvelles au téléphone hier soir. Grâce au gardien-chef du centre de détention d'Indio. Il semble que notre ami ait commencé à parler.

— Tiens donc.

D'Agosta se tourna à nouveau vers sa vitre, agacé. C'était du Pendergast tout craché de l'informer d'une nouvelle aussi importante à la dernière minute. L'inspecteur s'était montré d'humeur farouche tout au long du vol de nuit. Peut-être n'était-ce pas à cause du manque de sommeil, après tout.

Le centre de détention d'Indio était un long bâtiment trapu et lugubre. Sans la présence de miradors et de trois enceintes surmontées de barbelés, on aurait pu croire qu'il s'agissait d'un hypermarché. Quelques palmiers montaient tristement la garde sous un soleil impitoyable. La voiture franchit un premier portail, son conducteur montra patte blanche à plusieurs points de contrôle et déposa ses passagers devant l'entrée du bâtiment. D'Agosta plissa les yeux, aveuglé par la lumière. Il était debout depuis plus de sept heures déjà, et le fait qu'il était tout juste 9 heures du matin en Californie le déstabilisait complètement.

Un homme maigre, les cheveux très noirs, tendit la main à Pendergast en s'avançant.

— Bonjour, inspecteur. Heureux de vous revoir.

— Bonjour, monsieur Spandau. Merci de m'avoir contacté aussi rapidement.

Pendergast se tourna vers son compagnon.

— Vincent, je vous présente John Spandau, le gardien-chef de cet établissement. Et voici le lieutenant D'Agosta, du NYPD.

— Enchanté, dit Spandau en serrant la main de D'Agosta avant d'entraîner ses visiteurs dans le couloir.

— Ainsi que j'ai eu l'occasion de vous l'annoncer hier soir au téléphone, reprit Pendergast, le détenu est également soupçonné d'un meurtre sur lequel enquête le lieutenant.

Les trois hommes s'immobilisèrent à l'entrée d'un nouveau poste de contrôle.

— Le lieutenant souhaiterait interroger notre homme le premier.

— Très bien. Je vous l'ai dit hier, il parle, mais il tient des propos incohérents.

— D'autres informations ?

— Il se montre d'une extrême nervosité. Il passe ses nuits à tourner en rond dans sa cellule et refuse de manger.

D'Agosta entra dans une salle d'interrogatoire ordinaire à l'invitation de Spandau tandis que ce dernier et Pendergast prenaient place dans la pièce voisine, à l'abri d'une vitre sans tain.

Le lieutenant trompa son attente en restant debout. Quelques minutes plus tard, la porte s'ouvrait dans un grincement de verrou. Deux hommes pénétrèrent dans la pièce en tenant par le bras un détenu en combinaison orange. Un plâtre enfermait l'un de ses poignets. D'Agosta attendit que les gardiens aient assis leur prisonnier derrière la table et se soient postés près de la porte.

Le lieutenant dévisagea l'individu installé face à lui. Un garçon bien bâti, dont le visage lui était familier. Et pour cause. Il n'avait nullement l'allure d'un criminel, mais D'Agosta n'en était pas surpris de la part d'un type capable de se faire passer pour un scientifique. La supercherie avait forcément nécessité beaucoup d'astuce et d'assurance. Curieusement, l'expression qu'affichait le prisonnier cadrait mal avec une telle maîtrise de soi. Ses traits décidés, si bien représentés par Bonomo, semblaient brouillés par un mystérieux questionnement intérieur. Le détenu balaya mollement la pièce de ses yeux rougis, à la façon d'un toxicomane, sans s'intéresser à son visiteur. Il avait adopté une pose défensive, ses poignets menottés croisés sur la poitrine, et se balançait presque imperceptiblement d'avant en arrière.

— Je suis le lieutenant Vincent D'Agosta, de la brigade criminelle du NYPD, commença le policier en posant devant lui le carnet qu'il venait de tirer de sa poche.

Les autorités locales avaient déjà lu ses droits au prisonnier, il était donc inutile de recommencer.

— Cet interrogatoire est enregistré. Veuillez décliner votre identité.

L'inconnu ne répondit pas, continuant de se balancer doucement. Le front barré d'un pli, il observa la pièce d'un air nettement plus décidé, comme s'il cherchait un objet égaré.

— Holà, il y a quelqu'un ? reprit D'Agosta en s'efforçant d'attirer son attention.

Le regard du prisonnier se posa enfin sur lui.

— Je souhaite vous interroger au sujet d'un meurtre commis il y a quelques semaines au Muséum d'histoire naturelle de New York.

L'homme l'observa d'un air placide avant de détourner les yeux.

— Quand vous êtes-vous rendu à New York pour la dernière fois ?

— Les nénuphars, répondit l'inconnu d'une voix curieusement aiguë et mélodieuse pour un homme aussi grand.

— Quels nénuphars ?

— Les nénuphars, répéta-t-il sur un ton songeur et chagriné tout à la fois.

— Pourquoi me parlez-vous de nénuphars ?

— Les nénuphars, insista l'homme en se tournant brusquement vers D'Agosta, qui s'en trouva dérouté.

Cette histoire était complètement dingue.

— Le nom de Jonathan Waldron vous est-il familier ?

— Le parfum, fit l'homme, emporté par ses pensées. Un parfum délicieux. Un parfum de nénuphar. C'est fini. Maintenant… ça sent mauvais. Horriblement mauvais.

D'Agosta ouvrit de grands yeux. L'autre zouave feignait-il la folie ?

— Nous savons que vous avez usurpé l'identité du professeur Jonathan Waldron afin d'avoir accès à un squelette appartenant aux collections du Muséum d'histoire naturelle. Le technicien du département d'ostéologie affecté par le Muséum se nommait Victor Marsala.

D'Agosta, constatant que son interlocuteur ne disait plus rien, se pencha vers lui en croisant les bras.

— Je n'irai pas par quatre chemins. Je suis persuadé que vous avez tué Victor Marsala.

Le balancement cessa et les yeux du prisonnier s'éloignèrent de D'Agosta.

— En fait, je sais que vous l'avez tué. À présent que nous disposons de votre ADN, il nous sera facile de le comparer aux échantillons prélevés sur la scène de crime.

Silence.

— Qu'est devenu le fémur que vous avez dérobé ?

Silence.

— Vous savez ce que je pense ? Je pense que vous seriez bien inspiré de prendre un avocat, et fissa.

L'homme était plus immobile qu'une statue. D'Agosta prit une longue respiration.

— Écoutez-moi, reprit-il sur un ton nettement plus menaçant. Vous êtes enfermé dans cette prison suite à l'agression d'un agent fédéral. Un délit déjà très grave. De mon côté, je suis venu vous avertir que le NYPD avait décidé de demander votre extradition pour meurtre avec préméditation. Nous disposons de plusieurs témoins. Vous apparaissez sur les vidéos de surveillance. À moins de coopérer avec nous, je peux vous assurer que vous serez bientôt tellement dans la merde que plus personne ne pourra rien pour vous. Je vous laisse une dernière chance.

Mais l'homme, oubliant la présence de son visiteur, s'intéressait aux recoins de la pièce.

D'Agosta sentit une vague de lassitude l'envahir. Il détestait les interrogatoires de ce type, les suspects entêtés auxquels il fallait tout répéter. Pour ne rien gâcher, cet ostrogoth avait l'air complètement givré. Tout en ayant la conviction de tenir le coupable, il allait devoir se décarcasser pour découvrir des preuves, faute de confession.

La porte de la pièce s'ouvrit et D'Agosta découvrit la silhouette de Pendergast dans le couloir. L'inspecteur lui adressa un signe discret, lui demandant l'autorisation de tenter sa chance.

D'Agosta fourra son carnet dans sa poche et se leva. Il haussa les épaules d'un air désabusé, rejoignit la pièce voisine et s'assit à côté de Spandau. De l'autre côté de la glace sans tain, Pendergast s'installait confortablement face au prisonnier en prenant son temps. Il ajusta longuement sa cravate et le col de sa chemise, boutonna son veston, examina ses boutons de manchette. Puis il posa les avant-bras sur la table dont il martela nerveusement le plateau de bois fatigué avant de se reprendre en serrant les poings. Il ne quittait pas des yeux l'inconnu. D'Agosta, au comble de l'impatience, aurait explosé si Pendergast n'avait brusquement décidé de s'exprimer de sa voix doucereuse et nonchalante :

— Dans la région dont je suis originaire, on considère qu'il est extrêmement mal élevé de parler à quelqu'un sans l'appeler par son nom. Lors de notre dernière rencontre, vous n'avez pas souhaité me communiquer le vôtre, qui n'est pas Waldron. Avez-vous changé d'avis ?

L'homme ne répondit pas.

— Fort bien. Comme j'abhorre toute forme de grossièreté, je vais vous affubler du nom de mon choix. Je vous appellerai Nemo, ce qui signifie « personne » en latin, comme vous le savez peut-être.

La manœuvre ne produisit aucun résultat.

— Je ne souhaite pas perdre mon temps avec vous comme la dernière fois, monsieur Nemo. Alors soyons brefs. Êtes-vous disposé à me dire qui vous a engagé ?

Silence.

— Êtes-vous disposé à me dire pourquoi on vous a engagé, et la raison du curieux guet-apens qui m'a été tendu ?

Silence.

— À défaut de me fournir des noms, seriez-vous au moins disposé à me préciser le but de cette opération ?

Silence.

Pendergast consulta sa montre en or avec détachement.

— C'est à moi qu'il revient de décider si vous serez jugé par l'État de New York ou par une juridiction fédérale. Selon que vous déciderez ou non de me parler, vous opterez pour une incarcération à la prison de Rikers Island à New York, ou bien dans le pénitencier à sécurité maximale de Florence, dans le Colorado. Rikers n'est pas un camp de vacances, mais Florence est un enfer dont Dante lui-même n'aurait pas soupçonné l'existence.

Il posa un regard aigu sur le prisonnier.

— Les meubles de toutes les cellules de Florence sont en béton. Les douches sont minutées. Elles se mettent en route automatiquement trois fois par semaine à 5 heures du matin et s'arrêtent au bout de trois minutes. Chaque fenêtre donne sur le béton et le ciel. L'exercice se limite à une heure quotidienne dans une fosse en béton. Les mille quatre cents cellules de Florence sont équipées de portes en acier contrôlées à distance. Le pénitencier lui-même est protégé par plusieurs rangées de barbelés de quatre mètres de hauteur. Vous disparaîtrez purement et simplement dans les oubliettes de l'Histoire. À moins de me parler maintenant, vous ne serez bientôt plus « personne », monsieur Nemo.

L'homme s'agita sur son siège. De l'autre côté de la glace sans tain, D'Agosta était plus persuadé que jamais de se trouver en présence d'un fou. Aucun individu sensé n'aurait pu résister à un tel réquisitoire.

— Il n'y a pas de nénuphars dans le pénitencier de Florence, ajouta Pendergast d'une voix douce.

D'Agosta et Spandau échangèrent un regard étonné.

— Des nénuphars, répéta l'homme très lentement en goûtant chaque mot.

— Oui, des nénuphars. Une plante ravissante, vous ne trouvez pas ? Dotée d'un parfum si fin et délicat.

L'inconnu se pencha vers son interlocuteur. Pendergast avait enfin réussi à mobiliser son attention.

— Sauf que le parfum s'est évanoui. Je me trompe ?

L'homme se tendit. Il secoua lentement la tête de droite à gauche et de gauche à droite.

— Non, j'ai tort. Les nénuphars sont toujours là, vous l'avez bien précisé. Mais ils ne sont plus comme avant. Ils se sont éteints.

— Ils puent, marmonna l'homme.

— Oui, approuva Pendergast sur un ton à la fois bienveillant et moqueur. Je ne connais rien de pire qu'une fleur fanée. Les fleurs exhalent une odeur abominable lorsqu'elles pourrissent !

Pendergast avait brusquement élevé la voix en prononçant la dernière phrase.

— Épargnez-moi cette odeur ! hurla l'inconnu.

— C'est malheureusement impossible, rétorqua Pendergast en s'exprimant cette fois dans un murmure. Vous n'aurez pas de nénuphars dans votre cellule du pénitencier de Florence, mais la puanteur sera là. Elle se fera chaque jour plus persistante. Jusqu'à ce que vous…

Il n'eut pas le temps d'achever sa phrase. D'un bond, l'inconnu jaillit de son siège et se jeta sur lui en poussant un hurlement animal, ses mains menottées transformées en griffes. Ses yeux lançaient des éclairs assassins, sa bouche écumait. Pendergast se leva précipitamment et esquiva l'attaque avec l'adresse d'un toréador. Les deux gardiens se ruèrent sur le prisonnier, le Taser à la main. Il ne fallut pas moins de trois décharges pour maîtriser le forcené qui se retrouva enfin prostré sur la table, secoué de spasmes. De minuscules volutes de fumée s'élevèrent en direction des éclairages fixés au plafond. Pendergast, prudemment à l'écart, regarda l'homme d'un œil clinique pendant quelques instants avant de quitter la pièce.

Il rejoignit Spandau et D'Agosta dans la salle voisine. Il chassa d'une pichenette agacée une poussière qui s'était posée sur l'épaule de sa veste.

— Ma foi, Vincent, je ne vois guère l'intérêt de prolonger davantage notre séjour ici. Comment dit-on, déjà ? Il semble que notre ami ait « une bicyclette dans la tête ».

— Un petit vélo dans la tête, le corrigea D'Agosta.

— Je vous remercie.

L'inspecteur se tourna vers le gardien-chef.

— Laissez-moi vous remercier à nouveau de votre aide précieuse, monsieur Spandau. N'oubliez pas de m'avertir si d'aventure notre homme recouvrait sa lucidité.

— Je n'y manquerai pas, répondit Spandau en serrant la main que lui tendait son interlocuteur.

*
* *

À peinc les deux hommes quittaient-ils la prison que Pendergast sortit son téléphone et composa un numéro.

— J'avais craint un moment que nous ne soyons contraints de reprendre un vol de nuit pour rentrer à New York. Notre ami s'est montré si peu bavard que nous aurons la possibilité de repartir plus tôt. Laissez-moi le temps de vérifier. Nous ne tirerons rien de plus de notre inconnu aujourd'hui. Ni même jamais, j'en ai bien peur.

D'Agosta prit sa respiration.

— Ça vous embêterait de m'expliquer ce qui s'est passé tout à l'heure ?

— Que voulez-vous dire ?

— Toutes ces histoires abracadabrantes de nénuphars. Comment saviez-vous qu'il réagirait de la sorte ?

Le doigt de Pendergast se figea sur le clavier du portable.

— Simple déduction.

— D'accord, mais à partir de quoi ?

Pendergast ne répondit pas immédiatement. Enfin, c'est à mi-voix qu'il déclara :

— Il se trouve, mon cher Vincent, que notre prisonnier n'est pas le seul à sentir des odeurs de nénuphar depuis quelque temps.

32

Pendergast entra si précipitamment dans le salon de musique de la vieille demeure de Riverside Drive que les doigts de Constance se figèrent sur le clavier. La claveciniste le vit s'approcher d'une petite console, y déposer l'épaisse liasse de papiers qu'il tenait à la main, s'emparer d'un verre tulipe dans lequel il versa une copieuse dose d'absinthe, placer une cuillère à trous au-dessus du verre, mettre en équilibre sur la cuillère un sucre qu'il fit fondre en l'arrosant d'un filet d'eau glacée prélevé dans une carafe, ramasser ses documents et se laisser tomber dans l'un des fauteuils en cuir de la pièce.

— Que ma présence ne vous empêche pas de jouer, déclara-t-il.

Constance, désarçonnée de l'entendre s'exprimer d'une voix aussi tendue, reprit l'exécution de la sonate de Scarlatti qu'elle interprétait à son arrivée. Elle perçut son trouble en le surveillant du coin de l'œil. Il avala une longue gorgée d'absinthe, posa bruyamment son verre, le reprit, avala une autre lampée tout en tapant nerveusement du pied sur le tapis persan à contretemps de la musique. Il feuilleta son dossier, constitué d'anciens traités scientifiques, de publications médicales et de coupures de presse, avant de le repousser. Constance s'arrêta une nouvelle fois de jouer en le voyant ingurgiter une troisième gorgée. Elle interprétait une œuvre diaboliquement ardue qui nécessitait la plus grande concentration. Elle tourna son visage vers lui.

— J'en déduis que votre expédition à Indio vous a déçu, dit-elle.

Pendergast, les yeux rivés sur l'une des partitions encadrées, acquiesça sans la regarder.

— Cet homme n'a rien voulu dire ?

— Au contraire, il s'est montré fort prolixe.

Constance lissa sa jupe du plat de la main.

— Qu'en ressort-il ?

— Rien. Un charabia incompréhensible.

Constance croisa les bras.

— J'aimerais connaître la teneur exacte de ses propos.

Pendergast tourna enfin la tête en plissant les paupières.

— Vous êtes bien indiscrète, ce soir.

Comme Constance ne réagissait pas, il précisa :

— Il a parlé de fleurs.

— De nénuphars, par le plus grand des hasards ?

Pendergast hésita.

— Oui. Je viens de vous le dire, un charabia sans queue ni tête.

Un silence pesant s'installa entre eux. Pendergast, qui n'avait cessé de jouer machinalement avec son verre, vida celui-ci, le reposa sur la desserte et tendit la main en direction de la bouteille d'absinthe.

— Aloysius. Il s'agissait peut-être de charabia, mais nullement d'un charabia sans queue ni tête.

Pendergast ignora la remarque.

— Il me faut vous parler d'un sujet pour le moins délicat.

— Je vous écoute, dit Pendergast en se versant une dose d'absinthe avant de poser la cuillère sur le verre.

Il regarda autour de lui d'un air agacé.

— Où est passé ce satané sucrier ? grommela-t-il entre ses dents.

— J'ai consacré de longues recherches à votre famille. Lors de cette réunion dans la salle d'armes hier, le nom du professeur Padgett a été prononcé. Ce patronyme vous est-il familier ?

Pendergast arrosa le sucre d'un filet d'eau glacée.

— Je ne goûte guère les entrées en matière dramatiques. Poursuivez, que diable.

— La femme du professeur Padgett a été empoisonnée par l'élixir de votre arrière-arrière-grand-père. L'inconnu incarcéré à Indio souffre des mêmes symptômes que l'épouse de Padgett, et que tous les consommateurs du remède d'Hezekiah.

Pendergast, les doigts crispés autour de son verre, avala une longue gorgée d'absinthe.

— Le meurtrier présumé de ce technicien du département d'ostéologie, celui-là même qui vous a attaqué, a prélevé un ossement sur le squelette de l'épouse de Padgett. Pour quelle raison ? Pourquoi n'aurait-il pas agi pour le compte de quelqu'un qui tentait de reconstituer cet élixir ? Il est clair que des traces de ce produit étaient présentes dans le squelette.

— Billevesées, s'écria Pendergast.

— Je crains fort que non. J'ai effectué des recherches approfondies sur cet élixir. Toutes les victimes évoquaient l'odeur de nénuphar, cela faisait même partie des qualités vantées par les vendeurs de ce philtre. Au départ, il s'agissait d'un parfum léger, accompagné d'une sensation de bien-être et de grande acuité mentale. Avec le temps, l'odeur se faisait omniprésente et entêtante. Puis, à mesure que la prise d'élixir se poursuivait, ce parfum de nénuphar laissait place à des relents de pourrissement. La victime devenait irritable et perdait le sommeil. Au sentiment d'euphorie initial succédaient des crises d'angoisse et des épisodes maniaques, entrecoupés de périodes d'apathie. À ce stade, l'ingurgitation de nouvelles doses du produit devenait inutile, elle accroissait même les souffrances de la victime. Celle-ci était prise de fréquents accès de rage, entre deux épisodes de léthargie extrême. Les premières douleurs se manifestaient, de violentes céphalées et des crises articulaires, au point que tout mouvement devenait insoutenable. Au point..., hésita Constance. Au point que la mort survenait comme une délivrance.

Pendergast avait quitté son fauteuil pendant cet exposé et tournait en rond.

— Je suis parfaitement conscient des torts de mon ancêtre.

— Autre détail important : l'élixir n'était pas administré sous forme de gouttes ou de comprimés, le patient utilisait un vaporisateur afin de l'inhaler.

Pendergast, plus nerveux qu'un lion en cage, ne réagissait toujours pas.

— Vous comprenez où je veux en venir, insista Constance.

Pendergast balaya le sous-entendu d'un geste.

— Aloysius, pour l'amour du ciel, vous avez été empoisonné à l'aide de cet élixir. De toute évidence, vous en avez inhalé une très forte dose !

— Inutile de glapir, Constance.

— Vous arrive-t-il de sentir flotter autour de vous des odeurs de nénuphar ?

— Ce n'est pas une fleur très rare.

— Après la réunion d'hier, j'ai demandé à Margo de poursuivre ses investigations. Elle a découvert qu'un inconnu avait fait des recherches sur l'élixir d'Hezekiah Pendergast à la bibliothèque de la ville et à la Société d'histoire de New York.

Pendergast se figea sur place. Il regagna son fauteuil et saisit son verre dont il avala quelques gouttes avant de le reposer.

— Excusez ma brutalité, mais il est clair que quelqu'un a voulu se venger sur vous des fautes de votre ancêtre.

Pendergast, feignant de n'avoir pas entendu, se prépara une troisième absinthe après avoir séché les dernières gouttes de la précédente.

— Vous allez devoir vous soigner, à moins de vouloir subir un sort comparable à celui de cet homme en Californie.

— Qui peut m'aider, sinon moi-même ? déclara-t-il d'une voix méchante. En attendant, je vous prie de ne plus vous mêler de mon enquête.

Constance quitta le tabouret de piano sur lequel elle était assise et fit un pas vers lui.

— Mon cher Aloysius. Il n'y a pas si longtemps, dans cette même pièce, vous m'avez gratifiée du qualificatif d'oracle. Autorisez-moi à poursuivre sur cette voie. Vous êtes malade. Je le vois. Nous sommes en mesure de vous aider. Tous autant que nous sommes. Tout fourvoiement vous serait fatal et…

— Me fourvoyer ? ricana-t-il. Je ne me fourvoie nullement ! Je ne suis que trop conscient de mon état. Ne comprenez-vous pas que j'ai tout tenté pour remédier à cette situation ?

Il envoya voler le dossier posé près de lui.

— Si mon aïeul Hezekiah, dont la propre épouse se mourait sous les coups de boutoir de cet élixir, s'est montré incapable d'en contrer les effets, comment en serais-je capable ? C'est vrai, j'ai dit que vous étiez mon oracle. Je constate à présent que vous devenez mon albatros. Vous êtes animée par des idées fixes, ainsi que vous l'avez montré de façon si dramatique en précipitant votre amoureux dans les flammes du Stromboli[1].

Constance se raidit à l'évocation de cet épisode tragique de son passé. Ses doigts se crispèrent, des éclairs traversèrent le violet de ses yeux. L'atmosphère qui l'entourait vira au noir. Le changement, si brutal et inquiétant, déstabilisa Pendergast au moment où il portait le verre à ses lèvres. Un jet d'absinthe se répandit sur sa main.

— Si tout autre que vous avait osé prononcer de telles paroles, déclara-t-elle d'une voix sourde, il n'aurait pas survécu à cette nuit.

Sur ces mots, elle lui tourna le dos et quitta la pièce.

---

1. Voir *Le livre des Trépassés* (J'ai lu, 2009).

33

— Vous avez de la visite, lieutenant.

Peter Angler, penché au-dessus des documents éparpillés sur sa table de travail, haussa un sourcil interrogateur en direction de son assistant, le sergent Slade, debout sur le seuil de son bureau.

— Qui donc ?

— Le fils prodigue, répondit Slade avec un petit sourire en s'effaçant.

La silhouette ascétique de l'inspecteur Pendergast se découpa à l'entrée de la pièce.

Angler dissimula habilement son étonnement. Sans un mot, il fit signe à Pendergast de s'asseoir, comprenant intuitivement qu'il n'avait plus affaire au même homme que précédemment. Il n'aurait pas su dire précisément d'où lui venait cette impression. Le regard de son visiteur éclairait d'une façon inaccoutumée son visage blême.

Angler recula sur son siège. Autant laisser l'inspecteur s'expliquer, il avait assez plié l'échine devant lui.

— Je voulais vous féliciter de votre découverte inspirée, commença Pendergast. Je n'aurais jamais songé à rechercher une anagramme du nom de mon fils dans les listes de passagers en provenance du Brésil. Cette plaisanterie ressemblait bien à Alban.

Angler n'en était pas étonné. L'esprit de Pendergast fonctionnait très différemment de celui de son fils. L'espace d'un instant, le lieutenant se demanda si Alban n'avait pas été doté d'une intelligence plus aiguë encore que celle de son père.

— Permettez-moi de me montrer curieux, poursuivit Pendergast. Quel jour précisément Alban est-il arrivé à New York ?

— Le 4 juin, répondit Angler. Il voyageait à bord d'un vol Air Brazil en provenance de Rio.

— Le 4 juin, répéta Pendergast, comme s'il se parlait à lui-même. Une semaine avant d'être assassiné.

Il lança un coup d'œil en direction d'Angler.

— Naturellement, j'imagine que vous avez vérifié les registres de passagers plus anciens après avoir découvert cette anagramme.

— Naturellement.

— Qu'avez-vous découvert d'autre ?

Angler hésita un instant à se montrer évasif afin de rendre à Pendergast la monnaie de sa pièce. Mais telle n'était pas sa conception du travail de policier.

— Rien pour l'heure. Je continue mon enquête. Il nous faut vérifier des centaines de listes de passagers, et toutes ne sont pas aussi organisées qu'on le voudrait. En particulier celles des compagnies étrangères.

— Je vois.

Pendergast sembla hésiter sur la conduite à suivre.

— Lieutenant, je tenais à m'excuser de la façon parfois peu… coopérative dont je me suis comporté. Je m'estimais en mesure de réaliser des progrès plus rapides sur le meurtre de mon fils à condition d'agir seul.

En d'autres termes, mon bonhomme, tu me prenais pour un fieffé crétin, pensa Angler.

— Je me suis probablement trompé. J'ai donc décidé de partager avec vous les éléments dont je dispose à ce jour, dans l'espoir de redresser la situation.

Angler fit signe à Pendergast qu'il l'écoutait. Tapi dans l'ombre, silencieux comme à son habitude, le sergent Slade ne perdait rien de la scène qui se jouait sous ses yeux.

Pendergast rapporta succinctement à son interlocuteur la découverte de la mine californienne, l'embuscade qui lui avait été tendue, ainsi que le lien découvert avec le meurtre du Muséum.

Mesurant brusquement tout ce que Pendergast lui avait dissimulé, Angler passa de la surprise à l'agacement, puis à la colère. Il se maîtrisa en se disant que ces informations pourraient lui ouvrir de nouvelles perspectives. À condition que les dires de Pendergast soient fiables.

Son récit achevé, l'inspecteur se tut, épiant la réaction d'Angler. Ce dernier prit un malin plaisir à ne rien laisser paraître en gardant le silence, au point que l'inspecteur finit par se lever.

— En tous les cas, lieutenant, vous savez désormais où en est l'enquête à ce jour. Les enquêtes, devrais-je dire. Je vous ai révélé tout ce que je savais en preuve de ma bonne foi. S'il m'est possible de vous aider à l'avenir, j'espère que vous me le ferez savoir.

Angler sortit enfin de son mutisme.

— Je vous remercie, inspecteur. Je n'y manquerai pas.

Pendergast lui adressa un signe de tête courtois et quitta la pièce.

Angler resta un moment immobile, perdu dans ses pensées. Puis il se tourna vers Slade et lui fit signe d'approcher. Le sergent referma la porte et s'installa sur la chaise que venait de libérer Pendergast.

Le lieutenant observa quelques instants son collaborateur. Petit, brun de poil, de caractère sombre, Slade avait l'art de décrypter à merveille l'âme humaine. Jamais Angler n'avait croisé un individu aussi cynique, ce qui faisait de lui un conseiller de toute première force.

— Qu'en pensez-vous ? demanda-t-il.

— J'arrive pas à croire que ce salopard nous ait tenus dans le noir aussi longtemps.

— Nous sommes d'accord. Mais pourquoi avoir brusquement viré sa cuti ? Pourquoi, après m'avoir concédé à peine quelques miettes, venir me trouver de son plein gré aujourd'hui pour me confier tous ses petits secrets ?

— Deux possibilités, suggéra Slade. Un, il a besoin d'informations.

— Et deux ?

— Il ne vous a pas confié tous ses petits secrets.

Angler laissa échapper un gloussement.

— Sergent, j'adore votre clairvoyance.

Il laissa s'écouler un moment avant de poursuivre :

— Tout ça est trop beau pour être vrai. Cette volte-face soudaine, cette offre désintéressée et faussement amicale. Toute cette histoire de mine de turquoise et de guet-apens, ce mystérieux agresseur.

— Comprenez-moi bien, intervint Slade en glissant dans sa bouche l'un des bonbons à la réglisse dont il avait une réserve dans sa poche. J'ai tendance à le croire, aussi biscornue que soit son histoire. Je pense juste qu'il ne nous dit pas tout.

Angler médita l'avis du sergent, les yeux rivés sur sa table de travail.

— Dans ce cas, que veut-il ? demanda-t-il en relevant la tête.

— Il est venu à la pêche aux informations. Il espère apprendre ce que nous avons découvert sur les allées et venues de son fils.

— Ce qui signifie en clair qu'il ne sait pas tout sur Alban.

— Ou bien le contraire. Son intérêt affiché pourrait nous lancer sur une fausse piste.

Slade, tout en mâchant son bonbon, afficha un sourire en coin.

Angler se redressa, prit une feuille de papier sur laquelle il griffonna quelques notes en sténo. Un système dont il appréciait la rapidité et, plus encore, le côté cryptique à une époque où son usage s'était perdu. Il repoussa la feuille.

— Je vais envoyer une équipe en Californie vérifier l'existence de cette mine et interroger le type détenu à Indio. Parallèlement, je vais demander à D'Agosta de me communiquer les éléments dont il dispose sur le meurtre du Muséum. Pendant ce temps-là, je vous demande de dégoter tout ce que vous pouvez au sujet de Pendergast, avec la plus grande discrétion. Son parcours, les arrestations et les condamnations à son actif, ses faits d'armes comme ses échecs. Vous ne manquez pas de copains au FBI. Offrez-leur un verre. Soyez attentif aux rumeurs. Je veux tout savoir sur ce type.

Un sourire étira les lèvres de Slade. Une mission comme il les aimait. Sans un mot, il se leva et disparut dans le couloir.

Angler, à nouveau seul, croisa les mains sur la nuque et fixa les yeux au plafond. Il repassa dans sa tête ses précédentes rencontres avec Pendergast : la première fois qu'ils s'étaient vus dans son bureau, la façon dont Pendergast s'était efforcé de ne rien révéler. Leur rencontre fortuite dans le sous-sol du commissariat, le peu d'intérêt que l'inspecteur paraissait manifester pour la mort de son fils. Enfin, le jour même, la métamorphose qui avait transformé Pendergast en parangon de la transparence. Ce revirement rappelait à Angler un thème récurrent dans de nombreux mythes de la Grèce antique : la trahison. Atrée et Thyeste. Agamemnon et Clytemnestre. Les yeux perdus dans les dalles du plafond, il comprit soudain que les doutes et l'agacement des dernières semaines avaient désormais cédé la place à une émotion d'un tout autre ordre : le soupçon.

34

Enfermé dans une pièce au dernier étage du consulat des États-Unis à Rio de Janeiro, l'inspecteur Pendergast faisait les cent pas. L'endroit, de dimensions modestes, était chichement meublé d'un bureau, de quelques chaises, et des portraits obligés du Président, du vice-président et du secrétaire d'État, sagement alignés dans des cadres sur l'un des murs de couleur beige. Un climatiseur époumoné ronronnait à la fenêtre. Fatigué par son vol et par les démarches qu'il avait dû effectuer, il s'appuyait régulièrement contre un dossier de chaise et se remplissait les poumons avant de reprendre ses allées et venues. Entre deux rondes, il glissa un œil à travers la fenêtre qui donnait sur une colline rongée par des taudis dont les toits, tous d'un même jaune pisseux, contrastaient avec les murs aux couleurs criardes, mises en lumière par le soleil du matin. On apercevait dans le lointain la baie de Guanabara et, plus loin, le célèbre Pain de Sucre.

La porte s'ouvrit et deux hommes entrèrent. Pendergast reconnut l'agent de la CIA du secteur Y, vêtu d'un costume discret, suivi par un individu corpulent de petite taille qui portait un uniforme bardé d'épaulettes, d'insignes et de médailles.

L'homme de la CIA, feignant de ne pas connaître Pendergast, lui tendit la main.

— Bonjour, je suis Charles Smith, l'adjoint du consul général. Et voici le colonel Rocha de l'ABIN, le service de renseignement brésilien.

Pendergast serra la main des deux hommes sans un mot, omettant de se présenter. De toute évidence, ses interlocuteurs savaient déjà qui il était. Du coin de l'œil, il vit Smith balayer la pièce du regard, comme si l'endroit ne lui était pas familier. Sans doute était-ce le cas, s'il avait été infiltré au Brésil récemment.

— Eu égard à votre mission, commença Smith, j'ai demandé au colonel Rocha de se mettre à notre disposition.

Pendergast manifesta sa gratitude d'un hochement de tête.

— Je suis ici dans le cadre de l'opération Wildfire, expliqua-t-il.

— Bien entendu, répond Smith. Peut-être serait-il bon d'expliquer au colonel Rocha de quoi il retourne.

Pendergast se tourna vers le gradé.

— L'opération Wildfire s'appuyait sur divers contacts américains et étrangers afin de surveiller un individu qui intéresse la direction de la CIA à Langley, mais également moi-même. Un individu qui s'est évanoui dans la jungle brésilienne il y a maintenant dix-huit mois.

Rocha acquiesça.

— Le cadavre de l'individu en question est réapparu il y a quinze jours devant la porte de ma maison à New York. On souhaitait ainsi me faire passer un message. Je suis venu ici dans l'espoir d'identifier l'auteur de ce message, et la nature de celui-ci.

À l'inverse de Smith, Rocha afficha sa surprise.

— Cet homme a rejoint New York le 4 juin dernier par un vol en provenance de Rio. Il voyageait avec un faux passeport délivré par les autorités brésiliennes. Il se faisait appeler Tapanes Landberg. Ce nom vous est-il familier, colonel ?

Le militaire fit non de la tête.

— Je dois absolument savoir ce qu'il a fait dans ce pays au cours des dix-huit mois écoulés, poursuivit Pendergast en essuyant son front du revers de la main. Nous avons déployé d'importants moyens humains, sans parler de tout un arsenal technologique, dans l'espoir de localiser cet individu. Or l'opération Wildfire s'est soldée par un échec. Nous n'avons rien trouvé. Pas un indice. Comment est-ce possible ? Comment cet homme a-t-il pu rester aussi longtemps au Brésil sans être repéré ?

Le colonel Rocha prit la parole :

— Rien de plus simple.

Il s'exprimait d'une voix curieusement douce pour un homme aussi puissant et musclé, dans un anglais parfait quasiment dépourvu d'accent.

— En admettant que cet individu se soit effectivement trouvé au Brésil, ce qui est parfaitement plausible à la lumière de ce que vous me dites, il n'avait que deux refuges possibles : la jungle… ou bien une favela.

— Une favela, répéta Pendergast.

— Oui, *senhor* Pendergast. Je ne doute pas que ce terme vous soit familier. Les favelas sont un problème de société ici. Une peste sociale, plus précisément. Ces taudis fortifiés se trouvent sous la coupe de barons de la drogue qui les isolent du reste de la cité. Ils détournent l'eau et l'électricité des réseaux habituels, font régner leurs lois avec brutalité, protègent leur territoire, assassinent les membres des gangs rivaux, oppriment les habitants qui dépendent d'eux. Les favelas sont de petits fiefs corrompus, des États dans l'État. La police et les caméras de vidéosurveillance n'ont pas droit de cité dans les favelas. Il est aisé d'y disparaître pour quiconque le souhaite. C'est même une pratique courante. Jusqu'à ces dernières années, Rio comptait de nombreuses favelas. Le gouvernement a décidé de s'attaquer à la question à l'approche des Jeux olympiques. Le BOPE et l'Unidade de Polícia Pacificadora ont entamé la reconquête de ces zones de non-droit, un processus qui se poursuivra tant que les favelas n'auront pas toutes été éradiquées.

Rocha se tut brièvement avant de reprendre :

— Toutes sauf une. Une favela que ni l'armée ni l'UPP ne toucheront jamais : la Cidade dos Anjos, la Cité des Anges.

— Pour quelle raison ?

Un sourire amer se dessina sur les lèvres du colonel.

— Il s'agit de la plus importante, de la plus dangereuse et de la plus puissante de toutes. Les barons de la drogue qui la contrôlent sont sans peur et sans pitié. Pour vous donner une idée, ils ont investi une base militaire il y a deux ans et se sont emparés de plusieurs milliers d'armes et de munitions. Des mitraillettes de calibre 50, des grenades et des lance-grenades, des mortiers, des lance-roquettes, et même des missiles sol-air.

Pendergast fronça les sourcils.

— Raison de plus pour agir.

— Vous voyez la situation de l'extérieur. Les favelas se font la guerre entre elles, elles épargnent le reste de la population. Investir la Cidade dos Anjos aujourd'hui serait une opération humainement très coûteuse, y compris dans les rangs de l'armée et de la police. Aucune autre favela n'ose s'y attaquer. Dans quelques années, elles appartiendront à l'Histoire. Alors pourquoi précipiter le mouvement ? Il est toujours préférable de connaître son ennemi.

— L'individu dont je vous parlais tout à l'heure s'est évanoui dans la jungle il y a dix-huit mois, reprit Pendergast, mais je doute qu'il y soit resté longtemps.

— Dans ce cas, monsieur Pendergast, intervint l'agent de la CIA, M. Tapanes Landberg ne disposait que d'une solution pour rester à l'abri des regards.

Il ponctua sa phrase d'un petit sourire.

Pendergast se leva.

— Messieurs, je vous remercie.

Le colonel Rocha le dévisagea d'un air entendu.

— *Senhor* Pendergast, j'ai bien peur de deviner vos intentions.

— En tant que diplomate, je n'ai pas la possibilité de vous accompagner, ajouta Smith.

Pendergast se contenta d'un hochement de tête avant de se diriger vers la porte.

— Dans n'importe quel autre endroit, je vous fournirais une escorte militaire, remarqua le colonel. Mais pas là-bas. Je ne peux que vous prodiguer un conseil : prenez vos dispositions avant de vous rendre sur place.

35

Pendergast s'était allongé tout habillé dans sa suite du Copacabana Palace Hotel, évitant d'allumer la lumière. La pièce était plongée dans la pénombre alors qu'il était à peine midi. Le grondement des vagues, sur la plage toute proche, lui parvenait assourdi à travers les fenêtres et les persiennes closes.

Alors qu'il reposait sur son grand lit, parfaitement immobile, il fut soudain pris d'un tremblement qui s'amplifia et le secoua de plus en plus violemment. Il serra les paupières et les poings en s'évertuant à dompter l'attaque par la seule force de sa volonté. Le tremblement montra les premiers signes de faiblesse après quelques minutes, sans disparaître tout à fait.

— Je me battrai et je remporterai la partie, murmura-t-il entre ses dents.

À l'arrivée des premiers symptômes, il avait d'abord pensé qu'il trouverait un moyen de combattre le mal. À défaut de découvrir la solution en s'intéressant au passé, il s'était reporté sur le présent, dans l'espoir de percer le secret de l'ennemi invisible qui l'accablait. Mais plus il prenait la mesure du piège diabolique qui se refermait sur lui, plus il se souvenait du sort réservé à la femme de son aïeul et plus il comprenait l'inanité de ses espoirs. Son seul moteur désormais était de résoudre ce qui risquait fort d'être son ultime enquête. Si le mal qui le rongeait lui en laissait le temps.

Il songea aux paroles du colonel brésilien. D'après celui-ci, seuls deux endroits avaient pu permettre à Alban de rester caché : la jungle, ou une favela.

Alors qu'il ne s'y attendait pas, Pendergast entendit résonner dans sa tête les dernières paroles prononcées par Alban avant qu'il lui tourne le dos et s'éloigne avec une nonchalance presque insolente dans la forêt brésilienne. « Une existence longue et productive m'attend. Le monde est à mes pieds, selon l'expression. Et je peux vous assurer que ce monde n'en sera que plus intéressant si je reste en vie. »

Pendergast s'obligea à revivre la scène de façon photographique en faisant appel à toutes ses facultés.

Il le savait, son fils avait forcément entamé cet exil de dix-huit mois dans la jungle. Lui-même l'avait vu s'enfoncer au milieu de la végétation. Néanmoins, il était convaincu, ainsi qu'il l'avait expliqué au colonel, qu'Alban n'était pas resté caché là. Alban n'aurait jamais eu assez de grain à moudre, il se serait morfondu dans cet enfer vert. Surtout, il n'aurait pas disposé des ressources nécessaires à la mise au point de ses actions futures. Il n'avait pu retourner à Nova Godói, sa ville natale, dont le gouvernement brésilien avait désormais pris le contrôle. En outre, plus rien ni personne n'attendait Alban là-bas. Le centre de recherche avait été détruit, les savants, les soldats et les jeunes cadres néonazis étaient morts ou s'étaient éparpillés dans la nature quand ils n'avaient pas été remis sur le droit chemin. Plus Pendergast réfléchissait à la question, plus il trouvait logique qu'Alban ait quitté l'abri de la jungle et se soit réfugié dans une favela.

La cachette était idéale. Pas de police, pas de caméras de surveillance, pas d'espions susceptibles de le traquer. Fort de son intelligence supérieure, de son génie criminel et de ses instincts de sociopathe, il ne pouvait que séduire les barons de la drogue locaux. Un asile aussi sûr lui aurait accordé le temps de mettre à l'œuvre ses projets d'avenir.

« Le monde est à mes pieds, selon l'expression. Et je peux vous assurer que ce monde n'en sera que plus intéressant si je reste en vie. »

Le nom de la favela sur laquelle Alban avait jeté son dévolu s'imposait comme une évidence aux yeux de Pendergast. Son fils voulait le meilleur en tout.

Cette certitude était néanmoins porteuse d'autres interrogations. Qu'était-il advenu d'Alban après son installation à la Cité des Anges ? Par quel étrange concours de circonstances avait-il fini devant sa porte, mort ? Quel lien existait-il entre lui et l'agression de la mer de Salton ?

« J'ai bien peur de deviner vos intentions », avait déclaré le colonel. Des intentions transparentes.

Pendergast, toujours pris de petits tremblements, se remplit les poumons à plusieurs reprises, puis se releva. Le décor de la chambre tangua autour de lui, son malaise laissa la place à des crampes musculaires douloureuses qui finirent par s'estomper. Il avait été contraint d'imaginer un traitement à base d'atropine, d'agents chélateurs et de glucagon, auxquels s'ajoutaient des analgésiques qui l'aidaient à supporter des crises de plus en plus fréquentes. L'efficacité de ce régime, mis au point à tâtons, s'était révélée jusque-là très limitée.

Il sentit venir une nouvelle crise. Il attendit que les symptômes se calment, puis s'approcha du bureau discrètement installé au fond de la pièce. Sa trousse de toilette et son Les Baer .45 de service étaient posés près d'une pile de chargeurs.

Il se laissa tomber sur la chaise du bureau et sortit le pistolet de son étui. Les permis de port d'arme dont il disposait l'autorisaient à se présenter armé dans un grand nombre de pays étrangers. Il lui avait suffi de confier son pistolet aux services de sécurité de l'aéroport JFK, sans qu'il soit besoin de le passer aux rayons X.

Pendergast s'empara du Les Baer d'une main dont il s'efforçait de contenir le tremblement, puis il retira du canon un petit bouchon de caoutchouc en s'aidant de ses ongles. Une seringue miniature et plusieurs aiguilles s'éparpillèrent sur le bureau. L'inspecteur équipa la seringue d'une aiguille et la mit de côté.

Il s'intéressa ensuite à l'un des chargeurs dont il retira le premier projectile avant de séparer la balle de la douille à l'aide de la petite pince qui ne le quittait jamais. Il s'empara d'une feuille de papier à lettres dans le tiroir du bureau, la posa sur le plateau et y vida le contenu de la douille. Une poudre blanche se répandit sur la feuille.

Pendergast repoussa d'un revers de main la balle inutilisable et ouvrit sa trousse de toilette dont il sortit deux flacons. Le premier contenait un opiacé synthétique de catégorie 2, couramment usité comme antidouleur ; le second renfermait un relaxant musculaire. Pendergast préleva deux comprimés dans chacun des flacons et les réduisit en poudre sur la feuille à l'aide d'une petite cuillère. Veillant à bien mélanger les trois poudres blanches différentes, il déposa le mélange dans la cuillère et chauffa celle-ci à l'aide d'un briquet. Sous l'effet de la chaleur, le mélange vira au brun et se liquéfia en bouillonnant.

Pendergast posa le briquet sur le bureau et serra la cuillère à deux mains tandis qu'un spasme douloureux le secouait. Il attendit quelques instants que le liquide refroidisse, y plongea l'aiguille et remplit le réservoir de la seringue à l'aide de son piston.

La cuillère, vide, tomba sur le plateau de la table avec un bruit mat. Le plus dur était passé. Il ne restait plus à l'inspecteur qu'à sortir de sa trousse un garrot élastique. Il remonta l'une de ses manches, serra le poing et attacha l'élastique autour du bras avec les dents.

Une veine se gonfla au niveau du coude.

Tout en maintenant le garrot serré avec les dents, il récupéra la seringue de sa main libre et piqua l'aiguille dans la veine entre deux spasmes. Au moment idoine, il écarta les mâchoires afin de relâcher l'élastique et enfonça le piston.

Ses paupières se fermèrent naturellement et il resta plusieurs minutes en position assise, l'aiguille fichée dans son bras. Enfin, il ouvrit les yeux, retira la seringue qu'il posa sur le bureau et inspira prudemment, à la façon d'un baigneur testant la température de l'eau.

La douleur avait disparu, les spasmes s'étaient calmés. Pendergast se sentait faible et désorienté, mais il était à nouveau en état d'agir.

Il se leva alors de son siège avec la démarche d'un vieillard brusquement tiré de son sommeil, ajusta l'étui de son arme autour de son épaule et enfila sa veste. Prenant la précaution d'enfermer dans le coffre-fort son badge et sa carte du FBI, il fourra son passeport et son portefeuille dans sa poche. Le temps d'un dernier coup d'œil à la chambre, il quitta la suite.

36

On accédait à la Cité des Anges en remontant jusqu'à son extrémité une rue étroite décrivant un coude dans la Zona Norte de Rio. À première vue, la favela n'était guère différente du quartier voisin de Tijuca. Un amoncellement de tristes cubes de béton de deux ou trois étages, dans un dédale de ruelles moyenâgeuses. Alors que les premiers immeubles étaient gris, les suivants passaient au vert, puis à l'ocre à mesure que le bidonville partait à l'assaut des collines escarpées de la ville. Les milliers de volutes de fumée qui s'échappaient des cuisines dissimulaient le soleil derrière une écharpe gazeuse. C'est uniquement en apercevant deux jeunes gens assis sur de vieux bidons rouillés que Pendergast sut qu'il venait de franchir les portes d'un univers urbain très différent de celui du Rio ordinaire. Torse nu, en short et tongs brésiliennes, une mitraillette en bandoulière, ils surveillaient les allées et venues à l'entrée de la favela.

Pendergast s'immobilisa un instant dans la ruelle, encore fragile sur ses deux jambes. Les médicaments injectés un peu plus tôt ralentissaient ses réflexes tout en lui embrumant le cerveau. Dans son état, il eût été trop risqué de se déguiser. C'est tout juste s'il connaissait quelques mots de portugais ; de toute façon, jamais il n'aurait été capable de maîtriser le patois propre à chaque cité. Si jamais les dealers de la Cidade dos Anjos ou leurs hommes de main le prenaient pour un flic infiltré, il serait abattu instantanément. Le mieux était encore de se présenter tel qu'il était, en parfait étranger.

Il s'approcha des deux jeunes gens armés qui l'observaient à travers leurs paupières mi-closes. Au-dessus de leurs têtes, les fils électriques et les câbles de télévision formaient un enchevêtrement si dense que la lumière du jour peinait à chasser l'obscurité. Une odeur fétide de détritus, de crottes de chien et de fumée âcre traversait l'air brûlant de la ruelle. Les jeunes types, sans quitter leur perchoir, saisirent leurs mitraillettes en le voyant arriver. Pendergast, sans chercher à les éviter, s'approcha du plus âgé des deux.

L'ado, à peine âgé de seize ans, détailla l'inspecteur de la tête aux pieds avec un mélange de curiosité, d'hostilité et d'ironie. Pendergast, en costume noir, chemise blanche et cravate en soie malgré la chaleur accablante, avait tout d'un extraterrestre.

— *Onde você vai, gringo ?* demanda-t-il sur un ton menaçant.

Son copain, un gamin efflanqué, le crâne rasé, descendit de son bidon en pointant le canon de sa mitraillette sur la poitrine de Pendergast.

— *Meu filho*, répondit ce dernier. Mon fils.

Les deux ados échangèrent un regard amusé. Un père à la recherche d'un fils à la dérive. On les sentait habitués à ce type de situation. Le grand au crâne rasé semblait partisan d'abattre Pendergast sans autre forme de procès, mais son collègue, visiblement en charge du binôme, ne partageait pas cet avis. Il fit signe à Pendergast de lever les bras en l'air. Celui-ci s'exécuta et le grand au crâne rasé en profita pour le fouiller. Il commença par récupérer son passeport, puis son portefeuille qu'il délesta en un clin d'œil de son maigre contenu en argent, aussitôt partagé avec son coéquipier. Une vive discussion s'engagea entre les deux ados lorsqu'ils découvrirent le Les Baer. Le plus petit arracha l'arme des mains du plus grand et l'agita sous le nez de Pendergast en le bombardant de questions en portugais.

L'inspecteur haussa les épaules.

— *Meu filho*, répéta-t-il.

La dispute se poursuivit sous les yeux d'un petit groupe de curieux. Constatant que le point de vue du grand au crâne rasé semblait prévaloir, Pendergast tira d'une poche secrète de sa veste mille réaux en billets qu'il tendit au plus petit des deux guetteurs.

— *Meu filho*, déclara-t-il d'une voix calme.

L'ado ouvrit de grands yeux en voyant l'argent, sans s'en emparer pour autant.

Pendergast répéta l'opération, ajoutant mille reais à ceux qu'il tenait déjà entre ses doigts. Deux mille réaux, l'équivalent de mille dollars, la somme n'était pas négligeable dans un quartier aussi pauvre.

— *Por favor*, insista Pendergast en agitant les billets devant le jeune guetteur. *Deixe-me entrar*.

L'ado lui répondit par une grimace en lui arrachant l'argent des mains.

— *Porra*, murmura-t-il.

Son attitude provoqua une réaction d'agacement de la part du grand au crâne rasé, partisan de tuer Pendergast en lui prenant son argent. L'autre le fit taire d'un chapelet d'injures, rendit le passeport et le portefeuille à Pendergast en gardant son Les Baer.

— *Sai daqui*, déclara-t-il avec un geste de la main. *Filho da puta*.

— *Obrigado*.

En s'éloignant, Pendergast remarqua du coin de l'œil que le grand au crâne rasé se détachait des badauds et s'enfonçait dans une ruelle.

L'inspecteur poursuivit sa route dans la rue principale de la favela qui se divisait en une multitude de venelles sinueuses de plus en plus étroites dont certaines se terminaient en impasse. Les gens le regardaient, pour certains avec curiosité, pour d'autres avec suspicion. L'inspecteur, qui s'arrêtait régulièrement afin de demander « *meu filho* », récoltait systématiquement des mouvements de tête négatifs et voyait ses interlocuteurs disparaître silencieusement, pressés d'échapper aux requêtes d'un étranger qu'ils prenaient pour un fou.

Pendergast, chassant les effets de la drogue, s'obligeait à scruter attentivement les alentours. Il lui fallait comprendre le fonctionnement du lieu. Les ruelles étaient relativement propres, parsemées ici et là de poulets et de chiens émaciés et peureux. Depuis sa rencontre avec les guetteurs, il n'avait vu briller aucune arme, n'avait assisté à aucun trafic louche. À tout prendre, la favela paraissait mieux tenue que le reste de la ville. Sur les murs des masures s'étalaient des dizaines d'affiches aux couleurs criardes, à moitié arrachées pour la plupart. La rumeur du quartier était assourdissante. Des fenêtres ouvertes s'échappaient des bribes de funk brésilien, des conversations, des éclats de voix largement ponctués d'un « *caralho !* » ou autre invective. Une forte odeur de viande frite flottait dans l'air. Rares étaient les voitures, seules circulaient quelques bicyclettes et mobylettes. À chaque carrefour ou presque se dressait la façade d'un *barzinho*, un bar de quartier avec ses tables en plastique crasseuses autour desquelles étaient installés des hommes face à des téléviseurs antédiluviens, une bouteille de *cerveja* Skol à la main, qui suivaient bruyamment un match de football. Chaque nouveau but déclenchait une clameur.

Pendergast s'arrêta afin de se repérer du mieux qu'il le pouvait, puis partit à l'assaut de la colline sur les flancs de laquelle s'étendait la Cidade dos Anjos. Peu à peu, il remarqua que l'habitat changeait. Aux immeubles à étages succédaient désormais des taudis et des masures dans un état de décrépitude avancé, aux murs de planches rafistolés à l'aide de fil de fer, aux toits, lorsqu'ils en avaient un, recouverts de tôle ondulée. Des détritus jonchaient les rues dans une atmosphère asphyxiée par des relents de viande avariée et de patates pourries. La plupart des constructions, adossées les unes contre les autres, penchaient dangereusement. Le long de cordes tendues dans un entrelacs indescriptible flottait du linge dans la chaleur étouffante. Pendergast longea un terrain de football improvisé dans un terrain vague et aperçut, à travers un grillage en piteux état, les silhouettes altières des immeubles de la

Zona Norte de Rio, en contrebas. Les quelques kilomètres qui le séparaient du reste de la ville auraient tout aussi bien pu se compter en années-lumière.

À mesure que la pente se faisait plus raide, le décor se modifiait pour former un enchevêtrement de terrasses, d'escaliers de bois ou de mauvais béton, de ruelles tortueuses. Des gamins en guenilles l'observaient à travers des barbelés et des palissades en ruine. La musique et les cris, brusquement plus feutrés, trahissaient la misère d'une vie sans espoir. Les structures branlantes poussaient les unes sur les autres sans aucune logique, jusqu'à former un labyrinthe de traboules, de passages et de placettes. Pendergast poursuivait infatigablement son ascension de la colline en répétant à qui voulait bien l'entendre, sur un ton pathétique : « *Meu filho. Por favor. Meu filho.* »

Il venait de dépasser l'échoppe crasseuse d'un tapissier lorsqu'un pick-up Toyota Hilux rayé et cabossé, à peine moins large que la ruelle dans laquelle il avançait, s'arrêta dans un crissement de freins en lui bloquant la route. Tandis que le conducteur restait derrière son volant, trois jeunes gens en pantalon kaki et polo de couleurs vives jaillirent du véhicule. Tous étaient armés d'AR-15 qu'ils pointaient en direction de Pendergast.

L'un d'eux s'avança sous la protection des deux autres, restés en arrière.

— *Pare !* s'écria-t-il. Stop !

Pendergast obéit. L'atmosphère était électrique. À peine faisait-il mine de bouger que l'un des types le repoussait avec la crosse de son fusil.

Les autres se rapprochèrent et posèrent le canon de leurs armes sur sa tête.

— *Coloque suas mãos no carro !* hurla le premier type en obligeant brutalement Pendergast à poser les mains sur le pick-up avant de le fouiller.

L'opération achevée, il ouvrit la portière la plus proche.

— *Entre,* ordonna-t-il durement à son prisonnier.

Voyant que Pendergast se contentait de battre des paupières, aveuglé par le soleil, le type l'agrippa par les épaules et le poussa rudement sur la banquette. Ses deux acolytes prirent place de part et d'autre du prisonnier en continuant de le menacer de leur arme. Le premier type s'installa à l'avant, le conducteur enclencha une vitesse et le véhicule s'éloigna à toute allure dans la ruelle en soulevant dans son sillage un épais nuage de poussière.

37

L'un des flics de service passa la tête dans le bureau de D'Agosta.

— Lieutenant ? Un appel pour vous. Un certain Spandau.

— Vous pouvez prendre un message ? Je suis occupé.

— Il dit que c'est important.

D'Agosta lança un coup d'œil en direction du sergent Slade, assis en face de lui sur le siège réservé aux visiteurs. D'une certaine façon, cette interruption tombait à pic. Slade, en sa capacité de factotum d'Angler, était venu à la requête de ce dernier avec l'intention de relier entre elles les deux enquêtes : celle du Muséum et le meurtre du fils de Pendergast. Restait à savoir jusqu'à quel degré Angler était au courant des rapports entre ces affaires. Le collègue de D'Agosta ne dévoilait pas son jeu, pas plus que Slade, ce qui ne les empêchait pas de réclamer une copie du dossier, et tout de suite. D'Agosta n'appréciait guère Slade, et pas seulement à cause de ses horribles bonbons à la réglisse dont il semait constamment des emballages dans son sillage. Le sergent rappelait à D'Agosta ces chouchous qui se faisaient bien voir de la maîtresse en jouant les rapporteurs, mais le lieutenant n'aurait pas commis l'erreur de prendre Slade pour un idiot. Peut-être était-ce le plus inquiétant.

D'Agosta montra le téléphone du doigt.

— Désolé, s'excusa-t-il auprès de son visiteur. Un appel urgent, je risque d'en avoir pour un petit moment. Je vous recontacte tout à l'heure.

Slade le dévisagea, lança un coup d'œil en direction du flic de service et se leva.

— Bien sûr.

L'instant d'après, il quittait la pièce en laissant derrière lui un parfum de réglisse.

D'Agosta le regarda s'éloigner dans le couloir avant de décrocher.

— Que se passe-t-il ? Notre homme aurait-il repris ses esprits ?

— Pas exactement, répondit la voix de Spandau sur un ton presque détaché.

— Alors, pourquoi m'appelez-vous ?

— Il est mort.

— Mort ? Mais de quoi ? Ce type-là était malade, mais pas au point de passer l'arme à gauche !

— L'un de mes gardiens l'a découvert dans sa cellule il y a moins d'une demi-heure. Il s'est suicidé.

Un suicide, à présent. Cette histoire commençait à devenir sérieusement casse-bonbons.

— Putain, je n'y crois pas !

D'Agosta regretta aussitôt la brutalité de sa réaction. Les paroles étaient sorties toutes seules, sous l'effet de la frustration.

— Vous ne l'aviez pas placé sous surveillance ?

— Bien sûr que si. Il se trouvait dans une cellule capitonnée et portait des entraves en cuir, avec une ronde tous les quarts d'heure. Il a réussi à se libérer en se cassant une clavicule au passage, puis il s'est arraché le gros orteil avec les dents et s'est étouffé en… en l'avalant.

D'Agosta en resta muet de saisissement.

— J'ai essayé de joindre l'inspecteur Pendergast, poursuivit Spandau. Faute d'y parvenir, j'ai pensé à vous appeler.

Le gardien-chef avait raison. Pendergast avait disparu dans la nature une fois de plus, au grand énervement de D'Agosta. Mais ce n'était pas le moment d'y penser. Il poussa un grand soupir.

— Très bien. A-t-il retrouvé un semblant de lucidité avant de mourir ?

— Bien au contraire. Il a complètement perdu la boule après votre départ. Il délirait totalement en répétant sans cesse les mêmes phrases.

— Lesquelles ?

— Vous l'avez entendu. Il parlait à tout bout de champ de l'odeur des fleurs pourries. Il ne dormait plus, criait en permanence. Il se plaignait également de douleurs. Rien de localisé, apparemment. Il avait mal sur tout le corps. La situation s'est dégradée après votre départ. Le médecin de la prison lui a fait passer des analyses et lui a administré un traitement, sans résultat. Il n'a jamais pu diagnostiquer le mal dont il était atteint. Les dernières vingt-quatre heures ont été dramatiques. Il délirait, poussait des cris et des gémissements. Je m'apprêtais à le transférer à l'infirmerie quand on m'a annoncé son suicide.

D'Agosta se remplit lentement les poumons.

— L'autopsie doit avoir lieu tout à l'heure. Je vous enverrai le rapport dès qu'on me l'aura transmis. En quoi d'autre puis-je vous être utile ?

— Si je pense à autre chose, je vous le ferai savoir, maugréa D'Agosta avant d'ajouter : Je vous remercie.

— Je regrette de n'avoir pas de meilleure nouvelle à vous communiquer, conclut Spandau avant de raccrocher.

Le lieutenant se carra dans son fauteuil. Son regard se posa machinalement sur les dossiers empilés sur sa table, qu'il allait devoir copier pour Slade.

Il ne manquait plus que ça, gronda-t-il intérieurement.

38

La Toyota se taillait un chemin dans les ruelles de la favela avec la délicatesse d'un éléphant dans un champ de canne à sucre, multipliant les coups de klaxon. Les vendeurs de rue n'avaient d'autre choix que de se réfugier à l'intérieur des maisons, tandis que piétons et cyclistes s'enfonçaient précipitamment dans les venelles avoisinantes, quand ils ne se réfugiaient pas à l'abri d'un pas de porte. Les rétroviseurs latéraux du pick-up raclaient régulièrement les façades tant les rues étaient étroites. À l'intérieur du véhicule, les ravisseurs de Pendergast gardaient le silence, les canons de leurs AR-15 braqués sur sa poitrine. Les habitations de fortune défilaient dans un brouillard coloré de l'autre côté des vitres du pick-up qui poursuivait l'ascension de la colline.

Le conducteur de la Toyota s'immobilisa enfin tout en haut de la favela, à l'entrée d'une succession de bâtiments protégés par une enceinte. Un garde armé fit coulisser un grillage artisanal et le pick-up se gara sur un petit parking. Les quatre ravisseurs de Pendergast descendirent en lui intimant d'un geste l'ordre de les imiter.

L'inspecteur s'exécuta en plissant des yeux à cause du soleil. Les bidonvilles de la favela, agrippés à flanc de colline, cédaient la place en contrebas aux rues du Rio ordinaire, au pied duquel s'étendait le manteau bleu azur de la baie de Guanabara.

Les trois bâtiments identiques qui s'élevaient à l'intérieur de l'enceinte se différenciaient du reste de la favela par leurs réparations. Les trous qui mutilaient la façade de l'immeuble principal avaient été rebouchés au ciment avant d'être repeints. Un groupe électrogène ronronnait tranquillement dans la cour et une bonne douzaine de câbles de toutes les couleurs dessinaient une toile d'araignée bigarrée au-dessus des toits. Deux des hommes dirigèrent Pendergast vers le bâtiment central.

L'intérieur, frais et chichement meublé, était plongé dans la pénombre. Les canons des fusils enfoncés dans ses côtes, Pendergast commença par emprunter un couloir carrelé avant de monter au deuxième étage où l'attendait un vaste bureau. À l'image du reste, la pièce était quasi monacale, avec son vieux bureau flanqué de gardes armés et ses chaises de bois brut. Un crucifix pendait sur les parpaings d'un mur de couleur, face à un écran plat sur lequel défilaient les images muettes d'un match de football.

Un personnage d'une trentaine d'années était installé derrière le bureau. Très brun de peau, les cheveux bouclés, il portait une barbe de trois jours. Il était vêtu d'un short, d'un marcel et de la sempiternelle paire de tongs Havaianas. Une lourde chaîne de platine pendait à son cou et une Rolex en or luisait à son poignet. Malgré sa jeunesse et sa tenue débraillée, on le sentait très sûr de lui. Il posa deux yeux d'un noir brillant sur son visiteur avant de saisir une canette de bière Bohemia et d'en avaler une gorgée. Il adressa quelques mots en portugais aux ravisseurs de Pendergast. L'un d'eux fouilla ce dernier et récupéra son passeport et son portefeuille qu'il déposa sur le bureau.

L'inconnu y jeta machinalement un œil sans se donner la peine de les ouvrir.

— *Passaporte,* déclara-t-il en fronçant les sourcils. C'est tout ? insista-t-il en portugais.

— *Sim.*

Pendergast dut subir une nouvelle fouille, plus appuyée cette fois. L'un des hommes armés découvrit la liasse de billets et la plaça devant son chef. Il allait reculer lorsque Pendergast lui indiqua d'un mouvement du menton qu'il avait négligé de vérifier la doublure de sa veste.

En palpant le tissu, l'homme froissa une feuille de papier entre ses doigts. Il étouffa un juron, fit jaillir la lame de son couteau à cran d'arrêt, découpa la doublure et retira une photo : un portrait d'Alban pris après sa mort, retouché de façon à redonner un semblant de vie à son visage. Le garde posa le portrait sur la table, à côté du passeport et du portefeuille.

Le chef regarda machinalement la photo. L'ennui agacé qui se lisait jusque-là sur son visage céda instantanément la place à l'ébahissement. Il s'empara vivement du portrait et l'examina longuement.

— *Meu filho,* répéta Pendergast.

L'homme le dévisagea attentivement, reporta son attention sur le portrait, et scruta à nouveau les traits de Pendergast d'un air perplexe. S'intéressant alors aux autres objets découverts sur le prisonnier, il ouvrit le passeport avant d'examiner le contenu du portefeuille. Enfin, il se tourna vers l'un des gardes.

— *Guarda a porta*, lui ordonna-t-il. *Ninguém pode entrar*.

Le garde referma la porte, donna un tour de clé et se posta devant, le doigt sur la détente de son arme.

L'inconnu reporta son attention sur Pendergast.

— Alors, c'est vous qui pénétrez dans la Cidade dos Anjos habillé en croque-mort, armé, en expliquant à tout le monde que vous cherchez votre fils ? demanda-t-il dans un excellent anglais, malgré un fort accent.

Pendergast, légèrement titubant face au bureau, ne répondit pas.

— Je suis surpris que vous soyez encore en vie. Votre comportement était tellement aberrant, les gens ont dû vous prendre pour un fou inoffensif. Maintenant, poursuivit-il en tapotant la photo d'un doigt, je sais que vous n'êtes pas du tout inoffensif.

Il ramassa le portrait, saisit le passeport et se leva, révélant un énorme pistolet coincé dans la ceinture de son short. Il contourna le vieux bureau de bois et se planta devant son prisonnier.

— Vous n'avez pas l'air dans votre assiette, s'étonna-t-il en remarquant la pâleur de Pendergast, la sueur qui perlait sur ses tempes.

Il examina une nouvelle fois le passeport, puis le portrait.

— La ressemblance est frappante, murmura-t-il, comme pour lui-même.

Une minute s'écoula en silence.

— Quand avez-vous vu votre fils pour la dernière fois ?

— Il y a quinze jours, répliqua Pendergast.

— Où ça ?

— Devant ma porte. Mort.

La surprise, ou peut-être la douleur, traversa fugitivement le visage du jeune homme qui laissa s'écouler une nouvelle minute avant de reprendre la parole :

— Pourquoi venir ici ?

Pendergast laissa passer un instant avant de répondre :

— Pour retrouver son meurtrier.

L'homme hocha la tête, comme s'il comprenait.

— C'est donc pour cette raison que vous arpentez les rues de la favela en interrogeant les passants ?

Pendergast se passa la main sur les yeux. La douleur refaisait surface à mesure que s'estompaient les effets de la drogue.

— Oui. J'ai besoin... de savoir ce qu'il faisait ici.

Un profond silence s'abattit sur la pièce, que l'inconnu rompit en soupirant.

— *Caralho*, marmonna-t-il.

Pendergast ne répondit pas.

— Vous avez décidé de vous venger de celui qui l'a tué ?

— Je cherche uniquement à me renseigner. Je verrai ensuite. Je ne sais pas.

L'inconnu prit le temps de méditer cette réponse. Soudain, il tendit une main en direction des sièges.

— Asseyez-vous, je vous en prie.

Pendergast se laissa tomber sur la chaise la plus proche.

— Je m'appelle Fábio, se présenta l'homme. Quand mes guetteurs m'ont signalé la présence d'un inconnu au comportement étrange qui posait des questions au sujet de son fils, je ne m'en suis pas inquiété. Mais lorsqu'ils m'ont décrit un homme svelte et pâle comme la mort, les mains aussi agiles que des araignées et les yeux couleur de *conchas* argentées, j'ai commencé à me poser des questions. Il n'y avait qu'un moyen de vérifier mes soupçons. Je m'excuse de la façon dont on vous a entraîné jusqu'ici, mais…

Il acheva sa phrase par un haussement d'épaules avant de poser sur son interlocuteur un regard aigu.

— Ce que vous venez de me raconter… c'est la vérité ? J'ai du mal à imaginer qu'un être tel que lui ait pu mourir assassiné.

Pendergast hocha la tête.

— Dans ce cas, cela signifie que ses craintes étaient fondées, assura le dénommé Fábio.

Pendergast en profita pour l'observer. L'homme correspondait en tout point au portrait qu'on lui avait dressé des barons de la drogue de Rio : la tenue, le mode de vie, l'armement. Il s'efforça de se remémorer les paroles du colonel Rocha lorsqu'il avait évoqué la Cidade dos Anjos. *Il s'agit de la plus importante, de la plus dangereuse et de la plus puissante de toutes les favelas. Les barons de la drogue qui la contrôlent sont sans peur et sans pitié.*

— Je cherche uniquement à recueillir des informations, précisa Pendergast.

— Je compte bien vous les fournir. C'est mon devoir de vous raconter l'histoire de votre fils. L'histoire d'Alban.

39

Fábio reprit place derrière son bureau et vida sa canette de Bohemia. Il l'avait à peine reposée que l'un de ses hommes lui en apporta une autre. Il prit le portrait d'Alban, le caressa du bout des doigts, puis le reposa en relevant la tête.

— Quand avez-vous vu votre fils en vie pour la dernière fois ?

— Il y a dix-huit mois, à Nova Godói. Juste avant qu'il ne s'enfonce dans la jungle.

— Dans ce cas, laissez-moi vous raconter la suite. Votre fils Alban a commencé par vivre au sein d'une tribu indienne, au fin fond de la forêt amazonienne. Il a connu des jours très difficiles, il lui fallait se remettre, mais aussi… quel terme utilisez-vous, déjà ? Se ressourcer. Il disposait de projets pour lui-même et de projets pour la planète. Mais aussi de projets pour vous, *rapaz*, ajouta Fábio en hochant vivement la tête.

« Il a vite compris que ses plans n'avaient aucune chance d'aboutir s'il restait au milieu de la jungle. Il a donc rejoint Rio où il s'est rapidement fondu à l'intérieur de cette favela. Sans aucune difficulté. Vous savez aussi bien que moi, *o senhor*, qu'il est… qu'il était passé maître dans l'art de se déguiser. En outre, il parlait parfaitement le portugais, et de nombreux dialectes. Il existe des centaines de favelas à Rio, mais il n'a pas choisi celle-ci au hasard. Il savait qu'il pourrait y trouver refuge sans crainte d'être découvert.

— La Cidade dos Anjos, murmura Pendergast.

Fábio lui sourit en retour.

— Exactement, *rapiz*. L'endroit était différent à l'époque. Il a commencé par tuer un paumé solitaire, à qui il a volé son identité et sa maison. C'est ainsi qu'il est devenu Adler, un citoyen brésilien de vingt et un ans, grâce auquel il s'est aisément intégré à la vie d'ici.

— Je reconnais bien Alban.

Les yeux de Fábio lancèrent des éclairs.

— Ne le jugez pas trop vite, *cara*. Commencez par écouter la suite. Tous ceux qui n'ont pas vécu dans un endroit comme celui-ci ne peuvent pas comprendre, ajouta-t-il en embrassant d'un geste, au-delà de la pièce, la favela tout entière. Quoi qu'il en soit, il s'est lancé dans l'import-export, un métier qui lui permettait de voyager dans le monde entier.

Fábio dévissa la capsule de sa canette de bière et en avala une gorgée.

— À l'époque, la Cité des Anges était dirigée par un gangster surnommé O Punho, le Poing. Un surnom qu'il devait à la façon particulièrement brutale et toute personnelle dont il tuait ses ennemis. Alban – ou plutôt Adler – n'avait pas grande estime pour O Punho et son gang. Leur manque d'organisation était contraire au sens de l'ordre qu'on lui avait inculqué depuis la naissance. Je ne me trompe pas, *senhor* ? demanda-t-il avec un sourire entendu.

« Adler s'est amusé à réfléchir au moyen de mieux organiser et diriger la favela s'il en devenait le chef, sans rien tenter dans un premier temps, car il avait d'autres priorités. Jusqu'au jour où tout a changé.

Fábio se tut. Pendergast comprit qu'il attendait une réaction de sa part.

— Vous êtes particulièrement bien informé sur mon fils, remarqua-t-il.

— C'était… mon ami.

Pendergast veilla à ne rien laisser paraître de son opinion.

— Alban a fait la connaissance d'une jeune femme. La fille d'un diplomate norvégien. Elle se nommait Danika Egland, mais tout le monde la connaissait ici sous le surnom d'Anja das Favelas.

— L'Ange des Favelas, traduisit Pendergast.

— Exactement. Elle avait gagné ce surnom à force d'aller soigner les gens, leur donner de l'argent ou de la nourriture, les éduquer, inculquer aux opprimés les vertus de l'indépendance. Vous ne serez pas surpris d'apprendre que les chefs des favelas voyaient son action d'un mauvais œil, mais ils étaient bien obligés de tolérer sa présence du fait de son immense popularité auprès des habitants. Également à cause de la position de son père. Danika a beaucoup impressionné Adler. Elle avait énormément de classe et de courage, elle possédait aussi une beauté très… très…

Fábio tendit un doigt en direction du visage de son interlocuteur.

— Très nordique, interpréta Pendergast.

— C'est le mot que je cherchais. Mais à l'époque, comme je vous l'ai dit, Adler avait d'autres préoccupations. Il passait le plus clair de son temps à effectuer des recherches.

— En quoi consistaient les recherches en question ?

— Je ne sais pas exactement. Il consultait des documents scientifiques anciens. C'est à ce moment-là qu'il s'est rendu aux États-Unis.

— Pourriez-vous m'indiquer à quel moment précis ?

— Il y a tout juste un an.

— Quelle raison l'a poussé à se rendre là-bas ?

Pour la première fois, Fábio sembla perdre de son assurance.

— Je constate que vous hésitez, insista Pendergast. Vous m'avez dit qu'Alban avait des projets me concernant. Avait-il décidé de se venger ?

Fábio garda le silence.

— Il est inutile de le nier. Il avait décidé de me tuer.

— Je ne connais pas tous les détails, *o senhor*. Mais il ne s'agissait pas de… peut-être pas uniquement de vous tuer. Ses intentions étaient sans doute plus graves. C'est difficile de le savoir, il ne dévoilait jamais son jeu.

Une série de claquements métalliques rompit le silence qui s'était installé dans la pièce. Du coin de l'œil, Pendergast constata que l'un des gardes jouait machinalement avec son AR-15.

— Adler n'était plus le même lorsqu'il est rentré, reprit Fábio. On aurait dit qu'il avait un poids en moins sur les épaules. Du jour au lendemain, il n'avait plus que deux centres d'intérêt :

la prise de contrôle de la favela, et Danika Egland. Elle était plus âgée que lui, puisqu'elle avait vingt-cinq ans. Il l'admirait énormément et elle l'attirait. Le sentiment était réciproque.

Le jeune homme haussa les épaules.

— Qui sait ce qui se passe dans la tête des gens, *cara* ? Un jour, ils ont compris qu'ils étaient amoureux l'un de l'autre.

Pendergast, à cette nouvelle, émit un bruit ressemblant à un ricanement.

— Le père de Danika était très critique de son travail dans les favelas. Il craignait pour sa vie. Elle s'est donc appliquée à tenir secrète cette relation amoureuse. L'Anja ne s'est pas complètement installée chez Adler dans un premier temps, mais elle passait fréquemment la nuit dans la favela, loin de la maison de son père, située dans un lotissement gardé du centre-ville. C'est alors qu'Adler a appris que Danika était enceinte.

— Enceinte, répéta Pendergast dans un souffle.

— Ils se sont mariés en secret. Dans l'intervalle, Adler était devenu obsédé par l'idée de prendre le contrôle de la favela. Il était convaincu que la Cidade dos Anjos oublierait vite son statut de bidonville désorganisé s'il en reprenait la direction. Il comptait en faire un modèle d'efficacité et d'organisation.

— Cela ne me surprend pas, commenta Pendergast. Cette favela constituait un laboratoire idéal d'où mettre sur pied et lancer son nouveau plan, en remplacement de Nova Godói. Un État dans l'État, dont il serait le dirigeant.

Les yeux de Fábio lancèrent à nouveau des éclairs.

— Je ne prétends pas savoir ce qui se passait dans sa tête à cette époque, *senhor*. Je sais seulement qu'il n'a pas mis longtemps à mettre au point un coup d'État d'une grande intelligence pour s'emparer de la Cidade dos Anjos. À ceci près qu'il a été trahi, que quelqu'un a prévenu O Punho et sa bande. Sachant que l'Ange des Favelas était la femme d'Adler, le Poing a décidé de passer à l'action. Une nuit, il a pris d'assaut la maison d'Adler avec ses hommes avant d'y mettre le feu. Il n'en est rien resté. Par miracle, Adler était absent cette nuit-là, mais sa femme enceinte a péri dans les flammes.

Pendergast, s'obligeant à museler sa douleur, attendit la suite. La femme d'Alban, son enfant à venir, brûlés vifs…

— Je n'ai jamais vu quiconque se laisser entraîner de la sorte par le désir de vengeance. Il était rongé de l'intérieur, il n'en disait rien, ne laissait rien paraître, mais je le connaissais assez pour savoir qu'il avait décidé de détruire l'ennemi. Il s'est rendu dans le repaire fortifié d'O Punho. Seul, armé jusqu'aux dents. J'étais certain qu'il y laisserait sa peau, au lieu de quoi il a déclenché un bain de sang inimaginable en tuant le Poing et tous ses sbires. En l'espace d'une nuit, il a décimé à lui seul tous les dirigeants de la favela. Des rigoles de sang coulaient du QG d'O Punho et dévalaient les caniveaux sur près d'un kilomètre. Les habitants de la favela n'oublieront jamais cette nuit-là.

— Il avait évidemment décidé de transformer la favela en une zone de non-droit infiniment pire qu'avant, remarqua Pendergast.

La surprise se lut sur le visage de Fábio.

— Pas du tout. Vous ne comprenez pas. C'est là où je voulais en venir. Il s'est produit un déclic en lui à la mort de sa femme et de son futur bébé. Je ne prétends pas comprendre ce qui s'est passé, je sais juste qu'il a changé du tout au tout.

L'incrédulité de Pendergast était si palpable que Fábio poursuivit avec conviction :

— Je suis convaincu que la bonté de sa femme, alliée à la fin tragique qu'elle a connue, l'a métamorphosé. Il a brusquement pris conscience de la place du bien et du mal dans le monde.

— Je n'en doute pas, réagit Pendergast sur un ton sarcastique.

Fábio bondit de son siège.

— C'est pourtant vrai, *rapiz* ! Vous en avez la preuve vivante tout autour de vous. Sachez qu'Adler a pris le contrôle de la Cité des Anges afin de la remodeler en profondeur. Pour le mieux ! Il nous a débarrassés de la violence, de la drogue, de la faim, de la tyrannie des gangs. Vous ne voulez voir que la misère, et les armes dont nous disposons. Mais il nous faut bien nous défendre des agressions d'un monde violent et égoïste, des gangs rivaux, de l'armée, des politiciens corrompus qui dépensent des milliards pour construire des stades de foot et des arènes olympiques alors que les gens crèvent de faim. La violence a quasiment disparu de la Cidade dos Anjos. Nous sommes en train de la transformer. Nous...

Fábio marqua une pause, à la recherche du terme juste.

— Nous prenons soin de nos gens. Nous leur permettons de se prendre en main. C'est l'expression qu'il employait. Les gens d'ici vivent désormais loin de la corruption, de la violence, des impôts injustes et des brutalités policières que l'on subit quotidiennement partout ailleurs dans Rio. Il nous reste des problèmes à surmonter, c'est vrai, mais la situation s'est grandement améliorée, grâce à Adler.

À l'énoncé de ce plaidoyer, Pendergast sentit sa résolution l'abandonner. Des éclairs de douleur lui vrillèrent les tempes, sa tête se mit à tourner. Il voulut se reprendre en aspirant une bouffée d'air.

— Comment pouvez-vous être aussi sûr de ce que vous avancez ? s'enquit-il enfin.

— J'étais le lieutenant de votre fils dans cette nouvelle Cité des Anges. J'étais son bras droit et je le connaissais mieux que n'importe qui, à l'exception de Danika.

— Pourquoi m'avoir raconté tout ça ?

Fábio retomba lentement sur son fauteuil, pris d'une hésitation avant de répondre :

— Je vous l'ai dit, *senhor*. C'est mon devoir. Il y a trois semaines, Adler a de nouveau quitté la favela en m'annonçant qu'il allait dans un premier temps en Suisse avant de se rendre à New York.

— La Suisse ? répéta Pendergast, brusquement inquiet.

— À la mort de Danika, Adler m'a fait promettre, si jamais il lui arrivait malheur, de retrouver son père et de lui raconter l'histoire de sa rédemption.

— Sa rédemption !

Fábio ignora le sarcasme.

— Il n'a pas eu le temps de me donner votre nom ou de me dire où vous trouver. Depuis trois semaines qu'il est parti, je n'ai plus entendu parler de lui, et voilà que vous arrivez en m'annonçant sa mort.

Le jeune homme ponctua sa phrase d'une lampée de bière.

— J'ai tenu ma promesse en vous expliquant son histoire.

Un long silence s'installa entre les deux hommes.

— Vous ne me croyez pas, finit par déclarer Fábio.

— La maison d'Alban, dit Pendergast. Celle qui a brûlé. Où se trouve-t-elle ?

— Rio Paranoá, au numéro 31.

— Accepteriez-vous que vos hommes m'y conduisent ?

Un pli barra le front du jeune homme.

— Il ne reste qu'un tas de ruines.

— Je vous le demande tout de même.

Fábio finit par hocher la tête.

— Quant à cet O Punho dont vous m'avez parlé. Où vivait-il ?

— Mais... ici, bien sûr, répondit le jeune homme avec un haussement d'épaules. D'autres questions, *senhor* ?

— J'aimerais récupérer mon pistolet.

Fábio se tourna vers l'un de ses hommes.

— *Me das a arma*.

Quelques instants plus tard, le Les Baer réintégrait la poche de l'inspecteur. Avec des gestes d'une lenteur infinie, ce dernier prit sur le bureau son portefeuille, son passeport, le portrait de son fils, ainsi que la liasse de billets. Il remercia son hôte d'un mouvement de tête, quitta la pièce dans le sillage des gardes, redescendit les marches conduisant au rez-de-chaussée et retrouva peu après la fournaise de la rue.

40

D'Agosta rejoignit le PC sécurité du Muséum à 13 h 45 précises. Il avait calculé son arrivée entre deux séances du planétarium, pas certain de résister une nouvelle fois aux quatre-vingts décibels déchaînés par la visite du cosmos. Appelé là par l'inspecteur Jimenez, il espérait repartir moins d'un quart d'heure plus tard.

Jimenez et son collègue Conklin, installés l'un en face de l'autre à une petite table, étaient penchés au-dessus du clavier de leur ordinateur. D'Agosta traversa la pièce en zigzaguant entre les machines dans la pénombre.

— Quoi de neuf ? demanda-t-il.

Jimenez leva la tête.

— On a terminé.

— Alors ?

— On a fini de visionner l'ensemble des vidéos filmées par les caméras de surveillance de l'entrée du Muséum depuis le jour du meurtre, le 12 juin, en remontant jusqu'au 6 avril. C'est-à-dire une semaine avant la première visite du meurtrier au Muséum. On a préféré s'accorder ce délai supplémentaire, histoire de ne rien laisser au hasard.

Il pointa du doigt l'écran de son ordinateur.

— On le voit traverser la rotonde l'après-midi du 12 juin. Il s'agit du segment que vous avez découvert vous-même l'autre jour. Sinon, on le voit entrer et sortir du Muséum le 14 avril, et à nouveau le 20.

D'Agosta acquiesça. La date du 20 avril correspondait au jour où l'homme avait examiné le squelette de Mme Padgett. Quant au 14, il s'agissait très certainement de celui où le meurtrier avait rencontré pour la première fois Marsala, muni de sa fausse accréditation de chercheur.

Le lieutenant se laissa tomber sur une chaise.

— Bon boulot, approuva-t-il.

Ce n'était pas une formule en l'air. Passer des heures à s'user les yeux sur ces mauvais écrans, avec le Big Bang en toile de fond, n'avait rien d'une sinécure. En résumé, le meurtrier était venu au Muséum à deux reprises, avant de réapparaître le jour du drame. En revanche, la façon dont il était reparti après son forfait restait inexpliquée.

Au fond de lui, D'Agosta se demandait bien pourquoi il avait infligé un tel pensum à ses subordonnés. Le principal suspect était mort, suicidé. Ce n'était pas comme s'ils avaient eu besoin de réunir des preuves en vue d'un procès. Sans doute était-ce son instinct de flic. Sa façon de mettre les points sur les i.

Le suicide de l'inconnu. D'Agosta n'arrivait pas à chasser de sa tête le visage du meurtrier dans cette salle d'interrogatoire de la prison d'Indio. Ses divagations sur les odeurs de fleurs pourries, sa surexcitation, sans oublier la façon dont il s'était jeté sur Pendergast. Autant d'images que le lieutenant n'était pas près d'oublier. Quand on pense que ce cinglé s'était étouffé en avalant son gros orteil après l'avoir sectionné avec ses dents ! Il fallait vraiment avoir envie de mourir pour inventer un truc pareil. Une crise de démence décidément mal en phase avec l'homme intelligent et posé qui se faisait passer pour le professeur Waldron, au point de duper Marsala et ses collègues.

D'Agosta laissa échapper un soupir. Le meurtrier avait peut-être perdu la boule par la suite, il n'en était pas moins en pleine possession de ses moyens le 12 juin, jour du meurtre. Il avait attiré Marsala dans un lieu isolé, l'avait ensuite tué rapidement et efficacement avant de donner le change en laissant croire que le technicien avait été assassiné par un voleur quelconque. Mieux encore, il avait réussi à quitter le Muséum sans être filmé par les caméras de sécurité.

Ce détail n'avait guère d'importance, mais comment s'y était-il pris ?

D'Agosta revit dans sa tête le lieu du crime tel que le lui avait montré Whittaker, l'agent de sécurité. Au fond de l'alcôve des gastéropodes, tout au fond de la salle consacrée à la vie marine, près d'un accès au sous-sol, à peu de distance de la salle dédiée aux trésors de l'Amérique du Sud et…

D'Agosta fit un bond sur sa chaise.

Bien sûr !

Comment avait-il pu se montrer aussi bête ? Il se leva, entama une ronde et se tourna brusquement vers Jimenez.

— Marsala a été tué un samedi soir. À quelle heure ouvre le Muséum le dimanche ?

Jimenez fouilla dans les papiers éparpillés sur son petit bureau et récupéra un dépliant.

— Les portes ouvrent à 11 heures, annonça-t-il.

D'Agosta s'installa devant l'un des écrans de visionnage. Sous ses pieds, la séance de 14 heures venait de débuter sans qu'il y prête la moindre attention, pour une fois. Il navigua à grands coups de souris d'un menu à l'autre avant de découvrir le fichier qui l'intéressait : celui de la caméra de la grande rotonde à 11 heures, le matin du dimanche 13 juin.

La vue en plongée du lieu se matérialisa sur l'écran. Sous les yeux de Jimenez et de Conklin qui venaient de le rejoindre, D'Agosta lança l'enregistrement normalement, le temps de s'habituer au grain de l'image, puis doubla une première fois la vitesse de défilement avant de répéter l'opération. À mesure que les minutes s'écoulaient en accéléré, on voyait les visiteurs pénétrer par grappes sous la voûte et faire la queue devant les portiques de sécurité.

Soudain, une silhouette solitaire croisa la foule des nouveaux arrivants, tel un nageur à contre-courant. D'Agosta cliqua sur le signet pause et nota l'heure : 11 h 34. Il zooma sur la silhouette et relança la vidéo, cette fois à vitesse normale. Le doute n'était pas permis : le visage, la tenue, la démarche tranquille, il s'agissait bien du meurtrier.

— Bon Dieu, grommela Conklin entre ses dents derrière le lieutenant.

— Il y a un accès au sous-sol tout près de l'alcôve des gastéropodes, expliqua D'Agosta. Le sous-sol du Muséum est un vrai labyrinthe, le maillage des caméras y est très insuffisant. Il a passé la nuit là-bas en attendant que le Muséum rouvre ses portes, et il est ressorti en se mêlant à la foule.

Il se cala confortablement sur sa chaise. Un mystère de plus éclairci. On savait désormais quand et comment le meurtrier avait quitté le Muséum.

Le portable de D'Agosta se mit en branle. Il le sortit de sa poche et consulta l'écran. Un numéro qu'il ne connaissait pas, précédé d'un indicatif californien. Il enfonça le bouton vert.

— Lieutenant D'Agosta à l'appareil.

— Lieutenant ? répondit une voix à plusieurs milliers de kilomètres de là. Je suis le docteur Samuels, le pathologiste du centre de détention d'Indio. En réalisant l'autopsie de l'inconnu qui s'est récemment suicidé, nous avons découvert un élément susceptible de vous intéresser. Je vous appelle sur la recommandation du gardien-chef Spandau.

— Je vous écoute.

En temps ordinaire, D'Agosta était fier de son professionnalisme. Il ne perdait jamais son sang-froid, ne sortait pas son arme de service à tout bout de champ, évitait de jurer en public. Il oublia clairement ce dernier précepte en écoutant les explications du médecin légiste.

— Putain de saloperie de bordel de merde, marmonna-t-il sans même s'en apercevoir dans l'appareil.

41

Le pick-up Toyota tourna au coin d'une rue et s'arrêta dans un long crissement de pneus. Le garde assis à l'arrière jaillit de l'habitacle, le canon de son fusil tourné vers le sol, et fit signe à Pendergast de l'imiter.

Le garde lui désigna un étroit bâtiment dont il ne survivait que la carcasse calcinée. Le toit disparu, le second étage effondré, les fenêtres crevées, il n'en restait guère qu'une façade au crépi marbré de suie. La porte d'entrée, noircie par les flammes, était constellée de trous, comme si les secours avaient dû l'enfoncer à l'aide d'un bélier.

— *Obrigado*, fit Pendergast.

Le garde hocha la tête et remonta dans le Toyota qui démarra aussitôt.

L'inspecteur, debout au milieu de la ruelle, le regarda s'éloigner avant de s'intéresser aux immeubles voisins. Le quartier, semblable aux autres secteurs de la Cidade dos Anjos qu'il avait pu apercevoir, rassemblait des bâtiments de bric et de broc érigés sans règle. Serrés les uns contre les autres, peints de couleurs vives, ils s'étageaient sans autre logique que celle de la pente sur laquelle ils avaient été bâtis. Quelques curieux l'observaient des fenêtres alentour.

Il examina la maison brûlée de plus près. En l'absence de plaque de rue, comme ce semblait être la règle à l'intérieur de la favela, il devina les traces du numéro *31* peint au-dessus de la porte calcinée. Pendergast la poussa et vit un cadenas rouillé, tout couvert de suie, sur le carrelage de l'entrée. Il avança prudemment en prenant soin de refermer la porte derrière lui du mieux qu'il le pouvait.

À la chaleur, proprement étouffante à l'intérieur de la maison, se mêlait une forte odeur de bois brûlé et de plastique fondu. Il laissa à ses yeux le temps de s'accoutumer à la pénombre en s'efforçant d'oublier les vagues douloureuses qui menaçaient régulièrement de le submerger. L'homme de main de Fábio qui l'avait fouillé n'avait pas découvert le minuscule paquet d'analgésiques dissimulé dans une poche secrète de sa veste. Il fut tenté d'en avaler quelques-uns avant de se reprendre. Il devait rester alerte en prévision de la tâche qui l'attendait.

Il allait devoir prendre son mal en patience.

Il visita le rez-de-chaussée, dont la disposition n'était pas sans évoquer celle des cabanes en bois des forçats du coton dans le delta du Mississippi. La table du salon avait été réduite à un tas d'allumettes et des ressorts charbonneux s'échappaient d'un canapé éventré. Le tapis de matière synthétique avait fondu sur le sol de béton. Au-delà s'ouvrait une petite cuisine équipée de deux plaques émaillées, d'un évier en fonte tout cabossé, de placards béants. Le sol était jonché de tessons de vaisselle, de verre pilé et de couverts bon marché à demi fondus. Les flammes avaient dessiné des motifs inquiétants sur le plafond et les murs.

Pendergast, immobile sur le seuil, essaya d'imaginer son fils dans ce décor. Il entrait dans la maison, rejoignait la cuisine à grandes enjambées, embrassait sa femme avec laquelle il parlait de tout et de rien. Ils riaient, discutaient du bébé, imaginaient l'avenir.

Mais il avait beau multiplier les efforts, les images refusaient de se fixer dans sa tête, au point qu'il finit par renoncer.

Il peinait à donner du sens à ce qu'il venait d'apprendre. Il aurait aimé avoir les idées plus claires, se souvenir des paroles exactes de Fábio. Alban se réfugiant dans la favela, tuant un inconnu solitaire afin de lui dérober son identité. Jusque-là, tout allait bien. Alban retournant secrètement aux États-Unis pour accomplir la vengeance imaginée contre son père. Là encore, l'hypothèse était plausible. Alban mettant au point un coup d'État à l'intérieur de la favela afin d'en reprendre le contrôle. Un tel projet cadrait parfaitement avec sa nature.

Vous pourrez remercier Alban…

En revanche, comment l'imaginer époux aimant et père de famille modèle ? Alban épousant en secret l'Ange des Favelas ? Pendergast ne parvenait pas à y croire, pas plus qu'il ne voyait son fils en bienfaiteur d'un bidonville dont il assassinait le tyran pour mieux transformer son nouveau royaume en une terre de paix et de prospérité. Fábio, comme tant d'autres, s'était probablement laissé abuser par Alban.

Un autre détail lui revint en mémoire. Fábio lui avait expliqué qu'avant de retourner aux États-Unis Alban avait évoqué un séjour en Suisse.

Malgré la touffeur qui régnait dans la maison en ruine, Pendergast se sentit parcouru d'un frisson. Alban ne pouvait avoir qu'une raison de se rendre en Suisse. D'un autre côté, comment aurait-il pu savoir que son frère Tristram s'y trouvait en pension sous un nom d'emprunt ? La réponse à sa question s'imposa d'elle-même : un garçon doté d'une intelligence aussi développée que celle d'Alban n'aurait eu aucun mal à découvrir la retraite de Tristram.

Or Tristram était sain et sauf. Pendergast en était certain, pour avoir renforcé les mesures de sécurité autour de son second fils après le meurtre d'Alban.

Qu'avait-il bien pu se passer dans le cerveau de ce dernier ? Quel était son fameux plan ? La réponse à ces questions, si elle existait, se trouvait peut-être dissimulée au milieu de ces ruines.

Pendergast regagna l'entrée d'où s'échappait un escalier en béton rongé par l'incendie, sa rambarde disparue. La main appuyée sur le mur, il monta prudemment les marches qui crièrent dangereusement sous son poids.

Le premier étage avait été moins épargné que le rez-de-chaussée. L'odeur âcre des flammes y était difficilement supportable. La charpente s'était effondrée par endroits dans un magma de poutres éclatées, de meubles carbonisés. À travers le toit béant s'étendait le bleu du ciel brésilien. Pendergast avança précautionneusement au milieu des gravats et vit que l'étage avait accueilli trois pièces : ce qui avait dû être un bureau, une salle de bains, et une petite chambre de bébé, ainsi que le confirmaient les restes d'un berceau et les lambeaux d'un papier peint de couleur gaie. En dépit des ravages de l'incendie, la pièce avait plutôt mieux résisté que les autres.

Il ne restait rien de la chambre de Danika et d'Alban, située au dernier étage. Pendergast, plongé dans ses pensées à côté du berceau calciné, comprit que son unique chance de découvrir quelque indice se trouvait là.

Il resta sans bouger pendant cinq minutes, puis dix. Alors, grimaçant de douleur, il s'allongea par terre sans se soucier du manteau de cendres, de suie et de crasse qui recouvrait les carreaux. Il croisa les mains sur sa poitrine, laissa errer ses yeux pâles sur les murs et le plafond, puis ferma les paupières et se figea.

Pendergast était l'un des rares individus capables de pratiquer le Chongg Ran, une discipline ésotérique qui ne comptait qu'un seul autre adepte en dehors des frontières du Tibet. Des années d'entraînement et d'étude intenses, une rigueur mentale absolue, ainsi qu'une parfaite connaissance de pratiques cérébrales telles que celles de l'*Ars Memoria* de Giordano Bruno, ou encore les neuf niveaux de conscience décrits au XVIIe siècle dans le petit ouvrage d'Alexandre Carêem, permettaient à Pendergast de se placer en état de concentration pure. Totalement isolé du monde réel, il était alors capable, par la seule force de son esprit, de rassembler et d'examiner des milliers de faits, d'observations, de suppositions et d'hypothèses. Ce procédé de synthèse l'autorisait à recréer dans sa tête des scènes du passé, à habiter par la pensée des lieux peuplés d'individus disparus depuis longtemps. Cet exercice le conduisait régulièrement à comprendre des situations qui lui auraient totalement échappé dans tout autre contexte.

Sa difficulté présente tenait à la fragilité de sa rigueur intellectuelle. Il lui fallait impérativement débarrasser son esprit de toute distraction s'il entendait réussir, ce qui tenait de la prouesse dans son état actuel.

Il devait commencer par isoler la douleur tout en gardant l'esprit aussi clair que possible. Il choisit de se fermer à tout ce qui l'entourait en résolvant à un problème mathématique, l'intégration de e^-(x^2), *e* élevé au rang de moins *x* au carré.

Constatant que la douleur persistait, il se lança dans un calcul tensoriel en soumettant son esprit à deux analyses vectorielles simultanées.

Mais la douleur refusait de l'abandonner.

Une approche radicalement différente s'imposait. Retenant sa respiration, les paupières closes sans être serrées, veillant soigneusement à empêcher les crampes qui parcouraient ses membres de pénétrer son esprit, Pendergast fit lentement éclore dans sa tête une orchidée aussi minuscule que parfaite. La fleur flotta une minute durant dans un noir complet en tournant lentement sur elle-même, puis il s'autorisa à la décomposer paresseusement. L'orchidée perdit un à un ses pétales, le sépale dorsal, les sépales latéraux, l'ovaire, le lobe post-anthère.

Il s'intéressa alors au labelle et le fit grossir dans sa tête après avoir enfoui dans le noir de sa pensée le reste de la fleur. Le labelle monopolisa bientôt l'ensemble de son champ de vision mental et continua de grossir avec une régularité géométrique parfaite jusqu'à dévoiler ses enzymes, son ADN, ses couches électroniques, sa structure atomique, ses particules subatomiques. Pendergast observa longuement, avec détachement, la structure de l'orchidée telle qu'elle lui dévoilait son intimité la plus profonde. Puis, par un puissant effort de volonté, il stoppa le processus et contraignit les milliards de particules à s'immobiliser dans le vide noir de son esprit.

Lorsqu'il s'autorisa enfin à effacer le labelle de son cerveau, la douleur avait disparu.

Alors, toujours mentalement, il quitta la chambre d'enfant, descendit l'escalier, franchit la porte de la maison en la traversant tel un fantôme, et retrouva la rue. La nuit était tombée, la machine temporelle avait opéré un retour en arrière de plusieurs mois. Six au moins, peut-être neuf.

Soudain, la maison dont il venait de sortir se trouva la proie des flammes. Sous son regard désincarné et impuissant, le bâtiment tout entier s'embrasa sous l'effet des accélérants. Deux silhouettes sombres jaillirent d'une ruelle et s'enfuirent en courant.

Au ronflement du feu se mêlèrent bientôt des hurlements féminins. Une foule s'était formée au pied de l'immeuble, d'où fusaient des cris. Plusieurs hommes tentèrent d'enfoncer la porte d'entrée verrouillée à l'aide de béliers improvisés. L'opération ne prit qu'une minute, mais le temps qu'ils parviennent à leurs fins, les hurlements s'étaient tus et le second étage de la maison s'écroulait dans un déluge incandescent de poutres et de dalles de plafond. La catastrophe n'empêcha pas les hommes, parmi lesquels Pendergast reconnut Fábio, de se ruer à l'intérieur du bâtiment et de former la chaîne.

L'inspecteur, réduit à l'état d'un spectre porté par l'imagination et la mémoire, les vit s'activer pendant une demi-heure. Mais il était trop tard, le drame était consommé. À cet instant, il vit une silhouette remonter en courant le Rio Paranoá. Il reconnut son fils Alban. Mais un Alban tel qu'il ne l'avait jamais vu, dont l'expression altière et méprisante avait laissé la place à l'angoisse. Haletant, épuisé par sa course, il fendit la foule jusqu'à la porte du numéro 31.

Son lieutenant, Fábio, l'accueillit sur le seuil de la maison, le visage couvert de sueur et de suie. Alban tenta de l'écarter, mais Fábio lui barra le chemin en secouant violemment la tête, enjoignant à Alban à mi-voix de ne pas aller plus loin.

Alban recula en chancelant. Il s'appuya d'une main contre la façade. Pendergast, qui l'observait en pensée, comprit que le monde de son fils venait de s'écrouler. Il s'arrachait les cheveux et se meurtrissait le poing sur le crépi de l'immeuble en laissant échapper des gémissements de désespoir. Pendergast avait rarement vu l'expression d'un chagrin aussi profond, et jamais chez un individu aussi insensible que son fils.

La métamorphose qui se produisit alors chez Alban n'en fut que plus spectaculaire. Retrouvant soudainement son calme de façon ahurissante, il leva les yeux sur la maison incendiée d'où s'échappaient encore des braises. Il se tourna vers Fábio en s'adressant à lui d'une voix sourde et tendue. Ce dernier hocha la tête, puis les deux hommes se retournèrent avant de disparaître dans une ruelle adjacente.

*

* *

La scène s'effaça de l'esprit de Pendergast, aussitôt remplacée par un autre décor. Il se trouvait à présent devant le quartier général des dirigeants de la Cidade dos Anjos, au sommet de la colline, celui-là même dans lequel il se trouvait physiquement une heure plus tôt. Le lieu qu'il découvrait dans sa tête ressemblait davantage à un camp retranché qu'à une résidence officielle. Deux gardes armés patrouillaient le long du grillage et l'on apercevait dans la cour des maîtres-chiens aux mains gantées de cuir. Les fenêtres du deuxième étage étaient brillamment éclairées, des éclats de voix et des rires s'en échappaient. De son poste d'observation de l'autre côté de la rue, Pendergast vit brièvement une silhouette corpulente se découper dans la lumière. Celle d'O Punho, le Poing.

Pendergast lança un coup d'œil par-dessus son épaule en direction de la favela qui rongeait le flanc de la montagne. Une lueur diffuse trouait la nuit dans le dédale des masures, un kilomètre plus bas : la maison d'Alban achevait de se consumer.

Un vrombissement de moteur se fit entendre et Pendergast vit une vieille Jeep approcher, tous feux éteints. Le véhicule se rangea sur le bas-côté à quelques centaines de mètres de là et une silhouette solitaire en descendit : Alban.

Pendergast plissa les paupières afin de mieux voir dans le noir de son imagination. Alban, une lourde besace en bandoulière, tenait une arme dans chaque main. Il se coula le long de la façade la plus proche. Puis, s'assurant que personne ne pouvait le voir, il s'approcha silencieusement du portail coulissant.

Un événement pour le moins inattendu se produisit alors. Au moment où Alban atteignait le portail, il se retourna et regarda Pendergast droit dans les yeux.

Le phénomène était d'autant plus curieux que Pendergast était invisible puisqu'il se trouvait dans les ruines de la maison, que la scène était une simple reconstitution mentale. Il n'en fut pas moins déstabilisé par l'acuité du regard que posait sur lui Alban, au point de voir partiellement se dissoudre le décor patiemment construit dans sa tête.

Il se reprit en voyant Alban détourner les yeux, s'accroupir et vérifier une dernière fois ses armes : deux Tec-9 équipés de silencieux et disposant de trente-deux balles par chargeur.

L'un des gardes lui tournait le dos, le visage éclairé par la flamme du briquet avec lequel il allumait un cigarillo. Alban s'avança sans un bruit et attendit que le second garde passe à sa hauteur. À la façon dont le jeune homme se déplaçait, on aurait pu croire qu'il anticipait chacun des mouvements de son adversaire. Il tira un poignard de sa ceinture, attendit que le garde imite son collègue en allumant une cigarette, et lui trancha la gorge à l'instant précis où la flamme se posait sur le tabac. L'homme s'affala dans un chuintement humide. Au bruit, l'autre garde, son cigarillo à la bouche, se retourna. Il n'eut pas le temps d'utiliser son fusil. Alban anticipa sa réaction avec une rapidité stupéfiante et s'empara du canon de l'arme qu'il arracha des mains du garde tout en lui enfonçant la lame de son poignard en plein cœur.

Le temps de s'assurer que les deux hommes étaient morts, Alban regagna son poste d'observation. Il se débarrassa de sa besace en la posant par terre et récupéra à l'intérieur un instrument allongé de forme inquiétante. Il l'assembla sous le regard de Pendergast qui reconnut sans peine un lance-roquettes RPG-7.

Alban se concentra un instant avant de charger la besace sur son épaule et de se diriger vers le grillage du QG, les deux Tec-9 coincés dans sa ceinture. Parvenu à bonne distance de son objectif, il mit un genou à terre, cala le lance-roquettes sur son épaule, visa, et tira.

Le vacarme de l'explosion s'accompagna d'un nuage orangé de flammes et de fumée. De son poste d'observation, Pendergast entendit fuser une tempête de cris et d'aboiements tandis que des débris de grillage retombaient en pluie. Les maîtres-chiens, leurs animaux en laisse, traversèrent l'écran de fumée au pas de course. Son lance-roquettes en bandoulière, Alban tira l'un des Tec-9 de son ceinturon et abattit méthodiquement les hommes l'un après l'autre sans même leur laisser le temps de s'extirper complètement des nuages noirs provoqués par l'explosion.

Les gardes éliminés, Alban tira de sa besace une nouvelle roquette qu'il glissa dans le tube du RPG-7 et franchit prudemment le grillage déchiqueté, protégé par les restes de fumée. Pendergast lui emboîta le pas.

Par comparaison avec la cour déserte, une activité fiévreuse régnait à l'intérieur du bâtiment central. Une rafale de mitrailleuse s'échappa de l'une de ses fenêtres, sans affecter Alban qui avait pris la précaution de se mettre à couvert, à l'écart de la zone de tir. Il épaula le RPG et visa cette fois les fenêtres du premier étage qui explosèrent dans un tonnerre de verre, de bois et d'éclats de parpaings. L'écho de la détonation laissa place à des cris de douleur. Alban en profita pour réarmer le lance-roquettes et tirer à nouveau.

Des hommes en armes jaillirent des maisons accolées au bâtiment central. Alban reposa prestement son lance-roquettes et les accueillit à grandes rafales de ses Tec-9 en sautant d'une poche d'ombre à une autre, d'un abri au suivant, de façon à éviter que ses adversaires puissent le repérer.

En quelques minutes, le drame était consommé. Une douzaine de gardes gisaient dans la cour ou sur le seuil des deux immeubles.

Alban, les armes à la main, se rapprocha du bâtiment principal d'un pas décidé, toujours suivi par Pendergast. Il franchit prudemment le seuil en balayant le couloir des yeux, puis emprunta l'escalier à pas de loup.

Il prenait pied sur le palier lorsqu'un homme armé jaillit d'une pièce plongée dans l'obscurité. Avec l'étrange sixième sens dont il avait fait preuve depuis le début de l'opération, Alban anticipa la présence de son adversaire et le Tec-9 aboya. Les projectiles déchiquetèrent une partie du chambranle avant de tuer l'homme à l'instant où celui-ci jaillissait de la pièce. Alban se débarrassa des chargeurs vides et rechargea les Tec-9 avant de monter au deuxième étage.

Le bureau que Pendergast avait visité une heure plus tôt était en ruine. Les meubles achevaient de se consumer et les roquettes avaient dessiné dans la façade deux trous béants. Alban s'avança, prêt à tirer à la moindre alerte, en observant lentement la pièce d'un regard circulaire. Il distingua trois silhouettes couvertes de sang, grotesquement prostrées sur des chaises renversées. Une quatrième victime avait été clouée au mur par un énorme éclat de bois.

Un homme corpulent gisait sur le plateau du bureau. Des filets de sang s'échappaient de son nez et de sa bouche. O Punho. Son corps tressaillit et Alban l'arrosa d'une bonne douzaine de projectiles. Le baron de la drogue tressauta de façon grotesque en émettant un gargouillement effrayant avant de se figer définitivement. Le flot de sang qui s'échappait de son cadavre forma une rivière sur le parquet et traversa l'un des trous de roquette avant de s'écouler le long de la façade.

Alban tendit l'oreille. Pas un bruit. Les lieutenants et les hommes de main d'O Punho étaient tous morts.

Le jeune homme contempla un long moment la scène, puis il se laissa lentement tomber à terre et se recroquevilla lui-même sur le plancher ruisselant de sang.

Pendergast repensa aux paroles de Fábio en voyant son fils. *Vous ne comprenez pas. Il s'est produit un déclic en lui à la mort de sa femme et de son futur bébé.*

Planté mentalement sur le seuil de la pièce, perplexe, l'inspecteur observa son fils prostré dans une mer de sang, au milieu du carnage qu'il avait provoqué. Fábio pouvait-il avoir raison ? Pendergast venait-il d'assister à un phénomène bien différent de la vengeance à laquelle il s'attendait ? Alban éprouvait-il des remords ? Découvrait-il brusquement au fond de lui-même ce qu'était la justice ? Venait-il de prendre la mesure du mal ? Avait-il changé ?

Soudain, les murs de la pièce se gondolèrent et virèrent brièvement au noir avant de reprendre leur forme initiale. Le décor se brouilla à nouveau tandis que Pendergast tentait désespérément de prolonger la scène dans sa tête, assez longtemps pour observer la réaction de son fils, obtenir une réponse à ses interrogations. La douleur, qu'il avait réussi à maintenir à distance jusque-là, refit brutalement surface et le QG en flammes, les corps sans vie, la silhouette d'Alban s'effacèrent brusquement de sa tête.

Pendergast resta un moment allongé près du berceau calciné, parfaitement immobile. Il ouvrit les paupières et se releva avec difficulté, épousseta ses vêtements couverts de suie et examina le décor de la chambre de bébé avec des yeux hésitants. Comme dans un rêve, il quitta alors la pièce, redescendit l'escalier et retrouva rapidement la lumière crue dont le soleil inondait la ruelle crasseuse.

42

Margo Green s'installa dans la salle de réunion des services de l'identité judiciaire, au neuvième étage du One Police Plaza. La pièce, avec ses ordinateurs, ses postes de travail, ses tables de dissection, ses spots aveuglants et ses réceptacles destinés aux équipements stériles, tenait à la fois du laboratoire et de la salle d'examen médical.

D'Agosta prit place en face de la jeune femme. Il lui avait demandé de le rejoindre alors qu'elle se trouvait au Muséum où elle procédait, à l'insu du professeur Frisby, à l'analyse des composants chimiques découverts dans les ossements de Mme Padgett. À côté du lieutenant était assis un type d'origine asiatique, grand, mince et bel homme. L'occupant de la chaise suivante n'était autre que Terry Bonomo. Le spécialiste des portraits-robots, muni de son éternel ordinateur, faisait pivoter son siège de droite à gauche, un sourire aux lèvres.

— Merci d'avoir répondu à notre invitation, Margo, commença D'Agosta. Vous connaissez déjà mon collègue Bonomo, et voici le docteur Lu, de l'école de médecine de l'université Columbia. Le docteur Lu est un éminent spécialiste de chirurgie plastique. Docteur, je vous présente le professeur Green, ethnopharmacologue et ethnologue auprès de l'Institut Pearson.

Margo adressa un léger signe de tête à Lu qui lui sourit en retour, dévoilant des dents parfaites, d'une blancheur étincelante.

— À présent que tout le monde est là, je voudrais passer un appel, déclara D'Agosta en s'emparant de l'appareil posé au centre de la table.

Il commença par brancher le haut-parleur, puis il composa un numéro précédé d'un indicatif. Son correspondant décrocha à la troisième sonnerie.

— Allô ?

D'Agosta se pencha vers le haut-parleur.

— Oui, bonjour. Vous êtes le docteur Samuels ?

— C'est moi, oui.

— Docteur, lieutenant D'Agosta du NYPD à l'appareil. J'ai placé la communication sur haut-parleur car je me trouve avec un spécialiste de chirurgie plastique de Columbia, ainsi qu'une anthropologue réalisant des recherches au Muséum d'histoire naturelle de New York. J'aimerais que vous leur répétiez ce que vous m'avez expliqué hier.

— Bien volontiers, répondit le docteur Samuels en se raclant la gorge. Ainsi que je l'ai dit au lieutenant, je suis le pathologiste attaché au centre de détention d'Indio, en Californie. J'effectuais l'autopsie de l'inconnu soupçonné du meurtre de cet employé du Muséum lorsque j'ai remarqué un fait inhabituel.

Il laissa s'écouler un court moment avant de poursuivre :

— J'ai commencé par établir la cause du décès. Un suicide peu ordinaire, comme vous le savez. Lors de l'examen superficiel du corps, j'ai noté la présence de cicatrices tout à fait surprenantes. Des cicatrices situées à l'intérieur de la cavité buccale, le long du sulcus gingival supérieur et du sulcus gingival inférieur. J'ai d'abord pensé qu'il pouvait s'agir de violences anciennes, voire d'un accident de voiture, avant de m'apercevoir que les cicatrices étaient trop régulières pour confirmer une telle hypothèse. En outre, j'ai découvert deux cicatrices symétriques de l'autre côté de la bouche. À ce stade, il ne faisait plus guère de doute que ces marques résultaient d'une opération. Plus exactement, d'une reconstruction faciale.

— Avez-vous découvert des implants au niveau des joues et du menton ? s'enquit le docteur Lu.

— En effet. La radiographie et le scanner l'ont confirmé. De plus, l'imagerie fait apparaître des plaques de titane au niveau de l'os maxillaire.

Le docteur Lu hocha la tête d'un air songeur.

— D'autres cicatrices, peut-être ? Au niveau du crâne, du bassin, du nez ?

— Nous avons rasé le crâne du défunt sans découvrir de cicatrices. En revanche, nous avons noté la présence d'incisions intranasales, ainsi qu'une cicatrice à la hanche, juste au-dessus de la crête iliaque. Les images transmises au lieutenant D'Agosta confirment mes dires.

— L'autopsie a-t-elle mis en lumière d'autres anomalies, chimiques ou autres ? demanda D'Agosta. L'inconnu souffrait visiblement beaucoup lorsqu'il s'est donné la mort. Il se comportait de façon totalement délirante. Il aurait pu être empoisonné.

Un silence s'installa sur la ligne.

— J'aimerais pouvoir vous répondre avec certitude, finit par réagir le pathologiste. Nous avons effectivement retrouvé des composants étranges dans le sang. Nous procédons actuellement à leur analyse. L'inconnu souffrait d'insuffisance rénale, et il est fort possible que les composants en question en soient la cause.

— Merci de m'adresser les résultats par l'entremise du lieutenant dès que vous les aurez, intervint Margo. Il serait également intéressant d'analyser le squelette afin de déterminer la présence éventuelle de composants inhabituels.

— Je n'y manquerai pas. Ah ! Un dernier détail. L'homme se teignait. Ses cheveux n'étaient pas noirs, mais châtains.

— Je vous remercie, docteur. Je ne manquerai pas de vous tenir informé, déclara D'Agosta avant de mettre fin à l'appel en enfonçant une touche.

Il prit sur la table une grande enveloppe kraft qu'il tendit au docteur Lu.

— Docteur, je me demandais si vous accepteriez de nous éclairer de vos lumières.

Le chirurgien écarta le rabat de l'enveloppe et répartit en deux piles les documents qui s'y trouvaient. Margo, intriguée, constata que l'un des tas était constitué de photos : le portrait réalisé par l'identité judiciaire lors de l'arrestation de l'inconnu, ainsi que plusieurs clichés pris à la morgue. Quant à l'autre pile, elle rassemblait des radiographies en couleurs et une série de scanners.

Lu examina les photos. Il en choisit une qu'il montra aux autres participants : un gros plan d'une bouche, de la gencive supérieure et du palais, la luette clairement visible.

— Le docteur Samuels ne s'est pas trompé, déclara Lu en soulignant de l'index une ligne à peine visible au niveau de la gencive. Vous remarquerez cette incision intra-orale, le long du sulcus gingival supérieur, pour reprendre l'expression technique utilisée par le docteur Samuels.

— Que peut-on en déduire ? l'interrogea D'Agosta.

Lu posa le cliché.

— La chirurgie esthétique regroupe deux grandes familles. Tout d'abord, les opérations réalisées au niveau du derme : le lifting, la correction des poches sous les yeux, toutes sortes d'interventions visant à rajeunir le patient. L'autre grande famille s'intéresse aux os. Cette technique, nettement plus invasive, est utilisée suite à des accidents. Dans le cas de victimes de la circulation dont le visage a été écrasé, par exemple.

Il montra la photo d'un geste.

— La plupart des opérations subies par cet homme relèvent de la seconde catégorie.

— Ce type d'intervention au niveau des os peut-il modifier l'apparence d'un individu ?

— Absolument. Dans la mesure où le corps ne porte pas de traces d'accident, je dirais même que l'ensemble des opérations réalisées sur cet homme visaient à changer son visage.

— De combien d'opérations différentes parlons-nous ?

— Si l'intervention consistait à modifier la forme du visage, au niveau des pommettes, par exemple, une seule aura suffi. Le patient sera sorti de l'opération avec un nouveau visage. Surtout s'il se teignait les cheveux.

— D'accord, mais tout indique que cet homme a subi plus d'une opération.

Lu acquiesça en choisissant un autre cliché dans la pile. Margo étouffa une grimace en découvrant un gros plan d'une cavité nasale pleine de poils.

— Vous voyez cette incision intranasale ? Elle est bien cachée, tout en restant visible si vous savez ce que vous cherchez. Le chirurgien a pratiqué cette incision afin d'introduire de la silicone à l'intérieur du nez, de façon à l'agrandir.

Il passa en revue les photos de la pile.

— Les incisions intra-orales supérieures, à la jonction du sulcus et de la gencive, ont permis de modifier la forme des joues. On pratique une ouverture de chaque côté de façon à créer, au niveau de l'os, une poche dans laquelle on glisse les implants. L'incision intra-orale inférieure, en revanche, aura servi à donner davantage de volume au menton à l'aide de silicone.

Terry Bonomo, son ordinateur ouvert devant lui, prenait furieusement des notes.

Margo remarqua que D'Agosta s'agitait sur son siège.

— Si je comprends bien, résuma-t-il, notre ami s'est fait modifier la forme des joues, du menton et du nez.

Il lança un regard appuyé en direction de Bonomo.

— D'autres informations ?

— Le docteur Samuels a mentionné la présence de plaques de titane, répondit Lu en s'emparant des radios empilées devant lui.

Il se leva et s'approcha des écrans lumineux alignés sur l'un des murs de la pièce. Il alluma le plus proche, y fixa les radios et les examina attentivement.

— C'est effectivement le cas, nota-t-il. Le visage a été reconstruit en avançant la mâchoire.

— Pourriez-vous nous fournir quelques explications ? lui demanda Bonomo.

— Il s'agit d'une pratique connue sous le nom d'ostéotomie de Lefort. En un mot, il s'agit d'un réalignement des lignes du visage. Le praticien se sert de la même incision au niveau du sulcus gingival supérieur pour atteindre l'os, le cisailler et le repousser de façon à rendre la mâchoire plus protubérante. On prélève des morceaux d'os dans d'autres parties du corps pour combler le vide, au niveau du crâne ou de la hanche en général. Dans le cas qui nous concerne, on note la présence d'une cicatrice au-dessus de la crête iliaque. On peut en déduire que l'os a été prélevé à la hanche. L'opération achevée, on se sert de plaques de titane pour maintenir la mâchoire en place. On en distingue une ici, précisa-t-il en désignant l'une des radios.

— Putain de merde, grommela Bonomo. J'imagine que c'est douloureux.

— Est-il possible de déterminer si ces interventions sont récentes ? s'enquit Margo.

— Il est difficile de vous répondre, avoua Lu en observant les radios. L'os maxillaire est cicatrisé, ainsi que le montre la présence de ce cal, ici. Les plaques en titane n'ont pas été retirées, mais ce n'est pas inhabituel. Je dirais que l'opération a été pratiquée il y a quelques années, peut-être plus.

— J'ai compté quatre interventions au total, ajouta D'Agosta. Vous dites que notre homme aurait radicalement changé de visage ?

— L'ostéotomie de Lefort aurait suffi, répliqua Lu.

— Serait-il possible, à partir des photos, des scanners et des radios dont nous disposons, de savoir à quoi ressemblait notre inconnu avant ?

Lu hocha la tête.

— Je peux essayer. La taille des incisions pratiquées dans les muqueuses est assez marquée.

— Formidable. Je vous propose de travailler en collaboration avec Terry Bonomo pour reconstituer le visage originel de ce type.

D'Agosta se tourna vers son collègue.

— Tu crois que tu peux y arriver ?

— Et comment ! s'écria Bonomo. Si le toubib me fournit des instructions précises, modifier la biométrie du sujet est un jeu d'enfant. D'autant que j'ai déjà la forme du crâne et plusieurs reconstitutions en 3D de la tête de ce type dans mon ordinateur. Je n'ai plus qu'à utiliser la méthode habituelle, mais à l'envers.

Le chirurgien esthétique retourna s'asseoir près de Bonomo. Penchés au-dessus de l'écran, les deux hommes s'appliquèrent à reconstituer le visage du meurtrier en revenant pas à pas sur le travail effectué par un spécialiste plusieurs années auparavant. Lu se penchait régulièrement sur les clichés et les radios réalisés lors de l'autopsie afin d'ajuster au mieux la forme originale des joues, de la mâchoire, du nez et du menton.

— N'oubliez pas de lui remettre des cheveux châtains, leur rappela D'Agosta.

Vingt minutes plus tard, Bonomo enfonçait une touche de son clavier d'un geste impérial.

— Il n'y a plus qu'à laisser la machine reconstituer l'image.

Un bip s'échappa du haut-parleur de l'ordinateur moins de trente secondes plus tard.

Bonomo tourna l'écran en direction du docteur Lu qui examina attentivement le résultat avant d'acquiescer. Puis il fit pivoter l'ordinateur de façon que Margo et D'Agosta puissent voir le visage qui s'y affichait.

— Mon Dieu ! murmura D'Agosta.

Margo, tout aussi surprise, découvrit un visage tout autre que celui du faux professeur Waldron.

— Je veux que tu le modélises sous différents angles, ordonna D'Agosta à Bonomo. Ensuite, tu téléchargeras les images obtenues afin qu'on puisse les comparer avec celles de nos bases de données, grâce au logiciel de reconnaissance faciale.

Il se tourna vers Lu.

— Docteur, je tiens à vous remercier infiniment de votre aide.

— C'était un plaisir.

— Quant à vous, Margo, ajouta le lieutenant, attendez-moi ici. Je reviens.

Il se leva sans autre explication et quitta la salle.

Moins de vingt minutes plus tard, il était de retour, tout essoufflé, le visage rouge.

— La chance tourne ! s'exclama-t-il. On tient un résultat.

43

Pendergast s'engagea sur le parking du sanatorium du Piz Julier et coupa le moteur. Ainsi qu'il s'y attendait, le lieu était désert. Le centre de convalescence, très excentré, était réservé à l'élite. Pour être exact, l'établissement ne comptait qu'un seul pensionnaire.

Il descendit de voiture, une Lamborghini Gallardo Aventador 12 cylindres, et traversa le parking d'un pas lent. Les alpages s'étendaient dans le lointain jusqu'aux confins de la cité suisse de Saint-Moritz, presque trop parfaits pour être vrais. La silhouette majestueuse du Piz Bernina, le sommet le plus élevé des Alpes orientales, se dressait vers le sud. Des moutons paissaient paisiblement sur les flancs de la montagne, réduits à l'état de minuscules points blancs.

Il rebroussa chemin et se dirigea vers le sanatorium, une pâtisserie rouge et blanc à moulures de pain d'épices, aux fenêtres agrémentées de jardinières multicolores. Tout en continuant de se sentir faible et de marcher difficilement, Pendergast avait vu ses douleurs diminuer et son état de confusion mentale s'améliorer depuis son retour du Brésil. Restait à savoir si ce progrès n'était pas temporaire. En attendant, il se sentait assez vaillant pour se passer des services d'un chauffeur et conduire une voiture de location. Il était allé jusqu'à choisir une voiture aussi rapide que la Lamborghini, en dépit de son côté tape-à-l'œil, dans l'espoir que la concentration nécessaire à la conduite sur les routes de montagne lui éclaircisse les idées.

Pendergast s'arrêta devant la porte d'entrée et actionna la sonnette. La caméra de surveillance discrètement installée au-dessus du chambranle braqua son objectif sur lui. Un grésillement se fit entendre et la porte s'ouvrit. Il pénétra dans un modeste hall sur lequel veillait une infirmière. Vêtue d'un uniforme blanc, le crâne coiffé d'un calot, elle était assise derrière un bureau.

— *Ja ?* l'interrogea-t-elle.

Pendergast sortit une carte de sa poche. La femme prit un dossier dans un tiroir, examina la photo qu'il contenait et dévisagea Pendergast.

— Ah oui, déclara-t-elle, en anglais cette fois, tout en refermant le tiroir. *Herr* Pendergast. Nous vous attendions. Puis-je vous demander de patienter quelques instants ?

Elle décrocha son téléphone afin d'annoncer l'arrivée du visiteur. Une minute plus tard, une porte située derrière elle s'ouvrait en grésillant et deux autres infirmières rejoignaient leur collègue de l'accueil. L'une d'elles fit signe à l'inspecteur de les suivre et il se retrouva bientôt dans un couloir percé de fenêtres à travers lesquelles pénétrait à flots le soleil de ce début d'après-midi. L'endroit, avec ses paysages alpins encadrés et ses rideaux de taffetas, était accueillant et gai. Le contraste n'en était que plus frappant avec les épais barreaux des fenêtres et les armes que l'on devinait sous les uniformes soigneusement amidonnés des infirmières.

Le trio fit halte devant une porte que l'infirmière de tête déverrouilla. Elle ouvrit et fit signe au visiteur d'avancer.

Pendergast entra dans une chambre spacieuse et claire dont les fenêtres ouvertes, également protégées par des barreaux, offraient une vue spectaculaire sur le lac en contrebas. Un lit, une table de travail, des étagères couvertes d'ouvrages en anglais et en allemand, et un fauteuil meublaient la pièce que complétait une salle de bains.

La silhouette d'un jeune homme de dix-sept ans se découpait dans un rayon de soleil. Il recopiait studieusement, presque laborieusement, une page d'un livre sur un cahier. Ses cheveux d'un blond très clair brillaient dans la lumière. Ses yeux gris-bleu naviguaient du livre au cahier avec une attention telle qu'il n'avait pas pris conscience de l'arrivée d'un visiteur.

Pendergast détailla en silence la noblesse de ses traits, son corps élancé, et se sentit emporté par une vague de lassitude.

L'adolescent releva la tête. Son visage marqua la surprise l'espace d'une fraction de seconde, puis s'éclaira.

— Père ! s'écria-t-il en bondissant de sa chaise. Quelle surprise !

Pendergast s'autorisa à prendre son fils dans ses bras. Un silence gêné s'installa entre eux.

— Quand pourrai-je quitter cet endroit ? finit par demander Tristram. Je déteste cette maison.

Il s'exprimait dans un anglais scolaire curieusement formel, avec des inflexions allemandes que venait soulager une pointe d'accent portugais.

— Pas tout de suite, j'en ai bien peur, Tristram.

Le jeune garçon fronça les sourcils en jouant machinalement avec l'anneau d'or orné d'un superbe saphir étoilé qu'il portait au majeur de la main gauche.

— Te traite-t-on correctement ici ?

— Assez bien. La nourriture est excellente. Je fais des balades presque tous les jours, mais ils ne me lâchent pas d'une semelle. Je n'ai pas d'amis et je m'ennuie. Je préférais de beaucoup l'école Mère-Église. Père, je ne pourrais pas y retourner ?

— Bientôt, Tristram, le tempéra Pendergast avant d'ajouter, après une légère hésitation : Je dois d'abord m'occuper de certaines choses.

— Quelles « choses » ?

— Rien qui doive te concerner. Écoute-moi, Tristram. J'ai une question à te poser. T'est-il arrivé quoi que ce soit d'inhabituel depuis notre dernière rencontre ?

— D'inhabituel ? répéta Tristram.

— Un événement qui sortirait de l'ordinaire. Une lettre que tu aurais reçue, un coup de téléphone, une visite inattendue ?

Tristram prit un air perplexe, puis répondit non de la tête après un moment de réflexion.

— Non, je ne vois pas.

Pendergast plissa légèrement les paupières.

— Tu mens.

Tristram, tête baissée, resta silencieux.

Pendergast prit une longue inspiration.

— Je ne sais pas très bien comment te l'annoncer. Ton frère est mort.

Tristram sursauta.

— Alban ? *Tot ?* s'exclama-t-il en allemand.

Pendergast hocha la tête.

— Comment ?

— On l'a assassiné.

Un silence pesant tomba dans la pièce. Tristram, les yeux écarquillés, peinait à accepter la nouvelle. Il baissa à nouveau la tête et une larme solitaire coula de l'un de ses yeux avant de rouler le long de sa joue.

— Tu es triste ? l'interrogea Pendergast. Après ce qu'il t'a fait subir ?

Tristram secoua la tête.

— C'était mon frère.

Pendergast ressentit un pincement au cœur. *Et c'était mon fils,* pensa-t-il en s'interrogeant sur sa relative indifférence à la mort d'Alban. Pourquoi n'éprouvait-il pas un sentiment de compassion, à l'image de Tristram ?

Ce dernier l'observait de son regard d'un gris-bleu profond.

— Qui l'a tué ?

— Je ne sais pas. Je m'évertue à le découvrir.

— Tuer Alban… n'était pas une entreprise aisée.

Pendergast, gêné par le poids du regard de Tristram, ne répondit rien. Quel père devait-il être vis-à-vis de cet enfant ?

— Vous êtes malade, père ?

— Je me remets simplement d'une crise de paludisme à la suite d'un déplacement récent, rien de plus, répondit-il précipitamment.

Un nouveau silence s'installa. Tristram, qui était resté près de son père tout au long de leur échange, retourna s'asseoir à son bureau. Il semblait emporté par des sentiments contradictoires. Il se retourna enfin vers son père.

— C'est vrai, je vous ai menti. J'ai un aveu à vous faire. Je lui avais promis, mais s'il est mort… je me dois de vous le dire.

Pendergast attendit la suite.

— Alban est venu me voir, père.

— Quand ?

— Il y a vingt-trois jours. Je me trouvais encore à l'école Mère-Église. Je me promenais dans la campagne quand il a déboulé devant moi, au milieu du chemin. Il m'a dit qu'il m'attendait.

— Continue, l'encouragea Pendergast.

— Je l'ai trouvé changé.

— De quelle façon ?

— Vieilli. Plus maigre. Il paraissait triste. Il ne s'adressait plus à moi comme auparavant. Il n'y avait plus chez lui aucun… aucun…

Il chercha le mot juste.

— … *Verachtung*.

— Dédain, traduisit Pendergast.

— Exactement. Il n'y avait plus aucun dédain dans sa voix.

— De quoi t'a-t-il parlé ?

— Il m'a expliqué qu'il comptait se rendre aux États-Unis.

— T'a-t-il précisé la raison de ce voyage ?

— Oui. Il voulait… corriger une faute, comme il le disait. Désamorcer une situation terrible dont il était responsable.

— S'agit-il là de ses mots exacts ?

— Oui, même que je n'ai pas compris au départ, je me demandais s'il s'agissait de corriger une faute d'orthographe. Quand je l'ai prié de s'expliquer, il a refusé de m'en révéler davantage.

— Que t'a-t-il déclaré d'autre ?

— Il m'a fait promettre de ne pas vous parler de sa visite.

— C'est tout ?

Tristram hésita.

— Non.

— Alors ?

— Il m'a expliqué qu'il était venu implorer mon pardon.

— Ton pardon ? répéta Pendergast, stupéfait.

— Oui.

— Et que lui as-tu répondu ?

— Que je lui pardonnais.

Pendergast constata brusquement, à son grand désarroi, que ses douleurs revenaient de plus belle, au point de lui embrumer l'esprit.

— Comment s'est-il comporté lorsqu'il a imploré ton pardon ? s'enquit-il d'une voix dure.

— Il pleurait. Il était à moitié fou de chagrin.

Pendergast secoua la tête, incapable de déterminer si les remords d'Alban étaient sincères ou bien s'il s'agissait d'un jeu cruel, pratiqué aux dépens d'un jumeau naïf.

— Tristram, reprit l'inspecteur. Je t'ai placé dans cet endroit pour ta propre sécurité, après le meurtre de ton frère. Je m'efforce de retrouver son assassin. Je te demande de rester ici jusqu'à la fin de mon enquête, lorsque j'aurai pris… toutes les mesures nécessaires. Ce jour-là, j'espère qu'au lieu de retourner à l'école Mère-

Église, tu reviendras vivre à New York avec ton… avec ton père.

Le jeune homme écarquilla les yeux sans mot dire.

— Je resterai en contact avec toi, soit directement, soit par l'entremise de Constance. Si tu as besoin de quoi que ce soit, écris-moi.

Il s'approcha de Tristram et déposa un baiser furtif sur son front avant de regagner la porte.

— Père ? l'arrêta Tristram.

Pendergast lança un regard dans sa direction.

— Je connais bien les crises de paludisme. Au Brésil, de nombreux *Schwächlinge* en mouraient. Un autre mal vous ronge.

— Ce mal me regarde, rétorqua vertement Pendcrgast.

— Il ne regarderait donc pas votre fils ?

Pendergast sembla hésiter.

— Je suis désolé de t'avoir parlé de la sorte. Je fais de mon mieux pour guérir de cette… affection. Au revoir, Tristram. J'espère à bientôt.

Pendergast quitta la chambre en toute hâte. Les deux infirmières, qui avaient patienté dans le couloir tout au long de la conversation, verrouillèrent la porte derrière lui et le raccompagnèrent jusqu'à l'entrée du sanatorium.

44

Thierry Gabler s'installa sur la terrasse du Café Remor et ouvrit son exemplaire du *Courrier* en poussant un soupir. Il fallut moins d'une minute pour qu'une serveuse empressée lui apporte sa commande habituelle : un verre de Pflümli, une petite assiette de viandes froides, et quelques tranches de pain bis.

— Bonjour, monsieur Gabler, l'accueillit-elle.

— Merci, Anna, répondit Gabler en la gratifiant d'un sourire qu'il voulait engageant.

La jeune femme s'éloigna et il suivit son déhanchement des yeux avec intérêt avant de reporter son attention sur le verre de Pflümli. Il y trempa les lèvres en soupirant d'aise. Thierry Gabler avait pris sa retraite de la fonction publique un an plus tôt et cet apéritif quotidien faisait désormais figure de rituel. Il aimait beaucoup le Café Remor. Sans posséder de vue sur le lac, c'était l'un des rares cafés traditionnels encore en activité à Genève. Son emplacement, sur la place du Cirque, en faisait un poste d'observation idéal pour qui souhaitait prendre le pouls de la ville.

Il but une nouvelle gorgée d'eau-de-vie, plia son journal à la page 3 et jeta un coup d'œil aux alentours. En cette fin d'après-midi, le café regorgeait de touristes, d'hommes d'affaires, d'étudiants et de petits groupes d'amis occupés à bavarder. L'activité n'était pas moins dense dans la rue, entre les autos et les piétons qui se croisaient dans tous les sens. Les Fêtes de Genève approchaient, les hôtels commençaient déjà à se remplir de ceux qui venaient du monde entier admirer les célèbres feux d'artifice.

Gabler posa une chiffonnade de viande froide sur une tranche de pain et porta le tout à sa bouche. Il n'avait pas encore eu le temps d'entamer son sandwich qu'une voiture se rangea le long du trottoir à moins de deux mètres de lui dans un long crissement de freins. Et pas n'importe quelle voiture. Un véhicule tout droit sorti d'un film d'anticipation, très bas, à la fois fluide et anguleux, comme sculpté dans un bloc de grenat. Les roues argentées du monstre arrivaient à la hauteur du tableau de bord que l'on devinait derrière le pare-brise teinté. Gabler, qui n'avait jamais vu un tel bolide, reposa machinalement sa tranche de pain en écarquillant les yeux. Le sigle Lamborghini ornait le museau agressif du monstre, en lieu et place de la calandre.

La portière du conducteur s'ouvrit verticalement, telle une aile de mouette, et un individu s'extirpa de l'engin sans se soucier de la circulation. Le conducteur d'une voiture qui arrivait à cet instant précis fit une embardée en klaxonnant furieusement, sans que l'homme s'en inquiète. Ce dernier claqua sa portière et se dirigea vers l'entrée du café. Son allure était à l'aune de sa monture. D'une pâleur extrême, que Gabler n'avait jamais vue que chez un mort, il portait un costume noir de coupe austère, une chemise blanche et une cravate de créateur. On aurait dit ses yeux pochés et sa démarche était à la fois fragile et décidée, à la façon d'un alcoolique feignant la sobriété. L'étrange individu adressa quelques mots à la patronne, puis ressortit et s'installa en terrasse, à quelques tables de Gabler. Celui-ci aspira quelques gouttes de Pflümli avant de se souvenir du sandwich à la viande qu'on lui avait servi quelques instants plus tôt. Il en avala une bouchée tout en s'efforçant de ne pas regarder l'étranger de façon trop insistante. Du coin de l'œil, il remarqua qu'il avait commandé ce qui avait tout l'air d'être une absinthe, dont la consommation était autorisée depuis peu en Suisse.

Gabler reprit son journal et entama la lecture de la page 3, tout en s'autorisant de fréquents coups d'œil en direction de son étrange voisin. Transformé en statue de marbre, indifférent à tout ce qui l'entourait, l'homme regardait au loin de ses yeux de glace sans quasiment jamais battre des paupières. De temps en temps, il portait le verre d'absinthe à ses lèvres d'une main mal assurée qui faisait tinter le verre contre la table chaque fois qu'il le reposait.

Le curieux personnage vida son verre et passa commande d'une autre absinthe tandis que Gabler grignotait son sandwich, buvait son Pflümli et lisait tranquillement *Le Courrier* du jour, au point d'en oublier son voisin après quelque temps.

Un incident rappela le retraité à la réalité. Un agent de la circulation remontait lentement la place du Cirque en direction du café, son carnet de PV à la main, en s'intéressant aux véhicules garés le long du trottoir. Tous ceux dont le conducteur avait oublié de mettre un disque derrière le pare-brise, ou dont le temps de stationnement était écoulé, avaient droit à une amende en bonne et due forme que le contractuel rédigeait avec un sourire entendu avant de la glisser sous l'essuie-glace.

Gabler, qui suivait l'agent du regard, constata que la Lamborghini ne respectait pas la réglementation byzantine de la Ville de Genève en matière de stationnement.

Voyant le contractuel se rapprocher, Gabler attendait le moment où l'inconnu en noir se lèverait et repartirait au volant de sa Lamborghini. Mais il n'en était rien, il ne bougeait pas d'un centimètre, sinon pour avaler de petites gorgées de son apéritif.

L'agent, un homme courtaud au visage rougeaud dont l'épaisse crinière blanche s'échappait en boucles de sa casquette, arriva à hauteur du bolide. L'étranger s'était garé de travers et avec tant de désinvolture que le contractuel se mouilla l'index avec un sourire ravi en feuilletant son carnet à souche. Il rédigea le PV, le détacha et le glissa avec satisfaction sous l'essuie-glace qu'il avait enfin réussi à trouver, dissimulé sous la charnière du capot.

L'agent s'éloignait déjà lorsque l'homme en noir se leva. Il traversa la terrasse et bloqua la route du contractuel en se contentant de tendre l'index silencieusement en direction de la Lamborghini.

L'agent le regarda, se retourna vers l'auto, et reporta son attention sur l'homme en noir.

— C'est votre voiture ? demanda-t-il en français.

L'inconnu hocha lentement la tête.

— Monsieur, elle est…

— En anglais, s'il vous plaît, rétorqua l'homme en noir avec un accent du sud des États-Unis.

À l'image de la plupart des Genevois, le contractuel parlait correctement anglais. Il poussa pourtant un soupir résigné en changeant de langue.

— Très bien, dit-il en anglais.

— Mon véhicule est apparemment en infraction. Vous l'avez sans doute remarqué, je suis étranger. Je vous serais reconnaissant d'oublier cette contravention si vous m'autorisez à enlever ma voiture.

— Je suis désolé, répondit l'agent sur un ton qui ne l'était pas du tout. C'est trop tard, le PV est déjà rédigé.

— Je l'avais remarqué. Dites-moi, quel crime odieux ai-je donc commis ?

— Vous êtes garé en zone bleue, monsieur.

— Je constate que tous les véhicules voisins se trouvent dans cette même zone. D'où ma supposition qu'il était légal de s'y garer.

— Ah ! s'exclama l'agent, tel un intellectuel de haut vol soulevant une grave question lors d'un débat philosophique. À ceci près que vous n'avez pas affiché de *disque de stationnement* derrière le pare-brise.

— Je n'ai pas affiché quoi ?

— Un disque sur lequel figure votre heure d'arrivée.

— Un *disque de stationnement*. Quelle coutume pittoresque ! Comment un étranger de passage tel que moi pourrait-il en connaître l'existence ?

Le contractuel accueillit l'argument avec une moue dédaigneuse.

— Monsieur, en tant qu'étranger, vous êtes censé connaître et respecter mes lois.

— *Mes* lois, dites-vous ?

L'agent parut gêné.

— Nos lois.

— Je vois. Et quand bien même ces lois seraient futiles, inutiles et même pernicieuses ?

Le petit homme fronça les sourcils, l'air perdu.

— La loi est la loi, monsieur. En ne la respectant pas, vous...

— Attendez, l'arrêta l'Américain en posant une main sur le poignet de son interlocuteur. À combien s'élève l'amende en question ?

— Quarante-cinq francs suisses.

— Quarante-cinq francs suisses.

Tout en continuant à bloquer la route de l'agent, l'Américain sortit un portefeuille de la poche intérieure de sa veste avec une lenteur exaspérante et compta la somme.

— Mais je ne suis pas habilité à percevoir cette somme, monsieur, se rebella le contractuel. Vous devez vous rendre...

Sans même lui laisser le temps d'achever sa phrase, l'Américain déchira les billets en deux, puis en quatre et en huit avant de les lancer en l'air. Les miettes de billets s'éparpillèrent sur la casquette et la veste du contractuel comme autant de confettis, sous le regard interloqué de Gabler, des autres personnes attablées à la terrasse, et des passants.

— Monsieur, s'emporta l'agent, rouge de colère. Vous êtes soûl. Je vous interdis de remonter dans votre véhicule, sous peine...

— Sous peine de quoi ? le coupa l'Américain sur un ton railleur. Vous allez me dresser une contravention pour avoir jeté des saletés sur la voie publique alors que j'étais en état d'ivresse ? Attention, cher monsieur, sinon je pourrais fort bien traverser la rue, auquel cas vous seriez contraint de me donner un autre PV pour n'avoir pas emprunté de passage clouté, toujours en état d'ivresse. Attendez... laissez-moi deviner... Je sais ! Vous ne disposez pas de l'autorité nécessaire pour m'infliger un tel sort. Encore faudrait-il que je me trouve en face d'un vrai policier. Quelle tristesse ! « Arrache ton bec de mon cœur[1] ! »

Le petit contractuel, drapé dans ce qu'il possédait de dignité, saisit son portable et composa un numéro. À ce geste, l'Américain renonça à sa posture mélodramatique, glissa une main à l'intérieur de sa veste et en sortit cette fois un porte-cartes à l'intérieur duquel Gabler crut voir briller un badge. Il le fourra sous le nez du contractuel et le remit dans sa poche aussitôt.

L'attitude de l'agent changea du tout au tout, sa poitrine se dégonfla instantanément.

— Que ne me l'avez-vous pas montré plus tôt, monsieur. Si je m'étais douté que vous étiez en mission officielle, jamais je ne vous aurais dressé cette contravention. Cela dit, il n'empêche que...

Le grand Américain se pencha vers son petit interlocuteur.

— Vous m'avez mal compris. Je ne me trouve nullement en mission officielle. Je suis un simple voyageur en transit, désireux d'avaler un remontant avant de me rendre à l'aéroport.

---

1. Citation du poème « Le Corbeau », d'Edgar Allan Poe.

Le contractuel secoua la tête, prêt à rétropédaler. Il posa les yeux sur la Lamborghini, sur le PV qui se balançait doucement au gré de la brise traversant la place du Cirque.

— Permettez-moi de retirer la contravention, monsieur, mais je vous prie de…

— Je vous interdis de toucher à ce PV ! aboya l'Américain.

Le contractuel se retourna d'un bloc, complètement perdu.

— Mais enfin, monsieur… je ne comprends pas.

— Vous ne comprenez pas ? répliqua l'homme en noir sur un ton plus glacial que jamais. Alors, laissez-moi vous expliquer en des termes que l'être le moins doué d'intelligence serait capable de comprendre. J'ai décidé de conserver cette contravention, monsieur le pisse-menu. J'ai la ferme intention de contester cette contravention, dussé-je aller jusqu'au procès. Si je ne m'abuse, une telle mesure vous contraindra à vous présenter au tribunal, ce qui me donnera l'immense plaisir de décrire aux juges et à la noble assemblée des avocats l'ectoplasme que vous êtes. Que dis-je ? Un ectoplasme peut afficher une certaine grandeur, contrairement à votre ingrate personne. Vous n'êtes qu'un homoncule, un misérable, un furoncle sur le postérieur de l'humanité.

D'un geste brusque, l'Américain fit voler la casquette de son interlocuteur.

— Regardez-vous ! Vous avez allègrement franchi le cap de la soixantaine, ce qui ne vous empêche pas de dresser des contraventions, ainsi que vous en dressiez déjà il y a dix ans, il y a vingt ans, il y a trente ans ! Vous accomplissez votre tâche avec tant de zèle que vos supérieurs n'ont jamais osé vous accorder la plus petite promotion. Je m'incline devant votre incommensurable insipidité. Quel beau spécimen d'être humain vous faites, en vérité ! Je crois pourtant discerner chez vous une certaine insatisfaction. Ce teint fleuri dont un trop-plein d'alcool signe la marque. Je crois y lire la piteuse façon dont vous noyez vos frustrations. Le nieriez-vous, seulement ? Mais non ! J'imagine sans peine les réserves de votre épouse à ce sujet. Je le vois trop bien à vos traits chafouins, à la démarche pleine d'assurance qui trahit votre goût de l'abus d'autorité, vous qui tremblez à la vue du moindre supérieur. Vous n'êtes rien d'autre qu'un Walter Mitty[1]. Si cela peut vous consoler, je connais déjà la nature de votre épitaphe. On lira sur votre tombe : « Quarante-cinq francs, s'il vous plaît. » À présent, si vous aviez la bonté de vous éloigner de mon véhicule, je pourrais me rendre au commissariat le plus proche afin de… afin de…

Au fur et à mesure qu'il débitait sa diatribe, l'Américain s'était littéralement décomposé. Son visage hagard avait pris une teinte d'un gris funeste. Des perles de transpiration brillaient sur ses tempes. On l'avait vu hésiter à s'éponger le front en pleine tirade, il avait agité la main devant son nez, comme pour chasser une mauvaise odeur. La clientèle du café s'était tue, les passants s'étaient figés sur le trottoir afin

1. Ce parangon de la médiocrité, décrit par l'humoriste James Thurber dans *La Vie secrète de Walter Mitty*, a fait l'objet de plusieurs adaptations au cinéma.

d'assister en silence au drame baroque qui se déroulait sous leurs yeux. À l'évidence, l'homme était soûl, ou sous l'emprise de la drogue. Le contractuel recula vivement en le voyant tituber en direction de la Lamborghini. L'Américain chercha désespérément des doigts la poignée de la portière, sans la trouver. Il chancela, se rattrapa, vacilla de plus belle, et s'effondra sur le trottoir. Plusieurs appels au secours retentirent, quelques clients attablés à la terrasse du café se levèrent. Gabler le premier bondit sur ses pieds, retournant sa chaise dans sa précipitation, sans même s'apercevoir qu'il avait renversé son verre de Pflümli à moitié plein sur son pantalon impeccablement repassé.

45

Le lieutenant Angler avait repoussé ses piles de dossiers aux quatre coins de sa table de travail afin de laisser la place à trois objets : une pièce en argent, un morceau de bois, et une balle.

Angler avait toujours su pressentir l'arrivée du moment décisif lors de ses enquêtes. En pareil cas, il s'obligeait au même rituel : il sortait d'un tiroir fermé à clé ces trois reliques afin de les contempler à l'envi. Chacun de ces trois objets avait marqué son existence en profondeur, tout comme chaque enquête résolue marquait à sa façon le déroulement de sa carrière.

Il prit la pièce. Un denier romain de la période impériale, frappé en l'an 37 après Jésus-Christ, sur lequel figurait au recto le visage de Caligula, au verso celui d'Agrippine l'Aînée. Angler l'avait acheté lorsque sa thèse – un travail consacré à l'analyse médicale et psychologique des effets de la maladie contractée par Caligula cette année-là, à la métamorphose de ce dirigeant plutôt bienveillant en un tyran sanguinaire – avait été couronnée par un premier prix de l'université Brown. Cette pièce lui avait coûté une petite fortune, mais il estimait la mériter.

Il reposa le denier sur la table et saisit le morceau de bois. Tout tordu et rugueux lorsqu'il l'avait ramassé, il l'avait lui-même poncé et poli jusqu'à le réduire à la taille d'un crayon avant de le vernir, de sorte qu'il brillait à la lueur des néons de son bureau. Angler l'avait prélevé sur le tout premier séquoia qu'il avait sauvé des mains des compagnies forestières, à l'époque où il militait activement pour l'environnement. Il avait campé près de trois semaines dans les branches de cet arbre, jusqu'à ce que les bûcherons se lassent et finissent par s'en aller. Au moment de redescendre de son perchoir, il avait coupé une petite branche morte en souvenir de cette victoire.

Enfin, il tendit la main vers la balle, toute tordue et déformée après avoir croisé la route de son tibia gauche. Angler ne parlait jamais de cette blessure, ni au boulot ni ailleurs, tout comme il n'avait jamais arboré la croix reçue pour sa conduite héroïque. Rares étaient ceux, y compris parmi ses proches collègues, qui connaissaient cet épisode de sa carrière. Angler n'en avait cure. Il tritura longuement la balle entre ses doigts avant de la reposer. Lui savait, et c'était tout ce qui comptait.

Il rangea ses trois précieuses reliques dans son tiroir, donna un tour de clé, prit son téléphone et composa le numéro de la secrétaire de la brigade.

— Faites-les entrer, dit-il.

Une minute plus tard, la porte s'ouvrait et Angler accueillait trois visiteurs : le sergent Blade, ainsi que deux de ses collègues affectés au meurtre d'Alban.

— Je vous écoute, fit Angler.

L'un de ses hommes s'avança.

— Nous avons terminé l'examen des registres de passagers, lieutenant.

— Alors ?

— Conformément à vos instructions, nous sommes remontés sur une période de dix-huit mois, à la recherche de séjours aux États-Unis effectués par la victime en dehors de son arrivée le 4 juin dernier. Nos recherches se sont révélées fructueuses. La victime, sous le faux nom de Tapanes Landberg, est arrivée du Brésil un peu plus d'un an auparavant, puisqu'il a débarqué à JFK le 17 mai. Il est reparti pour Rio cinq jours plus tard, le 22 mai.

— D'autres éléments ?

— Oui, lieutenant. Les dossiers de la Sécurité intérieure signalent qu'un individu muni d'un passeport établi au même nom a quitté l'aéroport de LaGuardia à destination d'Albany le 18 mai dernier, avant de revenir à New York le 21.

— Un faux passeport brésilien, dites-vous ? Il était forcément d'excellente qualité. Je me demande comment il se l'est procuré.

— C'est sûrement plus facile au Brésil qu'ici, remarqua Slade.

— Probablement. Quoi d'autre ?

— C'est tout, lieutenant. La piste se perd à Albany. On a fouiné un peu partout en sollicitant les autorités locales, les agences de voyages, les compagnies de bus, les compagnies aériennes et les aéroports régionaux, les hôtels, ou encore les loueurs de voitures. Aucune trace nulle part de Tapanes Landberg jusqu'à ce qu'il reprenne l'avion pour LaGuardia le 21 mai et s'embarque pour le Brésil le lendemain.

— Je vous remercie de cet excellent travail. Vous pouvez disposer.

Angler attendit que les deux enquêteurs aient quitté la pièce pour faire signe à Slade de s'asseoir, puis il récupéra une collection de fiches de grande taille sur l'une des piles de dossiers : le résultat des recherches effectuées avec zèle par Slade depuis quelques jours.

— Quelle raison pouvait bien avoir notre ami Alban de se rendre à Albany ? demanda le lieutenant.

— Aucune idée, répondit Slade. Mais je suis prêt à parier que les deux déplacements sont liés.

— Albany est une petite ville. L'aéroport et la gare des bus tiendraient facilement dans la salle d'attente de notre gare routière de Port Authority. Je vois mal comment Alban aurait pu passer inaperçu.

— Vous semblez connaître Albany comme votre poche.

— J'ai de la famille à Colonie, tout près de là.

Angler entama l'examen des fiches.

— Vous n'avez pas chômé, sergent. Dans une autre vie, vous auriez fait un excellent paparazzi.

La remarque fit sourire Slade.

— C'est le genre de travail que j'aime bien.

Angler feuilleta lentement les fiches.

— Les déclarations fiscales et les titres de propriété de Pendergast. J'imagine que vous avez eu du mal à les obtenir.

— Pendergast est un homme très secret, reconnut le sergent.

— Je vois ici qu'il possède quatre propriétés : deux à New York, une à La Nouvelle-Orléans et une dernière dans la campagne louisianaise. Celle de La Nouvelle-Orléans est un parking public. Étrange, non ?

Slade haussa les épaules.

— Je ne serais pas surpris qu'il possède d'autres biens immobiliers à l'étranger, poursuivit Angler.

— Moi non plus, mais je ne vois pas comment je pourrais en avoir la confirmation, lieutenant.

— De toute façon, ça ne nous servirait à rien, jugea Angler en s'emparant d'un autre paquet de fiches. Ah ! Le palmarès des arrestations et des condamnations obtenues par notre homme.

Il passa les fiches en revue.

— Impressionnant. Très impressionnant, même.

— Le plus intéressant est peut-être le nombre de coupables tués au moment de leur arrestation.

Angler haussa les sourcils d'étonnement en découvrant la statistique correspondante.

— Je remarque que Pendergast a reçu presque autant de blâmes que de félicitations.

— Mes contacts au sein du Bureau affirment qu'il ne laisse personne indifférent. C'est un loup solitaire. Il jouit d'une importante fortune personnelle qui lui permet d'être payé un dollar symbolique par an, histoire d'officialiser sa position. Depuis quelques années, les hiérarques du FBI ont tendance à le laisser en paix, étant donné ses états de service, à condition qu'il ne dépasse pas les bornes. Il semble disposer d'au moins un appui très haut placé au Bureau, peut-être plus.

— Hmmmm, fit Angler d'un air songeur tout en poursuivant l'examen des fiches. Je vois ici qu'il a servi dans les Forces spéciales. Savez-vous en quelle qualité ?

— L'information est classifiée. J'ai seulement pu apprendre qu'il avait reçu plusieurs médailles pour acte de bravoure, à la suite de missions secrètes.

Angler rangea soigneusement les fiches en pile en les tapant contre le bureau avant de les mettre de côté.

— Tout ça ne vous paraît pas étrange, Loomis ?

— Si, répondit Slade en regardant son chef dans les yeux.

— Moi aussi. Récapitulons un peu. Nous avons ce faux professeur Waldron qui est probablement le meurtrier de Marsala, dont on nous dit qu'il a agressé Pendergast près de la mer de Salton avant de perdre la raison et de se donner la mort. Ensuite, nous avons cet Alban, le fils de Pendergast, qui effectue ici plusieurs séjours mystérieux avant d'être assassiné. Enfin, nous avons le très peu coopératif Aloysius X.L. Pendergast dont on sait qu'il mène en roue libre des enquêtes pour le moins opaques. Que peut-on en déduire ?

— Que toute cette histoire sent mauvais, lieutenant.

— Nous sommes parfaitement d'accord, et nous le savons depuis un bon moment. D'où le besoin d'obtenir ces informations, précisa Angler en tapotant la pile de fiches. Essayons d'y voir plus clair. De son propre aveu, Pendergast a vu son fils vivant pour la dernière fois il y a dix-huit mois, au Brésil. Il y a un an, Alban séjournait brièvement aux États-Unis sous un nom d'emprunt, passait quelques jours dans le nord de l'État de New York, et regagnait le Brésil. Il y a trois semaines, il revenait à New York, où il était assassiné pour sa peine. On découvrait dans son estomac une turquoise dont l'inspecteur Pendergast nous dit qu'elle l'a conduit jusqu'à l'hôtel Fontainebleau, au bord de la mer de Salton. Là, il aurait été agressé par le faux chercheur qui avait probablement assassiné l'un des techniciens du Muséum. D'un seul coup, après avoir été particulièrement évasif avec nous, Pendergast se montre brusquement très coopératif le jour où nous découvrons l'existence de ce Tapanes Landberg. Il se referme comme une huître presque aussi vite, après nous avoir fourni un certain nombre d'informations douteuses. Par exemple, ni lui ni le lieutenant D'Agosta ne prennent la peine de nous avertir que le faux chercheur s'est suicidé à la prison d'Indio. Nous l'avons découvert par nous-mêmes. Et lorsque nous envoyons le sergent Dawkins enquêter au Fontainebleau, il revient en nous affirmant que l'endroit semble n'avoir reçu aucune visite depuis des années, qu'il ne peut avoir servi de cadre à une bataille rangée. Vous avez parfaitement raison, Loomis. Cette histoire sent mauvais. On peut même dire qu'elle pue. J'ai beau envisager la situation sous tous les angles, j'en arrive à la même conclusion : Pendergast passe son temps à nous conduire sur de fausses pistes. Une seule raison permettrait d'expliquer un tel comportement : il est lui-même complice de la mort de son fils. Et puis, il y a ceci.

Angler se pencha au-dessus de son bureau afin de récupérer un article en portugais posé sur une pile de documents.

— Un reportage assez vague d'un journaliste brésilien qui ne cite pas ses sources, et qui décrit un massacre en pleine jungle auquel aurait participé un gringo dont il est précisé qu'il a un « *rosto pálido* ».

— Un « *rosto pálido* » ? C'est-à-dire ?

— Un visage pâle.

— Putain de merde.

— L'événement se serait produit il y a dix-huit mois, au moment où Pendergast se trouvait au Brésil.

Angler reposa la coupure de journal.

— Cet article m'a été transmis ce matin même. C'est la clé du mystère, Loomis. Je le sens.

Il se carra dans son fauteuil, les yeux tournés vers le plafond.

— Il nous manque encore une pièce du puzzle. Je le sens. Quand je l'aurai… nous le tiendrons.

46

Constance Greene avançait d'un pas vif, un médecin vêtu d'une blouse à ses côtés. Le couloir du quatrième et dernier étage de la clinique privée La Colline, à Genève, était d'une propreté irréprochable.

— Comment pourriez-vous caractériser son état ? demanda-t-elle dans un français parfait.

— Il est très difficile d'établir un diagnostic, mademoiselle, répondit le médecin. Nous n'avons jamais été confrontés à un cas semblable. Cet établissement a la chance d'être multidisciplinaire, de sorte que le patient a été examiné par une demi-douzaine de spécialistes. Les résultats de ces consultations et des différents tests pratiqués sur lui sont… stupéfiants. Et contradictoires. Certains confrères sont persuadés qu'il souffre d'une maladie génétique inconnue. D'autres penchent plus volontiers pour un empoisonnement, ou pour des symptômes de dépendance à une drogue. Il y a effectivement des résultats inhabituels au niveau des examens sanguins, mais rien qui corresponde à des substances reconnues par nos bases de données. Enfin, les derniers pensent que le problème est partiellement lié à des troubles psychologiques, mais tous s'accordent à reconnaître la gravité des manifestations physiques du mal.

— Quel traitement utilisez-vous actuellement ?

— Aucun, faute de diagnostic. Nous atténuons la douleur à l'aide de fentanyl transdermique, nous utilisons également du relaxant musculaire Soma, ainsi que des benzodiazépines comme sédatif.

— Quelles benzodiazépines ?

— Du Klonopin.

— Un cocktail pour le moins radical, docteur.

— Je ne vous contredirai pas sur ce point, mais tant que nous ne connaîtrons pas l'origine du mal, nous devrons nous contenter de traiter les symptômes. Sinon, il aurait fallu l'attacher.

Le médecin poussa une porte et s'effaça devant Constance. Cette dernière découvrit une chambre immaculée, fonctionnelle et moderne. L'unique lit de la pièce était entouré d'une batterie d'écrans et d'appareils qui ronronnaient doucement en émettant des bips réguliers. Les baies vitrées teintées en bleu dominaient l'avenue de Beau-Séjour.

L'inspecteur Pendergast reposait sur le lit, des électrodes sur le front, une perfusion au niveau du poignet, un brassard de pression artérielle autour du bras et un saturomètre à l'index. Le rideau de protection du lit était tiré.

— Il s'est très peu exprimé, précisa le médecin. Il s'agissait essentiellement de propos incohérents. Tout ce que vous pourrez nous dire à son sujet nous sera éminemment utile.

— Je vous remercie, docteur, répondit Constance avec un léger signe de tête. Je ferai de mon mieux.

— Au revoir, mademoiselle.

Le médecin lui adressa une courbette et quitta la pièce.

Constance regarda la porte se refermer. Puis, lissant sa robe du plat de la main, elle prit place sur l'unique chaise placée à côté du lit. Elle avait beau maîtriser ses émotions mieux que quiconque, elle sentit son cœur chavirer en voyant dans quel état se trouvait Pendergast. Il avait le teint gris et ses cheveux d'un blond presque blanc étaient en bataille, collés par la transpiration. Une barbe de plusieurs jours mangeait son visage rongé par la fièvre. Ses yeux s'agitaient derrière le voile de ses paupières terreuses. Le corps de l'inspecteur se raidit, agité par un spasme, avant de retomber.

Elle posa une main sur le poing fermé du malade.

— Aloysius, dit-elle à voix basse. C'est Constance.

Pendergast resta sans réaction, puis son poing se desserra. Il tourna la tête sur l'oreiller et marmonna des paroles incompréhensibles.

Constance lui serra doucement la main.

— Je suis désolée.

Pendergast voulut parler, un souffle haché s'échappa de ses lèvres.

— *Lasciala, indegno*, murmura-t-il. *Battiti meco. L'assassino m'ha ferito*.

Constance desserra l'étreinte de ses doigts sur la main du malade.

Un nouveau spasme agita le corps de Pendergast.

— Non, dit-il d'une voix étranglée. Il ne faut pas. La Porte de l'Enfer... Éloignez-vous...

éloignez-vous, je vous en supplie... Ne regardez pas... L'œil brûlant à triple lobe... !

Le corps de l'inspecteur retomba et il garda le silence pendant plusieurs minutes avant de s'agiter de plus belle.

— C'est faux, Tristram, articula-t-il clairement cette fois. Il n'a pas pu changer. Il t'a dupé.

Le silence qui suivit dura une éternité, laissant le temps à une infirmière de venir mesurer les signes vitaux et de changer le patch transdermique. Constance, figée sur sa chaise, continuait de tenir dans la sienne la main de Pendergast. Enfin, ses paupières papillotèrent. Il posa autour de lui un regard vague et scruta le décor de la chambre, puis ses yeux s'arrêtèrent sur la visiteuse.

— Constance, dit-il dans un souffle.

Elle serra la main du malade dans la sienne.

— Je... je suis en plein cauchemar. Il ne s'arrête jamais.

Il s'exprimait d'une voix fragile et sèche, aussi légère qu'une brise d'automne agitant des feuilles mortes, de sorte qu'elle dut se pencher vers lui pour le comprendre.

— Vous avez cité des passages de *Don Giovanni*, remarqua-t-elle.

— Oui. Je m'imaginais... dans le rôle du Commandeur.

— Rêver de Mozart ne relève pas précisément du cauchemar.

— Je...

Il agita les lèvres en silence avant de trouver la force de poursuivre :

— Je ne goûte guère l'opéra.

— Ce n'est pas tout, insista Constance. Vous avez semblé traverser ensuite un véritable cauchemar. Vous avez parlé de la Porte de l'Enfer.

— Oui. Oui. Des souvenirs réels alimentent mes cauchemars.

— Et puis vous avez prononcé le nom de Tristram, lui reprochant de s'être trompé.

Pendergast se contenta de secouer la tête.

Constance le vit lentement sombrer à nouveau dans l'inconscience, mais il ouvrait les yeux dix minutes plus tard.

— Où suis-je ? demanda-t-il.

— Dans un hôpital de Genève.

— Genève, répéta-t-il, avant d'ajouter après un silence : Bien sûr.

— J'ai cru comprendre que vous vous en étiez pris à un malheureux contractuel.

— Je me souviens. Il voulait absolument me dresser une contravention. Je l'ai traité de façon inqualifiable. Je… j'ai bien peur de ne pouvoir souffrir les petits fonctionnaires… Une mauvaise habitude de plus.

Voyant qu'il avait toute sa tête, Constance le mit au courant des derniers rebondissements dont D'Agosta lui avait fait part : le suicide de l'inconnu du centre de détention d'Indio, l'opération de chirurgie esthétique que l'homme avait subie, la découverte de sa véritable identité grâce à la reconstitution de son ancien visage. Elle lui signala également le séjour d'Alban dans le nord de l'État de New York lors de son séjour aux États-Unis l'année précédente, juste avant son retour au Brésil. Pendergast écoutait attentivement, et Constance vit même briller à plusieurs reprises dans ses yeux une flamme qu'elle connaissait bien. Mais, son exposé terminé, elle le vit fermer les yeux, tourner la tête, et sombrer dans l'inconscience.

La nuit était tombée lorsqu'il se réveilla. Constance, qui n'avait pas quitté son chevet, attendit qu'il lui parle.

— Constance, dit-il dans un murmure. Vous devez savoir qu'il m'est parfois difficile de… rester en phase avec la réalité. Ma lucidité va et vient au gré de la douleur. À cet instant précis, par exemple, le simple fait de parler avec vous me demande un effort de concentration considérable. J'irai donc au fait le plus succinctement possible.

Constance était tout ouïe.

— Je vous ai tenu des propos impardonnables.

— Vous êtes tout pardonné.

— Je reconnais bien là votre générosité. Dès le début, lorsque m'est parvenu ce parfum de nénuphar dans cette étrange chambre à gaz de la mer de Salton, j'ai compris que le passé de ma famille revenait me hanter. En la personne d'un individu poussé par un esprit de vengeance.

Il reprit péniblement sa respiration.

— Mon ancêtre Hezekiah s'est comporté de façon criminelle. En guise d'élixir miracle, il a créé un poison addictif qui a fait de nombreuses victimes et brisé l'existence de bien d'autres. Mais tout cela était… si lointain…

Il laissa s'écouler quelques secondes avant de poursuivre :

— Je savais ce qui m'arrivait. Vous l'aviez vous-même deviné, mais j'étais incapable d'affronter votre pitié. L'espoir que j'entretenais initialement de pouvoir contrer les effets du poison se sont rapidement évanouis. Je me suis donc enfermé dans le déni, d'où cette épouvantable remarque que je vous ai adressée dans le salon de musique.

— Je vous en prie, n'en parlons plus.

Pendergast retomba dans le silence. Seuls brillaient les écrans des machines dans l'obscurité, au point que Constance n'aurait pas su dire s'il était toujours conscient.

— L'odeur de nénuphar a commencé à pourrir.

— Oh, Aloysius, s'exclama-t-elle, atterrée.

— Il y a pire que la douleur. Je n'ai pas de réponse aux questions que je me pose. Ce stratagème abracadabrant à l'hôtel Fontainebleau porte la marque d'Alban, mais il me reste à découvrir qui étaient ses complices, et pour quelle raison ces derniers l'ont assassiné. Il me reste surtout à accepter… de sombrer dans la folie.

Constance lui serra la main dans les siennes.

— Il y a forcément un remède, un antidote. Nous surmonterons cette épreuve ensemble, Aloysius.

Pendergast secoua la tête dans la pénombre.

— Non, Constance. Il n'existe aucun remède. Je vous demande de repartir. Je rentrerai à New York par mes propres moyens. Je connais des praticiens susceptibles d'alléger mes souffrances en attendant la fin.

— Non ! s'écria-t-elle d'une voix plus forte qu'elle ne l'aurait voulu. Je refuse de vous quitter.

— Je n'ai pas envie que vous me voyiez dans… dans un tel état.

Elle se leva et se pencha à le toucher.

— Je n'ai pas le choix.

Pendergast s'agita légèrement sous ses couvertures.

— On a toujours le choix. Je vous supplie d'accéder à ma requête. Je ne veux pas que vous me voyiez à l'agonie. Comme cet individu à la prison d'Indio.

D'un geste langoureux, elle posa les lèvres sur le front du malade.

— Je suis désolée, mais j'ai décidé de me battre jusqu'à la dernière extrémité. Tout simplement parce que…

— Mais…

— Parce que vous formez la moitié de mon âme, conclut-elle dans un murmure avant de se rasseoir sans un mot et de reprendre la main du malade dans la sienne.

47

L'agent en uniforme arrêta la voiture de patrouille le long du trottoir.

— Nous y sommes, lieutenant.

— Vous êtes sûr ? s'étonna D'Agosta en regardant à travers sa vitre.

— Je vous ai conduit au 4127 Colfax Avenue. Ou alors j'ai mal compris l'adresse ?

— Non, non. C'est bien ça.

D'Agosta, sachant que sa destination se trouvait au cœur du quartier de Miller Beach à Gary, l'ancienne capitale sidérurgique de l'Indiana, s'était attendu à trouver un lotissement pour mobile homes, ou encore un immeuble de cité. Au lieu de quoi il découvrait une petite maison pimpante au jardin soigneusement entretenu, à quelques centaines de mètres de Marquette Park.

Il se tourna vers son guide, un fonctionnaire de la police locale.

— Ça vous ennuierait de me redonner une dernière fois les éléments du dossier ? Histoire que je n'oublie rien.

— Pas de souci.

Le flic sortit un paquet de feuillets imprimés de son attaché-case.

— Rien de grave. Quelques contraventions. Une pour dépassement de vitesse, soixante au lieu de cinquante. Une autre pour dépassement sur la bande d'arrêt d'urgence.

— Un dépassement sur la bande d'arrêt d'urgence ? réagit D'Agosta en ouvrant de grands yeux. On colle des PV pour ça, ici ?

— À l'époque du chef précédent, oui. Il n'était pas commode.

Le flic reprit la lecture de son dossier.

— On a un seul truc un peu sérieux sur lui. Il a été arrêté un jour lors d'une descente dans un club fréquenté par le milieu. Mais il n'avait rien sur lui. Ni drogue, ni arme, alors on l'a relâché faute de preuves. Quatre mois plus tard, sa femme nous signalait sa disparition.

Le flic rangea le dossier.

— Rien d'autre. Sachant qu'il était peut-être lié au milieu du gangstérisme, on a pensé qu'il avait été tué. Il n'avait pas refait surface depuis, mort ou vif, alors on a classé l'affaire.

D'Agosta approuva d'un signe de tête.

— Si ça ne vous ennuie pas, je préfère mener moi-même l'interrogatoire.

— Je vous en prie.

D'Agosta consulta sa montre : 18 h 30. Il ouvrit sa portière et descendit de la voiture de patrouille en laissant échapper un grognement.

Il remonta l'allée conduisant à la maison, derrière l'agent en uniforme, et se tint en retrait tandis que ce dernier appuyait sur la sonnette. Une silhouette féminine s'encadra sur le seuil quelques instants plus tard. D'Agosta la jaugea d'un coup d'œil, entraîné par des années d'habitude : brune, 1,67 mètre pour 65 kilos. Vêtue d'un tailleur-pantalon démodé, mais propre et soigneusement repassé, elle tenait une assiette d'une main et un torchon de l'autre. Un mélange d'inquiétude et d'espoir se lut sur son visage lorsqu'elle aperçut le policier.

D'Agosta s'avança.

— Bonsoir. Vous êtes madame Carolyn Rudd ?

La femme acquiesça.

D'Agosta montra son badge.

— Je suis le lieutenant Vincent D'Agosta de la police de New York, et voici l'agent Hektor Ortillo de la police de Gary. Accepteriez-vous de nous accorder quelques minutes de votre temps ?

— Oui, répondit la femme après une ombre d'hésitation. Bien sûr. Entrez, je vous en prie.

Elle les conduisit jusqu'à un petit salon simple et fonctionnel, d'une propreté parfaite, à l'image de sa tenue. Mme Rudd ne roulait visiblement pas sur l'or mais veillait à ne pas se laisser déborder par les difficultés.

Elle pria ses visiteurs de s'asseoir.

— Puis-je vous offrir une citronnade ? Du café ?

Les deux hommes refusèrent son offre d'un mouvement de tête.

Une galopade se fit entendre dans l'escalier conduisant à l'étage et deux visages pleins de curiosité firent leur apparition : celui d'un garçonnet d'une douzaine d'années, et celui d'une petite fille de quelques années sa cadette.

— Howie, Jennifer, les accueillit leur mère. J'ai besoin de parler avec ces messieurs. Vous n'avez qu'à finir vos devoirs dans votre chambre pendant ce temps-là. Je monte tout à l'heure.

Les deux gamins observèrent les deux policiers en silence, les yeux écarquillés, puis ils remontèrent à l'étage sans bruit.

— Excusez-moi un instant, le temps de ranger cette assiette.

La maîtresse de maison partit en direction de la cuisine avant de revenir s'asseoir en face de D'Agosta et du policier municipal quelques instants plus tard.

— En quoi puis-je vous être utile ? s'enquit-elle.

— Nous sommes venus vous parler de votre mari, lui expliqua D'Agosta. Howard Rudd.

L'espoir qu'il avait cru lire sur ses traits quelques minutes plus tôt se manifesta à nouveau, de façon accrue cette fois.

— Ah ! Vous avez... du nouveau ? Il est vivant ? Où est-il ?

L'ardeur avec laquelle elle s'était exprimée surprit D'Agosta plus encore que la propreté de la maison. Depuis le début de l'enquête, il s'était fait une idée bien précise de l'homme qui avait attaqué Pendergast et tué Victor Marsala : celle d'un voyou sans foi ni loi, d'un salopard vénal dépourvu de valeurs morales. Lorsque le système de reconnaissance faciale du NYPD, grâce aux efforts de Terry Bonomo, avait permis d'identifier l'inconnu comme étant Howard Rudd, originaire de Gary dans l'Indiana, D'Agosta s'attendait au pire en allant sur place interroger sa veuve. La réaction de cette dernière le bousculait dans ses certitudes. Brusquement, il n'était plus certain de savoir comment s'y prendre.

— Nous n'avons pas exactement « retrouvé » votre mari, madame Rudd. Nous sommes ici pour tenter d'en savoir davantage sur lui.

Elle dévisagea successivement D'Agosta et Ortillo avant de revenir vers le premier.

— On a décidé de rouvrir l'enquête ? J'ai toujours pensé qu'elle avait été bâclée. Je suis toute disposée à vous aider, dites-moi de quelle façon.

— Eh bien, expliquez-nous tout d'abord quel genre d'homme c'était. Comme père et comme mari.

— C'est, le corrigea-t-elle.

— Je vous demande pardon ?

— Quel genre d'homme *c'est*. Je sais bien que la police est convaincue de sa mort, mais je suis certaine qu'il est toujours vivant quelque part. Je le sens. Il ne serait jamais parti sans une bonne raison. Il finira par rentrer en nous expliquant le pourquoi de son geste.

La gêne de D'Agosta ne fit que croître. La conviction dont faisait preuve son interlocutrice le déstabilisait.

— J'aimerais que vous nous parliez de lui, madame Rudd.

— Que vous dire ? répondit-elle en prenant le temps de la réflexion. C'était un bon mari, un père de famille dévoué. Il était travailleur, d'une loyauté à toute épreuve, il s'occupait très bien des enfants. Il ne buvait pas, ne jouait pas, ne courait pas les filles. Son père était un pasteur méthodiste, Howard avait hérité de lui toutes ses qualités. Je n'ai jamais connu quelqu'un d'aussi entêté. Quelle que soit l'entreprise dans laquelle il se lançait, il ne renonçait jamais. Il a financé ses études en faisant la plonge dans un restaurant. Il a pratiqué la boxe à haut niveau quand il était jeune. Il tenait à sa parole au-dessus de tout, en dehors des siens. Il a sué sang et eau pour maintenir à flot sa quincaillerie, même quand une grande surface Home Depot a ouvert ses portes en lui enlevant une partie de sa clientèle. Ce n'est pas de sa faute s'il a été contraint d'emprunter de l'argent. S'il avait su à qui…

Elle se tut brusquement en écarquillant très légèrement les yeux.

— Continuez, je vous en prie, l'encouragea D'Agosta. S'il avait su à qui… ?

La femme hésita. Elle soupira, lança un coup d'œil en direction de l'escalier afin de s'assurer que les enfants ne pouvaient l'entendre, et acheva sa phrase :

— Si seulement il avait su à qui il s'adressait en empruntant cet argent. La banque estimait que le magasin n'avait pas les reins assez solides, elle a refusé de lui accorder un prêt. Nous n'avions plus d'argent.

Elle serra les mains en baissant la tête.

— Alors il a emprunté aux mauvaises personnes.

Elle releva aussitôt les yeux et posa un regard implorant sur D'Agosta.

— On ne peut tout de même pas lui en vouloir pour ça. Si ?

D'Agosta ne put que répondre par la négative d'un mouvement de tête.

— Il passait des nuits entières assis à la table de la cuisine à regarder les murs, sans dire un mot. J'en avais le cœur serré !

Mme Rudd essuya une larme.

— Et puis, un beau jour, il a disparu. Comme ça. Il y a plus de trois ans. Je n'ai plus jamais entendu parler de lui, mais je sais qu'il a une bonne raison. Forcément.

Elle défia ses interlocuteurs du regard.

— Je sais bien ce que pense la police, mais je ne veux pas y croire. Je m'y refuse.

D'Agosta reprit la parole d'une voix douce :

— Il ne s'est rien passé avant son départ ? Rien de particulier ?

Elle secoua la tête.

— Non, rien du tout. À part ce coup de téléphone.

— Quel coup de téléphone ?

— La veille de sa disparition. Il a reçu un coup de fil, assez tard. Il a répondu dans la cuisine. Il parlait à voix basse, pour que je ne puisse pas entendre. Après ça, j'ai bien remarqué qu'il était bouleversé, mais il a refusé de me parler, de répondre à mes questions.

— Vous n'avez aucune idée de ce qu'il est devenu, de l'endroit où il se trouve depuis tout ce temps ?

La femme répliqua par la négative.

— Comment vivez-vous depuis ?

— J'ai trouvé un poste dans une entreprise de publicité. Je fais de la mise en page et de la conception. Je gagne correctement ma vie.

— Ces gens auxquels votre mari a emprunté de l'argent. Après sa disparition, avez-vous reçu des menaces ? Avez-vous subi des représailles ?

— Non, rien.

— Auriez-vous une photo de votre mari à nous montrer ?

— Bien sûr, j'en ai même plusieurs.

Mme Rudd prit sur une table basse un portrait encadré et le tendit à D'Agosta. Il l'examina attentivement. Une photo de famille, les parents au milieu, entre leurs deux enfants.

Terry Bonomo avait fait du bon boulot. Le type de la photo ressemblait comme deux gouttes d'eau au portrait-robot reconstitué de l'inconnu, avant son opération de chirurgie esthétique.

Il rendait le cadre à Mme Rudd lorsqu'elle lui saisit le poignet avec force.

— Je vous en prie, le supplia-t-elle. Aidez-moi à retrouver mon mari. Je vous en supplie.

D'Agosta ne put conserver le silence davantage.

— Madame, j'ai malheureusement de mauvaises nouvelles à vous communiquer. Tout à l'heure, je vous ai dit que nous n'avions pas retrouvé votre mari, mais nous disposons d'un corps. Nous pensons qu'il s'agit de lui.

Les doigts de la femme se crispèrent autour de son poignet.

— Nous avons besoin d'un échantillon de son ADN pour en avoir l'assurance. Serait-il possible de vous emprunter certains de ses effets personnels ? Une brosse à cheveux, par exemple. Ou bien une brosse à dents. Nous vous les rendrons, évidemment.

La femme conserva le silence.

— Madame Rudd, insista D'Agosta. Savoir est parfois préférable à l'ignorance, même si c'est très douloureux.

La femme resta longtemps immobile, puis elle desserra lentement les doigts et sa main retomba le long de son corps. Son regard se perdit brièvement dans le lointain, puis elle se leva, se dirigea vers l'escalier et monta à l'étage sans prononcer une parole.

*
* *

Vingt minutes plus tard, dans la voiture de patrouille qui le reconduisait à l'aéroport de Chicago, la brosse à cheveux de Howard Rudd soigneusement scellée dans un sac hermétique, D'Agosta s'étonnait encore de s'être laissé autant abuser par son intuition. Il s'était attendu à tout sauf à cette maison coquette de Colfax Avenue, encore moins à y trouver une veuve aussi droite et déterminée.

Rudd était peut-être un assassin. C'était pourtant un honnête homme que la malchance avait jeté dans une mauvaise pente. Ce n'était pas la première fois que D'Agosta découvrait les méfaits du destin. À force de se débattre, certaines personnes s'enfonçaient dans la merde au lieu de s'en extraire. Rudd en faisait partie. S'il avait commis l'irréparable, allant jusqu'à changer d'identité et d'apparence, c'était par amour des siens. Il ne faisait aucun doute aux yeux de D'Agosta qu'on avait fait pression sur lui en menaçant sa petite famille.

Les types qui l'avaient poussé à une telle extrémité étaient des enfoirés de première.

Il se tourna vers son collègue de Gary.

— Merci, mon vieux.

— Pas de quoi.

Quelle situation étrange… Ils ne savaient rien de « Nemo », le meurtrier de Marsala et l'agresseur de Pendergast, sinon qu'il avait longtemps été un honnête quincaillier et un bon père de famille sous le nom de Howard Rudd. D'Agosta se trouvait désormais confronté à une question cruciale : que s'était-il passé au cours des trois années qui séparaient sa disparition de Gary du jour d'avril où il était réapparu au Muséum sous la défroque d'un chercheur bidon ?

48

Le lieutenant Angler rongeait son frein dans le petit bureau de l'agence de location de voitures Republic de l'aéroport d'Albany. Il manipulait nerveusement un crayon en attendant que le responsable, Mark Mohlman, ait terminé de s'occuper d'un client. Tout avait pourtant marché comme dans un rêve jusque-là, mais à ce stade Angler s'inquiétait de voir son rêve s'écrouler, comme tous les rêves.

À sa demande, ses hommes avaient dressé la liste de tous ceux qui avaient loué une voiture à Albany lors de la courte période pendant laquelle Alban s'y trouvait. Angler y avait rapidement découvert le nom d'un certain Abrades Plangent – une autre anagramme d'Alban Pendergast. Le Plangent en question avait loué une voiture à l'agence Republic le 19 mai, lendemain de son arrivée. Aussitôt contacté par téléphone depuis New York, Mark Mohlman avait confirmé avoir gardé la trace de cette transaction dans ses archives. Il avait également précisé au lieutenant que la voiture concernée, toujours propriété de la société, se trouvait actuellement dans une agence sœur à une soixantaine de kilomètres de là. Mohlman se disait disposé à rapatrier le véhicule à Albany.

Angler et son fidèle sergent Slade ralliaient la capitale de l'État trois heures plus tard à bord d'une voiture de service. Mohlman ne les avait pas déçus : ancien Marine, grand amateur d'armes à feu et membre dûment encarté de la National Rifle Association, il les avait aidés avec l'enthousiasme d'un flic raté. Entre ses mains, des tâches qui auraient nécessité des tonnes de paperasse, voire une décision de justice, prenaient des allures de jeu d'enfant. Mohlman leur avait fourni en un rien de temps la description de la voiture louée par Alban, une Toyota Avalon bleue. Lorsque le jeune homme avait retourné le véhicule trois jours plus tard, le compteur indiquait qu'il avait parcouru trois cent quinze kilomètres.

Angler fut brusquement pris d'un soupçon. De son vivant, Alban Pendergast avait toujours eu le chic pour brouiller les pistes. Le policier décida de se mettre dans la peau du jeune homme en s'interrogeant sur les façons dont il aurait agi à cette occasion. Il demanda à Mohlman de vérifier les balises dont étaient munis les véhicules de location aux dates concernées. Mohlman, trop heureux de s'exécuter, récupéra les données de l'Avalon sur le site de Republic. Angler avait eu le nez fin : ces données ne correspondaient pas à celles du compteur. À en croire la balise, l'auto avait parcouru six cent quatre-vingt-cinq kilomètres au cours de la période de location d'Alban.

Cette révélation, loin de simplifier la situation, achevait de l'embrouiller. D'un seul coup,

Angler se trouvait en présence d'un trop-plein de variables. Alban pouvait fort bien avoir trafiqué le compteur ; l'opération était théoriquement impossible, mais Angler le savait capable de tout. Ou bien alors le jeune homme pouvait avoir échangé la balise de l'Avalon avec celle d'un autre véhicule avant de procéder à l'échange inverse, histoire de compliquer la donne. Il pouvait aussi n'avoir jamais remis la balise en place, ajoutant à la confusion.

À ce stade, Mohlman avait dû s'absenter du bureau afin de s'occuper d'un client mécontent, laissant Angler triturer son crayon d'un air morose. Assis à côté de son chef, le sergent Slade ne disait rien, comme à son habitude. Angler en arrivait à se poser la question de l'intérêt de ce déplacement à Albany. Quand bien même il aurait connu avec précision le nombre de kilomètres parcourus par Alban, qu'aurait-il pu en déduire ? Le jeune homme avait pu se rendre à peu près n'importe où au cours de ces trois jours. Les Avalon bleues étaient légion, et les caméras de surveillance rares dans les petites bourgades du nord de l'État de New York.

Quelques minutes plus tard, Mohlman rejoignait ses visiteurs, un large sourire aux lèvres.

— La boîte noire, déclara-t-il.

— De quoi s'agit-il ?

— Toutes nos voitures de location sont équipées d'un enregistreur.

— Depuis quand ? s'étonna Angler qui connaissait l'existence des balises pour la bonne raison que les voitures de patrouille en étaient équipées, mais qui n'avait jamais entendu parler de boîtes noires en dehors de l'aviation.

— Depuis plusieurs années. On s'en servait au début pour mieux comprendre le déclenchement des airbags. L'enregistrement des données se déclenchait automatiquement en cas de choc. Récemment, les entreprises de location de voitures ont investi dans des systèmes nettement plus perfectionnés. Aujourd'hui, les gens qui louent une voiture n'ont plus aucune chance de nous embobiner.

— Quel type d'informations fournissent les boîtes noires en question ?

— La localisation approximative du véhicule, la distance parcourue quotidiennement, la vitesse moyenne. On sait tout sur la direction, le freinage, même l'utilisation des ceintures de sécurité. Le tout est relié au système GPS. Dès que le conducteur coupe le contact, la boîte noire enregistre la localisation. Il est facile de la comparer à celle du lieu de démarrage. Comme dans les avions, il est impossible de bidouiller ces boîtes noires. Les gens n'imaginent pas à quel point ils sont surveillés de nos jours.

Des boîtes noires impossibles à bidouiller... Une lueur d'espoir s'alluma dans la tête de Peter Angler.

— D'accord, mais la location qui m'intéresse remonte à plus d'un an. Vous croyez que la boîte noire aura tout gardé en mémoire ?

— Difficile à dire. Dès que le disque dur est plein, il efface automatiquement les données les plus anciennes, mais nous avons peut-être une chance. L'Avalon en question est affectée depuis six mois à notre agence de Tupper Lake, qui n'est pas très fréquentée. On ne sait jamais.

— Comment s'en assurer ?

Mohlman haussa les épaules.

— Il suffit de se brancher sur la boîte noire. Les modèles les plus récents envoient même les informations automatiquement au centre tous les jours.

— Vous pourriez vérifier ? s'enquit Angler.

C'était une chance inespérée. Tout malin qu'il était, Alban avait commis une grave erreur. Pourvu que Mohlman n'exige pas une injonction écrite d'un juge, pensa Angler.

Le responsable d'agence acquiesça sans hésitation.

— Personne n'a loué l'Avalon aujourd'hui. Je vais demander à mes gars de télécharger les données de la boîte noire.

*

* *

Une heure plus tard, Angler était assis devant l'un des ordinateurs du commissariat central d'Albany, une carte de la région sur les genoux. À côté de lui, le sergent Slade prenait des notes.

Mohlman n'avait pas menti. En plus d'une tonne d'informations inutiles, la boîte noire de l'Avalon leur avait fourni un détail crucial : le jour de la location, Alban avait parcouru cent trente-huit kilomètres de l'aéroport d'Albany, presque plein nord. Cela permettait de localiser le jeune homme dans le village d'Adirondack, au bord du lac Schroon.

Angler avait remercié chaleureusement Mohlman en lui recommandant de se montrer discret, avant de lui promettre de le faire participer à une patrouille dans une voiture du NYPD la prochaine fois qu'il se rendrait à Manhattan.

— Adirondack, État de New York, lut Angler. Code postal 12808, trois cents habitants. Je serais diablement curieux de savoir ce qui attirait Alban dans un trou pareil, au point de venir exprès du Brésil.

— Le paysage ? plaisanta Slade.

— Le paysage est beaucoup plus spectaculaire à Rio, répliqua le lieutenant en cherchant dans les bases de données de la police locale la liste des crimes commis à l'époque concernée. Aucun meurtre. Pas de vols, rien du tout ! Il faut croire que le comté de Warren dormait à poings fermés les 19, 20 et 21 mai de l'année dernière !

Il ferma la fenêtre et entama une recherche sur Google.

— Adirondack, marmonna-t-il. Rien à signaler, à part des tonnes d'arbres. Une seule entreprise locale : Red Mountain Industries.

— Jamais entendu parler, commenta Slade.

Ce n'était pas le cas de Peter Angler, chez qui ce nom évoquait un souvenir lointain. Une nouvelle recherche l'éclaira.

— Il s'agit d'une entreprise d'armement privée.

Il poursuivit sa lecture en silence avant d'en résumer la teneur au sergent :

— Red Mountain Industries jouit d'une réputation sulfureuse, à en croire les amateurs de théories du complot. Une boîte qui protège jalousement ses petits secrets, en tout cas. Le patron se nomme John Barbeaux.

— Voyons ce que je peux trouver à son sujet, suggéra Slade en se tournant vers l'écran de l'ordinateur voisin.

Angler ne répondit pas immédiatement. Son cerveau droit tournait à toute vitesse. Pendergast avait vu son fils pour la dernière fois dix-huit mois auparavant, au Brésil.

— Sergent, vous vous souvenez de cet article de journal dont je vous ai parlé ? Au sujet d'un massacre perpétré en pleine jungle par un gringo au teint blafard, à l'époque où Pendergast se trouvait au Brésil.

Les doigts de Slade se figèrent sur le clavier.

— Oui, lieutenant.

— Quelques mois plus tard, Alban se rend en toute discrétion à Adirondack, patrie d'une entreprise d'armement privée nommée Red Mountain.

Slade médita en silence les paroles de son supérieur.

— Vous pensez que Pendergast se trouvait derrière ce massacre ? finit par demander Slade. Et que quelqu'un chez Red Mountain l'a aidé en lui fournissant des armes ? Une histoire de mercenaires ?

— L'idée m'a effleuré.

Slade fronça les sourcils.

— Pour quelle raison Pendergast aurait-il participé à une opération pareille ?

— Allez savoir. Ce type-là est le mystère incarné. Mais je parie que je sais pourquoi Alban s'est rendu à Adirondack, et pourquoi on l'a assassiné.

Slade attendit la suite.

— Alban était au courant du massacre. Il se trouvait même probablement sur place. Souvenez-vous de ce que Pendergast nous a dit, que sa seule rencontre avec son fils s'était déroulée en pleine jungle brésilienne. Et si Alban faisait chanter son père ainsi que le contact de ce dernier chez Red Mountain ? Ça expliquerait le fait que Pendergast et son complice se soient entendus pour le tuer.

— Vous êtes en train de me dire que Pendergast aurait tué son propre fils ? J'ai du mal à le croire, même de la part d'un animal à sang froid comme lui.

— Pas si son fils le faisait chanter. Réfléchissez un instant aux états de service de Pendergast. On a vu de quoi il était capable en consultant son dossier. C'est une simple théorie, mais qui a le mérite de coller avec les éléments dont nous disposons.

— Dans ce cas, pourquoi déposer le cadavre d'Alban devant sa propre porte ?

— Pour brouiller les pistes. L'histoire de cette turquoise et cette agression supposée en Californie ne seraient qu'un écran de fumée supplémentaire. Souvenez-vous de son manque d'intérêt pour l'enquête au départ. Il a uniquement changé de comportement quand je me suis penché de plus près sur les agissements d'Alban.

Slade prit le temps de réfléchir avant de répondre :

— Si vous avez raison, le seul moyen de le savoir est de nous rendre chez Red Mountain et d'interroger ce Barbeaux. S'il y a dans son équipe une pomme pourrie capable de vendre des armes en douce et d'empocher les bénéfices, ou encore de vendre ses services en tant que mercenaire, Barbeaux voudra en avoir le cœur net.

— La manœuvre est risquée, rétorqua Angler. Si la pomme pourrie n'est autre que Barbeaux, on se jette directement dans la gueule du loup.

— Je viens de terminer mes recherches, fit Slade en désignant son écran. Ce type-là est blanc comme neige. Haut responsable chez les scouts, ancien membre des Forces spéciales, ponte de son église. Pas l'ombre d'un scandale en vue.

Angler rumina l'information.

— Dans ce cas, c'est le partenaire idéal pour enquêter discrètement dans son entreprise. Et si jamais il n'a pas la conscience tranquille, en dépit de ses activités chez les scouts, notre intervention l'obligera à sortir du bois.

— C'est exactement ce que je me disais, approuva Slade. D'une façon ou d'une autre, il nous conduira à la vérité. Le tout est de ne pas arriver avec nos gros sabots.

— Précisément. On lui promettra de garder le secret à condition qu'il joue le jeu. Procurez-vous les autorisations nécessaires et avertissez nos hommes en leur précisant le moment où nous agirons. Histoire qu'ils se posent des questions si jamais ils ne nous voient pas revenir.

— C'est comme si c'était fait, acquiesça Slade en retournant à son écran.

Angler repoussa la carte et se leva.

— Prochaine étape : Adirondack.

49

C'était la deuxième fois en l'espace d'une semaine que le lieutenant D'Agosta se retrouvait dans la salle d'armes de la vieille demeure de Riverside Drive. Rien n'avait bougé depuis son dernier passage. Les vitrines renfermant les collections, les lambris en bois de rose, le plafond à caissons, jusqu'aux protagonistes du conseil de guerre précédent : Constance Greene, vêtue d'une jupe plissée marron foncé et d'un chemisier en organdi, et Margo. Cette dernière lui adressa un sourire distrait. Le grand absent de la réunion était le maître des lieux, Aloysius Pendergast.

Constance prit place à l'extrémité de la table, plus mystérieuse que jamais avec ses intonations désuètes et son attitude compassée.

— Je vous remercie tous les deux de vous être déplacés, commença-t-elle en faisant signe à ses hôtes de s'asseoir. Je vous ai fait venir ce matin car nous sommes en présence d'une urgence.

D'Agosta, que ce préambule inquiétait, se laissa tomber sur l'un des sièges en cuir.

— Mon protecteur, notre ami à tous, est au plus mal.

D'Agosta se pencha en avant.

— Qu'entendez-vous par là ?

— Il est à l'article de la mort.

La nouvelle fut accueillie par un silence choqué.

— Alors il a été empoisonné, comme le type d'Indio ? commenta D'Agosta. Saloperie. Où était-il ces temps derniers ?

— Il s'est rendu au Brésil et en Suisse afin de comprendre ce qui était arrivé à Alban, mais aussi de percer les raisons de son propre empoisonnement. Il a été victime d'une crise en Suisse. Je l'ai retrouvé dans une clinique de Genève.

— Où est-il à l'heure actuelle ? s'enquit D'Agosta.

— À l'étage, sous surveillance.

Un pli barra le front de Margo.

— J'avais cru comprendre qu'il fallait plusieurs mois, voire des années, avant que les utilisateurs de l'élixir d'Hezekiah tombent malades et meurent. Pendergast aura forcément été soumis à une dose extrêmement concentrée.

Constance acquiesça :

— Oui. Son adversaire savait qu'il n'aurait pas d'autre occasion. Vu la rapidité de son déclin et de sa mort, on peut penser que l'agresseur d'Aloysius à l'hôtel Fontainebleau a reçu une dose plus forte encore.

— Si Pendergast est en train de mourir, s'agaça D'Agosta en se levant, pourquoi diable n'est-il pas dans un hôpital ?

Constance le considéra en plissant les paupières.

— Il a tenu lui-même à quitter la clinique de Genève par un vol privé afin de rentrer chez lui. On ne peut pas forcer les gens à rester hospitalisés contre leur gré. Aloysius affirme qu'on ne peut plus rien pour lui et refuse de mourir à l'hôpital.

— Putain, gronda D'Agosta. Quelle solution nous reste-t-il ?

— Nous devons trouver un antidote. Pour cela, il nous faut glaner un certain nombre d'informations. Je vous ai fait venir ici dans ce but précis.

Constance se tourna vers D'Agosta.

— Lieutenant, pourriez-vous nous détailler vos dernières découvertes ?

Ce dernier s'épongea le front.

— Je ne sais pas si ça pourra nous servir, mais nous avons réussi à remonter la piste de l'agresseur de Pendergast jusqu'à Gary, dans l'Indiana. Il y a trois ans, notre homme était un honorable quincaillier et père de famille du nom de Howard Rudd. Il a brusquement disparu en laissant femme et enfants après avoir contracté des dettes auprès de gens peu recommandables. Il a refait surface il y a deux mois avec un nouveau visage. On sait qu'il a agressé Pendergast, et il est probable qu'il a aussi tué Victor Marsala. On tente de savoir ce qu'il a pu devenir dans l'intervalle : où il se trouvait, pour le compte de qui il travaillait. Sans succès jusqu'à présent.

D'Agosta lança un coup d'œil en direction de Margo. Le visage blême, la jeune chercheuse ne disait rien.

Constance rompit le silence qui s'était installé entre les trois protagonistes :

— Nous disposons peut-être d'une piste.

D'Agosta posa sur elle un regard intrigué.

— J'ai dressé la liste des victimes d'Hezekiah, en partant du principe que le responsable de l'empoisonnement d'Aloysius était l'un de leurs descendants. Au nombre des victimes, j'ai découvert un couple, Stephen et Ethel Barbeaux. Ils ont succombé aux effets de l'élixir en 1895 en laissant derrière eux trois orphelins, dont un bébé conçu à l'époque où Ethel consommait de cet élixir. La famille Barbeaux vivait sur Dauphine Street à La Nouvelle-Orléans, à deux maisons seulement de la demeure familiale des Pendergast.

— Pourquoi vous être intéressée à eux en particulier ? s'étonna D'Agosta.

— Leur arrière-arrière-petit-fils, un certain John Barbeaux, dirige une entreprise d'armement baptisée Red Mountain Industries. Un individu aussi prospère que solitaire. Barbeaux avait un fils unique, musicien prodige. Ce jeune garçon, de santé fragile, est tombé malade il y a deux ans. Je n'ai pas réussi à en apprendre davantage sur la nature précise de son mal, mais il semble que les symptômes aient rendu perplexes les spécialistes appelés à son chevet. En dépit d'efforts titanesques, les médecins n'ont pas réussi à le sauver et le jeune Barbeaux est mort il y a vingt-six mois.

Constance dévisagea successivement Margo et D'Agosta.

— Ce cas a fait l'objet d'un article dans le *Lancet*, la revue médicale britannique.

— Où souhaitez-vous en venir ? insista D'Agosta. Le poison qui a tué les aïeuls de John Barbeaux aurait pu traverser les générations et tuer son propre fils ?

— En effet. Le garçon se plaignait fréquemment, avant sa mort, d'être incommodé par des odeurs de fleur pourrie. J'ai relevé plusieurs décès similaires dans l'histoire familiale des Barbeaux, sur plusieurs générations.

— J'ai du mal à y croire, réagit D'Agosta.

— Moi pas, intervint Margo, qui s'exprimait pour la première fois. À vous entendre, Constance, l'élixir d'Hezekiah aurait un caractère épigénétique, susceptible de se transmettre de génération en génération. De nos jours, les empoisonnements environnementaux sont les principales causes de modifications épigénétiques.

— Je vous remercie, approuva Constance.

D'Agosta se leva de son siège.

— D'accord, dit-il d'un air songeur en tournant en rond. Alors récapitulons. Vous dites que Barbeaux a empoisonné Pendergast à l'aide de cet élixir par esprit de vengeance, au nom de ses ancêtres et, plus encore, de son fils. Où Barbeaux est-il allé chercher une telle idée ? Il est peu probable qu'il ait été au courant du sort d'arrière-arrière-grands-parents morts il y a plus d'un siècle. Quant aux détails de sa vengeance, ils me paraissent tirés par les cheveux : le meurtre d'Alban, cette turquoise retrouvée dans son estomac, ce piège tendu à Pendergast à l'autre bout du pays… Pourquoi tant de complications ? Qui aurait été capable d'inventer un truc pareil ?

— Un certain Tapanes Landberg, répondit Constance.

— Qui ça ? demanda Margo.

— Bien sûr ! s'écria D'Agosta en se frappant le front. Alban ! L'enquête du lieutenant Angler montre qu'il s'est rendu dans les environs d'Albany un peu plus d'un an avant d'être assassiné !

— Le siège de Red Mountain Industries est situé à Adirondack, à une heure et demie de route d'Albany, confirma Constance.

D'Agosta poursuivit son raisonnement tout en arpentant la pièce :

— Ce cinglé d'Alban. À en croire Pendergast, c'était tout à fait le genre de cinéma qu'il affectionnait. Avec son intelligence supérieure, il était forcément au courant de l'élixir d'Hezekiah. Il s'est arrangé pour retrouver un descendant des victimes désireux de se venger, et doté des moyens financiers nécessaires. Il a touché le jackpot en croisant la route de Barbeaux, dont le fils venait de mourir. En outre, il devait savoir que Barbeaux était le genre de type susceptible de pratiquer la loi du talion. Si ce n'était pas aussi tragique, ce serait presque beau, cette façon d'unir leurs forces pour se venger de Pendergast.

— En effet, toute cette histoire porte la marque d'Alban, approuva Constance. Je le crois capable d'avoir déniché lui-même cette mine de turquoise et d'avoir soufflé à Barbeaux l'idée de ce guet-apens dans les souterrains du Fontainebleau. Il ne restait plus qu'à mettre au point un élixir de synthèse avant d'attirer Aloysius dans cet endroit.

— À un détail près, la corrigea Margo. Barbeaux a fini par trahir Alban.

— Tout ça ne résout pas la question essentielle, enchaîna D'Agosta. Comment mettre au point un antidote ?

— Il faut décrypter la formule de cet élixir afin d'en contrer les effets. Si Barbeaux est parvenu à le recréer, nous le pouvons aussi, affirma Constance. Je vais m'employer à fouiller les collections, les archives familiales et les anciens laboratoires installés dans les souterrains de cette maison avec l'espoir de retrouver la formule d'Hezekiah. Pendant ce temps, Margo, accepteriez-vous de poursuivre vos analyses sur les ossements de Mme Padgett ? Pour que Barbeaux ait mis en place une stratégie aussi complexe dans le seul but de s'emparer d'un fémur, ce squelette contient forcément un indice crucial.

— D'accord, répondit Margo. Le rapport d'autopsie de Rudd pourrait bien nous servir à reconstituer cette formule.

— De mon côté, dit D'Agosta, je m'occupe d'enquêter sur ce Barbeaux. Si jamais je m'aperçois qu'il est mêlé à cette histoire, je lui ferai cracher la formule par…

— Non.

La voix qui avait prononcé ce mot, à peine un murmure, provenait du seuil de la pièce. En se retournant, D'Agosta découvrit la silhouette de Pendergast. Plus maigre et cadavérique que jamais, emmitouflé dans une robe de chambre en soie toute fripée, il tenait à peine debout et devait s'appuyer contre le chambranle. Ses yeux brillaient comme des pièces d'argent au milieu d'un visage ravagé.

— Aloysius ! s'écria Constance en bondissant de sa chaise. Que faites-vous hors de votre lit ?

Elle se précipita vers lui.

— Où se trouve le docteur Stone ?

— Son aide ne m'est plus d'aucune utilité.

Elle voulut l'obliger à quitter la pièce, mais il la repoussa.

— Je dois vous parler, déclara-t-il en vacillant un instant sur ses jambes. Si vous avez raison, l'individu qui a mis sur pied ce stratagème a réussi à tuer mon fils. Il faut donc le considérer comme un adversaire aussi puissant que redoutable.

Il secoua la tête, donnant l'impression de vouloir s'éclaircir les idées.

— Vous courez un danger mortel en vous attaquant à lui. Ce combat est le mien. Moi seul... suis en mesure de... d'aller jusqu'au bout de...

Il fut interrompu par un homme élancé en costume à fines rayures, des lunettes cerclées d'écaille sur le nez et un stéthoscope autour du cou.

— Allons, mon ami, suivez-moi, déclara le médecin d'une voix douce. Il ne faut pas vous fatiguer. Remontons à l'étage, nous allons prendre l'ascenseur.

— Non ! protesta Pendergast d'une voix à peine audible.

Le simple fait de s'être levé l'avait épuisé et le docteur Stone l'entraîna d'une main douce, mais ferme. Les deux hommes venaient de disparaître dans le couloir lorsque s'éleva la voix de Pendergast :

— Cette ampoule est aveuglante ! De grâce, éteignez la lumière !

D'Agosta et les deux femmes, tous debout, se regardèrent. Le lieutenant constata non sans surprise que Constance, habituellement si maîtresse de ses émotions, était anormalement animée.

— Il a raison, déclara le lieutenant. Ce Barbeaux n'est pas un adversaire ordinaire. Nous avons tout intérêt à y réfléchir à deux fois avant de nous en prendre à lui. Il nous faut rester en contact étroit et partager toutes les informations que nous pourrons recueillir. Le moindre faux pas pourrait nous être fatal.

— C'est bien pour cette raison que nous n'en commettrons pas, déclara Margo d'une voix feutrée.

50

Le bureau, austère et fonctionnel, reflétait la rigueur toute militaire de son occupant. Sur la table de bois verni étaient posés un grand buvard à l'ancienne, un porte-crayon, un téléphone et un portrait dans un cadre d'argent, tous méticuleusement alignés. Ni clavier ni écran. Un drapeau américain trônait dans son pied en bois devant un mur entier de rayonnages remplis d'ouvrages consacrés à l'histoire militaire, d'almanachs *Jane's* traitant de sujets tels que l'artillerie et les blindés, l'élimination des déchets d'explosifs, le transport et la logistique. Le mur adjacent accueillait médailles, diplômes et récompenses soigneusement encadrés.

L'occupant des lieux était vêtu d'un costume strict, d'une chemise blanche impeccable et d'une cravate bordeaux. Raide comme la justice, on aurait pu le croire en uniforme. Il prenait des notes à l'aide d'un stylo à encre dont la plume crissait sur le papier dans le silence de la pièce. De l'autre côté de la baie vitrée s'étendait un terrain abritant plusieurs immeubles habillés de verre sombre dont une double rangée de grillage surmonté de fil de fer barbelé délimitait le périmètre. L'enceinte était elle-même protégée par un rideau d'arbres au-delà duquel on distinguait les eaux bleues d'un lac.

La sonnerie du téléphone retentit et l'homme décrocha.

— Oui ? dit-il sèchement d'une voix rocailleuse et profonde.

— Monsieur Barbeaux, répondit la voix de sa secrétaire dans le bureau attenant. Deux messieurs de la police demandent à vous voir.

— Faites-les patienter soixante secondes.

— Bien, monsieur.

L'homme raccrocha le combiné et resta immobile, les yeux perdus dans le vague. Puis il quitta son fauteuil après un bref coup d'œil au portrait. Il se déplaçait avec l'agilité d'un jeune homme en dépit de ses soixante ans. Il se regarda dans le petit miroir accroché derrière lui et découvrit un visage large et massif, deux yeux bleus, une mâchoire carrée, un nez aquilin. Il ajusta son nœud de cravate, pourtant parfaitement droit, et se retourna vers la porte à l'instant précis où sa secrétaire introduisait les deux visiteurs annoncés.

Barbeaux les considéra l'un après l'autre. Le premier était grand avec des cheveux blond foncé légèrement en bataille. Il s'avançait avec un air d'autorité et la grâce d'un athlète. Le second, plus petit et brun, regardait Barbeaux avec une expression impénétrable.

— John Barbeaux ? demanda le plus grand.

Barbeaux hocha la tête.

— Je suis le lieutenant Peter Angler du NYPD. Je vous présente mon collaborateur, le sergent Slade.

Barbeaux serra la main des deux hommes et reprit place derrière sa table de travail.

— Asseyez-vous, je vous en prie. Du café ? Du thé ?

— Rien, merci.

Angler s'assit sur l'une des chaises installées face au bureau, aussitôt imité par Slade.

— Vous êtes retranché dans une véritable forteresse, monsieur Barbeaux.

La remarque fit naître un sourire sur les lèvres de l'intéressé.

— Il s'agit avant tout de préserver les apparences. Je dirige une entreprise d'armement, il est de bon ton de jouer le jeu.

— Je suis toutefois curieux. Pourquoi avoir érigé un complexe aussi important que celui-ci au milieu de nulle part ?

— Et pourquoi pas ? rétorqua Barbeaux.

Constatant que Peter Angler gardait le silence, il ajouta :

— Mes parents passaient leurs vacances ici tous les étés. J'aime beaucoup la région du lac Schroon.

— Je vois, approuva Angler en passant une jambe au-dessus de l'autre. Il est vrai que le coin est ravissant.

Barbeaux opina.

— En outre, les terrains ne coûtent pas cher. Red Mountain possède plus de quatre cents hectares que nous avons transformés en terrain d'entraînement, pour la simulation d'exercices de guerre ou l'expérimentation d'obus.

Il marqua une pause.

— Puis-je vous demander ce qui vous amène ici ?

— À vrai dire, c'est précisément au sujet de Red Mountain. Partiellement, en tout cas.

Barbeaux fit une moue étonnée.

— Vraiment ? En quoi mon entreprise pourrait-elle concerner le NYPD ?

— Pouvez-vous nous dire ce que fait Red Mountain Industries, exactement ? s'enquit Angler. J'ai fait quelques recherches sur Internet, mais votre site officiel n'est pas vraiment explicite sur ce point.

Barbeaux continuait d'afficher sa surprise.

— Nous entraînons des policiers, des agents de sécurité, et des militaires. Nous mettons au point des armes de haut niveau, et nous procédons à des études stratégiques et tactiques poussées.

— Ah. Les études en question peuvent-elles concerner le contre-terrorisme ?

— Oui.

— Vous arrive-t-il, en plus de vos activités de conseil, de participer à des opérations sur le terrain ?

Barbeaux eut une légère hésitation avant de répondre :

— C'est parfois le cas. Mais en quoi puis-je vous aider ?

— J'y viens dans un instant, si vous m'autorisez à vous poser encore une ou deux questions. Je suppose que le gouvernement américain est votre principal client ?

— En effet.

— On peut donc en déduire que vous tenez beaucoup à votre réputation professionnelle ? Je pense notamment à votre image auprès des commissions d'enquêtes parlementaires.

— C'est la clé de notre réussite, reconnut Barbeaux.

— Bien sûr, renchérit Angler en décroisant les jambes afin de se pencher vers son interlocuteur. Monsieur Barbeaux, nous soupçonnons l'existence d'un problème dans votre entreprise.

Barbeaux se figea sur son siège.

— Je vous demande pardon ? Quel type de problème ?

— Nous ne possédons pas tous les détails, mais nous sommes convaincus qu'une personne – ou un groupe de personnes, même s'il s'agit plus vraisemblablement d'un individu isolé – détourne certaines ressources de Red Mountain afin de participer à des opérations illégales. Des ventes d'armes, peut-être même du mercenariat.

— Mais c'est tout à fait impossible. Nous soumettons le passé et la vie privée de chacune de nos nouvelles recrues à des examens extrêmement poussés. Quant aux autres employés, ils sont soumis à un détecteur de mensonges chaque année.

— J'imagine bien qu'une telle nouvelle n'est pas facile à entendre, dit Angler. Notre enquête nous a néanmoins conduits à cette conclusion.

Barbeaux, plongé dans ses pensées, ne répondit pas immédiatement.

— Vous vous en doutez, je ne demande pas mieux que de vous aider, messieurs. Mais sachant l'ampleur des précautions que nous prenons, je ne vois pas comment vous pourriez avoir raison.

— Laissez-moi vous exposer le problème différemment, suggéra Angler. Si nous avons raison, vous serez le premier à convenir qu'une telle annonce serait désastreuse pour Red Mountain, non ?

Barbeaux hocha la tête.

— Oui, évidemment.

— Si la nouvelle fuitait... je vous laisse imaginer les conséquences.

Barbeaux prit le temps de réfléchir à ce qu'il venait d'entendre, puis il expira lentement.

— Vous savez...

Laissant sa phrase en suspens, il se leva, se planta devant ses visiteurs et les dévisagea l'un après l'autre. Slade n'avait pas desserré les lèvres depuis le début de la rencontre, laissant le soin à son supérieur de diriger la conversation.

Barbeaux posa les yeux sur Angler.

— Nous ferions mieux de poursuivre cette discussion ailleurs. Si la vie m'a donné une certitude, c'est que les murs ont des oreilles. Y compris dans un bureau aussi isolé que celui-ci.

Il entraîna ses visiteurs jusqu'aux ascenseurs après avoir traversé le bureau de sa secrétaire. Puis il enfonça le bouton commandant la descente et les portes d'une cabine coulissèrent dans un soupir. Barbeaux fit signe aux deux policiers de monter, les rejoignit et appuya sur le bouton SS3.

— SS3 ? l'interrogea Angler.

— Le troisième sous-sol. Nous disposons de plusieurs abris conçus spécialement pour tester les obus. Des abris en dur, avec une parfaite isolation phonique. Nous y serons à l'aise pour causer.

L'ascenseur s'enfonça dans les profondeurs du bâtiment et les portes de la cabine s'ouvrirent sur un long couloir en béton. Des ampoules rouges, enfermées dans des cages grillagées, baignaient le passage dans une atmosphère écarlate. Barbeaux remonta le couloir en passant devant plusieurs portes en acier blindé. Il s'immobilisa devant l'une d'elles, l'ouvrit, alluma une rangée de commutateurs d'un revers de main et invita les deux policiers à le rejoindre.

Le lieutenant Angler découvrit une grande salle aux murs recouverts d'un isolant caoutchouté noir.

— J'hésite entre un terrain de basket et une cellule capitonnée, plaisanta-t-il.

— Ici, personne ne pourra nous entendre, ainsi que je vous le disais, répondit Barbeaux en repoussant le battant avant de se tourner vers ses visiteurs. Ce que vous m'annoncez, lieutenant, est extrêmement ennuyeux. Sachez que je suis disposé à vous aider de mon mieux.

— J'étais certain de votre réaction, répliqua Angler. Le sergent Slade a procédé à quelques recherches à votre sujet, nous étions convaincus que vous étiez l'homme de la situation.

— En quoi exactement puis-je vous être utile ? s'enquit Barbeaux.

— En lançant une enquête interne afin de démasquer le ou les individus concernés, monsieur Barbeaux. Nous n'avons aucun intérêt à mettre Red Mountain en péril. Nous avons découvert ce problème par hasard, en enquêtant sur un meurtre. J'ai la conviction que le principal suspect entretient des liens avec un traître au sein de votre entreprise.

Barbeaux fronça les sourcils.

— Qui est le suspect en question ?

— Un agent du FBI dont je préfère taire l'identité à ce stade de l'enquête. Je veillerai personnellement à ce que le nom de Red Mountain ne soit jamais cité dans la presse si vous nous apportez votre aide. Mon seul but est de traduire en justice cet agent du FBI et de m'assurer que votre entreprise se débarrasse de la brebis galeuse qu'elle abrite en son sein.

— Un agent du FBI ripou, murmura Barbeaux d'un air songeur. Intéressant.

Il lança un coup d'œil en direction d'Angler.

— Vous n'en savez pas davantage ? Vous ne connaissez pas l'identité de la brebis galeuse concernée ?

— Non. C'est pour cette raison que nous avons décidé de nous adresser à vous.

— Je vois.

Barbeaux se tourna vers le sergent Slade.

— Vous pouvez l'abattre.

Angler battit des paupières sans comprendre. Le temps qu'il se tourne vers son adjoint, ce dernier avait sorti son arme de service. Le sergent, imperturbable, pointa le canon du pistolet sur la tempe d'Angler et tira à deux reprises. La tête du lieutenant vola en arrière dans un brouillard de sang mêlé à de la matière grise et son corps s'écroula sur le sol.

C'est tout juste si les détonations avaient retenti, étouffées par le revêtement isolant de la salle d'essai. Slade se tourna vers Barbeaux en rangeant son arme.

— Pourquoi avoir attendu si longtemps ? demanda-t-il.

— Je voulais savoir ce qu'il avait découvert.

— J'aurais pu vous renseigner.

— Toutes mes félicitations, Loomis. Vous serez récompensé en conséquence.

— J'espère bien. Les cinquante mille dollars annuels que vous me versez sont une vraie pitance. J'ai sué sang et eau pour que personne ne puisse remonter jusqu'à vous. Vous n'imaginez pas les ficelles que j'ai dû tirer en douce pour m'assurer que l'enquête sur le meurtre d'Alban Pendergast soit confiée à Angler.

— Vous n'aurez pas affaire à un ingrat, mon ami. En attendant, des détails plus urgents nous attendent.

Barbeaux se dirigea vers un téléphone mural et composa un numéro.

— Richard ? Barbeaux à l'appareil. Je me trouve dans le pas de tir D. Il a besoin d'un sérieux nettoyage. Envoyez-moi une équipe et réunissez l'unité spéciale. Rendez-vous dans ma salle de réunion privée à 13 heures. Nous avons un nouvel objectif.

Il raccrocha et enjamba prudemment le corps autour duquel se formait une mare de sang.

— Faites attention de ne pas marcher dedans, sergent, conseilla-t-il à Slade.

51

Immobile devant les rayonnages de la bibliothèque du 891 Riverside Drive, Constance Greene réfléchissait. Un feu mourait dans l'âtre, la pièce était plongée dans la pénombre, et pas un bruit ne troublait l'air de la vieille demeure. Les quelques bruits qui s'échappaient de la chambre du premier étage s'étaient tus, mais le trouble de Constance n'était pas près de s'évanouir. Le docteur Stone l'implorait d'hospitaliser Pendergast et de le placer aux urgences, alors qu'elle s'y refusait. Son séjour à Genève lui avait apporté la preuve que placer le malade dans un établissement de ce type ne servirait à rien, qu'une telle mesure risquait même de précipiter sa fin.

Constance serra machinalement entre ses doigts le petit flacon de pilules de cyanure enfoui au fond de sa poche. Si Pendergast mourait, elle disposait d'une porte de sortie. À défaut d'avoir vécu ensemble, du moins la mort leur permettrait-elle de mêler leurs cendres.

Mais Pendergast n'allait pas mourir, il existait forcément un remède. Il ne tenait qu'à elle de le découvrir dans les laboratoires abandonnés et les dossiers poussiéreux qui moisissaient dans le dédale des souterrains de la maison de Riverside Drive. Les recherches approfondies qu'elle avait consacrées au clan Pendergast, et tout particulièrement à Hezekiah, l'en avaient convaincue.

« Si mon aïeul Hezekiah, dont la propre épouse se mourait sous les coups de boutoir de cet élixir, s'est montré incapable d'en contrer les effets, comment en serais-je capable ? » lui avait déclaré Pendergast.

Comment, en effet ?

Elle déplaça un lourd volume sur l'un des rayonnages. Un déclic se fit entendre et deux pans entiers de la bibliothèque pivotèrent silencieusement sur des gonds bien huilés, révélant la grille métallique d'un ascenseur à l'ancienne. Elle entra dans la cabine, tira la grille derrière elle et actionna un levier en laiton. L'appareil entama sa descente dans le grincement de son mécanisme antique et se figea au terme de sa course. Constance écarta la grille et pénétra dans une antichambre plongée dans la pénombre. Une légère odeur d'ammoniaque, de poussière et de moisi lui monta aux narines. L'odeur lui était familière car elle connaissait bien ces vastes sous-sols. Si bien, en vérité, qu'elle aurait quasiment pu s'y déplacer les yeux fermés, ce lieu lui ayant longtemps servi de refuge.

Elle saisit une lampe électrique sur une console, l'alluma et s'enfonça dans un dédale de couloirs qu'elle parcourut sur toute leur longueur avant de s'arrêter devant une porte couverte de vert-de-gris. Elle repoussa le battant de ce qui était une salle d'opération abandonnée. Les barreaux d'un lit d'hôpital brillèrent à la lueur de sa lampe, près d'une potence à perfusion, d'un volumineux électrocardiographe et d'un plateau en acier brossé sur lequel étaient posés des instruments chirurgicaux. Elle traversa la pièce et poussa de la main l'un des blocs de calcaire du mur opposé dont une partie s'enfonça. Elle se glissa à travers l'ouverture et le faisceau de sa torche fit apparaître un escalier en colimaçon. Celui-ci était taillé à même la roche sur laquelle s'élevaient les hauts de Manhattan.

Elle descendit les marches en direction des souterrains de la vieille demeure. L'escalier débouchait dans une immense salle voûtée au sol de terre battue. Une allée en brique parcourait la pièce avant de s'enfoncer dans une suite interminable de celliers, de débarras et de cryptes funéraires. La lampe de Constance éclairait au passage des rangées entières de vitrines, leurs rayonnages débordant de produits chimiques multicolores qui luisaient, telles des pierres précieuses, au contact du rayon de la torche : l'incroyable panoplie de chimiste d'Antoine Pendergast, *alias* Enoch Leng, arrière-grand-oncle de l'inspecteur Pendergast, et fils d'Hezekiah Pendergast.

L'amour de la chimie traversait l'histoire de la famille.

L'épouse d'Hezekiah, également prénommée Constance (étrange coïncidence, pensa-t-elle, mais en était-ce vraiment une ?), avait elle-même été victime de l'élixir de son mari. À en croire la légende familiale, l'agonie de la malheureuse avait convaincu Hezekiah de reconnaître les méfaits de son terrible remède. Il avait mis fin à ses jours après le décès de sa femme. On l'avait alors enterré dans les sous-sols de Rochenoire, la propriété des Pendergast à La Nouvelle-Orléans. La crypte, définitivement condamnée suite à l'incendie provoqué par la foule en colère qui avait dévasté Rochenoire, reposait désormais sous le macadam d'un parking public.

Qu'était-il donc advenu du laboratoire d'Hezekiah, de ses composés chimiques, de ses notes ? Les flammes en avaient-elles eu raison ? À moins que son fils Antoine, héritier naturel des recherches de son père, n'ait fait transporter le tout à New York. Si c'était le cas, tous ces éléments se trouvaient forcément enfermés dans ces vieux laboratoires abandonnés. Les trois autres fils d'Hezekiah ne s'étaient jamais intéressés à la chimie. Comstock était devenu un prestidigitateur de renom. Boethius, l'arrière-grand-père d'Aloysius Pendergast, avait mené une carrière d'explorateur et d'archéologue. Quant à Maurice, le dernier, Constance n'avait jamais pu découvrir quelle existence il avait menée, avant de mourir prématurément de dipsomanie.

Si Hezekiah avait laissé des notes, du matériel de laboratoire ou des produits chimiques, son fils Antoine (Docteur Enoch, ainsi que l'avait toujours appelé Constance) était le seul à s'y être intéressé. Dans ce cas, la formule de cet élixir de mort se trouvait peut-être encore dans ces souterrains.

Avant de penser à l'antidote, encore fallait-il retrouver la formule. Et vite, car la santé de Pendergast déclinait rapidement.

Constance avait traversé plusieurs pièces lorsqu'elle passa sous une arche romane recouverte d'une tapisserie défraîchie. La salle dans laquelle elle déboucha se trouvait dans le plus grand désordre : les étagères renversées et les flacons fracassés rappelaient l'affrontement qui s'était déroulé là un an et demi plus tôt. Depuis, Constance et Proctor s'étaient efforcés de remettre un peu d'ordre dans les souterrains, mais cette pièce n'avait pas encore bénéficié de leurs efforts. Les collections entomologiques d'Antoine Pendergast restaient éparpillées sous ses yeux, au milieu d'un capharnaüm de fioles brisées dont s'échappaient des abdomens de frelons séchés, des ailes de libellules translucides, des thorax de scarabées irisés, des araignées flétries.

Elle franchit une deuxième arche et traversa une salle remplie de passereaux empaillés avant d'accéder à la partie la plus étonnante de ce royaume souterrain : celle des collections hétéroclites d'Antoine. On trouvait là, soigneusement alignés dans des vitrines, aussi bien des perruques et des poignées de porte que des corsets équipés de leurs baleines, des souliers, des ombrelles et des cannes, ainsi qu'une panoplie impressionnante d'armes étranges : arquebuses, épées, pics, shestopyors, bardiches, haches, glaives et autres masses d'armes. La salle voisine abritait toutes sortes de vieux instruments médicaux et vétérinaires, pour beaucoup très usés. À cet assortiment succédait une collection d'uniformes et d'équipements militaires datant de la Première Guerre mondiale. Constance, sa curiosité attisée, prit le temps d'examiner ces souvenirs médicaux et militaires avec intérêt.

Venaient ensuite les instruments de torture : taureaux d'airain, chevalets, poucettes, vierges de fer, sans oublier une terrifiante poire d'étouffement. Un billot de bourreau, une hache à son pied, trônait au centre de la pièce près d'un lambeau de peau humaine tout racorni et d'une mèche de cheveux, souvenirs des événements atroces qui s'étaient déroulés là cinq ans plus tôt, à l'époque où l'inspecteur Pendergast était devenu le protecteur de Constance. C'est tout juste si celle-ci, imperméable à l'horreur de ces preuves de la cruauté humaine, y jeta un coup d'œil en passant. De tels oripeaux ne faisaient que confirmer la justesse du regard qu'elle portait sur l'Homme.

Enfin, elle déboucha dans le laboratoire de recherche d'Antoine. Le lieu regorgeait de cornues, d'appareils de distillation, de titrimètres et autres équipements datant de la fin du XIXe siècle comme de l'orée du siècle suivant. Elle avait passé des mois entiers dans cette pièce, bien des décennies plus tôt, à l'époque où elle servait d'assistante à son tuteur initial. Sans avoir conservé le souvenir d'archives particulières, elle savait que si Antoine avait hérité les papiers de son père, c'était là qu'elle les découvrirait.

Elle posa sa lampe électrique sur une paillasse et balaya la pièce des yeux. Elle décida d'entamer ses recherches par le fond du laboratoire.

Un épais manteau de poussière recouvrait les appareils de recherche. Elle commença par fouiller les tiroirs, sans rien découvrir d'autre que de vieux papiers et des notes datant de l'époque d'Antoine, pour la plupart consacrés à l'étude des acides et des neurotoxines. Faute de résultat, Constance s'attaqua aux vitrines de chêne qui tapissaient les murs de la pièce, encore pleines de produits chimiques à l'abri de leurs vitres cathédrale. L'examen attentif de chaque flacon, chaque fiole, chaque ampoule, chaque carafe lui montra que les étiquettes étaient toutes rédigées méticuleusement de la main d'Antoine. Aucune ne portait l'écriture erratique et pointue d'Hezekiah, avec laquelle elle avait pu se familiariser au cours de ses recherches.

Les vitrines passées au crible, elle se lança dans un examen minutieux des portes, des tiroirs dont elle sondait le fond, les côtés, les charnières, en quête de quelque compartiment secret. Ses recherches furent récompensées assez rapidement lorsqu'elle mit au jour un creux assez profond derrière un tiroir de l'une des paillasses.

Débloquer le mécanisme fut l'affaire de quelques secondes. Au fond de la cachette se dissimulait un flacon rempli d'un liquide inconnu, son étiquette portant l'inscription :

ACIDE TRIFLIQUE
CF_3SO_3H
Sept. 1940

Le flacon était si bien scellé que le bouchon de verre avait fini par fusionner avec le goulot sous l'effet de la chaleur. La date, 1940, était beaucoup trop tardive pour concerner les recherches d'Hezekiah. Restait à percer les raisons qui avaient poussé Antoine à enfouir ce produit dans cette cache. Constance se promit mentalement de se renseigner sur les propriétés de cet acide dont elle ne connaissait même pas l'existence.

Elle referma le compartiment secret et poursuivit sa quête.

Une première fouille du laboratoire n'ayant produit aucun résultat, elle se résolut à entamer des recherches plus approfondies.

À force de scruter le laboratoire dans ses moindres recoins, elle s'aperçut que l'un des placards était fixé au mur à l'aide de vis qu'une main anonyme avait retirées, puis remises en place, dans un passé lointain.

Constance les fit sauter l'une après l'autre en s'aidant d'une longue tige métallique. En entamant la pierre friable tout autour des vis, elle parvint à déposer le placard et découvrit derrière, dans une niche, une très vieille valise en cuir toute moisie, rongée par les vers et la vermine.

Elle reconnut aussitôt les mallettes caractéristiques dans lesquelles les vendeurs de remèdes ambulants transportaient leurs échantillons. Elle l'exhuma de sa cachette, la retourna, et découvrit un monogramme doré datant de l'ère victorienne. Au centre d'un entrelacs compliqué de feuilles et de fleurs, elle lut avec difficulté :

ÉLIXIR
composé
&
FORTIFIANT
glandulaire
d'HEZEKIAH

Constance écarta d'un geste les tubes à essai qui encombraient la paillasse la plus proche et y déposa la valise, qu'elle trouva verrouillée. En tirant d'un mouvement un peu brusque, elle vint sans peine à bout des charnières.

La mallette était vide, à l'exception d'une souris toute desséchée.

Elle retourna la valise pour se débarrasser du petit cadavre, puis en examina l'envers. Pas une fente, pas même une couture. Rien. En soupesant la mallette, elle constata qu'elle était anormalement lourde.

Tout indiquait qu'un objet lourd se trouvait dissimulé dans un double fond. Un coup de couteau dans le cuir moisi révéla l'existence d'un compartiment secret, au fond duquel reposait un vieux cahier protégé par une reliure de cuir. Elle le sortit délicatement de sa cachette et en souleva la couverture. La première page était couverte d'annotations rédigées d'une écriture pointue.

Constance parcourut la page, puis feuilleta rapidement le journal jusqu'aux dernières notes.

Celles-ci étaient consacrées à l'autre Constance, celle que ses proches appelaient affectueusement Stanza…

52

6 septembre 1905

L'obscurité. Ma Stanza, dans l'obscurité ! Elle qui a toujours cherché la lumière. Même lorsque le temps ne se montrait pas clément et qu'un manteau lugubre s'abattait sur la ville, elle était la première à enfiler chapeau et châle afin d'arpenter les rives du Mississippi à la première percée du soleil. Je l'ai pourtant découverte ce jour à demi endormie sur une chaise longue dans son boudoir, les stores tirés afin de chasser la lumière. Elle a semblé surprise de me voir, au point de sursauter de façon presque coupable. À n'en pas douter, il s'agit là d'une attaque de nerfs passagère, ou peut-être d'un souci propre à son sexe. Ma Stanza est la meilleure et la plus forte des femmes, n'y pensons plus. Je lui ai administré une dose de l'Élixir grâce à mon hydrokonium, ce qui l'a considérablement apaisée.

H.C.P.

19 sept. 1905

Je m'inquiète pour l'état de santé de Stanza. Elle passe par des périodes d'euphorie, marquées par une gaieté proche de l'excitation qui l'entraîne dans des comportements d'une exubérance contraire à sa nature profonde, avant de s'enfoncer dans une humeur sombre qui la conduit invariablement dans son boudoir ou dans son lit. Elle se plaint de respirer des odeurs de nénuphar. Agréables initialement, celles-ci laissent place à des effluves écœurants, lorsqu'ils ne sont pas nauséabonds. En dehors de cette référence aux nénuphars, je m'aperçois qu'elle ne se confie plus à moi ainsi qu'elle le faisait autrefois. Cela m'inquiète grandement. J'aimerais pouvoir lui consacrer davantage de temps, enfin découvrir la nature du mal qui la ronge. Hélas, mes difficultés professionnelles occupent tout mon temps ces dernières semaines. La peste soit de tous ces ignares médisants et de leurs tentatives ineptes d'entamer la réputation de mon remède !

H.C.P.

30 sept. 1905

Cet article du magazine Collier, *publié au pire moment, est un coup infernal du sort. Mon Élixir a apporté la preuve de ses vertus et de son pouvoir revigorant à de nombreuses reprises. Il a rendu la vie et la force à des milliers de patients. Ce palmarès semble se perdre au milieu des cris des ignorants et des incultes qui entendent « réformer » les médicaments patentés tels que le mien.*

Réformer ! Une bande de pédants envieux et inquisiteurs. Pourquoi m'entêter à vouloir améliorer la condition humaine quand on m'agresse de la sorte en guise de remerciement ?

H.P.

4 oct. 1905

Je crois avoir découvert la cause du mal dont souffre Stanza. En dépit de ses efforts pour le dissimuler, j'ai pu constater, à la lecture de mon inventaire mensuel, que près de trois douzaines de flacons de mon Élixir avaient disparu des placards où je les entrepose. Seules trois personnes au monde possèdent la clé desdits placards : moi-même, Stanza, et mon assistant Edmund, qui se trouve actuellement en voyage à l'étranger où il collecte et analyse de nouveaux échantillons botaniques. Ce matin même, discrètement installé dans le bow-window de la bibliothèque, j'ai vu Stanza sortir et confier des flacons vides à un éboueur.

En quantité normale, mon Élixir est un remède incomparable. À l'image de tout, l'absence de modération peut en revanche avoir des conséquences graves.

Comment dois-je réagir ? Lui en parler ? Notre relation, depuis toujours, s'est construite sur le décorum, l'étiquette et la confiance. Stanza abhorre les scènes. Comment dois-je réagir ?

H.P.

11 oct. 1905

Hier, après avoir constaté qu'une demi-douzaine de flacons de l'Élixir avaient disparu, je me suis vu contraint d'en parler à Stanza. S'est ensuivie une scène particulièrement désagréable. Elle a prononcé à mon endroit des paroles terribles dont je ne l'aurais jamais crue capable. Elle s'est ensuite enfermée dans sa chambre et refuse d'en sortir depuis.

Les attaques contre ma personne et, plus particulièrement, contre mon Élixir se poursuivent dans la presse populaire. En temps ordinaire, je les aurais repoussées avec toute la détermination dont je suis capable, ainsi que je l'ai toujours fait par le passé. Le drame conjugal que je traverse m'empêche toutefois de me concentrer sur cette question. Par ma diligence, la stabilité financière des miens sera désormais préservée de toute vicissitude à venir, mais je peine à en tirer le moindre réconfort, à la lumière des difficultés d'ordre intime que je connais actuellement.

H.P.

13 oct. 1905

Ne répondra-t-elle donc jamais à mes suppliques ? Ses pleurs me parviennent la nuit, à travers sa porte verrouillée. Quelles souffrances endure-t-elle donc, et pourquoi refuse-t-elle que je la traite ?

H.P.

18 oct. 1905

Ma femme m'a enfin admis dans sa retraite. Je dois cette faveur aux bons offices de Nettie, sa fidèle femme de chambre, qui se trouve autant dans les affres que moi au sujet de Stanza.

J'ai pu constater que les craintes de Nettie n'étaient que trop fondées en pénétrant dans les appartements de ma très chère Stanza. Elle avait les traits pâles et tirés. La malheureuse refuse de s'alimenter, de quitter sa couche. Elle est dans des souffrances constantes. Je n'ai pas voulu appeler de médecin à son chevet, mes connaissances de la science médicale sont bien supérieures à celles de tous ces charlatans et autres imposteurs qui se donnent le titre de médecin à La Nouvelle-Orléans.

Je vois pourtant chez Stanza tous les signes d'un anéantissement d'une rapidité terrifiante. Il n'y a pas deux mois, je revois encore ma chère femme tout sourire, riant et chantant, rayonnant de toute sa beauté juvénile, resplendissante de santé, alors que nous nous promenions en calèche le long de la digue. Je me console en sachant qu'Antoine et Comstock, en pension, ne verront pas leur mère dans cet état pitoyable. La nurse et les précepteurs de Boethius occupent tout son temps, de sorte qu'il m'a été possible d'éluder ses interrogations jusqu'à ce jour. Maurice, que Dieu le bénisse, est trop jeune pour comprendre.

H.

21 oct. 1905

Que Dieu me pardonne. Aujourd'hui, confronté à l'échec de tous les autres remèdes, j'ai apporté à Stanza l'hydrokonium et l'Élixir qu'elle me réclamait si ardemment. Son soulagement, l'envie presque animale dont elle a fait preuve à la vue de l'appareil ont transpercé mon cœur de la flèche la plus ardente qu'il eût jamais reçue. Je ne lui ai autorisé qu'une seule inspiration. Ses cris et ses imprécations lorsque je lui ai retiré le flacon des mains sont trop douloureux pour que je puisse les consigner ici. Je m'aperçois avec terreur que la situation est sur le point de s'inverser : il est temps pour moi de l'enfermer, et non pour elle de me barrer sa porte.

… Qu'ai-je donc fait ?

26 oct. 1905

Il est fort tard et me voici installé à mon bureau, plume et papier en main, à la lueur d'une lampe.

Dehors, une nuit sinistre est tombée sur la ville, le vent hurle à la mort et des bourrasques de pluie fouettent les croisées.

Stanza pleure dans sa chambre. De loin en loin, un gémissement de douleur étouffé me parvient à travers sa porte soigneusement verrouillée.

Il n'est plus temps pour moi de refuser l'évidence. Je me rassurais en me convainquant d'œuvrer pour le bien commun. Je le croyais de toute mon âme. Les accusations portées contre mon Élixir, les termes d'addiction, de folie, voire de malformations congénitales, étaient à mes yeux de simples ragots colportés par des ignorants, des potards et des apothicaires envieux de son succès. Ma propre hypocrisie n'en possède pas moins ses limites. Il aura fallu constater l'état lamentable de ma propre épouse pour que mes yeux acceptent de s'ouvrir. Car je suis bien le responsable de ce désastre. Mon Élixir n'est pas une panacée. Il traite les symptômes et non les causes. Il est addictif, et le bénéfice de ses effets initiaux se trouve rapidement contesté par ses effets mystérieux et fatals. Aujourd'hui, Stanza, et moi à travers elle, payons le prix de ma cécité.

1er nov. 1905

Je n'aurai jamais connu de plus sombre novembre. Stanza s'affaiblit de jour en jour. Elle est désormais en proie à des hallucinations, parfois même à des crises. À mon corps défendant, je m'efforce d'alléger ses souffrances à l'aide de morphine et de nouvelles inhalations de mon Élixir. Même celles-ci ont perdu toute efficacité. On dirait même qu'elles précipitent sa fin. Mon Dieu, que dois-je faire ?

5 nov. 1905

Un rai de lumière traverse l'obscurité dans laquelle je me débats. J'entrevois une ultime possibilité, petite mais bien réelle, d'obtenir la guérison. Un antidote à mon Élixir, en quelque sorte. L'idée m'en est venue avant-hier, et j'y consacre toutes mes forces depuis.

Mes observations de Stanza m'ont démontré que les effets délétères de l'Élixir étaient provoqués par une combinaison toute particulière d'ingrédients, qui voit les effets bénéfiques de remèdes avérés, tels que le chlorhydrate de cocaïne et l'acétanilide, contrecarrés et anéantis par certains composants botaniques rares.

C'est à ceux-ci que l'on doit les effets terrifiants de l'Élixir. En toute logique, ces effets peuvent donc être contrés par d'autres plantes. À condition de bloquer ces extraits néfastes, je devrais pouvoir traiter les troubles physiques et mentaux qui en sont la conséquence, au même titre que la fève de Calabar neutralise le poison de la belladone.

Armé de cet antidote, je pourrais venir en aide à ma pauvre Stanza, mais aussi à tous ceux qui ont souffert de mon inconscience et de ma cupidité.

Si seulement Edmund pouvait me revenir ! Son voyage de trois ans dans les jungles équatoriales, à la recherche d'herbes et de plantes médicinales, touche à son terme. J'attends d'un jour à l'autre l'arrivée de son bateau. Contrairement à beaucoup de mes confrères à l'éminence discutable, j'ai la conviction que les indigènes de cette planète ont beaucoup à nous enseigner sur les remèdes naturels. Mes propres séjours chez les Indiens des Plaines me l'ont confirmé. Je réalise des progrès, mais les plantes testées jusqu'à présent, à l'excep-

tion de la thismia americana *en laquelle je fonde bien des espoirs, ne parviennent pas à contrecarrer les effets délétères de mon maudit tonique.*

8 nov. 1905

*Edmund est enfin de retour ! Il rapporte des dizaines de plantes fort intéressantes, auxquelles les indigènes attribuent des vertus miraculeuses. L'étincelle d'espoir que je n'osais voir jaillir en moi, il y a quelques jours encore, brille désormais de tout son éclat. Mon labeur occupe tout mon temps. Je ne prends plus le temps de manger ou de dormir, mes pensées sont tout entières à mon œuvre. Afin de combattre les effets pervers de mon Élixir, j'use de végétaux tels que le calomel, l'écorce de cascara, l'huile de chénopode, de l'*hodgsonia, *ainsi que de l'extrait de* thismia americana.

Mais assez écrit, il me reste tant à accomplir. Et si peu de temps pour y parvenir. Stanza décline de jour en jour. Elle n'est plus que l'ombre d'elle-même. Jusqu'à la souffrance qui semble l'avoir quittée. À moins de réussir, et vite, elle rejoindra le royaume des ombres.

12 nov. 1905

J'ai échoué.

Jusqu'au dernier instant, j'ai cru au succès. La synthèse chimique était pourtant imparable. J'étais convaincu d'avoir découvert les bons composants, dans les justes proportions, tels que j'en dresse la liste à la fin de ce journal. Une fois bouillis, ils auraient dû produire une potion capable d'anéantir les effets délétères de l'Élixir. J'en ai administré plusieurs doses successives à Stanza, l'estomac de la malheureuse n'accepte plus le moindre aliment solide, mais en vain. Très tôt ce matin, ses souffrances ont atteint un tel zénith que je l'ai aidée à passer dans l'autre monde.

Ici s'arrête ce journal. J'ai perdu mon bien le plus cher. Rien ne me retient plus sur cette terre. Ce n'est plus un être vivant qui trace ces dernières lignes, mais celui qui a déjà rejoint sa femme dans la mort, par l'esprit et bientôt par le corps.

D'entre les morts,
Hezekiah Comstock Pendergast

Constance resta longtemps hypnotisée par les derniers mots qu'elle venait de lire. Elle tourna machinalement la page suivante et découvrit une liste complexe de composés chimiques et de plantes, accompagnée d'instructions précises quant à leur préparation. Le tout était précédé de la mention *Et Contra Arcanum*.

La formule de l'antidote.

Les lignes manuscrites qui suivaient avaient été rédigées par une autre main, et l'encre n'en était pas encore totalement défraîchie. Constance identifia sans peine l'auteur de cette écriture élégante et fluide.

Ma très chère Constance,

Connaissant votre curiosité insatiable, votre intérêt pour la famille Pendergast et votre penchant pour les collections réunies dans ces souterrains, je ne doute pas que vous lisiez ces lignes un jour ou l'autre de votre longue, longue existence.

N'avez-vous pas trouvé ce journal aussi passionnant que dérangeant ? La réponse s'impose d'elle-même. Dans ces conditions, imaginez mon désarroi en lisant la chronique des recherches conduites par mon propre père dans l'espoir de guérir le mal qu'il avait lui-même transmis à ma mère, Constance. (Je profite de cette occasion pour vous préciser que l'identité de vos deux prénoms n'est pas le fruit du hasard.)

Le plus ironique est que mon père aura frôlé la réussite. À la lumière de ma propre analyse, son antidote aurait dû fonctionner. S'il n'avait pas commis une erreur minime. Croyez-vous que le chagrin et la culpabilité l'auront aveuglé au point de commettre ce léger oubli ? On est en droit de se poser la question.

Je vous recommande la prudence et reste, Constance, votre dévoué

Docteur Enoch Leng

53

Vincent D'Agosta, enfoncé dans le fauteuil de son bureau, contemplait l'écran de son ordinateur d'un air morose. Il était 18 heures passées et il avait annulé le rendez-vous donné à Laura au restaurant coréen du coin de la rue, décidé à tout tenter dans l'espoir de réussir. Les yeux rivés sur l'ordinateur, on aurait pu croire qu'il essayait d'envoûter ce dernier afin de lui soutirer quelque résultat utile.

Il avait passé plus d'une heure à écumer les dossiers du NYPD, en quête d'informations relatives à John Barbeaux et Red Mountain Industries, sans rien découvrir. Les recherches effectuées dans la foulée sur Internet s'étaient révélées à peine plus fructueuses. Au terme d'une carrière courte mais brillante au sein des Marines, Barbeaux avait financé son entreprise de consulting militaire grâce à la fortune familiale. Sous sa direction, la compagnie était devenue l'une des plus importantes du secteur. Barbeaux était né à Charleston. Âgé de soixante ans, veuf, il avait perdu son fils unique deux ans plus tôt, des suites d'une maladie inconnue. D'Agosta n'en savait pas davantage sur le bonhomme. Quant à Red Mountain, elle entretenait savamment le secret autour de ses activités ; la consultation de son site web n'avait rien appris de plus à D'Agosta. D'ailleurs, le secret n'était pas un crime. Des rumeurs circulaient bien sur la Toile, mais guère différentes de celles qui accablaient d'autres sous-traitants militaires. Quelques voix solitaires s'étaient élevées dans la blogosphère pour dénoncer la participation de Red Mountain à divers coups d'État en Amérique du Sud et en Afrique, l'envoi de mercenaires et le montage d'opérations militaires douteuses, à ceci près qu'il s'agissait des mêmes illuminés qui croyaient qu'Elvis était vivant et hébergé dans la station spatiale internationale.

D'Agosta s'apprêtait à renoncer lorsqu'il eut une idée. Six mois plus tôt, un ancien de la NSA, devenu consultant, avait mis en place un programme de numérisation de l'ensemble des archives du NYPD en faisant appel à un logiciel de reconnaissance optique de caractères. L'idée consistait à croiser toutes les informations disponibles de façon à repérer les modèles récurrents dans les affaires classées. À l'image de beaucoup d'initiatives, celle-ci avait fini par dérailler. Le budget initial avait explosé, le consultant avait été licencié, et le projet avait pris un retard indéfini.

Les équipes chargées de la numérisation avaient commencé par les dossiers les plus récents avant de remonter dans le temps, mais la réduction des équipes avait entraîné des retards et c'est tout juste si le service parvenait à scanner les piles de nouveaux documents qui émanaient chaque jour des services. En bref, le chantier avait fini en eau de boudin, mais il avait le mérite d'exister.

D'Agosta estima que tenter sa chance ne coûterait rien, d'autant que Barbeaux n'était pas un patronyme commun. Il s'introduisit dans le réseau du service grâce à son identifiant et son mot de passe, parcourut les menus en quelques clics et dénicha rapidement la page qu'il cherchait. Un écran dépouillé apparut à l'écran :

NEW YORK POLICE DEPARTMENT – SIARD
Système Intégré d'Analyse
et de Récupération de Données

** Version Bêta**

D'Agosta cliqua sur la fenêtre de recherche afin de l'activer et tapa le mot « Barbeaux » avant d'enfoncer la touche d'envoi.

À sa grande surprise, un résultat s'afficha à l'écran :

Dossier d'accès 135823 R
Sujet : Barbeaux, John
Format : JPG (compression avec pertes)
Métadonnées : disponibles

— Putain, marmonna-t-il entre ses dents.

L'icône d'un document s'affichait à côté du texte. D'Agosta l'activa et un document officiel apparut. Il s'agissait d'une note interne de la police d'Albany envoyée au NYPD six mois auparavant. Il y était fait mention de rumeurs, propagées par des « tiers inconnus », selon lesquelles Red Mountain Industries procédait à des ventes d'armes illicites en Amérique du Sud. Le mémo précisait que lesdites rumeurs n'avaient pu être confirmées et qu'eu égard à la réputation exemplaire de l'entreprise concernée, Albany avait décidé de classer le dossier au lieu de le transmettre par la voie hiérarchique aux agences fédérales concernées.

D'Agosta fronça les sourcils. Comment une information aussi importante avait-elle pu échapper à la vigilance des services du NYPD ?

Il cliqua sur l'icône des métadonnées jointes. On y apprenait que l'original du document avait été classé dans le dossier « Barbecci, Albert » par le sergent Loomis Slade.

En quelques clics, D'Agosta accéda au dossier d'Albert Barbecci, un petit truand mort sept ans plus tôt.

Barbeaux, Barbecci. Une simple erreur de classement. D'Agosta secoua la tête. Ce type de négligence ne cadrait décidément pas avec la personnalité de Slade. Il décrocha son téléphone, consulta l'annuaire interne et composa un numéro.

— Slade, fit la voix monocorde de l'intéressé à l'autre bout du fil.

— Sergent ? Vincent D'Agosta à l'appareil.

— Oui, lieutenant.

— Je viens de tomber sur un document concernant un dénommé Barbeaux. Le nom vous est familier ?

— Non.

— Il devrait. C'est vous qui avez classé le document en question. Dans un mauvais dossier, celui d'un certain Barbecci.

Une pause.

— Ah, celui-là ! Albany, c'est ça ? Une erreur de ma part, désolé.

— Je me demandais comment le mémo en question avait atterri sur votre bureau.

— Il m'a été transmis par Angler. Si mes souvenirs sont bons, l'enquête concernait Albany et pas nous. En plus, elle n'avait rien donné.

— Vous savez pourquoi Angler avait reçu cette note ? C'est lui qui l'avait demandée ?

— Désolé, lieutenant. Aucune idée.

— D'accord, je lui poserai la question moi-même. Il n'est pas dans son bureau, par hasard ?

— Non, il s'est absenté quelques jours pour rendre visite à des proches dans le nord de l'État.

— Très bien, je le contacterai à son retour.

— À bientôt, lieutenant, fit Slade avant de raccrocher.

54

— Dressez-moi la liste des ingrédients, suggéra Margo en s'adressant à Constance.

Cette dernière avait pris place dans l'un des fauteuils de la bibliothèque, le journal d'Hezekiah sur ses genoux. Il était tout juste 11 heures, Margo avait accouru en apprenant la découverte de la formule.

— Alors nous commencerons par l'*aqua vita*, obéit Constance.

En dépit de son air imperturbable, on devinait son trouble au léger tremblement qui agitait ses doigts, à son teint animé.

Margo hocha la tête.

— Il s'agit de l'ancienne appellation d'une solution aqueuse d'éthanol. La vodka conviendra parfaitement, précisa-t-elle en prenant des notes dans un petit carnet.

Constance se pencha sur la liste.

— Ensuite, il faut du laudanum.

— De la teinture d'opium, aisément disponible sur ordonnance. Il suffira de s'adresser au docteur Stone.

— Inutile. Nous disposons de grandes quantités de laudanum dans les placards des laboratoires du sous-sol.

— Parfait.

Margo annota son carnet en plissant les paupières tant la pièce était chichement éclairée. Les volets restaient clos, alors qu'un grand soleil resplendissait au-dehors.

Constance reprit sa lecture.

— Nous aurons besoin de vaseline, ainsi que de calomel. Du chlorure de mercure, me semble-t-il. Il y en a plusieurs flacons au sous-sol.

— Et la vaseline se trouve dans n'importe quelle pharmacie, ajouta Margo, pleine d'espoir.

Lorsque Constance lui avait parlé de l'antidote d'Hezekiah en lui montrant le vieux journal, elle n'y avait guère cru. Il n'en était plus de même à présent qu'elle découvrait le sérieux de l'entreprise.

— De l'écorce de cascara, reprit Constance. J'avoue ne pas savoir de quoi il s'agit.

— *Rhamus purshiana*, l'éclaira Margo. L'écorce du nerprun cascara. Un ingrédient assez courant aujourd'hui encore dans beaucoup de produits naturels.

Constance hocha la tête.

— De l'huile de chénopode.

— Autrement dit, de l'huile de giroflée, résuma Margo. Un composé légèrement toxique, couramment utilisé par les charlatans et les vendeurs de potion au XIXe siècle.

— Dans ce cas, nous en trouverons au sous-sol. À présent, les deux derniers ingrédients : de l'*hodgsonia* et de la *thismia americana*.

— J'avoue n'en avoir jamais entendu parler, lâcha Margo. Sans doute des plantes médicinales.

Constance se leva et préleva sur l'un des rayonnages un volumineux dictionnaire botanique qu'elle déposa sur un pupitre.

— « *Hodgsonia* : Nénuphar aquatique à floraison nocturne de l'espèce des nymphéacées, d'un rose foncé spectaculaire. Outre sa coloration, elle possède une odeur très particulière », lut-elle. C'est curieux, il n'est rien précisé de ses propriétés pharmacologiques.

— Intéressant.

Constance acheva la lecture de l'article en silence avant de reprendre la parole :

— Il est précisé ici que cette plante pousse exclusivement à Madagascar. Une espèce très rare, appréciée des collectionneurs de nénuphars.

— Madagascar, répéta Margo, la mine songeuse. Diable.

Elle sortit une tablette de son sac et fit une recherche rapide sur Internet. D'un doigt, elle déroula les résultats obtenus en tapant « Hodgsonia ».

— Nous avons de la chance. Il en existe un spécimen au Jardin botanique de Brooklyn.

Elle cliqua sur le nom du site concerné, dans lequel elle navigua longuement.

— Il se trouve dans le pavillon aquatique, à l'intérieur de la grande serre. Comment réussir à nous en procurer ?

— Je ne connais qu'un moyen.

— Lequel ?

— Le vol.

Margo acquiesça d'un air hésitant.

— À présent, intéressons-nous au dernier ingrédient, décida Constance en feuilletant son encyclopédie. *Thismia americana*… Une espèce que l'on trouve dans les marais du lac Calumet, près de Chicago. Sa floraison dure à peine un mois. Elle suscite l'intérêt des botanistes du fait de son habitat extrêmement localisé, mais aussi parce qu'il s'agit d'un mycohétérotrophe.

— Des plantes rares qui se nourrissent de champignons souterrains, et non de chlorophylle.

Constance se raidit brusquement. Une expression inquiète s'afficha sur son visage.

— À en croire cet ouvrage, déclara-t-elle, cette plante a disparu vers 1916, son habitat dévasté par l'urbanisation.

— Elle a disparu ?

— Oui, répondit Constance sur un ton lugubre. Il y a quelques années, une armée de volontaires s'est lancée dans une exploration systématique des quartiers les plus excentrés de Chicago, dans le seul but de découvrir un spécimen de *thismia americana*. Leur expédition s'est révélée infructueuse.

Elle posa le lourd volume et s'approcha du feu. Le regard perdu dans les flammes, elle triturait nerveusement un mouchoir entre ses doigts.

— Il existe une dernière possibilité, suggéra Margo. Il n'est pas impossible que le Muséum en possède un spécimen dans ses collections.

Elle se rendit sur le site de l'établissement à l'aide de sa tablette. Accédant au catalogue du département de botanique grâce à son identifiant et son mot de passe, elle effectua une recherche poussée.

Sans résultat.

— Je peux essayer de voir s'il existe une plante similaire dans les collections du Muséum, tenta Margo en posant sa tablette. Les mycohétérotrophes sont tous très proches, il est fort possible qu'ils possèdent des propriétés pharmacologiques identiques.

Constance se tourna brusquement vers elle.

— Dans ce cas, il n'y a pas une minute à perdre. Allez au Muséum au plus vite et procurez-vous l'un de ces spécimens.

Margo comprit qu'elle allait devoir les dérober. Comment toute cette histoire allait-elle finir ? Elle se convainquit qu'elle n'avait pas le choix en pensant à Pendergast sur son lit de douleur, à l'étage au-dessus.

— Nous négligeons un élément essentiel, reprit-elle.

— Lequel ?

— L'antidote tel que le décrit Hezekiah ne fonctionne pas. Il n'a pas empêché sa femme de mourir.

— Dans son court message, Leng évoque une erreur minime. Avez-vous pu déterminer la nature du « léger oubli » auquel il fait référence ?

Margo se pencha sur la formule. À l'exception des deux dernières plantes, excessivement rares, la préparation ne posait aucun problème particulier.

— Je ne sais pas, répondit-elle en secouant la tête. Il peut s'agir d'une erreur au niveau des proportions, ou alors la décoction n'aura pas été préparée avec tout le sérieux requis. Un mauvais ingrédient, une réaction inattendue, que sais-je ?

— Réfléchissez, Margo, je vous en supplie.

Le mouchoir se déchira entre les doigts de Constance.

Margo prit le temps de réfléchir à la formule. Une fois de plus, elle était frappée par la nature des deux derniers ingrédients. Tous les autres, très courants, ne soulevaient aucune difficulté de préparation. L'« oubli » était forcément lié à ces plantes rares.

Elle étudia les indications fournies par Hezekiah. Le nénuphar et la *thismia* avaient été réduits sous forme de teintures en faisant appel à une méthode simple : la cuisson. Si celle-ci donnait généralement de bons résultats, il arrivait que l'ébullition dénature les protéines les plus complexes. Les chercheurs avaient désormais recours au chloroforme lorsqu'il s'agissait d'extraire les éléments pharmacologiques d'une plante.

Margo releva la tête.

— À mon avis, l'extraction à température ambiante, grâce à la méthode du chloroforme, serait plus efficace.

— Je peux facilement dénicher du chloroforme ici. Je vous propose d'avancer au plus vite.

— Il serait préférable de faire un test au préalable. Nous n'avons aucune idée des composants présents dans ces deux plantes. Ils pourraient se révéler mortels.

Constance écarquilla les yeux.

— Nous n'avons pas le temps. Aloysius semblait aller mieux hier soir, mais son état a brusquement empiré. Commencez par vous rendre au Muséum, faites le nécessaire pour vous procurer des mycohétérotrophes. Pendant ce temps, je réunirai le maximum d'ingrédients et…

Elle s'arrêta au milieu de sa phrase en voyant la mine catastrophée de Margo.

— Il y a un problème ?

— Le Muséum, répéta Margo.

— Eh bien oui. Vous le dites vous-même, c'est l'endroit idéal pour se procurer les ingrédients nécessaires.

— À ceci près que les collections sont entreposées… dans les sous-sols.

— Vous connaissez mieux le Muséum que moi, répondit Constance.

Voyant que Margo restait sans réponse, elle insista :

— Ces plantes sont vitales si nous voulons sauver Aloysius.

— Oui, oui. Je le sais bien.

Margo, la gorge nouée, rangea la tablette dans son sac.

— Comment procéder avec D'Agosta ? Nous avions promis de le tenir au courant, mais je ne suis pas certaine qu'il soit avisé de lui parler de nos… intentions.

— En effet. En tant que policier, il ne saurait nous apporter son aide. Il pourrait même tenter de nous dissuader.

Margo hocha la tête en signe d'assentiment.

— Bonne chance, souhaita Constance à sa compagne.

— Vous aussi.

Margo, prise d'une hésitation, ajouta :

— Cette note à la fin du journal… Elle m'intrigue. Comment se fait-il qu'elle vous soit adressée ?

Constance laissa s'écouler un silence avant de répondre :

— J'avais un autre protecteur, avant Aloysius. Le docteur Enoch Leng. Celui-là même qui a rédigé cette note.

Constance ne parlait jamais d'elle, aussi Margo ne savait-elle quasiment rien de son parcours. Elle s'était souvent interrogée sur ses origines, ainsi que sur la nature de ses relations avec Pendergast. Curieusement, Constance adopta un ton beaucoup plus confidentiel lorsqu'elle enchaîna :

— Le docteur Leng procédait à des expériences d'un genre très particulier. Je lui servais parfois d'assistante dans la réalisation de ces expériences.

— À quelle époque ? s'enquit Margo.

La question méritait d'être posée. Constance paraissait à peine avoir franchi le cap de la vingtaine, et elle se trouvait sous la protection de Pendergast depuis des années.

— Il y a fort longtemps. J'étais encore une enfant.

— Ah, hésita Margo. Quel était donc le domaine de recherche de ce docteur Leng ?

— Il s'intéressait aux acides, répondit Constance avec un sourire lointain, presque nostalgique.

55

Depuis le temps que Margo fréquentait le Muséum d'histoire naturelle de New York, elle avait toujours entendu dire que le professeur Jörgensen était « en retraite ». Cela ne l'empêchait pas de continuer à occuper un bureau qu'il quittait rarement. Au point que l'on pouvait se demander s'il lui arrivait de rentrer chez lui.

Le vieil homme ne manquait jamais de grommeler des paroles inintelligibles chaque fois qu'on osait le déranger. Margo s'arrêta devant sa porte ouverte, hésitant à frapper. Le chercheur étudiait des cosses de graines à l'aide d'une loupe. Entièrement chauve, il avait le front barré d'épais sourcils broussailleux.

Margo finit par se décider.

— Professeur Jörgensen ? dit-elle d'une voix timide.

L'intéressé releva la tête et posa sur elle deux yeux d'un bleu très pâle qui trahissaient son agacement.

— Je suis désolée de vous déranger.

Il répondit par un vague grognement. Comme il ne l'invitait pas à entrer dans la pièce, Margo s'avança.

— Je suis Margo Green, se présenta-t-elle, la main tendue. Je travaillais ici autrefois.

Il saisit la main de la jeune femme entre ses doigts secs en grognant de plus belle, sourcils froncés.

— Margo Green… Ah oui ! Vous faisiez partie de la maison à l'époque de ces meurtres abominables.

Il secoua la tête.

— J'étais ami avec Whittlesey. Pauvre cher homme…

Margo, la gorge nouée, s'empressa de changer de sujet de conversation.

— C'était il y a très longtemps, je me souviens à peine de ces meurtres, mentit-elle. Je me demandais…

— Mais moi, je m'en souviens, la coupa Jörgensen. Tout comme je me souviens de vous. C'est curieux, j'ai le souvenir d'avoir lu votre nom tout récemment. Je me demande bien où…

Son regard erra dans la pièce, puis il se résolut à la regarder à nouveau, faute d'avoir trouvé la réponse à son interrogation.

— Qu'est-il advenu de ce grand gaillard avec sa mèche rebelle qui vous accompagnait souvent ? Vous savez, ce garçon qui adorait s'écouter parler ?

Margo hésita.

— Il est mort.

Jörgensen médita quelques instants la nouvelle.

— Mort ? Une période bien sombre. Tant de gens ont perdu la vie. Alors, vous avez migré vers des terres plus accueillantes ?

— En effet, reconnut-elle sans enthousiasme. J'avais trop de souvenirs pénibles ici. Je travaille à présent pour une fondation médicale.

Il approuva du menton.

— J'aurais besoin d'aide, s'enhardit Margo. Plus exactement, de conseils en matière de botanique.

— Je vous écoute.

— J'imagine que vous vous y connaissez en mycohétérotrophes ?

— Parfaitement.

— Formidable. Je m'intéresse à une plante très particulière, la *thismia americana*.

— Elle a disparu.

Margo prit son élan :

— Je sais, mais j'espérais... je me demandais s'il existerait dans les collections du Muséum un spécimen de mycohétérotrophe similaire.

Jörgensen se carra dans son fauteuil et réunit ses mains en pointe. Margo comprit qu'elle aurait droit à un cours en règle.

— La *thismia americana* est une plante assez célèbre dans le petit monde de la botanique, entonna-t-il comme s'il n'avait pas entendu la requête de sa visiteuse. Non seulement elle a disparu, mais il s'agissait de son vivant de l'une des plantes les plus rares au monde. Un seul botaniste a jamais pu l'étudier et en rapporter des spécimens. La plante a disparu vers 1916, avec l'extension géographique de la ville de Chicago. Elle s'est évanouie sans laisser de trace.

Margo, qui connaissait déjà ces détails, feignit de s'intéresser aux explications du vieux chercheur. Elle fut dépitée de le voir se taire sans avoir répondu à sa question.

— Si je comprends bien, dit-elle, un seul botaniste a pu en rapporter des spécimens ?

— C'est exact.

— Que sont devenus ces échantillons ?

Le visage ridé de Jörgensen s'étira en un sourire inhabituel chez lui.

— Ils se trouvent ici, bien sûr.

— Ici ? Dans les collections du Muséum ?

Il approuva du menton.

— Comment se fait-il qu'il n'en soit pas fait mention dans le catalogue consultable sur Internet ?

Jörgensen balaya la question d'un geste.

— Tout simplement parce qu'ils sont conservés dans l'herbarium. Les spécimens qui s'y trouvent sont référencés dans un catalogue séparé.

Margo n'en revenait pas d'une telle chance.

— Et… euh, comment pourrais-je y avoir accès ?

— Vous ne pouvez pas.

— Mais j'en ai besoin dans le cadre de mes recherches.

Le visage de Jörgensen se pinça.

— Ma chère demoiselle, l'accès à l'herbarium est limité aux seuls conservateurs de cet établissement, et uniquement avec l'accord écrit du directeur en personne, déclara-t-il sur un ton de maître d'école. Ces spécimens d'espèces aujourd'hui éteintes sont extrêmement fragiles, il n'est pas question qu'un profane dépourvu d'expérience s'avise de les manipuler.

— Je ne suis pas une profane sans expérience. En tant qu'ethnopharmacologue, j'ai d'excellentes raisons de souhaiter étudier ce spécimen.

— Quelles raisons ? s'enquit le vieil homme en haussant un sourcil broussailleux.

— Euh... j'effectue actuellement des recherches sur la médecine du XIXe siècle...

— Une petite minute, l'arrêta Jörgensen. Je sais à présent où j'ai lu votre nom !

Il exhuma d'une main desséchée un document perdu au milieu d'une pile de circulaires.

— J'ai récemment reçu un mémo relatif à votre statut au sein de cette institution.

— Co... comment ? bredouilla Margo, prise de court.

Jörgensen jeta un bref coup d'œil au document avant de le tendre à sa visiteuse.

— Voyez vous-même.

La jeune femme découvrit une circulaire laconique signée du professeur Frisby. Elle était adressée aux membres du département de botanique.

Veuillez noter le changement de statut du professeur Margo Green, ethnopharmacologue auprès de l'Institut Pearson. Son accès aux collections passe du Niveau 1 au Niveau 5, à compter de la présente.

Margo comprit d'emblée. Le « Niveau 5 » lui interdisait tout accès aux collections.

— De quand date ce document ?

— Je l'ai reçu ce matin.

— Pourquoi ne pas m'en avoir parlé plus tôt ?

— J'attache assez peu d'intérêt aux courriers officiels de cet établissement. C'est un miracle que je m'en sois souvenu. À quatre-vingt-cinq ans, ma mémoire n'est plus ce qu'elle était.

Margo, raide sur sa chaise, évita de laisser éclater sa colère. Un éclat ne servirait à rien, le mieux était encore de conserver son sang-froid.

— Professeur, je me trouve ici au nom d'un ami gravement malade. À l'article de la mort, en vérité.

Il accueillit la phrase d'un mouvement du menton.

— Le seul espoir de le sauver est d'obtenir un extrait de *thismia americana*.

Jörgensen fronça les sourcils.

— Ma chère demoiselle…

Margo dissimula son agacement. Elle goûtait assez peu ce « chère demoiselle ».

— … vous n'êtes pas sérieuse. Si cette plante peut vraiment lui sauver la vie, puis-je voir un document dans ce sens, signé de son médecin ?

— Laissez-moi vous expliquer. L'ami en question a été empoisonné et l'extrait de cette plante fait partie de l'antidote. Son médecin n'est pas au courant.

— Toute cette histoire relève manifestement du charlatanisme.

— Je vous assure…

— Quand bien même une telle requête serait légitime, l'interrompit-il, je ne permettrai jamais la destruction pure et simple d'une plante aussi rare, au nom d'un traitement médical destiné à un seul individu. Quel est le poids d'une simple vie humaine face au dernier spécimen d'une espèce disparue ?

— Vous…

Margo n'en revenait pas. Un spécimen botanique, plus important qu'une vie humaine ?

Jamais elle ne parviendrait à convaincre un cinglé pareil.

Il lui fallait réfléchir à toute vitesse. Pour avoir visité l'herbarium des années plus tôt, elle avait gardé le souvenir d'un vaste coffre-fort protégé par un clavier électronique. Le code, pour des raisons évidentes, était régulièrement modifié. Elle observa Jörgensen. Le vieil homme la regardait les bras croisés, le front barré d'un pli, attendant qu'elle achève sa phrase.

Il avait fait allusion à sa mauvaise mémoire. L'information pouvait se révéler utile. Elle balaya discrètement la pièce du regard. Où pouvait-il bien garder la combinaison ? Entre les pages d'un livre ? Dans un tiroir de son bureau ? Elle pensa à *Pas de printemps pour Marnie*, le film d'Hitchcock dans lequel un homme d'affaires dissimule la combinaison de son coffre dans le bureau de sa secrétaire. La pièce avait beau être petite, les cachettes étaient innombrables. Le mieux était encore de le piéger afin de recueillir la précieuse information.

Elle affronta le vieil homme du regard.

— Où cachez-vous la combinaison du coffre ?

Les yeux de Jörgensen la quittèrent le temps d'un éclair, avant de se reposer sur elle.

— Quelle question impertinente ! J'ai assez perdu de temps avec vous. Je vous souhaite le bonjour, professeur Green.

Margo se leva. Elle tenait la réponse qu'elle espérait. Les yeux du vieil homme s'étaient machinalement posés sur un point en hauteur, derrière elle. Au moment de quitter la pièce, elle remarqua la présence sur le mur, à cet endroit précis, d'une gravure de plante encadrée.

Sans doute celle-ci dissimulait-elle un coffre recelant la précieuse combinaison.

Restait à trouver le moyen d'éloigner Jörgensen de son maudit bureau. Et quand bien même elle s'emparerait du code, comment trouverait-elle la force de rejoindre l'herbarium, au cœur des sous-sols tant redoutés du Muséum ?

Si elle ne réussissait pas, Pendergast allait mourir. L'enjeu n'était pas mince.

Parvenue au milieu du couloir, elle hésita à enfoncer le bouton de l'alarme à incendie. Non, les équipes de sécurité exigeraient l'évacuation du bâtiment et elle risquait de connaître les pires ennuis.

Elle s'éloigna d'un air songeur. Les portes qui s'ouvraient des deux côtés du couloir révélaient des bureaux et des laboratoires vides. C'était l'heure du déjeuner et le département était quasiment désert. Elle aperçut un téléphone intérieur dans un des labos. Elle se glissa dans la pièce, hypnotisée par l'appareil. Le mieux n'était-il pas d'appeler Jörgensen en se faisant passer pour la secrétaire d'un collègue quelconque, pour lui demander de participer à une réunion ? Non. Jörgensen n'était pas du genre à participer à des réunions, encore moins à répondre aux invitations de dernière minute. En outre, il devait connaître les voix de la plupart des secrétaires.

Soudain, Margo eut un éclair.

Elle décrocha le téléphone, mais au lieu de composer le numéro de Jörgensen, elle fit celui du bureau de Frisby.

— Bonjour, secrétariat du département de botanique, annonça-t-elle en déguisant sa voix.

Je souhaiterais parler au professeur Frisby, nous avons un problème.

Un Frisby tout essoufflé prit la communication quelques instants plus tard.

— Oui, de quoi s'agit-il ?

— Nous avons reçu votre circulaire au sujet de cette femme, le professeur Green, déclara Margo d'une voix étouffée.

— Et alors ? J'espère qu'elle n'est pas venue vous importuner, au moins ?

— Vous connaissez sans doute le vieux professeur Jörgensen. C'est un ami de longue date du professeur Green. J'ai bien peur qu'il n'ait décidé de passer outre à vos instructions en lui laissant un libre accès aux collections. Il a passé la matinée à pester contre votre mémo. Je souhaitais vous en avertir car nous ne voulons pas de problèmes. Vous savez comme moi que le professeur Jörgensen n'est pas toujours facile et...

Frisby raccrocha violemment sans lui laisser le temps d'achever sa phrase. Margo attendit dans le laboratoire désert dont elle avait veillé à laisser la porte entrouverte. Quelques minutes à peine s'étaient écoulées lorsqu'elle vit passer le professeur Jörgensen. Rouge de colère, il marchait d'un pas particulièrement vif et décidé pour un homme de son âge. Il avait clairement décidé d'expliquer sa façon de penser à Frisby.

Margo quitta son refuge et repartit en sens inverse. À son grand soulagement, elle constata que Jörgensen, dans son énervement, avait laissé grande ouverte la porte de son bureau. Elle se précipita dans la pièce, referma la porte, et souleva la gravure encadrée.

Rien. Pas le moindre coffre. Juste un mur blanc.

Le cœur de la jeune femme se serra. Pourquoi diable avait-il regardé en direction de cette fichue gravure ? Le mur était vide tout autour. Après tout, peut-être avait-il regardé par hasard en direction du cadre ? Ou bien elle avait mal vu. Elle s'apprêtait à raccrocher la gravure lorsqu'elle remarqua, scotchée au dos, une feuille de papier sur laquelle figurait une liste de nombres. Tous étaient barrés, à l'exception du dernier.

56

Aloysius Pendergast, allongé dans son lit, restait parfaitement immobile tant le moindre mouvement était douloureux. Le simple fait de respirer lui donnait l'impression que des aiguilles chauffées à blanc lui transperçaient la poitrine. Il sentait la présence inquiétante, au pied de son lit, d'un succube prêt à l'asphyxier. Le monstre s'effaçait lorsqu'il faisait mine de le regarder, avant de réapparaître dès qu'il détournait les yeux.

Il s'efforça de museler sa souffrance en se concentrant sur le décor de sa chambre. Plus particulièrement, sur le tableau accroché en face de lui, dont l'examen minutieux l'avait maintes fois réconforté par le passé. Une œuvre tardive de Turner représentant une goélette sur la Manche, au large de Beachy Head. Il lui était arrivé de se perdre des heures durant dans la trame complexe des ombres et des lumières, dans la manière dont Turner avait réussi à traduire sur la toile la mer écumante et les voiles du bateau, malmenées par la tempête. Cette fois, la douleur et l'odeur insupportable de fleur pourrie, aussi entêtante et capiteuse que des émanations de chair suppurante, l'empêchaient de s'évader par la pensée.

La maladie le privait de tous les mécanismes qui lui avaient permis de gérer ses souffrances physiques et ses émotions tout au long de son existence. La poche de morphine de sa perfusion était vide, il allait devoir patienter une bonne heure avant qu'on vienne la lui changer. Dans l'intervalle, la seule perspective qui l'attendait était celle d'une douleur omnivore.

En dépit de l'extrémité dans laquelle il se trouvait, Pendergast savait que le mal dont il souffrait se déclinait en pleins et en déliés. À condition de survivre à la vague de souffrance qui le submergeait, un répit temporaire finirait par venir le soulager. Il se trouverait à nouveau en mesure de respirer, de parler, et même de quitter son lit pour faire quelques pas. Jusqu'à ce que la douleur refasse surface, impitoyable, toujours plus vive, toujours plus longtemps. Pendergast savait pertinemment que cette escalade finirait par le conduire au trépas.

Des limbes de sa conscience émergea soudain un pic de douleur, signalé par l'assombrissement de son champ de vision périphérique. Cette étape signalait l'arrivée inéluctable, dans quelques minutes, d'un évanouissement. Il avait d'abord accueilli ce phénomène avec un certain bonheur, avant de comprendre, à son corps défendant, qu'il ne lui épargnait rien. Loin de céder la place au vide, cette obscurité l'entraînait dans le cloaque de son inconscient, dans un univers hallucinatoire pire encore que la douleur physique.

Il ne s'était pas trompé. Un nuage noir ne tarda pas à l'envelopper, l'arrachant à sa couche et l'éloignant de cette chambre plongée dans la pénombre, tel un courant insidieux qui emporterait un nageur épuisé. Pris de vertige, il eut brièvement l'impression abominable de s'enfoncer dans un puits de vide, puis la nuit se déchira à la façon d'un rideau de scène.

Il se retrouva brusquement sur un surplomb de lave durcie à l'heure du crépuscule, sur les flancs d'un volcan en éruption. À sa gauche, un flot de lave incandescente s'échappait jusqu'à la mer. Loin, si loin que l'on aurait pu les croire sur une autre planète, des grappes de bâtiments blanchis à la chaux bordaient les vagues, leurs lumières trouant l'obscurité. Sous ses yeux s'étendait une immense crevasse, telle une déchirure monstrueuse au cœur même du volcan. La lave en fusion dessinait un flot de sang ininterrompu dont le rouge ardent et furieux faisait ressortir la noirceur du cratère qui dominait la scène. Des nuages de soufre s'échappaient de la crevasse tandis que des cendres noircies voltigeaient dans l'air surchauffé de cet enfer.

Pendergast ne savait que trop bien où il se trouvait : sur le Bastimento du volcan Stromboli, au bord de la terrible Sciara del Fuoco, la Pente du Feu. Il se tenait très précisément au même endroit, trois ans auparavant, lorsqu'il avait assisté à l'une des scènes les plus traumatisantes de son existence.

Mais le lieu avait changé. Effrayant en temps ordinaire, il tournait au cauchemar sous l'effet des hallucinations provoquées par la fièvre. Le ciel au-dessus de sa tête, loin de posséder les attributs violet foncé caractéristiques du crépuscule, était de ce vert écœurant propre aux œufs pourris. Des éclairs orange et bleu trouaient un ciel tourmenté. Des nuages écarlates ballonnés filaient à une vitesse inquiétante sous le regard déclinant d'un soleil pâle. Une teinte sinistre en Technicolor éclairait la scène.

Pendergast contemplait ce décor dantesque lorsqu'il découvrit une silhouette à moins de trois mètres de lui. Un homme nonchalamment installé sur une chaise longue posée dangereusement sur un maigre rebord de lave durcie, au bord même de la Sciara del Fuoco. Il portait des lunettes noires, un chapeau de paille, une chemise à fleurs, un bermuda, et sirotait paisiblement ce qui ressemblait à une citronnade. Pendergast reconnut sans peine le nez aquilin, la barbe soigneusement taillée, les cheveux roux de son frère Diogène. Celui-là même qui avait disparu à cet endroit précis lors de l'affrontement terrible qui l'avait opposé à Constance Greene.

Diogène porta lentement à ses lèvres le verre dont il avala une longue gorgée tout en observant le chaudron furieux qui bouillonnait à ses pieds. Il affichait l'air placide d'un touriste admirant la Méditerranée du balcon d'un hôtel niçois.

— *Ave, frater*, déclara-t-il sans un regard pour Pendergast.

Ce dernier ne répondit pas.

— Je m'inquiéterais volontiers de ta santé, mais les circonstances présentes nous libèrent de ce genre d'hypocrisie.

Pendergast se contenta d'observer cette étrange matérialisation de son frère disparu, allongé sur une méridienne au bord d'un torrent de lave.

— Tu sais, poursuivit Diogène, l'ironie de la triste situation dans laquelle tu te trouves me ravit. Après tout ce que nous avons vécu tous les deux, après tout ce que j'ai tenté pour te détruire, ce n'est pas moi qui finis par avoir raison de toi, c'est ta propre engeance. Ton propre fils. Quand on y pense, mon cher frère ! J'ai éprouvé le plus grand plaisir à le rencontrer. Nous partageons bien des traits, avec Alban. J'aurais pu lui enseigner tant de choses.

Pendergast ne répliqua pas. À quoi bon réagir à un délire provoqué par la fièvre ?

Diogène but une nouvelle gorgée de citronnade.

— Le plus beau est encore qu'Alban se soit contenté de déclencher ta perte. Le véritable meurtrier n'est autre que notre arrière-arrière-grand-père Hezekiah. On a raison de dire que l'on paye les erreurs de ses ancêtres ! Non seulement tu meurs empoisonné par son « Élixir », mais c'est à cause des effets dudit élixir que l'une de ses victimes indirectes, ce Barbeaux, décide aujourd'hui de se venger.

Diogène marqua une pause.

— Hezekiah, Alban, moi-même. Décidément, nous formons une jolie famille.

Pendergast s'entêta dans le silence.

Toujours de profil, Diogène observait le spectacle d'une violence inouïe qui se déroulait à ses pieds.

— Je croyais que tu serais heureux de cette occasion de demander pardon.

Pendergast, enfin sensible à la provocation, prit la parole :

— Demander pardon ? De quoi ?

— Toi et ta pruderie, ta morale guindée, ton désir inconséquent de servir le bien dans ce bas monde. Je n'ai jamais compris que tu ne te rebelles pas à l'idée d'avoir toujours vécu très confortablement de l'héritage d'Hezekiah.

— Tu fais allusion à des faits vieux de plus d'un siècle.

— Le temps allège-t-il l'agonie des victimes ? Combien de temps faut-il pour que tout cet argent se trouve lavé du sang impur dont il est souillé ?

— C'est un syllogisme fallacieux. Si Hezekiah était dépourvu de scrupules, nous sommes les héritiers innocents de cette richesse. L'argent est une matière fongible. Nous ne sommes pas coupables.

Diogène laissa échapper un gloussement à peine audible au milieu des grondements du volcan.

— Quand je pense que c'est moi, Diogène, qui te sers aujourd'hui de conscience, déclara-t-il en secouant la tête.

L'angoisse oppressante qui étouffait Pendergast commença à traverser la brume de ses hallucinations. Il tituba au bord du torrent de lave, retrouva l'équilibre.

— Je... commença-t-il. Je... ne suis pas... responsable. Et je refuse de discuter avec une hallucination.

— Une hallucination, dis-tu ?

Pour la première fois depuis le début de leur conversation, Diogène se tourna vers son frère. Le côté droit de son visage, présenté de profil jusque-là, n'avait rien perdu de sa finesse. Ce n'était pas le cas du côté gauche, atrocement brûlé, couvert de boursouflures qui traçaient d'horribles motifs sur sa peau, du menton à la tempe. L'orbite creuse, dépourvue d'œil, dessinait une tache blafarde au-dessus d'une pommette mutilée.

— Tu as raison de vouloir te rassurer, *frater*, déclara Diogène d'une voix qui couvrait le rugissement de la lave.

Il détourna la tête du même pivotement lent effectué un instant plus tôt, dissimulant à son frère le spectacle monstrueux de son visage ravagé. Son œil unique se posa à nouveau sur la Sciara del Fuoco. Le cauchemar commençait à se dissoudre, il finit par s'estomper en laissant Pendergast dans la pénombre de sa chambre, une fois de plus en proie à la douleur.

57

Loin de la chambre de Pendergast, au plus profond des entrailles de la vieille demeure, Constance récoltait dans le sac noir qu'elle portait en bandoulière les ingrédients dont elle avait besoin, des restes de toiles d'araignées accrochés à ses vêtements.

Il était 14 h 30 et elle achevait de fouiller les réserves du docteur Leng. Il lui avait fallu des heures pour réunir les produits et les plantes nécessaires à la confection de l'antidote. Elle posa son sac à ses pieds et consulta une nouvelle fois la liste, sachant pourtant ce qui lui manquait : du chloroforme et de l'huile de chénopode.

La bonbonne de chloroforme qu'elle avait trouvée avait été mal refermée, de sorte que son contenu s'était évaporé. Quant à l'huile de chénopode, elle n'en avait découvert nulle part. Il était aisé de se procurer du chloroforme, mais obtenir une ordonnance prendrait du temps. Constance n'était pas certaine de rallier aisément à ses vues le docteur Stone. L'huile de chénopode représentait un défi autrement plus ardu dans la mesure où elle n'appartenait plus depuis longtemps à la palette des herboristes, à cause de sa toxicité. Elle avait fait preuve d'optimisme en croyant pouvoir en dénicher un flacon dans ces laboratoires souterrains, au prétexte qu'il s'agissait d'un ingrédient d'usage courant dans les remèdes d'autrefois.

Elle rebroussa chemin en franchissant les arches les unes après les autres. Lors de son exploration initiale, elle avait négligé de visiter les salles dévastées quelques mois plus tôt. Il était temps de s'y intéresser.

Ces derniers temps, elle s'était évertuée à tout nettoyer avec l'aide de Proctor. Ensemble, ils avaient évacué des montagnes de tessons et de verre pilé en retirant avec précaution les spécimens réduits en poussière et les produits chimiques renversés.

Et si les flacons d'huile de chénopode faisaient partie du lot ?

Elle s'immobilisa sur le seuil de la dernière salle qu'elle n'avait pas eu le temps de remettre en ordre. Des étagères gisaient dans tous les coins, des millions de fragments de verre scintillaient par terre au milieu de flaques poisseuses de toutes les couleurs. Une odeur répugnante de moisi flottait dans l'air. De nombreux flacons avaient néanmoins échappé au désastre, quelques rayonnages tenaient encore debout sur lesquels s'alignaient des récipients bigarrés, tous soigneusement identifiés à l'aide d'étiquettes sur lesquelles elle reconnaissait l'écriture élégante d'Enoch Leng.

Constance commença par passer en revue les flacons les uns après les autres, déchiffrant au passage les appellations latines d'une litanie de composants chimiques.

Un travail long et exaspérant. Le système de classification du docteur Leng correspondait à une logique propre dont Constance n'avait jamais réussi à percer le secret depuis sa mort. Elle soupçonnait son ancien protecteur d'avoir procédé au hasard, et de connaître l'emplacement de chaque récipient grâce à sa mémoire photographique.

L'examen du premier rayonnage terminé, elle passa au deuxième, puis au troisième. Un flacon lui échappa des mains et se brisa en mille morceaux à ses pieds. Une odeur nauséabonde lui monta aux narines. Incommodée, elle accéléra ses recherches en faisant régulièrement tomber des bouteilles dans sa précipitation. Elle consulta sa montre. 15 heures.

Elle trompa son agacement en se penchant sur les flacons intacts qui gisaient par terre. Accroupie, des débris de verre crissant sous ses semelles, elle ramassait une à une les bouteilles qui avaient miraculeusement échappé au désastre, déchiffrait leur étiquette et les reposait. Ce n'étaient pas les huiles qui manquaient, puisqu'elle trouvait là de l'extrait de calendula, de graines de bourrache, de primevère, de molène, de raisin d'Amérique... Mais de chénopode, point. Au comble de la frustration, elle s'en prit à l'une des étagères qu'elle avait déjà fouillées et en fit voler le contenu. Un vacarme assourdissant se répercuta sur les murs de la pièce tandis qu'une odeur pestilentielle l'asphyxiait.

Elle recula machinalement en regrettant d'avoir cédé à sa mauvaise humeur, se remplit les poumons à plusieurs reprises afin de retrouver son calme et entama l'examen des ultimes rayonnages.

Au moment où elle allait s'abandonner à l'abattement, elle vit brusquement devant elle un grand flacon d'huile de chénopode.

Elle s'empressa de le glisser dans son sac et poursuivit sa quête, à la recherche cette fois de chloroforme. Une fois de plus, la chance lui sourit car l'une des premières fioles qu'elle souleva en contenait une petite quantité. Quelques instants plus tard, elle s'engouffrait dans le vieil ascenseur, heureuse de voir enfin tourner la chance.

Constance voulut interpréter ce brusque retournement comme un signe encourageant, mais à peine venait-elle de repousser les pans de la bibliothèque afin de dissimuler la cage d'ascenseur que Mme Trask surgissait dans la pièce, un téléphone à la main.

— Le lieutenant pour vous, annonça-t-elle.

— Dites-lui que je suis absente.

La gouvernante lui adressa un regard désapprobateur.

— C'est qu'il insiste, madame.

Constance s'empara de l'appareil.

— Oui, lieutenant ? demanda-t-elle sur un ton qu'elle voulait cordial.

— J'ai besoin de vous voir toutes les deux avec Margo. Immédiatement.

— Nous sommes très occupées en ce moment, voulut le tempérer Constance.

— J'ai des informations de toute première importance. Nous sommes confrontés à des gens extrêmement dangereux. Vous risquez votre vie, avec Margo. Je voudrais vous aider.

— C'est impossible, répliqua Constance.

— Pourquoi donc ?

— Parce que…

Elle laissa sa phrase en suspens.

— Parce que vous avez encore décidé de vous lancer dans une putain d'opération illégale, c'est ça ?

Pas de réponse.

— Je vous attends, Constance. Et vous avez intérêt à faire fissa si vous ne voulez pas que je vienne vous chercher par la peau du cul.

58

— Allez ! Crachez-la, votre pastille ! s'énerva D'Agosta.

L'après-midi touchait à sa fin, Margo et Constance venaient de rejoindre le lieutenant dans son bureau.

— Vous dites avoir trouvé un remède ?

— Un antidote, oui, approuva Constance. Il a été mis au point par Hezekiah dans l'espoir de contrer les effets pervers de son Élixir.

— Mais vous n'êtes pas certaines que ça marche.

— Pas à cent pour cent, reconnut Margo. On le verra en essayant.

D'Agosta recula dans son fauteuil, stupéfait.

— Vous avez vraiment trouvé tous les ingrédients ?

— À l'exception de deux, répondit Margo. Il s'agit de plantes rares, mais nous savons où les dénicher.

— Où ça ?

La jeune femme garda le silence.

D'Agosta la regarda droit dans les yeux.

— Laissez-moi deviner : vous avez décidé de les dérober dans les réserves du Muséum ?

Nouveau silence. Margo était pâle, le visage tendu, mais ses yeux trahissaient sa détermination.

D'Agosta passa une main sur le sommet lisse de son crâne en dévisageant les deux femmes qui le regardaient avec un air de défiance.

— Écoutez, ça fait longtemps que je suis flic. Je ne suis pas né de la dernière pluie, j'ai bien compris que vous aviez décidé de vous lancer dans un truc douteux. À ce stade, je m'en fous comme de ma première chemise. Pendergast est mon ami, j'ai envie que vous réussissiez à vous procurer ces plantes, en évitant de vous faire trucider dans la bagarre. Vous comprenez ?

Voyant Margo acquiescer, D'Agosta se tourna vers Constance.

— Et vous ?

— Je comprends, répondit-elle alors que l'expression même de son visage affirmait l'inverse. Vous m'avez annoncé au téléphone que vous disposiez d'informations de toute première importance. Je vous écoute.

— Sauf erreur de ma part, ce Barbeaux est infiniment plus dangereux qu'on ne l'imaginait. Vous allez avoir besoin d'assistance. Laissez-moi vous aider à récupérer ces plantes.

Sa proposition fut accueillie par un nouveau silence.

Constance se leva.

— Comment pourriez-vous nous être utile ? Vous l'avez deviné, nous avons l'intention d'agir de façon illégale.

— Constance a raison, renchérit Margo. Vous n'imaginez pas les lourdeurs bureaucratiques qu'il nous faudrait affronter si nous voulions rester dans le cadre de la loi. Pendant ce temps, votre ami Pendergast est en train de mourir. Nous n'avons plus le temps.

D'Agosta sentit la moutarde lui monter au nez.

— J'en suis parfaitement conscient. C'est même pour cette raison que je suis disposé à prendre des libertés avec le système. Écoutez-moi, bon sang. Si vous refusez de me laisser intervenir, je vous colle au trou toutes les deux. Tout de suite. Pour votre propre bien.

— Si vous agissez de la sorte, Aloysius mourra, lui rétorqua Constance.

Le policier laissa échapper un soupir.

— Je n'ai pas l'intention de vous laisser jouer les redresseuses de tort. Barbeaux et ses hommes ont un train d'avance sur nous depuis le début. Comment croyez-vous que je réagirais si je me retrouvais avec trois morts sur la conscience au lieu d'une ? Ce type-là n'hésitera pas à vous arrêter par tous les moyens.

— Je l'espère, réagit Constance. À présent, si cela ne vous dérange pas, nous allons devoir vous quitter.

— Un pas de plus et je vous boucle pour de bon.

— Non, répliqua Constance d'une voix calme.

D'Agosta se leva brusquement.

— Attendez-moi. Je reviens tout de suite.

Il quitta la pièce en prenant soin de refermer la porte derrière lui et s'approcha du sergent Josephus, qui était de garde.

— Les deux femmes qui sont dans mon bureau, sergent. Arrangez-vous pour qu'on les suive quand elles sortiront. Organisez-moi une filature en règle, vingt-quatre heures sur vingt-quatre.

Josephus lança un coup d'œil en direction du bureau de son supérieur. D'Agosta suivit son regard et vit à travers la vitre que Constance et Margo discutaient avec animation.

— Bien, lieutenant, dit Josephus en sortant un formulaire officiel. Si vous pouvez me donner leurs noms…

D'Agosta le fit taire d'un geste, l'air songeur.

— Oubliez ça. J'ai une autre idée.

— Comme vous voulez, lieutenant.

D'Agosta regagna son bureau et affronta ses visiteuses du regard.

— Si vous avez l'intention de dérober des plantes au Muséum, ce ne sont pas les gardiens que vous avez à craindre, mais les hommes de Barbeaux. Vous comprenez ?

Les deux femmes acquiescèrent.

— Fichez-moi le camp.

D'Agosta les regarda partir, enragé par son impuissance. Putain de merde, il n'avait jamais vu deux mules pareilles. Il n'existait qu'un seul moyen d'assurer leur sécurité ou, tout du moins, d'éviter qu'elles ne croisent la route de Barbeaux : lancer un mandat d'arrêt contre ce dernier, procéder à son interrogatoire et le coincer dans les locaux du NYPD jusqu'à ce qu'elles aient réussi leur coup. Mais l'obtention d'un mandat d'arrêt n'allait pas de soi. Il lui fallait réunir tous les éléments dont il disposait et leur trouver un sens avant d'aller trouver le procureur.

Une minute plus tard, il s'escrimait sur le clavier de son ordinateur.

*

* *

Les bureaux de la brigade criminelle étaient plongés dans le silence, comme souvent en fin d'après-midi, avant que les hommes de terrain ne reviennent rédiger leur rapport ou boucler un suspect. Une minute s'écoula, puis deux, avant que des pas discrets ne se fassent entendre dans le couloir longeant le bureau de D'Agosta.

La silhouette du sergent Slade apparut. Il sortait de son bureau, d'où il était aisé de surveiller celui de D'Agosta. Il passa devant la porte du lieutenant et s'immobilisa à l'entrée de la pièce voisine, un local inoccupé dans lequel D'Agosta et ses collègues entassaient les dossiers en cours.

Slade s'assura, d'un coup d'œil circulaire, que personne ne pouvait le voir. Il tourna doucement la poignée du local vide, s'y glissa, et referma la porte derrière lui en évitant d'allumer la lumière.

Dans le noir, il s'approcha à pas de loup de la cloison mitoyenne avec le bureau de D'Agosta, duquel s'échappait le cliquetis implacable du clavier. Slade s'agenouilla devant les cartons de rangement empilés le long du mur et les écarta sans un bruit. Puis il caressa du bout des doigts la cloison jusqu'à ce qu'il trouve ce qu'il cherchait : un micro minuscule dissimulé dans le placo et relié à un enregistreur numérique miniature.

Il se releva, fourra dans sa bouche un bonbon à la réglisse, brancha le jack d'un écouteur sur l'appareil et mit en route ce dernier. Il écouta l'enregistrement en hochant pensivement la tête : D'Agosta tentant de plaider sa cause, son départ de la pièce, et la conversation entre les deux femmes.

— Où se trouve exactement cette plante à l'intérieur du Muséum ?

— Dans l'herbarium. Je sais où se trouve celui-ci et j'ai réussi à m'en procurer le code. Et vous ?

— La plante dont j'ai besoin est conservée dans la serre aquatique du Jardin botanique de Brooklyn. J'attendrai la tombée de la nuit, après la fermeture du jardin, pour m'en emparer. Il n'y a plus une minute à perdre.

Slade afficha un large sourire. Une telle information valait de l'or.

Il fourra le petit appareil au fond de sa poche, remit les cartons de rangement en place, déverrouilla la porte de la pièce, sortit après s'être assuré que personne n'avait surpris son manège, et regagna tranquillement son bureau. Enfermé dans le sien, D'Agosta continuait de rédiger son rapport.

59

Le cimetière des Portes du Paradis, installé sur une crête boisée, surplombait les eaux du lac Schroon. Dans le lointain s'étendait Fort Ticondorega, aux portes de l'Hudson, tandis que le mont Marcy, le plus haut sommet de l'État de New York, dressait son imposante silhouette au nord.

John Barbeaux marchait dans l'herbe manucurée d'un air songeur, zigzaguant entre les pierres tombales. Le cimetière dessinait une série de vallons que sillonnaient çà et là des allées de gravier abritées par de grands arbres. En filtrant le soleil de l'après-midi, les feuilles traçaient des taches d'ombre sur ce paysage pastoral endormi.

Au terme d'une longue déambulation, Barbeaux rejoignit la concession familiale : deux mausolées entourés d'une grille en fonte. Il s'approcha du plus grand des deux monuments, une statue d'ange, les mains serrées sur la poitrine, ses yeux remplis de larmes tournés vers le ciel. Un nom était gravé au pied du mausolée, sans aucune date : Felicity Barbeaux.

Le patron de Red Mountain Industries tenait dans la main droite deux fleurs coupées : une rose rouge à longue tige et une jacinthe violette. Il s'agenouilla près de la statue au pied de laquelle il déposa la rose, puis il se releva et contempla le monument en silence.

Sa femme avait été victime d'un accident provoqué par un chauffard ivre, dix ans plus tôt. L'enquête de police avait été bâclée. Les flics avaient négligé de lire ses droits au coupable, un ponte d'une entreprise de télémarketing, et le reste de la procédure n'avait pas été respecté. L'homme s'était procuré les services d'un avocat roué et s'en était tiré avec une condamnation d'un an avec sursis.

John Barbeaux avait toujours eu le culte de la famille. De même, il avait foi en la justice, mais ce n'était pas le genre de justice qu'il comprenait.

Red Mountain était sans doute nettement moins puissante une décennie auparavant, mais Barbeaux avait su tirer les bonnes ficelles, dans des sphères pas nécessairement recommandables. L'assassin de sa femme avait été arrêté un an plus tard lorsque la police avait découvert cent grammes de cocaïne dans sa boîte à gants. Servi par l'absence de condamnation antérieure, il avait reçu la sentence minimale en pareil cas, cinq ans d'emprisonnement. Six mois plus tard, alors que le spécialiste du télémarketing purgeait sa peine au pénitencier fédéral d'Otisville, Barbeaux avait déboursé la somme de dix mille dollars pour qu'il se fasse poignarder avec un tournevis aiguisé dans les douches de la prison, où il s'était vidé de son sang.

Justice était faite.

Barbeaux contempla une dernière fois la statue avant de se tourner vers le second monument en poussant un long soupir. Il s'agissait cette fois d'une croix de dimensions plus modestes portant le nom de John Barbeaux Junior.

Après la mort de sa femme, Barbeaux avait reporté toute son affection sur son fils. En dépit d'une jeunesse émaillée par de nombreux problèmes de santé, John Junior s'était révélé un musicien de talent au moment de l'adolescence. Et même de grand talent. Pianiste d'exception, c'était un instrumentiste et un compositeur prodige. Son père avait placé en lui tous ses espoirs en le confiant aux meilleurs précepteurs, en l'inscrivant dans les meilleures écoles. John Barbeaux voulait voir en son fils unique l'avenir de sa lignée.

Jusqu'à ce que tout bascule. Les premiers symptômes étaient relativement bénins. John Junior avait des sautes d'humeur, perdait l'appétit, était sujet à des crises d'insomnie de plus en plus fréquentes. Barbeaux y avait vu les marques de l'adolescence, mais la situation avait empiré. Le jeune garçon souffrait de cacosmie, il se disait poursuivi par une odeur obsédante. Et si l'odeur concernée était initialement agréable, elle avait peu à peu laissé place à des relents nauséabonds de fleur pourrie. Le fils de Barbeaux était devenu faible et fébrile, se plaignait de douleurs articulaires et de maux de tête de plus en plus violents. Il était victime d'hallucinations, entrait dans des rages incontrôlables entrecoupées de périodes d'épuisement et de léthargie. Barbeaux avait sollicité désespérément l'aide des plus grands spécialistes, mais aucun d'entre eux n'avait été en mesure de diagnostiquer le mal, encore moins de le traiter. Barbeaux avait dû se résoudre à voir son fils sombrer dans la folie, au milieu de souffrances inexprimables. Avec le temps, le jeune prodige prometteur s'était métamorphosé en légume. La mort avait eu raison de lui alors qu'il avait seize ans, et la crise cardiaque qui l'avait emporté avait été pour lui une véritable délivrance.

Presque deux ans s'étaient écoulés depuis. Barbeaux s'était muré dans le chagrin. Il n'avait même pas trouvé la force d'offrir à son fils une sépulture aussi grandiose que celle réservée à sa femme. Il trouvait l'idée insoutenable, et s'était contenté d'une simple croix en guise de testament à tant de talent gâché.

Un événement auquel Barbeaux ne s'attendait nullement s'était produit quasiment un an jour pour jour après la mort de John Junior. Il avait reçu un soir la visite d'un jeune homme à peine plus âgé que son fils. Un jeune homme si différent par sa stature, son énergie, son charisme, que l'on aurait pu le croire échappé d'une autre planète. L'inconnu s'exprimait en excellent anglais avec un accent étranger. Il semblait tout connaître ou presque de Barbeaux. Il en savait même davantage sur la famille Barbeaux que l'intéressé lui-même. C'est ainsi qu'il avait raconté au fondateur de Red Mountain la triste histoire de ses arrière-arrière-grands-parents, Stephen et Ethel, à l'époque où ils vivaient sur Dauphine Street à La Nouvelle-Orléans. Il avait également évoqué l'histoire de leur voisin, Hezekiah Pendergast, inventeur d'un remède connu sous le nom d'*Élixir composé et Fortifiant glandulaire d'Hezekiah*, une potion de charlatan qui avait provoqué souffrance et folie chez des milliers de patients avant de les entraîner dans la tombe. À son grand étonnement, Barbeaux avait ainsi appris que ses aïeux Stephen et Ethel, morts en 1895, figuraient au nombre des victimes.

À en croire le jeune homme, ce n'était pas tout. L'élixir empoisonné avait fait une victime autrement plus proche : John Junior.

L'inconnu avait expliqué à Barbeaux que l'élixir provoquait des changements épigénétiques capables de sauter plusieurs générations, au point de provoquer la mort de son fils, à plus d'un siècle d'intervalle.

Le jeune homme en était arrivé au but de sa visite. La famille Pendergast n'était pas entièrement éteinte, elle possédait un ultime descendant en la personne d'Aloysius Pendergast. Non seulement celui-ci était en vie, mais il vivait dans l'opulence grâce à l'immense fortune accumulée par Hezekiah.

Le jeune homme avait révélé à son hôte ses motivations ultimes. Prénommé Alban, il n'était autre que le fils de l'inspecteur Pendergast. Non content d'exposer à Barbeaux la triste réalité de ce remède empoisonné, il lui proposait de mettre en œuvre une vengeance aussi complexe que surprenante, mais d'une efficacité redoutable.

Barbeaux n'était pas près d'oublier les dernières paroles d'Alban :

— Vous pourriez être tenté de me pourchasser, de façon à éliminer un autre Pendergast. Je tiens à vous mettre en garde contre une telle initiative. Je possède des pouvoirs qui dépassent l'entendement. Contentez-vous de tuer mon père. C'est lui qui profite honteusement de la fortune d'Hezekiah.

Sur ces mots, il avait pris congé de Barbeaux en laissant derrière lui une pile de documents apportant la preuve de ce qu'il avançait, ainsi qu'une description détaillée de son plan.

Barbeaux avait mis l'avertissement d'Alban sur le compte de la forfanterie liée à son jeune âge. Il avait aussitôt demandé à deux hommes de main expérimentés de filer son étrange visiteur. Le premier était revenu avec un œil en moins, le second avait été retrouvé la gorge tranchée. Alban les avait attaqués froidement sous l'œil des caméras de sécurité de Barbeaux.

Je possède des pouvoirs qui dépassent l'entendement.

Le jeune homme était en effet doté de pouvoirs remarquables, mais ceux-ci ne dépassaient pas l'entendement de Barbeaux. Cette erreur s'était révélée fatale au jeune Alban.

L'histoire qu'il avait racontée paraissait trop étrange pour être véridique, mais à la lecture des documents laissés par son visiteur, en comparant le sort de ses ancêtres aux symptômes de son fils et, plus encore, après avoir procédé à des examens sanguins, Barbeaux avait compris qu'Alban lui avait dit la vérité. Cette révélation avait aussitôt transformé son chagrin en haine, et sa haine en obsession…

En sonnant dans sa poche, un portable interrompit le cours de ses pensées. Barbeaux sortit son téléphone.

— Oui ? dit-il, les yeux rivés sur le mont Marcy.

Il écouta pendant une bonne minute, les doigts serrés autour du portable à le briser, le visage défait.

Il interrompit son interlocuteur :

— Vous êtes en train de m'expliquer que non seulement il a compris ce qui s'était passé, mais qu'il entend prendre des mesures ?

Il écouta à nouveau, plus longtemps cette fois.

— Très bien, conclut-il. Vous connaissez votre mission, mais vous allez devoir agir vite. Très vite.

À peine avait-il mis fin à la conversation qu'il composait un numéro.

— Richard ? Nos forces spéciales sont prêtes ? Bien. Nous avons un nouvel objectif. Je compte leur donner des instructions très précises en vue d'un déploiement d'urgence à New York. Oui, tout de suite. Nous nous envolons dans une demi-heure.

Il glissa le portable dans sa poche, tourna le dos à la concession familiale et se dirigea vers l'entrée du cimetière d'un pas décidé.

60

Il était 18 heures lorsque Constance, de retour des locaux du NYPD, regagna la demeure de Riverside Drive. Elle traversa successivement l'immense salle à manger et le salon d'apparat dallé de marbre. Le plus grand silence régnait entre les murs de la maison. Proctor était toujours en convalescence à l'hôpital, Mme Trask avait rejoint ses fourneaux et le docteur Stone se trouvait à l'étage, au chevet de Pendergast.

Elle gagna le grand hall en passant devant les niches de marbre qui rythmaient le papier peint de couleur rose. Elle choisit alors d'emprunter l'escalier arrière dont elle veilla à ne pas faire craquer les marches. Parvenue à l'étage, elle remonta le couloir sans prêter attention à l'effrayant ours blanc empaillé qui montait la garde et s'arrêta devant l'une des portes de gauche. La main sur la poignée, elle prit sa respiration et poussa doucement le battant.

Le docteur Stone se leva sans bruit de la chaise qu'il occupait près de la porte. Constance parvint difficilement à masquer son irritation ; les tenues de dandy du médecin, son foulard jaune et ses lunettes cerclées d'écaille l'irritaient au plus haut point, elle lui en voulait plus encore de ne pouvoir offrir à Pendergast mieux que de simples soins palliatifs. Tout en ayant conscience de se montrer injuste, elle savait aussi qu'elle avait franchi son seuil de tolérance.

— J'aimerais rester seule un instant avec le patient, docteur.

— Il dort, répondit Stone en battant en retraite.

Constance avait rarement pénétré dans cette chambre avant que la maladie de Pendergast ne se déclare. Aussi prit-elle le temps d'en examiner le décor avec intérêt. La pièce, de dimensions modestes, était dépourvue de fenêtre et bénéficiait d'un éclairage indirect installé au creux d'une moulure, sous le plafond ; la lampe Tiffany posée sur la table de chevet apportait une touche de lumière supplémentaire. Le papier peint floqué bordeaux et rouge était orné de petites fleurs de lis. Quelques œuvres d'art étaient accrochées aux murs : une étude du Caravage pour son *Garçon avec un panier de fruits*, un paysage de Turner, une eau-forte signée Piranèse. Les trois rayonnages d'une petite bibliothèque accueillaient des rangées de vieux volumes reliés plein cuir, et plusieurs objets d'art, disposés à travers la chambre, avaient retrouvé leur fonction initiale : une carafe romaine remplie d'eau minérale, un candélabre de l'époque byzantine surmonté de six bougies blanches intactes, un brûle-parfum datant de l'Égypte antique dans la coupelle duquel se consumait de l'encens, dans l'espoir vain de chasser les odeurs nauséabondes qui torturaient Pendergast. La potence à perfusion prenait des allures de fausse note dans cet univers raffiné.

Pendergast reposait dans son lit, immobile. Ses cheveux d'un blond habituellement très clair, trempés de sueur, formaient une tache sombre sur l'oreiller blanc. Ses traits avaient pris la teinte et la transparence de la porcelaine la plus fine. C'est tout juste si l'on ne distinguait pas le détail de chaque muscle, la forme de chaque os, le tracé de chaque veine. Le malade avait les paupières closes.

Constance s'approcha du lit. La poche de morphine délivrait une dose d'un milligramme tous les quarts d'heure. Le docteur Stone avait veillé à ce que le patient ne puisse dépasser les six milligrammes par heure au cas où il aurait voulu en modifier le réglage lui-même, ce qui lui aurait été possible puisqu'il refusait la présence d'une infirmière.

— Constance.

Le souffle qui venait de s'échapper des lèvres du malade prit la visiteuse au dépourvu. Il ne dormait donc pas. À moins qu'elle ne l'ait réveillé, en dépit de sa discrétion.

Elle prit un siège à la tête du lit, ainsi qu'elle l'avait fait quelques jours plus tôt, lors de sa visite à la clinique de Genève. Elle frissonna en constatant à quel point l'état de Pendergast avait empiré en si peu de temps. Malgré sa faiblesse, il continuait de lutter pied à pied contre la douleur et la folie avec une force de caractère intacte.

La main de Pendergast se glissa lentement sous les draps avant de ressortir, une feuille de papier entre ses doigts. Il la lui tendit d'un geste mal assuré.

— De quoi s'agit-il ?

Elle s'empara machinalement de la feuille et y découvrit les ingrédients de l'antidote dont elle avait dressé la liste. Elle avait commis l'erreur de laisser traîner la feuille dans la bibliothèque.

— Hezekiah a mis au point un antidote dans l'espoir de sauver sa femme. Nous comptons le reconstituer… pour vous.

— Nous ? Qui est le *nous* en question ? s'enquit-il d'une voix froide de colère.

— Margo et moi-même.

Il plissa les yeux.

— Je vous l'interdis.

Constance refusa de se laisser impressionner par son regard assassin.

— Vous n'avez pas votre mot à dire.

Il releva péniblement la tête.

— Vous vous comportez de façon idiote. Vous ne savez pas qui vous avez en face de vous. Si Barbeaux a réussi à se débarrasser d'Alban, il n'aura aucun mal à vous tuer.

— Il n'en aura pas le temps. Je me rends au Jardin botanique de Brooklyn cette nuit même. Quant à Margo, elle se trouve au Muséum à l'heure où je vous parle.

Un éclair brilla dans ses yeux.

— Barbeaux et ses hommes vous attendront au Jardin botanique, tout comme ils attendent Margo au Muséum.

— Impossible, lui rétorqua Constance. Cette liste ne date que de ce matin. Margo et moi sommes les seules à l'avoir consultée.

— Elle se trouvait pourtant sur la table de la bibliothèque, à la vue de tous.

— Barbeaux n'aura jamais trouvé le moyen de s'introduire ici.

Pendergast acheva de redresser sa tête tremblante.

— Cet homme est le diable incarné, Constance. Ne vous rendez pas au Jardin botanique.

— Je suis désolée, Aloysius. Je vous l'ai déjà dit, je refuse de baisser les bras.

Les paupières de Pendergast papillotèrent.

— Dans ce cas, pourquoi être passée me voir ?

— Je souhaitais vous dire au revoir. Au cas où…

Les mots restèrent bloqués dans sa gorge.

Pendergast réunit les dernières forces qui lui restaient et se releva sur un coude. Son regard s'éclaircit. Sans quitter Constance des yeux, il glissa à nouveau la main sous ses couvertures et dévoila un Colt 45. Il le poussa vers elle.

— Puisque vous refusez de vous rendre à la raison, prenez au moins ceci. Il est chargé.

Constance eut un mouvement de recul.

— Non. Souvenez-vous de ce qui s'est passé la dernière fois que j'ai utilisé une arme à feu.

— Alors apportez-moi mon téléphone.

— Qui souhaitez-vous joindre ?

— D'Agosta.

— Non, je vous en prie. Il va tenter de s'interférer.

— Constance, pour l'amour de Dieu !

Épuisé, il ne put achever sa phrase et sa tête retomba sur l'oreiller.

Constance hésita. Elle était à la fois interloquée et profondément émue de tant de sollicitude. Elle s'y était mal prise. L'entêtement dont elle avait fait preuve risquait fort de fatiguer plus encore le malade. Elle poussa un soupir, décidée à mentir.

— Je me range à vos arguments. Je ne me rendrai pas au Jardin botanique.

Il ne la quittait pas des yeux.

— Mais Margo se trouve déjà au Muséum, poursuivit Constance. Si vous avez raison, vous feriez mieux d'appeler le lieutenant D'Agosta en lui demandant d'envoyer des renforts là-bas.

— Mon téléphone, balbutia Pendergast en désignant péniblement le bureau.

Constance obéit à son geste.

— Dieu fasse que vous ne cherchiez pas à me tromper, déclara-t-il d'une voix rauque.

— Ce n'est pas le cas.

À bout de force, il se pencha une dernière fois vers elle.

— Ne vous rendez pas au Jardin botanique, murmura-t-il.

Constance quitta précipitamment la pièce après lui avoir confié son portable. Elle s'immobilisa dans le couloir, bouleversée.

Jamais elle n'avait envisagé que Barbeaux puisse lui tendre un piège au Jardin botanique. L'idée était inquiétante, sans lui déplaire tout à fait.

Elle allait avoir besoin d'une arme. Pas un pistolet, évidemment. Non, une arme plus adaptée à… son style.

Elle traversa le couloir d'un pas décidé, rejoignit le rez-de-chaussée, se rendit dans la bibliothèque où elle fit coulisser le panneau secret, prit place dans le vieil ascenseur et gagna le sous-sol. C'est tout juste si elle ne courut pas jusqu'à l'escalier en colimaçon qui s'enfonçait dans les entrailles de la vieille demeure, avant de disparaître dans les souterrains poussiéreux et mal éclairés.

*
* *

Constance venait à peine de quitter la chambre du malade que le docteur Stone, qui patientait dans la pièce voisine, retournait auprès de son patient, l'échine parcourue d'un frisson. La jeune femme était aussi cultivée que belle et élégante, mais il émanait d'elle une froideur qui lui glaçait les sangs. Sans parler de cette allure parfaitement indéfinissable qui le hérissait au plus haut point.

Pendergast était à nouveau plongé dans le sommeil. Son téléphone, en s'échappant de sa main, était tombé à côté de lui sur les draps. Stone le ramassa et vérifia le journal d'appels, curieux de savoir qui l'inspecteur avait appelé. Il constata que le portable n'avait pas servi, l'éteignit et le reposa sur le bureau. Alors, il reprit sa place dans le fauteuil installé près de la porte, prêt à affronter ce qui ne manquerait pas d'être une longue nuit.

La dernière, sans doute.

61

Margo comprit très vite que pénétrer à l'intérieur du Muséum en dehors des heures d'ouverture ne lui serait pas facile. Elle ne doutait pas un instant que son nom, grâce aux bons soins de Frisby, figure sur la liste noire des *personæ non gratæ* à l'entrée du personnel au rez-de-chaussée, la seule accessible en dehors des heures de visite. Le mieux était encore de se cacher à l'intérieur de l'établissement en attendant qu'il se vide. N'était-ce pas ainsi que le meurtrier de Marsala s'y était pris, à en croire D'Agosta ? Elle n'aurait plus qu'à récupérer la plante dans l'herbarium avant de repartir en passant le plus nonchalamment possible devant les agents de sécurité postés à la sortie. En cas de questionnement, il lui suffirait de prétendre qu'elle s'était assoupie dans son laboratoire.

Voyant approcher l'heure de fermeture, Margo se dirigea d'un pas tranquille vers l'une des salles les moins fréquentées. La poitrine comprimée par la peur, elle peinait à respirer. Les gardiens dirigeaient le public vers la sortie, la contraignant à se réfugier dans les toilettes où elle se dissimula dans un box. Perchée sur le couvercle de la cuvette, elle attendit en s'efforçant de se détendre. Aux alentours de 18 heures, alors que tout était silence autour d'elle, elle quitta sa cachette.

Les salles d'exposition étaient vides, seuls résonnaient au loin les pas des gardiens qui faisaient leur ronde. La jeune femme n'avait plus qu'à tendre l'oreille afin de les éviter en rejoignant l'endroit qu'elle savait être le plus sûr : l'alcôve des gastéropodes.

Elle n'en revenait pas elle-même de s'être lancée dans une telle aventure. Restait à savoir si elle réussirait. Elle se redonna du courage en entendant dans sa tête les paroles de Constance : *Ces plantes sont vitales si nous voulons sauver Aloysius.*

Elle se glissa dans l'alcôve et en gagna le recoin le plus sombre. Elle sentit un frisson la parcourir en se souvenant que c'était là, selon toute probabilité, que le meurtrier de Victor Marsala s'était dissimulé, lui aussi.

Margo ne s'était pas trompée. Les gardiens qui passaient devant l'alcôve toutes les demi-heures ne prenaient même pas la peine d'y faire courir le faisceau de leur lampe, persuadés que jamais un crime ne se produirait deux fois au même endroit. De temps à autre, un employé du Muséum passait à quelques mètres de la jeune femme en regagnant la sortie, si bien que le Muséum avait fini par se vider à l'approche de 21 heures. Et s'il restait probablement une poignée de chercheurs enfermés dans leurs laboratoires, la probabilité de croiser l'un d'entre eux était faible.

Le cœur de Margo battait à tout rompre à l'idée de la mission qui l'attendait et, plus encore, de l'endroit où elle devait se rendre : elle allait devoir descendre dans le lieu de tous ses cauchemars, celui qui lui donnait encore des sueurs froides la nuit, qui la poussait à se munir d'un flacon de Xanax chaque fois qu'elle se rendait au Muséum. Elle hésita un instant à céder à la tentation en avalant un comprimé avant de changer d'avis. Elle devait rester parfaitement alerte. Elle s'obligea à respirer lentement, à réfléchir aux détails de son plan de façon à ne plus penser à la mission elle-même. Procéder par étapes.

Elle se remplit une dernière fois les poumons, histoire de se donner du courage.

Comme un gardien venait d'effectuer une ronde, elle disposait d'une demi-heure de tranquillité. Elle se glissa hors de l'alcôve, traversa plusieurs salles et rejoignit l'ascenseur de service le plus proche qu'elle appela grâce à son passe. Cette carte magnétique lui accordait un accès limité, ce qui n'avait pas empêché Frisby de lui envoyer un e-mail pour exiger sa restitution au plus vite. Comme elle avait reçu le message l'après-midi même, elle savait qu'elle bénéficiait d'une journée de répit avant que cet imbécile sentencieux ne déclenche un scandale.

La cabine entama sa descente dans un concert de grognements et de grincements, jusqu'au sous-sol du bâtiment 6. Un anachronisme, eu égard aux travaux qui avaient réuni l'ensemble des souterrains du Muséum dans un gigantesque labyrinthe. La porte de l'ascenseur s'ouvrit et une odeur familière de naphtaline, de moisi et de mort monta aux narines de Margo, faisant ressurgir de sa mémoire les heures atroces qu'elle avait vécues dans ces mêmes couloirs, poursuivie par un meurtrier fou.

Elle se rassura en se disant que cet épisode de sa vie était révolu depuis longtemps, qu'il était temps pour elle de surmonter ses phobies. Elle ne courait plus aucun danger, sinon celui de croiser un employé anonyme exigeant de voir son badge.

Elle prit une longue respiration et s'engagea dans le sous-sol du bâtiment 6 en empruntant une série de couloirs mal éclairés.

Jusque-là, tout allait bien. Elle glissa sa clé électronique dans la fente de la porte blindée donnant accès aux collections botaniques. Ouf ! La carte n'avait pas été désactivée ! Le battant s'ouvrit silencieusement sur une pièce plongée dans l'obscurité. Margo tira de son sac la puissante torche frontale LED qu'elle avait pris la précaution d'emporter, l'ajusta sur son front et entra. Une armée de vitrines montait la garde devant elle, au milieu d'une atmosphère rance aux forts relents de naphtaline.

Margo s'immobilisa. Malgré ses bonnes résolutions, elle sentit monter en elle une peur irrationnelle. Son cœur battait si fort qu'elle peinait à respirer. L'odeur, le noir, une multitude de bruits étranges contribuaient à ranimer ses angoisses en déclenchant chez elle un réflexe de panique. Elle s'obligea une fois de plus à contrôler sa respiration dans l'espoir de surmonter sa terreur.

Procéder par étapes. Ne penser à rien d'autre.

Elle rassembla tout son courage et tenta un premier pas dans l'obscurité, puis un autre. Elle allait devoir refermer la porte derrière elle. La laisser ouverte risquait d'attirer l'attention si jamais quelqu'un venait à passer par là. Elle repoussa le battant, chassant définitivement le peu de lumière qui filtrait du couloir.

Margo balaya la salle des yeux. L'herbarium se trouvait tout au bout. Elle était entourée d'étagères sur lesquelles étaient posés des flacons contenant des spécimens préservés dans du liquide : l'alcoothèque. Deux allées étroites, dessinées entre les rayonnages, s'enfonçaient dans des directions différentes.

Courage, Margo ! s'admonesta-t-elle en empruntant l'allée de gauche. Au moins les spécimens qui l'entouraient ne donnaient-ils pas l'impression de l'observer dans l'obscurité, contrairement aux squelettes de dinosaures et aux animaux empaillés conservés dans les autres réserves.

Elle avait beau se rassurer en se répétant que les spécimens botaniques n'avaient rien d'effrayant, la tristesse du lieu, l'étroitesse des allées, les flacons qui luisaient faiblement dans la pénombre en l'observant de leurs yeux de verre contribuaient à alimenter sa terreur.

Elle parcourut la petite allée d'un pas vif, bifurqua à droite, poursuivit sur quelques mètres, s'engagea à gauche, puis à nouveau à droite de façon à gagner le fond de l'immense salle. Les employés du Muséum avaient le chic pour transformer les réserves en dédale.

Soudain, elle se figea.

Elle avait clairement entendu un bruit. L'écho de ses pas le lui avait dissimulé dans un premier temps, mais le doute n'était pas permis. Elle était certaine d'avoir entendu un frottement.

Elle tendit l'oreille en retenant sa respiration. Rien, sinon les cliquetis du système de ventilation et les craquements habituels du vieux bâtiment.

L'angoisse de la jeune femme était à son comble, au point qu'elle ne savait plus quelle direction prendre, où elle devait tourner. Il ne manquerait plus qu'elle se perde dans ce labyrinthe. Elle remonta la première allée jusqu'au fond de la réserve, constata qu'elle avait pris le bon chemin et longea le mur jusqu'au coin de la salle.

Ouf ! Elle identifia sans peine l'herbarium, un ancien coffre de banque reconverti en réserve botanique. Peint en vert, il était muni d'une énorme poignée circulaire et d'un clavier surmonté d'une diode rouge clignotante. Margo avança en poussant un soupir de soulagement et composa la série de chiffres récupérée dans le bureau de Jörgensen.

La diode devint verte. *Dieu soit loué*. Elle tourna la poignée, tira à elle la lourde porte, puis passa la tête à l'intérieur du coffre dont elle éclaira le contenu avec sa torche. La chambre forte était de dimensions assez modestes, deux mètres cinquante sur trois tout au plus. Des étagères métalliques couvraient trois de ses parois. Elle posa un regard inquiet sur la porte du coffre. Pas question de la refermer derrière elle, elle risquait de rester prisonnière. Le mieux était encore de la laisser entrebâillée, car il était peu probable que quelqu'un visite la réserve.

Elle se glissa à l'intérieur du coffre en laissant le battant ouvert de quelques centimètres.

Contrôlant du mieux qu'elle le pouvait la panique qui menaçait de la submerger, elle déchiffra les étiquettes collées sur les différents tiroirs en les balayant les unes après les autres avec le faisceau de sa lampe. Les plus anciennes, manuscrites, étaient à demi effacées tandis que les plus récentes, réalisées à l'aide d'une imprimante laser, restaient facilement lisibles. Dans un coin du coffre, sous une étagère, Margo reconnut une série de sarbacanes anciennes, d'origine amazonienne ou guyanaise à en juger par les motifs sculptés qui les ornaient. Un carquois de bambou tressé rempli de flèches était accroché à l'une d'elles. Margo, sachant que le poison dont étaient enduites les flèches de ce genre provenait essentiellement de batraciens, et non de plantes, se demanda ce que pouvait bien fabriquer des objets pareil dans l'herbarium. Sans doute avait-on jugé préférable de les enfermer du fait de leur toxicité.

Elle reprit la lecture des étiquettes et repéra rapidement le tiroir dédié aux mycohétérotrophes. Elle l'ouvrit et découvrit des rangées entières de spécimens. Chaque plante séchée, identifiée d'une écriture sinueuse, avait été déposée sur une feuille de papier jaunie par le temps, elle-même enfermée entre deux plaques de verre. La collection n'étant guère fournie, il fallut moins d'une minute à Margo pour dénicher les spécimens de *thismia americana*.

Tout se déroulait comme prévu. À condition de maintenir sa peur à distance, elle aurait quitté le Muséum dans dix minutes. Bien que couverte d'une sueur moite et le cœur battant, elle ne cédait pas à la panique. La stratégie d'évitement avait parfaitement fonctionné.

Trois échantillons de *thismia* avaient été préservés : le premier était constitué de rhizomes, le deuxième d'échantillons de la plante elle-même, le troisième de fleurs et de graines.

Margo se remémora les paroles de Jörgensen.

Je ne permettrai jamais la destruction pure et simple d'une plante aussi rare, au nom d'un traitement médical destiné à un seul individu. Quel est le poids d'une simple vie humaine face au dernier spécimen d'une espèce disparue ?

Elle scruta longuement la modeste plante. Tout en elle s'opposait à une vision du monde aussi misanthrope. Quand bien même les trois échantillons ne seraient pas nécessaires, elle jugea préférable de les emporter tous, par mesure de précaution.

Elle glissa les plaques de verre dans son sac qu'elle referma avant de le mettre en bandoulière. Par excès de prudence, elle éteignit sa lampe frontale, ouvrit la porte et tendit l'oreille. Rassurée par le silence, elle émergea du coffre, referma le lourd battant à tâtons et tourna la poignée. Le mécanisme se referma dans un soupir et la diode vira du vert au rouge.

C'est bon !

Soulagée, elle ralluma sa lampe frontale et sursauta violemment en découvrant devant elle une silhouette masculine. L'instant d'après, une lumière éblouissante l'aveuglait alors que résonnait le claquement sec d'un interrupteur.

62

D'Agosta se leva en s'étirant. Il avait mal au dos après avoir passé des heures sur ce fauteuil inconfortable, et l'oreille en compote à cause de l'écouteur dont il s'était servi tout l'après-midi.

Il avait passé une éternité au téléphone avec le bureau du procureur, dans l'espoir d'obtenir une commission rogatoire l'autorisant à convoquer Barbeaux. Les services du procureur avaient refusé, arguant du fait qu'il ne disposait d'aucune présomption sérieuse. Surtout en présence d'un homme aussi important que Barbeaux, dont on pouvait être certain qu'il ameuterait son avocat et crierait au scandale à la première occasion.

D'Agosta jugeait pourtant son raisonnement infaillible : Barbeaux avait engagé Howard Rudd en lui demandant de jouer le rôle du faux professeur Jonathan Waldron. Le faux chercheur s'était alors servi de Victor Marsala afin d'avoir accès au squelette de Mme Padgett. Un os prélevé sur ledit squelette avait permis à Barbeaux d'obtenir la formule de l'élixir et de reconstituer celui-ci de façon à s'en servir sur Pendergast. D'Agosta n'avait aucun doute sur la suite : une fois Alban assassiné et déposé devant la porte de Pendergast, il ne restait plus à Rudd qu'à éliminer Marsala en lui donnant rendez-vous dans un coin discret du Muséum sous un prétexte quelconque. De la même manière, Barbeaux s'était servi de Rudd pour attirer Pendergast dans les sous-sols de l'hôtel Fontainebleau et le gazer. Tout ça par esprit de vengeance, à cause de l'empoisonnement de ses arrière-arrière-grands-parents et de son fils, par la faute d'Hezekiah.

Sans en avoir la certitude, D'Agosta était convaincu que Barbeaux avait engagé Rudd de longs mois auparavant. Il avait commencé par régler ses dettes, lui avait offert un nouveau visage, une nouvelle identité, et s'était servi de lui pour exécuter ses basses œuvres, s'assurant de sa loyauté en menaçant de s'en prendre à sa famille. La logique du raisonnement était implacable.

Ce qui n'avait pas empêché le bureau du procureur de balayer cette belle thèse d'un revers de main en accusant D'Agosta de s'appuyer sur des suppositions et des spéculations fumeuses, sans avancer la moindre preuve.

D'Agosta consacra la fin de l'après-midi à contacter par téléphone des botanistes et des pharmacologues, dans l'espoir de réunir les éléments scientifiques qui lui faisaient défaut. Il comprit très vite qu'il allait devoir réaliser des tests, des analyses, des études en double aveugle et tout le tintouin avant de parvenir à des conclusions indiscutables.

Il devait pourtant exister un moyen de coincer Barbeaux dans son bureau assez longtemps pour que Margo et Constance puissent passer à l'action.

Et merde pour les présomptions ! Il devait bien y avoir quelque part des indices de la culpabilité de Barbeaux. Le tout était de les découvrir.

D'Agosta bondit de son fauteuil, au comble de l'énervement. Un peu d'air frais lui ferait du bien. Il endossa sa veste, traversa son bureau à grandes enjambées, éteignit la lumière d'un geste rageur et ouvrit la porte. Il s'arrêta sur le seuil, pris d'une intuition. Pourquoi ne pas solliciter l'avis de Pendergast ? Non, le malheureux se trouvait dans un trop piteux état. Cette pensée acheva de mettre D'Agosta en colère en lui donnant la mesure de son impuissance.

Il se dirigeait vers les ascenseurs lorsqu'il se souvint que le dossier de l'affaire Marsala se trouvait dans la pièce voisine. Il ne risquait rien à le consulter une nouvelle fois, au cas où un détail lui aurait échappé. Il entra dans le petit bureau vide dans lequel s'accumulaient les dossiers en attente.

Il alluma la lumière et déchiffra les indications portées sur les classeurs empilés à travers la pièce. Autant commencer par les éléments consacrés à Howard Rudd. Il suffirait de prouver que Barbeaux était lié d'une façon ou d'une autre à la ville de Gary, en Indiana, pour que...

D'Agosta se figea en découvrant un objet pour le moins inattendu au fond de la seule poubelle que contenait la pièce : l'emballage tout froissé d'un bonbon à la réglisse.

Les satanés bonbons à la réglisse de Slade. Qu'est-ce qu'il était venu foutre dans cette pièce ?

D'Agosta s'accorda un temps de réflexion. Un emballage de bonbon, et alors ? Rien n'interdisait à Slade de consulter ces dossiers. Et pourtant...

D'Agosta aurait été incapable de l'expliquer, mais son flair de flic lui soufflait que quelque chose clochait. Il examina la pièce avec attention, tous les sens en alerte. Les cartons remplis de documents étaient empilés le long du mur, là où il se souvenait de les avoir déposés. Slade n'était pas censé les lire sans son autorisation, bien sûr, mais Angler pouvait très bien lui avoir demandé d'agir avec discrétion. Angler n'appréciait guère Pendergast, et tout le monde dans le service savait que l'inspecteur et D'Agosta étaient amis.

Soudain, D'Agosta remarqua des traces de plâtre sur la moquette, au pied du mur mitoyen avec son propre bureau. Il écarta les piles de carton et découvrit un trou dans la cloison, juste au-dessus de la plinthe.

Il examina l'ouverture avec insistance avant de la caresser d'un doigt. Elle ne mesurait pas plus de quelques millimètres de diamètre. Il glissa un trombone déplié à l'intérieur et s'aperçut que celui-ci ne traversait pas entièrement la cloison.

Il contempla successivement le trou et les traces de plâtre sur la moquette. Un emballage de bonbon à la réglisse, un trou fraîchement percé… Les deux éléments n'étaient pas forcément liés entre eux, mais D'Agosta trouvait la coïncidence d'autant plus louche qu'il se souvenait de la façon dont Slade avait curieusement « égaré » le mémo envoyé par la police d'Albany au sujet de Barbeaux.

Comment savoir si ce mémo était bien passé entre les mains de Peter Angler, si Slade l'avait effectivement montré à son chef avant de le glisser par mégarde dans le mauvais dossier ?

Albany. Autre coïncidence. Slade ne lui avait-il pas annoncé que son chef se trouvait précisément dans le nord de l'État où il rendait visite à sa famille ?

Il regagna son bureau à la hâte, s'installa derrière sa table de travail sans même prendre le temps d'allumer la lumière, tapa son identifiant et son code sur le clavier de l'ordinateur et se connecta au site de la brigade criminelle. Le temps d'ouvrir le dossier de Peter Angler, D'Agosta consulta la liste de ses proches. Bingo ! Sa sœur, Marjorie Angler, vivait au 2007 Rowan Street à Colonie, tout près d'Albany.

Il s'empara de son téléphone portable et composa le numéro qui s'affichait sur l'écran de son ordinateur. Une voix de femme répondit à la troisième sonnerie.

— Allô ?

— Je suis bien chez Marjorie Angler ? Je me présente, Vincent D'Agosta, lieutenant au sein du NYPD. Le lieutenant Angler est-il là ?

— Non, il n'est pas chez moi en ce moment.

— Quand lui avez-vous parlé pour la dernière fois ?

— Attendez un instant… Je ne sais pas. Il y a quatre ou cinq jours, je crois.

— Puis-je vous demander de quoi vous avez parlé ?

— Il m'a expliqué qu'il faisait une enquête dans la région. Il m'a précisé qu'il essayerait de passer me voir avant de rentrer à New York, sans être certain d'en avoir le temps. Quand j'ai vu qu'il ne venait pas, je me suis dit qu'il était débordé, comme toujours.

— Vous a-t-il précisé le lieu exact de son enquête ?

— Oui, il se rendait à Adirondack. Pourquoi ? Il y a un problème ?

— Pas à ma connaissance. Je vous remercie de votre aide, madame Angler.

— C'est tout naturel de la part…

D'Agosta raccrocha sans lui laisser le temps de terminer sa phrase.

Son cœur s'était mis à battre très vite. Adirondack. Le siège de Red Mountain Industries.

Angler s'était rendu à Adirondack quelques jours plus tôt et personne ne l'avait revu depuis. Il s'était évanoui dans la nature, ce qui ne lui ressemblait pas. Son téléphone portable ne répondait pas. Surtout, pourquoi Slade avait-il menti ? Pouvait-il s'être trompé, de bonne foi ? Sauf qu'il y avait ce trou, juste assez grand pour accueillir un micro.

Slade avait-il pu installer un appareil espion dans la cloison ? Si c'était le cas, il avait entendu D'Agosta passer des coups de téléphone. Ou encore sa conversation avec Margo et Constance.

Le trou, vide, indiquait que le micro avait été retiré, signe que l'espion avait appris ce qu'il souhaitait savoir.

Slade, un ripou ? D'Agosta avait du mal à y croire. Quant à savoir pour le compte de qui il travaillait, la réponse était simple : Barbeaux.

Les inquiétudes de D'Agosta au sujet de Margo et Constance prenaient brusquement un tour nettement plus sérieux. Barbeaux savait désormais tout du projet des deux femmes, grâce à Slade. Il savait notamment qu'elles avaient l'intention de dérober les spécimens d'une plante rare dans l'herbarium du Muséum.

D'Agosta décrocha à nouveau son téléphone. Pris d'une hésitation, il réfléchit à toute vitesse. La situation était délicate. Accuser de traîtrise un collègue était extrêmement grave. Il n'avait pas le droit à l'erreur.

Et si Slade n'avait rien à voir dans tout ça ? D'Agosta ne disposait que d'un emballage de bonbon et d'un mémo égaré. Ce n'était pas vraiment des preuves flagrantes, surtout à l'heure où il s'apprêtait à détruire la carrière du sergent.

Impossible d'appeler la cavalerie à la rescousse. On le prendrait pour un fou, il avait des soupçons encore plus ténus que ceux rejetés quelques heures plus tôt par le bureau du procureur. Le mieux était encore de partir lui-même à la recherche de Margo et Constance. À tort ou à raison, il devait agir, et vite. S'il avait raison, il aimait mieux ne pas penser au sort qui attendait les deux femmes.

Moins d'une minute plus tard, il s'engouffrait dans l'ascenseur.

63

Margo, aveuglée par la lampe, restait comme pétrifiée.

— Tiens, tiens, tiens ! Je me demande bien pourquoi, mais je ne suis pas surpris.

Elle reconnut la voix de Frisby, invisible derrière la lumière qui l'éblouissait.

— Éteignez donc cette lampe frontale ridicule, vous avez l'air d'un mineur de fond.

Margo s'exécuta.

— Vous êtes pile à l'heure, chère amie. Prise la main dans le sac en train de voler l'un des spécimens les plus précieux de notre herbarium, claironna Frisby sur un ton triomphal. Il ne s'agit plus uniquement d'un vol commis au détriment du Muséum, mademoiselle Green, mais d'un délit qui regarde la justice. Cette petite virée va vous coûter quelques années de liberté, voire plus.

Frisby baissa enfin sa lampe et Margo constata qu'il tendait la main vers elle.

— Donnez-moi votre sac.

La jeune femme hésita. Comment diable pouvait-il être au courant ?

— Donnez-moi ce sac si vous ne voulez pas que je vous l'enlève de force.

Elle regarda furtivement à droite et à gauche, en quête d'une issue, mais Frisby lui barrait la route. Il aurait fallu qu'elle le renverse et il avait une tête de plus qu'elle.

Il s'avança d'un air menaçant. Comprenant qu'elle n'avait pas le choix, elle lui tendit son sac. Il en exhuma les lames de verre et en détailla le contenu d'une voix de stentor :

— *Thismia americana !*

Il rangea les lames dans le sac avec précaution.

— Prise sur le fait. Vous êtes cuite, mademoiselle Green. Laissez-moi vous expliquer ce qui vous attend.

Il brandit son téléphone portable.

— Je vais commencer par appeler la police. Vous serez arrêtée. La valeur de ces spécimens étant bien supérieure à cinq mille dollars, vous serez accusée de vol avec préméditation et de cambriolage, ce qui pourrait vous valoir une peine de quinze ans de prison.

Margo, hébétée, l'entendait sans comprendre. Pas uniquement parce que sa carrière était fichue, avant tout parce que Pendergast allait y laisser la vie.

Frisby fouilla sans vergogne le sac à main de sa prisonnière.

— Pas d'arme. Dommage.

— Professeur Frisby, l'interpella Margo d'une voix pâteuse. Pourquoi m'en voulez-vous à ce point ?

— Moi ? Je vous en veux ?

Il ouvrit des yeux ronds avec une expression comique avant de reprendre son sérieux.

— Vous êtes une emmerdeuse, mademoiselle Green. Depuis votre arrivée dans mon département, vous n'avez eu de cesse de déranger tout le monde. En vous mêlant à l'enquête, vous avez poussé la police à porter ses soupçons sur le personnel. Et voilà que vous me remerciez de vous avoir généreusement donné accès aux collections du Muséum en commettant ce vol inqualifiable. Croyez-moi, je n'ai rien contre vous.

Il composa sur son portable le numéro de la police en tendant l'appareil dans la direction de Margo afin qu'elle ne manque pas un de ses gestes, un sourire glacial aux lèvres.

Il attendit quelques instants, l'oreille collée à l'écouteur, avant de froncer les sourcils.

— Vacherie de réception, grommela-t-il, furieux.

— Écoutez, tenta Margo. La vie d'un être humain...

— Je vous en prie, épargnez-moi vos excuses pathétiques, l'interrompit-il. Le petit tour que vous avez joué à Jörgensen ne lui a pas beaucoup plu. Quand je l'ai vu débouler dans mon bureau, l'écume aux lèvres, j'ai bien cru qu'il allait avoir une crise cardiaque. Il a suffi qu'il me raconte votre petite visite au sujet de cette plante disparue pour que je comprenne. Quelle était votre intention ? Vendre ces spécimens à un collectionneur, c'est ça ? Quoi qu'il en soit, je suis descendu ici, je me suis confortablement installé sur une chaise et j'ai attendu. Et vous voici !

Il affichait un sourire éclatant.

— Je vais demander au service de sécurité de vous remettre entre les mains de la police.

Les possibilités se bousculaient dans la tête de Margo. Partir en courant sans demander son reste ? Arracher son sac des mains de Frisby, le bousculer et s'enfuir ? Implorer sa clémence ? Tenter de l'émouvoir ? Le soudoyer ? Pas une seule de ces hypothèses n'avait la plus petite chance de succès. Elle s'était fait prendre, et Pendergast allait mourir.

Les deux adversaires s'observèrent longtemps en chiens de faïence. Margo lut sur le visage de Frisby qu'elle ne devait espérer aucune clémence de sa part.

Au moment où elle s'y attendait le moins, elle vit son air satisfait céder la place à l'étonnement, puis à la stupeur. Il écarquilla les yeux, ses lèvres se pincèrent avant de se rouvrir en silence tandis qu'un gargouillis étrange sortait de sa gorge. La torche lui échappa des mains et se fracassa sur le sol de béton en plongeant l'immense salle dans l'obscurité. Margo récupéra instinctivement son sac à main dans le noir sans oser croire à sa chance. L'instant d'après, le corps du conservateur s'effondrait à ses pieds.

Une autre lampe s'alluma, qui révéla soudain la silhouette de celui qui s'était tenu derrière Frisby. L'inconnu s'avança et dirigea le faisceau de la torche vers son visage dans un geste gracieux. Margo découvrit un petit homme aux yeux très noirs, l'ombre d'un sourire aux lèvres.

*

* *

Au même instant, un taxi franchissait le portail du 891 Riverside Drive et s'arrêtait sous le porche, moteur au ralenti.

Une minute s'écoula, puis une autre. La porte d'entrée s'ouvrit et Constance Greene apparut sur le seuil de la vieille demeure. Vêtue d'une robe plissée sombre, elle portait en bandoulière un sac de voyage noir en nylon. Sous le regard timide de la lune, son élégance sombre faisait presque l'effet d'une tenue de camouflage.

Elle se pencha vers le conducteur, lui adressa quelques mots, puis ouvrit la portière arrière, posa délicatement le sac sur la banquette et s'y glissa à son tour. La portière se referma et le taxi quitta la propriété en se mêlant au flot des voitures.

64

Le docteur Stone se réveilla en sursaut dans la chambre du patient. À défaut d'aimer jouer les infirmières, il se consolait en pensant au montant du chèque qui lui était promis. En outre, le mal dont souffrait son patient était si inhabituel qu'il en devenait fascinant. L'occasion rêvée de publier un article dans le *Journal of the American Medical Association*. Une fois le patient mort et autopsié, évidemment, lorsque les causes de son mal auraient toutes les chances d'être mises en lumière.

Le médecin comprit la raison de ce brusque réveil en constatant que Pendergast, les yeux grands ouverts, l'observait avec fièvre.

— Mon téléphone, exigea-t-il.

— Oui, monsieur Pendergast.

Stone récupéra l'appareil sur le bureau et le tendit à son propriétaire qui scruta l'écran, les traits livides.

— 21 h 20. Constance… où est-elle ?

— Il me semble qu'elle vient de sortir.

— Il vous semble ?

— C'est-à-dire… bredouilla Stone, dérouté. Je l'ai entendue saluer Mme Trask, ouvrir la porte et monter dans le taxi qui l'attendait.

Pendergast repoussa brutalement ses couvertures sous le regard stupéfait de Stone. Sans doute venait-il d'entrer en phase de rémission.

— Je vous déconseille fortement…

— Taisez-vous, lui ordonna Pendergast en se levant péniblement.

Il arracha la perfusion de son bras.

— Poussez-vous, déclara-t-il d'une voix péremptoire.

— Monsieur Pendergast, je ne peux pas vous autoriser à quitter votre lit.

Le malade posa sur lui deux yeux brillants.

— N'essayez pas de m'arrêter, ou je serais contraint de vous faire mal.

Stone préféra se tenir coi. Le malade, emporté par la fièvre, devait être victime d'hallucinations. Stone n'y pouvait tout de même rien si on lui avait refusé l'aide d'une infirmière. Comment aurait-il pu gérer la crise seul ? Il s'éclipsa discrètement en voyant Pendergast se déshabiller.

— Madame Trask ? appela-t-il du couloir de l'immense demeure. Madame Trask !

La gouvernante, qui s'activait au rez-de-chaussée, se précipita à ses cris et l'appela du bas de l'escalier :

— Oui, docteur ?

Pendergast apparut sur le seuil de sa chambre. Il achevait d'enfiler son costume noir. Il fourra un papier dans l'une de ses poches et glissa son arme dans l'étui qu'il portait à l'aisselle. Le médecin s'effaça pour le laisser passer.

— Monsieur Pendergast ! Je vous le répète, vous n'êtes pas en état de quitter cette maison !

L'inspecteur l'ignora superbement et entama la descente des marches avec l'attitude mal assurée d'un vieillard, suivi par le docteur Stone. Mme Trask, affolée, l'accueillit au bas de l'escalier.

— Appelez-moi une voiture, lui ordonna Pendergast.

— Bien, monsieur.

— Il n'en est pas question ! s'exclama Stone en dévalant les marches. Vous voyez bien dans quel état il est !

La gouvernante se retourna.

— Quand M. Pendergast donne des ordres, on lui obéit.

Le médecin dévisagea successivement Mme Trask et l'inspecteur. Malgré sa faiblesse évidente, ce dernier lui lança un regard glacial qui le fit taire. Tout était allé si vite, Mme Trask raccrochait déjà. Pendergast traversa le hall d'une démarche mal assurée. Quelques minutes plus tard, il quittait la vieille demeure et les feux rouges du taxi s'éloignaient en direction de la grille.

Stone se laissa tomber sur une chaise, à bout de nerfs. Jamais il n'avait vu une telle résolution chez un patient à l'article de la mort.

*
* *

Avachi sur la banquette de la voiture, Pendergast sortit de sa poche la feuille de papier. La note, rédigée de la main de Constance, dressait la liste des ingrédients nécessaires à la confection de l'antidote. À côté de certains noms de plantes figuraient les indications relatives à leur localisation.

Pendergast parcourut le contenu de la feuille à deux reprises, puis il la plia, la déchira en petits morceaux, descendit sa vitre et éparpilla les confettis un à un dans la nuit qui enveloppait Manhattan.

Le taxi s'engagea sur la West Side Highway et gagna le pont de Manhattan avant de rejoindre Flatbush Avenue quelques minutes plus tard, au cœur de Brooklyn.

65

L'inconnu secoua la tête, se baissa et retira un objet fiché dans la nuque de Frisby.

— Vous avez de belles collections dans ce musée, remarqua-t-il en brandissant l'arme qui dégouttait encore du sang de Frisby.

Margo identifia sans peine une épine géante de Sumatra, longue d'une quinzaine de centimètres. L'épine, recourbée et aussi tranchante qu'une lame, était fréquemment utilisée comme arme de défense dans certaines régions d'Indonésie.

— Avec tout ça, j'ai oublié de me présenter, déclara l'homme. Sergent Slade, du NYPD, pour vous servir.

Il tira de sa poche un badge qu'il éclaira à l'aide de sa lampe.

Margo fronça les sourcils. Qui diable était ce type, et que faisait-il là ? Elle avait rêvé, ou bien il avait vraiment... poignardé Frisby ? Elle sentit monter en elle une vague de terreur.

— Je suis arrivé juste à temps, reprit Slade. Ce Frisby était sur le point de vous dénoncer aux flics. Sans se douter que la police veillait, ricana-t-il. Il vous a d'ailleurs raconté n'importe quoi. Croyez-moi sur parole, il vous aurait suffi de négocier avec le juge pour vous en tirer avec des travaux d'intérêt général. Je peux vous assurer que nos chers concitoyens se fichent éperdument qu'on puisse s'emparer d'une vieille plante moisie dans les réserves d'un musée.

Il s'accroupit à côté du corps de Frisby en évitant soigneusement la mare de sang qui s'était formée autour de la nuque du conservateur, puis il se releva.

— Allez, autant en finir tout de suite, dit-il. Maintenant que je suis là, vous n'avez plus rien à craindre. Donnez-moi votre sac, ajouta-t-il en tendant le bras.

Margo, pétrifiée par la peur, était incapable d'esquisser un geste. Ce type venait de poignarder Frisby sous ses yeux. Avec une épine géante. Elle venait d'assister à un meurtre. En direct. Elle comprit brutalement en se souvenant des recommandations de D'Agosta : flic ou pas, ce type-là travaillait pour le compte de Barbeaux.

Le sergent fit un pas vers elle, l'épine à la main.

— Donnez-moi votre sac, professeur Green, insista-t-il.

Margo recula instinctivement.

— Ne compliquez pas inutilement la situation. Donnez-moi ce sac et il ne vous arrivera presque rien.

Margo recula à nouveau en se cramponnant à l'anse du sac.

Slade poussa un soupir.

— Puisque vous avez vraiment envie de jouer, vous allez regretter de ne pas en être quitte pour des travaux d'intérêt général.

Il changea l'épine de main, serra le poing autour de la plante et s'approcha d'un air menaçant. D'un coup d'œil par-dessus son épaule, Margo constata qu'elle était acculée dans un cul-de-sac, entre le coffre de l'herbarium et plusieurs rangées d'étagères.

Elle dévisagea son adversaire. Sans être grand, il se déplaçait avec l'aisance d'un félin. Outre l'épine géante, il portait à la ceinture un pistolet, une lacrymo et des menottes.

Elle recula et se retrouva rapidement coincée contre la porte métallique de l'énorme coffre.

— Vous verrez, vous ne sentirez rien, dit Slade avec une pointe de regret. Croyez-moi, je n'y prends aucun plaisir.

Il brandit l'épine géante et se rua sur elle, prêt à lui trancher la gorge.

66

— Arrêtez-vous ici, je vous prie.

Le chauffeur de taxi se rangea le long du trottoir. Constance Greene glissa l'argent de la course à travers la fenêtre coulissante, récupéra son sac et descendit de voiture. Elle resta quelques instants plantée sur le trottoir, hésitante. De l'autre côté de Washington Avenue s'élevait la grille de fer forgé derrière laquelle on devinait les silhouettes sombres des arbres du Jardin botanique de Brooklyn. Il était 21 h 30, mais la circulation était dense et quelques piétons arpentaient encore les trottoirs.

Constance mit son grand sac noir en bandoulière, lissa de la main les plis de sa robe et écarta d'un geste les mèches qui lui barraient le visage, puis elle gagna le carrefour le plus proche, attendit que le feu passe au vert et traversa l'avenue.

La grille du Jardin botanique, haute de moins d'un mètre, était surmontée de pics émoussés par le temps. Constance longea l'enceinte d'un pas naturel jusqu'à l'endroit le plus discret, une zone située entre deux réverbères que la présence de branches d'arbres rendait plus sombre encore. Elle déposa son sac à ses pieds, sortit son portable et feignit de s'y intéresser tout en surveillant les alentours du coin de l'œil. Constatant que tout était calme, elle agrippa deux des pics de la grille et franchit l'obstacle d'un saut avant de récupérer le sac en le passant par-dessus l'enceinte. Elle gagna en quelques bonds l'abri des arbres. Collée contre un tronc, elle s'assura que personne n'avait remarqué son manège.

Tout était normal.

Elle tira sur la fermeture Éclair du sac et sortit une petite besace qu'elle dissimula dans un creux de terre, puis elle s'enfonça dans la pénombre. Elle n'avait pas jugé utile de prendre une torche, sachant qu'un croissant de lune brillerait au-dessus des arbres. En outre, Constance disposait d'une excellente vision nocturne, acquise lors des nombreuses années passées dans les souterrains de la demeure de Riverside Drive.

Elle avait pris la précaution de télécharger le plan proposé sur le site du Jardin botanique afin d'en mémoriser tous les détails. Devant elle se dressait un mur végétal au milieu duquel elle se glissa avant de ressortir dans un coin reculé du jardin Shakespeare. Constance comprit qu'elle piétinait un parterre d'iris en sentant leur parfum flotter jusqu'à elle, et se rabattit sur un sentier de brique qui serpentait au milieu des plantations. Elle s'immobilisa et tendit l'oreille. Tout n'était que silence et pénombre. Soucieuse de ne pas déclencher les systèmes de surveillance éventuels du Jardin, elle se déplaçait sans bruit, forte de l'expérience acquise au cours de l'enfance lorsqu'elle écumait les docks de New York à la recherche de nourriture et d'argent.

Constance, évitant soigneusement les allées, longea une plate-bande de primevères et un nouveau mur végétal auquel faisait suite un muret de pierre. Elle franchit l'obstacle et rejoignit l'allée centrale menant au Pavillon des Palmiers, un élégant bâtiment en fonte et verre de style toscan au-delà duquel s'étendaient les serres. C'était là, à l'intérieur du Pavillon aquatique, qu'elle savait pouvoir trouver le précieux nénuphar *hodgsonia* qu'elle convoitait. L'allée principale, trop éclairée à son goût, lui interdisait toute approche directe. Aussi décida-t-elle d'attendre, tapie dans un buisson, afin de voir à quelle fréquence avaient lieu les rondes des gardiens. Armée de patience, elle finit par s'étonner de ne voir personne. Elle crut y trouver une preuve de la justesse des allégations de Pendergast ; si Barbeaux avait voulu lui tendre un piège, il aurait pris soin de neutraliser les surveillants du parc.

L'information était bonne à prendre.

D'un autre côté, il s'agissait d'un jardin public, et non d'un musée. Peut-être n'y avait-il pas de gardiennage de nuit, tout simplement.

Se coulant dans l'ombre des arbres, elle traversa le Jardin des Senteurs, puis le Jardin japonais. La brise nocturne portait jusqu'à elle des parfums de chèvrefeuille et de pivoine. Elle franchit un volumineux massif d'azalées et parvint en vue du Carrefour des Magnolias dont les arbres avaient déjà perdu leurs fleurs de printemps. Au-delà scintillaient les eaux du Bassin des Nénuphars sous le regard bienveillant de la lune.

En examinant le plan du Jardin botanique avant son départ, Constance s'était tracé mentalement un itinéraire d'approche. Le meilleur point d'entrée était encore le Pavillon des Palmiers, une ancienne serre convertie en lieu de réception. Le bâtiment disposait de vitres à l'ancienne nettement plus grandes que celles des serres plus récentes, dont beaucoup étaient équipées de double vitrage.

Constance traversa au pas de course le Carrefour des Magnolias et se colla contre la façade de l'une des ailes du Pavillon des Palmiers. Elle jeta un regard à travers les carreaux. L'espace avait été aménagé en prévision d'un mariage, sans doute pour le lendemain : de longues tables recouvertes de nappes blanches, des couverts luxueux, des verres fins, des chandelles dans leurs candélabres. Aucun système de surveillance apparent. Constance mit un genou à terre et récupéra dans une poche latérale de son sac un étui de cuir contenant un diamant de vitrier et une ventouse. Elle fixa celle-ci au centre de la vitre et fit courir le diamant sur toute la longueur du carreau. Une série de coups secs lui permit de détacher la vitre qu'elle déposa avec précaution près d'elle, puis elle glissa le sac à travers l'ouverture et pénétra à son tour dans le bâtiment en veillant à ne pas déchirer sa robe.

Son sac en bandoulière, elle traversa la salle de banquet puis la piste de danse au-dessus de laquelle s'élevait le grand dôme, et gagna l'aile opposée. La porte donnant accès aux pavillons voisins n'était pas fermée à clé. Elle tendit l'oreille, prête à rebrousser chemin à la moindre alerte, au cas où elle aurait déclenché une alarme sans le vouloir, mais le Pavillon des Palmiers était plongé dans un profond silence.

Elle ouvrit doucement la porte, glissa un regard prudent, franchit le seuil et se retrouva à l'intérieur du Musée des Bonsaïs, dont elle avait cru comprendre qu'il était le plus beau au monde, en dehors du Japon. À l'autre extrémité du bâtiment s'élevait le Pavillon aquatique avec ses impressionnantes collections d'orchidées.

Le Musée des Bonsaïs offrait relativement peu de cachettes. Les arbres nains, exposés par rangées sur des consoles en bois collées aux murs, laissaient la place à une large allée centrale. Constance, tapie sous l'un des piédestaux, attendit. Pas de gardien en vue. Ni de Barbeaux. La température à l'intérieur de cette serre était plus fraîche que dans le Pavillon des Palmiers. Un ronronnement de ventilateur s'échappait des hauteurs de l'immense espace vitré.

Elle traversa vivement le musée sans un regard pour les troncs noueux des arbres nains et s'immobilisa devant l'accès au pavillon voisin. Celui-ci n'était pas davantage verrouillé que le précédent. Elle entrebâilla la porte d'une main hésitante avant de se décider à poursuivre son exploration en constatant que tout était silencieux.

Elle se retrouva dans un vaste hall d'entrée donnant d'un côté sur les serres Steinhardt qui accueillaient notamment le Pavillon tropical, de l'autre sur le Pavillon aquatique.

À ce stade de son exploration, l'absence anormale de gardien lui confirma que Barbeaux l'attendait. Elle le sentait.

Elle s'enfonça dans la pénombre en direction du Pavillon aquatique, que fermait une double porte en verre. Tapie dans le noir, elle observa l'intérieur du pavillon.

Tout paraissait normal. Pourtant, à force de fouiller l'obscurité, elle finit par distinguer une silhouette masculine parfaitement immobile. Plus exactement, son reflet à la surface d'un bassin qu'éclairait le clair de lune. Il tenait une arme à la main.

Pendergast ne s'était donc pas trompé. Aussi surprenant que cela puisse paraître, Barbeaux était au courant de ses projets. Elle ne s'était pourtant confiée qu'à Margo, mais la présence d'un inconnu armé prouvait que leur secret avait été percé, qu'ils comptaient un traître parmi eux. Barbeaux, sachant qu'elle avait l'intention de récupérer cette plante, lui avait tendu un piège.

Constance grimaça intérieurement en pensant à Margo, à sa mission dans les sous-sols du Muséum. Barbeaux pouvait-il également en avoir eu vent ? Forcément. Elle se rassura en se souvenant que Pendergast avait pris soin d'alerter D'Agosta par téléphone. Margo ne craignait rien.

Constance, en se déplaçant très légèrement, distingua une autre silhouette à l'intérieur du Pavillon aquatique. Cette fois, l'homme était équipé d'un fusil d'assaut.

Elle avait visiblement affaire à des soldats de métier armés jusqu'aux dents, ce qui n'avait rien de surprenant étant donné les états de service de Red Mountain. Barbeaux avait décidé de ne prendre aucun risque.

La serre où la guettaient les hommes de Barbeaux était immense et accueillait une végétation luxuriante, ainsi que le constatait Constance, malgré l'obscurité. Si elle avait pu repérer deux hommes de sa cachette, il y en avait forcément d'autres.

Barbeaux était fermement décidé à empêcher quiconque de s'emparer du nénuphar. Il entendait s'assurer que Pendergast traverse des souffrances insoutenables avant de s'éteindre.

Ce constat soulevait pourtant une autre question : pourquoi organiser une telle souricière, alors qu'il suffisait à Barbeaux de dérober ou de détruire les spécimens d'*hodgsonia* avant de s'en aller tranquillement ?

La réponse était simple : si Barbeaux savait dans quel pavillon Constance comptait se procurer une plante, il ignorait précisément laquelle. Les informations qu'on lui avait transmises étaient donc incomplètes.

Elle reconstitua dans sa tête le plan du Jardin botanique et se souvint que le Pavillon aquatique possédait une galerie, accessible par l'escalier qui s'élevait dans le hall d'entrée et d'où les visiteurs étaient invités à admirer la jungle moite étalée à leurs pieds. Elle hésita à effectuer une reconnaissance à l'étage avant de deviner que Barbeaux aurait forcément pensé à poster un guetteur sur la galerie.

Les adversaires de Constance étaient trop nombreux. Jamais elle ne parviendrait à leur échapper, à s'emparer de la plante sans qu'ils s'en aperçoivent, avant de disparaître. À moins de s'introduire à l'intérieur du pavillon à leur insu, bien sûr. La manœuvre était quasi impossible, mais elle n'avait pas le choix.

La discrétion restait son unique atout. En clair, cela signifiait qu'elle devait se débarrasser du sac. Elle glissa le diamant et la ventouse au fond d'une poche de sa robe et enfouit l'encombrant sac de nylon sous un banc. Cette opération achevée, elle se colla contre le chambranle de la double porte en verre et tenta de deviner les emplacements stratégiques choisis par les hommes de Barbeaux. À défaut de connaître l'emplacement précis de l'*hodgsonia*, Constance comptait sur les étiquettes descriptives collées près de chaque espèce. De plus, elle avait soigneusement étudié la plante et se savait capable de l'identifier grâce à sa luxuriance. Si les hommes de Barbeaux n'avaient pas été en embuscade, elle aurait accompli sa mission en un clin d'œil.

La situation était infiniment plus complexe désormais.

Elle rasa le mur jusqu'aux portes du hall d'entrée, qu'elle trouva fermées. Puis elle retraversa en sens inverse le Musée des Bonsaïs et le Pavillon des Palmiers avant de ressortir en passant à travers le carreau découpé un peu plus tôt. Elle contourna le Bassin des Nénuphars en restant à couvert des grands spécimens de l'arboretum, avança au large du Pavillon tropical et gagna la façade arrière du Pavillon aquatique. Les vitres, plus petites que celles du Pavillon des Palmiers, étaient toutefois assez larges pour lui permettre de se glisser à l'intérieur. Ses adversaires ne risquaient pas de l'attendre là, du fait de l'absence de porte de ce côté du bâtiment.

Elle s'accroupit, tous les sens aux aguets. Rien. Elle fixa la ventouse sur le carreau le plus proche et en entama la découpe. Elle se figea aussitôt, inquiète à l'idée que le crissement du diamant sur le verre attire l'attention des hommes de Barbeaux. La nuit était pourtant peu silencieuse. Brooklyn bruissait de vie, entre les klaxons et les rugissements des réacteurs d'avion au-dessus de sa tête, mais le grincement, amplifié par l'écho à l'intérieur de la serre, ne pouvait passer inaperçu.

Comme pour confirmer les inquiétudes de Constance, une silhouette se détacha de l'ombre du pavillon. L'homme, intrigué par le bruit, observa attentivement les alentours, l'arme au poing. La nuit l'empêchait de voir l'intruse de l'autre côté de la vitre et il finit par s'évanouir au milieu de la jungle, rassuré.

Constance reconsidéra sa stratégie. Il lui fallait absolument trouver le moyen d'entrer sans bruit à l'intérieur de la serre.

Elle rampa le long des parois de verre en sondant les carreaux de la main au passage, et s'aperçut que certains se détachaient de leur cadre métallique mangé par la rouille.

Toujours à plat ventre, elle testa les vitres l'une après l'autre jusqu'à ce que sa main rencontre un carreau qui flottait davantage que les précédents. En examinant son cadre, elle constata que le métal en était corrodé sur la partie inférieure.

Elle glissa le manche de son diamant de vitrier entre la vitre et le métal. Ce dernier se tordit aisément dans une pluie d'écailles de rouille. Avec d'infinies précautions, de façon à ne pas la briser, Constance dégagea progressivement la plaque de verre de son carcan rouillé. Après plusieurs minutes d'effort, le carreau se trouvait suffisamment libéré de son cadre pour qu'elle puisse l'extraire à l'aide de la ventouse. Une bouffée d'air moite aux forts relents de fleur flotta jusqu'à ses narines.

L'instant suivant, Constance se glissait à l'intérieur du Pavillon aquatique.

Un épais mur végétal la séparait de ses adversaires : la collection d'orchidées installée au fond de la serre. D'après le plan mémorisé l'après-midi même, une allée protégée par une double rambarde s'enfonçait ensuite dans les profondeurs du pavillon en décrivant une courbe avant de déboucher sur le bassin intérieur dans lequel se trouvait l'*hodgsonia*.

Constance prit le temps de la réflexion. La végétation qui l'entourait était extrêmement dense. Sa robe noire à motifs clairs lui fournissait un camouflage idéal, mais elle risquait fort de l'embarrasser si elle devait ramper jusqu'à son objectif. En outre, le tissu pouvait s'accrocher à une branche et se déchirer bruyamment. Elle retira la robe d'un geste vif et se retrouva en combinaison noire, puis elle ôta ses chaussures et ses bas. Pieds nus, elle roula la robe en boule, la dissimula derrière un buisson avec les chaussures et les bas, et rampa prudemment à travers l'épais rideau d'orchidées.

L'allée centrale baignait dans une lumière fantomatique, mais la lune flottait bas dans le ciel et les buissons situés de l'autre côté fourniraient à Constance une ombre bienvenue. À condition de franchir l'obstacle de cette allée trop bien éclairée. Tout en réfléchissant au moyen de procéder, elle devina les silhouettes de trois autres hommes tapis dans l'ombre. Parfaitement silencieux, ils scrutaient les alentours, à l'affût du moindre mouvement, du plus petit bruit.

Leur échapper ne serait pas une partie de plaisir, mais Constance n'avait guère le choix. La survie de Pendergast était à ce prix.

La terre sur laquelle elle rampait était humide et boueuse. En dépit de la tunique noire qu'elle portait, les parties exposées de son corps dessinaient des taches claires dans l'obscurité. Elle ramassa une poignée de boue et s'en enduisit le visage, les bras et les jambes. Satisfaite du résultat, elle écarta les orchidées et reprit son avancée, centimètre par centimètre, dans une odeur entêtante d'humus, de suc de fleurs et de végétation moite. Elle s'immobilisait à chaque mouvement, comme à l'époque où, petite fille, elle volait du poisson sur les docks riverains de Water Street sans que personne ne la voie. À la différence près qu'elle était alors une simple gamine des rues, à des années-lumière de la femme qu'elle était devenue.

En l'espace de quelques minutes, elle avait parcouru près de trois mètres et s'était réfugiée dans un buisson de fougères tropicales. Elle allait devoir franchir la rambarde et traverser l'allée. Elle distinguait les silhouettes de plusieurs guetteurs de son poste d'observation, mais d'autres étaient certainement dissimulés dans le noir. Toutefois, elle possédait un avantage sur eux, puisqu'ils ignoraient sa présence à l'intérieur de la serre. On les sentait concentrés sur l'entrée du pavillon et la sortie de secours, située tout au fond.

Continuant de se déplacer sans bruit dans l'ombre, elle se réfugia derrière une pancarte destinée aux visiteurs. Comment traverser l'allée ? Le meilleur moyen était encore de franchir l'obstacle en un éclair en profitant d'un moment d'inattention des hommes de Barbeaux.

Elle observa les alentours. Un premier grésillement, accompagné d'un murmure de voix, lui indiqua la présence d'une radio. Un deuxième, puis un troisième lui répondirent, de différentes cachettes à l'intérieur de la serre. Il était 21 h 45 précises. Les hommes faisaient un point rapide.

Leur échange avait permis à Constance de les localiser. Elle compta un total de cinq hommes, estimant à trois seulement le nombre de ceux qui pouvaient l'apercevoir lorsqu'elle traverserait l'allée à découvert.

Elle leva la tête. La lune poursuivait son ascension en éclairant l'intérieur de la serre, elle n'atteindrait pas l'abri des premiers arbres avant plusieurs heures, mais des bancs de nuages traversaient le ciel. L'un d'entre eux viendrait obscurcir la face de la lune d'ici trois minutes.

Elle baissa les paupières pour ne pas risquer que le blanc de ses yeux se voie dans le noir, et attendit en comptant dans sa tête. Les trois minutes écoulées, elle entrouvrit les paupières et constata que les nuages atteignaient la lune. Une ombre géante s'abattit sur la serre.

C'était le moment ou jamais. Elle leva prudemment la tête. Les guetteurs s'étaient fondus dans l'obscurité, de sorte qu'elle n'aurait pas su dire de quel côté étaient tournés leurs regards. Une pénombre épaisse régnait à présent à l'intérieur du pavillon, jamais une occasion plus propice ne se représenterait. Elle devait tenter le tout pour le tout.

Elle franchit la rambarde avec souplesse, traversa l'allée comme une flèche et se tapit sous un arbre tropical autour duquel s'enroulaient des orchidées. Elle resta parfaitement immobile, osant à peine respirer. Tout était silencieux. La lune refit son apparition quelques instants plus tard : aucun des guetteurs n'avait bougé. Personne ne l'avait vue.

Il ne lui restait plus qu'à rejoindre le bassin et à récupérer la précieuse plante de façon à...

Un objet froid effleura sa nuque tandis qu'une voix résonnait dans son dos :

— Ne bougez pas.

67

Margo se jeta de côté à l'instant précis où l'épine géante s'abattait sur elle, déchirant sa veste et lui égratignant l'épaule. Elle roula sur le sol et se retrouva coincée contre un mur d'étagères. Sa lampe frontale s'évanouit dans l'ombre. Slade fit un pas dans sa direction et se planta au-dessus d'elle. Margo était désormais à sa merci.

— Vous compliquez inutilement la situation, l'avertit-il.

Un bras replié dans le dos, elle sentit un objet froid sous ses doigts : un flacon contenant un spécimen de plante.

— Je veux juste récupérer la fleur que vous avez dérobée, insista Slade sur un ton qu'il voulait arrangeant. Donnez-la-moi et je vous laisse filer.

Margo garda le silence. Il était évident qu'il mentait, mais elle avait beau se creuser la cervelle, elle ne trouvait pas d'issue.

— Vous n'avez aucune chance de m'échapper, alors autant vous montrer coopérative.

Elle lança machinalement un coup d'œil par-dessus l'épaule de Slade, en direction de la porte de l'immense réserve.

— Si vous croyez pouvoir m'échapper en regagnant l'entrée, vous vous trompez, dit Slade, devinant son intention. J'ai bloqué la serrure avec un vieux canif à mon arrivée, de façon que personne ne vienne nous déranger. Nous sommes seuls ici, précisa-t-il avec un sourire étrange.

Margo s'efforça de museler sa peur. Elle croyait se souvenir que les sous-sols du bâtiment 6 disposaient d'une issue de secours. Le tout était de se souvenir des couloirs qui y conduisaient. Si elle parvenait à glisser entre les doigts de son adversaire, elle avait une petite chance d'arriver à le semer car elle connaissait mieux les lieux que lui…

— Inutile de songer à vous enfuir par l'issue de secours. Je connais ces sous-sols probablement aussi bien que vous.

Margo n'en revenait pas qu'il ait percé ses pensées de la sorte. Une fois de plus, il mentait. Comment aurait-il pu connaître les souterrains du Muséum ?

— Eh oui, enchaîna Slade. Figurez-vous que je connais le Muséum comme le fond de ma poche. Croyez-moi, je n'en tire aucune gloire, cet endroit me rappelle de très mauvais souvenirs. Je n'ai pas toujours été sergent au NYPD. J'appartenais au FBI autrefois, j'ai même terminé deuxième de ma promo. Pour mon premier poste sur le terrain, on m'a affecté ici, au Muséum, pour l'inauguration d'une exposition importante. Je devais veiller à ce que tout se passe bien. Vous savez de quelle exposition il s'agissait, Margo ? Vous devriez le savoir, puisque vous étiez là.

Margo ouvrit de grands yeux. Slade… Slade… elle se souvenait vaguement d'avoir entendu ce nom après cette nuit terrible qui avait vu le Muséum se transformer en boucherie, douze ans plus tôt. Mais si on avait effectivement prononcé le nom de Slade en sa présence, elle ne l'avait pas rencontré à l'époque. Pouvait-il s'agir du même ?

— Le Slade en question… c'est vous ?

Le policier afficha sa fierté.

— Exactement. La grande exposition consacrée aux superstitions. J'ai eu la malchance d'être placé sous les ordres de l'inspecteur Coffey. L'expo, comme vous le savez, a tourné à la catastrophe. On a dénombré vingt-six victimes, si mes souvenirs sont bons. L'un des pires fiascos de l'histoire du FBI, au point que notre hiérarchie a voulu faire un exemple en s'en prenant non seulement à Coffey, mais à tous ses hommes. Coffey a été muté à Waco et j'ai été révoqué avec le reste de l'équipe. Après ça, j'étais un pestiféré mais j'ai eu de la chance que le NYPD accepte de me prendre comme îlotier de base. Pourtant, ma réputation ne s'en est jamais remise. Pourquoi croyez-vous qu'avec autant d'expérience et d'ancienneté, je ne sois encore que sergent aujourd'hui ?

En déversant son amertume, Slade avait donné à Margo le temps de se ressaisir. Le mieux était encore de le laisser s'épancher.

— C'est pour ça que vous avez accepté de toucher des pots-de-vin ?

— Je n'étais en rien responsable du désastre de cette inauguration. Quand je suis arrivé, tout était déjà consommé, ce qui n'a pas empêché ma hiérarchie de me jeter en pâture aux loups sans aucune hésitation. Ce genre d'incident vous pousse généralement à revoir… disons, vos priorités. Le jour où s'est présentée une meilleure offre, j'ai accepté. Et me voici.

Slade se pencha légèrement en avant, son poing se serra autour de l'épine géante, et Margo comprit qu'il s'apprêtait à l'égorger. Les doigts de la jeune chercheuse se refermèrent sur le flacon. Au moment où il se ruait sur elle, elle le déstabilisa d'un coup de pied à la cheville. Slade tenta de reprendre son équilibre, mais elle avait eu le temps de lui écraser le flacon sur la tempe. Le récipient se brisa dans une explosion d'éthanol et Slade tomba à genoux. D'un bond, elle passa au-dessus de lui et sprinta le long de l'allée en serrant précieusement son sac contre elle. Slade poussa un rugissement dans son dos. Il se relevait déjà.

La panique donnait des ailes à Margo qui traversa les réserves botaniques en un temps record. Elle ouvrit la porte d'une poussée et tourna à gauche en direction de l'issue de secours du bâtiment 6. Sa fuite était compliquée par la disposition biscornue des vieux sous-sols du Muséum. Elle allait devoir traverser plusieurs réserves avant d'atteindre son but. Une respiration rauque et un bruit de course derrière elle lui confirmèrent que Slade la poursuivait. Et qu'il gagnait du terrain.

68

Constance, allongée à même la terre, n'esquissa pas un mouvement. Le faisceau discret d'une lampe courut le long de son corps et un murmure lui indiqua que les hommes de Barbeaux se concertaient. Elle éprouvait un curieux mélange de remords, de chagrin et, plus encore, de colère. Non pas de savoir qu'elle allait mourir, elle se moquait de sa propre vie, mais parce que l'échec de son expédition était synonyme de mort pour Pendergast.

Elle entendit un léger bruit de pas, puis une voix qu'elle ne connaissait pas résonna sous la verrière du pavillon.

— Relevez-la.

Le même objet froid se posa sur sa nuque.

— Allez, debout. Très lentement.

Constance s'exécuta et se retrouva face à un homme svelte à la raideur toute militaire, vêtu d'un costume sombre. À la lueur pâle de la lune, son visage à large mâchoire et pommettes saillantes ressemblait à un masque de granit.

Barbeaux.

Le temps de quelques instants, Constance ne pensa plus qu'à la haine et au mépris que lui inspirait cet homme. Elle se tint immobile tandis qu'il faisait courir sur elle le faisceau de sa torche.

— Eh bien, vous n'êtes pas belle à voir, remarqua-t-il d'une voix rocailleuse.

Plusieurs inconnus lourdement armés, venus des quatre coins de la serre, prirent position autour de la prisonnière. Ils lui coupaient toute possibilité de retraite. Elle hésita un instant à tenter de leur arracher une arme avant de comprendre l'inanité d'une telle manœuvre. En outre, elle n'avait aucune idée du fonctionnement de ces armes automatiques. Et puis, Barbeaux n'était pas le genre d'homme à se laisser surprendre ou circonvenir aisément. Il possédait ce calme, cette intelligence, cette cruauté aiguë qu'elle avait déjà connus chez deux individus : son premier protecteur, Enoch Leng, et Diogène Pendergast.

Son inspection achevée, Barbeaux reprit la parole :

— Voici donc l'ange vengeur que nous envoie Pendergast. Je n'en croyais pas mes oreilles quand Slade m'a parlé de vous.

Constance resta sans réaction.

— Je souhaite connaître le nom de la plante que vous cherchez.

Elle continuait de le fixer.

— Vous vous êtes lancée dans une tentative désespérée pour sauver votre cher Pendergast. Nous avions une longueur d'avance sur vous, comme vous avez pu vous en apercevoir. Il n'empêche, je suis admiratif de la façon dont vous avez réussi à pousser aussi loin votre petite expédition avant d'être capturée.

Constance le laissa poursuivre.

— Pendergast est actuellement sur son lit de mort. Vous n'imaginez pas combien ses souffrances me procurent de plaisir. Il est atteint d'un mal unique. Des douleurs physiques insoutenables, aggravées par la conscience de sombrer dans la folie. Je sais de quoi je parle. J'ai eu l'occasion d'assister moi-même à l'agonie d'un malade.

Barbeaux fit courir un regard équivoque sur le corps recouvert de boue de Constance.

— J'ai cru comprendre que l'inspecteur Pendergast était votre « protecteur ». Que protège-t-il, précisément ?

Constance lui répondit par un silence méprisant.

— Vous ne dites rien, mais votre regard vous trahit. J'y lis toute la haine que je vous inspire. La haine d'une femme envers le meurtrier de son amant. Quelle différence d'âge y a-t-il entre vous ? Vingt ans ? Vingt-cinq ans ? C'est dégoûtant. Vous pourriez être sa fille.

Constance refusait toujours de baisser les yeux.

— Vous ne manquez pas de cran, en tout cas, soupira Barbeaux. J'ai besoin de connaître le nom de cette plante et je constate, à mon grand regret, que nous allons devoir vous contraindre à nous le donner.

Il caressa le visage de la prisonnière qui resta de marbre. Les doigts de Barbeaux descendirent le long du cou taché de boue de Constance, effleurèrent ses seins à travers la soie de sa tunique.

Vive comme l'éclair, Constance le gifla violemment. Barbeaux recula sous le choc, le souffle court.

— Tenez-la.

Deux de ses hommes saisirent chacun un bras de la prisonnière. Le premier avait le crâne rasé, le second les cheveux jusqu'aux épaules. Constance ne tenta même pas de se débattre. Barbeaux s'avança et lui palpa la poitrine.

— Dommage que Pendergast ne soit pas là pour nous voir nous amuser avec sa petite poupée. Allez, le nom de cette plante.

Il pinça méchamment le sein de Constance qui se mordit les lèvres pour ne pas crier de douleur.

— Le nom de cette plante.

Il la pinça à nouveau, provoquant cette fois un petit cri qu'elle étouffa aussitôt.

— Allons, pas de crise d'hystérie. Ça ne servirait à rien. Nous avons pris soin de neutraliser les maigres forces de surveillance de ce lieu. Nous sommes entre nous.

Barbeaux lâcha le sein de Constance et releva sa combinaison.

— Un corps si jeune, si tendre. J'imagine volontiers Pendergast le pétrissant à loisir pour son amusement.

Il lâcha le vêtement et dévisagea longuement la prisonnière. Il recula d'un pas en adressant un signe de tête à Crâne Rasé. Le mercenaire se tourna vers Constance et la gifla à deux reprises, de toutes ses forces.

Constance endura la punition en silence.

— Donnez-moi l'aiguillon, ordonna Barbeaux.

Le Chevelu tira du sac qu'il portait à l'épaule un objet d'une cinquantaine de centimètres de longueur, doté d'une poignée en caoutchouc, d'un serpentin métallique enroulé autour d'une tige centrale et de deux pointes : un aiguillon électrique à bétail. Il l'agita sous le nez de Constance.

— Bâillonnez-la, dit Barbeaux à ses sbires. Vous savez que j'ai horreur des cris.

Le Chevelu sortit de son sac du coton et un rouleau de gros scotch. Crâne Rasé envoya un coup de poing dans l'estomac de Constance qui se plia en deux sous l'effet de la douleur en desserrant instinctivement les dents. Il en profita pour lui enfoncer le coton dans la bouche avant de lui enrouler une longueur de Scotch tout autour du visage. Il recula afin de laisser la place au Chevelu, armé de son aiguillon. Les autres hommes firent le cercle autour de la prisonnière afin d'assister à l'opération.

Tandis que Crâne Rasé maintenait fermement Constance par les bras, le Chevelu lui enfonça l'aiguillon dans le ventre. Il hésita un instant, un sourire vicieux aux lèvres, et mit l'appareil en marche. Constance se tortilla sous l'effet de la douleur, les muscles brutalement contractés par l'électricité. En dépit de tous ses efforts pour rester stoïque, un cri étouffé filtra de son bâillon.

Le Chevelu éloigna l'appareil.

— Encore, l'encouragea Barbeaux. Elle nous fera signe quand elle aura décidé de parler.

Le Chevelu, voyant Constance se redresser tant bien que mal, lui agita l'aiguillon sous le nez d'un air moqueur. Soudain, il tendit le bras et lui plaqua l'appareil entre les seins en enfonçant le bouton. Constance se débattit, folle de douleur, cette fois sans un cri. Le Chevelu s'éloigna à nouveau.

Constance s'efforça d'afficher sa détermination.

— Je vois que notre pouliche a besoin d'un bon dressage, commenta Barbeaux.

— Il faudrait peut-être l'exciter dans un endroit plus sensible, suggéra Crâne Rasé.

Barbeaux approuva en soulevant la combinaison de la prisonnière. Le Chevelu, un sourire aux lèvres, s'approcha.

Un coup de feu traversa l'air à cet instant précis et la calotte crânienne du Chevelu se souleva d'un bloc dans un nuage gris rosé de cheveux, de sang et de cervelle.

Les hommes de Barbeaux, parfaitement entraînés, se jetèrent instantanément au sol, Crâne Rasé prenant soin d'entraîner Constance avec lui. Ils n'avaient pas trouvé le temps de se mettre à couvert que deux autres détonations rapprochées retentirent. L'un des mercenaires se tint le ventre en lâchant un râle alors qu'un autre, touché par une balle en plein dos, poussait un cri d'agonie.

Constance tenta d'échapper à la poigne de fer de Crâne Rasé, mais ses muscles tétanisés par les décharges électriques l'en empêchèrent. Le seul de ses bourreaux à ne pas s'être jeté à plat ventre était Barbeaux, à l'abri derrière un tronc d'arbre.

— Un tireur solitaire, annonça-t-il d'une voix calme. Sur la galerie. Prenez-le en tenaille.

Il adressa un signe à trois de ses hommes qui disparurent précipitamment dans la direction indiquée. Constance resta seule avec Barbeaux, Crâne Rasé et un autre mercenaire, sans parler des cadavres dont le sang se répandait au milieu des orchidées. Elle releva la tête en entendant de nouveaux coups de feu. Barbeaux saisit la radio accrochée à sa ceinture et donna ses ordres à ceux de ses hommes qui montaient la garde à l'extérieur de la serre. À en juger par les échanges qui lui parvenaient, Barbeaux devait encore disposer d'une bonne dizaine de mercenaires. Elle posa sur lui un regard scrutateur. Que s'était-il passé ? Le lieutenant D'Agosta avait-il deviné la nature de sa mission et rameuté le NYPD ?

— Ne bouge pas, lui ordonna Crâne Rasé en lui enfonçant le nez dans la terre.

De son poste de commandement à l'abri du tronc d'arbre, Barbeaux continuait de donner des ordres dans sa radio d'une voix posée. Le silence s'installa, bientôt rompu par une série de détonations dans les profondeurs du pavillon, suivie par un fracas de verre brisé. Des appels excités grésillèrent dans le haut-parleur de la radio de Barbeaux.

Allongée de force dans la boue, Constance recommençait à respirer normalement. Barbeaux avait fait allusion à un tireur solitaire. S'il s'était agi de D'Agosta, il ne serait jamais venu seul. Quelle que soit l'explication, Pendergast n'était peut-être pas encore perdu…

Au terme de nouveaux échanges radio, Barbeaux se tourna vers Crâne Rasé.

— Relève-la. Tu peux lui retirer son bâillon, ils tiennent le tireur.

69

Margo se précipita sur la porte d'une première réserve, son passe à la main, en priant le ciel qu'elle veuille bien s'ouvrir. La clé tourna dans la serrure. Margo ouvrit, se rua à l'intérieur et claqua la porte derrière elle. Slade voulut l'enfoncer d'un coup d'épaule. Elle rassembla toutes ses forces et s'arc-bouta contre l'huis. Slade insista alors que Margo s'entêtait à le repousser.

Elle comprit qu'elle ne tiendrait pas longtemps à ce petit jeu. D'autant qu'il pouvait tirer à tout moment à travers la porte.

Il se jetait à nouveau sur le battant lorsqu'elle l'ouvrit d'un geste brusque. Slade, surpris, s'étala à ses pieds et elle en profita pour lui assener un violent coup de pied à la tempe avant de s'enfuir dans la pénombre. Tout en courant, elle l'entendit pousser un cri de douleur. La partie était loin d'être gagnée. Elle avait perdu sa lampe frontale, alors qu'il conservait sa torche dont le faisceau se posa brièvement sur sa silhouette au moment où elle s'enfonçait entre deux rangées d'étagères avant de bifurquer aussitôt. Tout en courant, elle remarqua du coin de l'œil que les rayonnages étaient couverts de bocaux de verre contenant chacun un énorme globe oculaire mucilagineux, gros comme une boule de bowling : la célèbre collection d'yeux de cétacés du Muséum.

Tout en sprintant, elle sortit son portable et jeta un coup d'œil sur l'écran. Pas de barre de réception, ainsi qu'elle le craignait. Les murs épais des sous-sols du Muséum bloquaient le signal des relais téléphoniques.

Margo était en excellente forme physique, mais Slade ne lui concédait rien et elle ne tarda pas à s'apercevoir qu'elle risquait fort de perdre le cent mètres contre lui. Vite, trouver un moyen de le stopper, au moins de le ralentir. Pourquoi donc ne tirait-il pas ? À cause du bruit, sans doute. Slade était la prudence incarnée, il devait craindre qu'un chercheur quelconque n'ait la mauvaise idée de parcourir ces couloirs, même à une heure aussi tardive.

Passant devant une série d'interrupteurs au détour d'un couloir, Margo les fit basculer du revers de la main. Tout en devenant plus visible, elle faisait perdre à Slade l'avantage que lui donnait sa torche. Les néons s'allumèrent en clignotant et elle en profita pour s'engouffrer dans une allée latérale. À son souffle, elle sut que Slade courait dans l'allée voisine, à quelques mètres de distance. L'idée lui vint de pousser violemment une rangée de flacons, qui s'écrasèrent juste devant son poursuivant. À peine ralenti dans sa course, Slade sauta par-dessus l'obstacle. Et si elle poussait une étagère entière ? Impossible, elles étaient trop lourdes. En outre, leurs pieds étaient boulonnés au sol.

Plusieurs portes de communication reliaient la salle des yeux de baleines aux réserves adjacentes, mais une seule d'entre elles permettait de rejoindre l'issue de secours du bâtiment 6. Slade gagnait du terrain et Margo était encore loin du compte. À cette heure, l'issue de secours était peut-être même verrouillée pour la nuit. Margo voulut gagner du temps en jetant à terre de nouveaux bocaux. Elle se demanda si l'éthanol était inflammable. De toute façon, elle n'avait pas de briquet dans son sac. Quand bien même, elle aurait risqué d'allumer un incendie dont elle ne sortirait pas vivante.

Margo repartit en sens inverse à l'extrémité de l'allée en accumulant les obstacles dans sa course. Elle laissait derrière elle un sillage gluant et puant au milieu duquel s'éparpillaient les yeux géants. Slade glissa sur l'un d'eux et se rattrapa de justesse à une étagère en poussant un juron dans un nouveau fracas de bocaux. Une odeur écœurante de vieux poisson et d'alcool avait envahi la réserve. Slade reprit sa course, mais Margo avait réussi à gagner une poignée de secondes. Parvenue à l'extrémité de l'allée, fourbue, les poumons en feu, elle reconnut enfin la porte donnant accès à l'issue de secours. Slade la talonnait, elle n'aurait jamais le temps de glisser son passe dans la serrure avant qu'il la rejoigne.

Un extincteur montait la garde près de la porte.

Elle eut tout juste le temps de l'arracher du mur, de se retourner et de frapper Slade en pleine poitrine. La violence du coup l'envoya rouler par terre. Il se relevait avec un grognement de rage lorsqu'elle retira la goupille et appuya sur la poignée en dirigeant le tuyau vers lui. Il fut instantanément noyé sous une montagne de mousse. Aveuglé, il essaya vainement de repousser l'appareil.

— Salope ! hurla-t-il en tentant de se remettre debout tout en écartant furieusement la mousse dont Margo continuait de l'asperger. Je vais te tuer !

Il voulut se jeter sur elle, mais glissa et retomba lourdement sur le sol. Profitant de son avantage, Margo lui assena un violent coup d'extincteur sur le crâne.

Slade s'écroula en poussant un dernier grognement. L'instant d'après, il gisait sur le sol dans une mare de mousse, inconscient, les yeux révulsés.

Margo hésita sur la conduite à tenir. Un autre coup à la tête avait toutes les chances de lui défoncer le crâne. Elle leva l'extincteur avant de s'apercevoir qu'elle était incapable de tuer son adversaire. Elle se débarrassa de son arme de fortune. Grâce à Dieu, elle n'avait pas perdu son sac dans la bagarre. Il lui fallait trouver le moyen de quitter cet enfer le plus rapidement possible. Mais quelle sortie prendre ? Passer par l'issue de secours du bâtiment 6 la contraignait à traverser les réserves des bâtiments voisins, au risque de rester bloquée si son passe ne fonctionnait pas. Le mieux était encore de rebrousser chemin et de regagner l'ascenseur des collections botaniques. Margo ne croyait pas à l'avertissement de Slade. Comment aurait-il pu sortir s'il avait condamné la porte avec un canif, ainsi qu'il le prétendait ?

Elle repartit au pas de course en direction de l'herbarium. Seigneur, pourvu qu'elle puisse sortir par là ! Faute de quoi elle devrait revenir sur ses pas et repasser devant Slade. Et s'il était mort ?

Margo avançait d'un pas vif dans la pénombre, chichement éclairée par les éclairages de secours. Elle passa devant la réserve des collections botaniques et poursuivit vers la sortie. Une fois dans l'ascenseur, elle n'aurait plus qu'à rejoindre l'entrée de service, gardée en permanence par des agents de sécurité armés. Elle ne risquerait plus rien. Elle leur expliquerait la situation, raconterait le meurtre de Frisby, révélerait la présence de son assassin inconscient dans les sous-sols...

Elle enfonça la barre de sécurité de la porte. Celle-ci était fermée. Elle tourna la poignée, sans plus de résultat. En voulant introduire sa clé dans la serrure, elle constata que Slade, fidèle à sa parole, avait cassé la lame de son canif à l'intérieur. Elle jura à voix haute. Elle allait devoir emprunter l'issue de secours, et donc repasser devant lui. Elle en arrivait à regretter de ne pas lui avoir éclaté la cervelle. Si seulement elle avait eu la présence d'esprit de lui prendre son arme... Elle avait la ferme intention de réparer cette erreur... à condition que Slade n'ait pas repris connaissance.

Margo rebroussa chemin. Elle marchait vite, le plus silencieusement possible. Que se passerait-il s'il s'était réveillé ? Elle avait tout intérêt à se munir d'une arme improvisée. Elle se trouvait tout près des collections botaniques. Elle réfléchit. Quel type de plante pouvait bien se révéler efficace face à un pistolet ? Aucune, bien sûr.

À moins que...

Elle se précipita dans la réserve botanique, longea les vitrines et les rayonnages au pas de course, en prenant toutefois le temps de ramasser sa lampe frontale. Quelques instants plus tard, elle s'arrêtait devant le coffre de l'herbarium dont la diode rouge clignotait sagement. Elle tapa le code et tourna la poignée.

Là ! Le rayon de sa lampe s'arrêta sur les sarbacanes rassemblées dans un coin, avec leurs carquois remplis de fléchettes empennées longues de quelques centimètres et aux pointes enduites d'une substance noire.

Elle s'empara d'une sarbacane, passa l'un des carquois en bandoulière après y avoir prélevé une fléchette qu'elle introduisit dans le long tuyau, pointe devant. Elle referma le coffre, quitta la réserve botanique et remonta les couloirs en éteignant sa lampe frontale, guidée par les éclairages de secours. À peine avait-elle pénétré dans la salle où étaient conservés les yeux de baleines que son cœur fit un bond : à l'endroit où elle avait abandonné sa victime s'étendait une mare de mousse blanche dont s'éloignaient des empreintes de pas.

Elle se pétrifia de terreur. Non seulement Slade avait repris connaissance, mais il était sur pied. Peut-être même la guettait-il. Margo tendit l'oreille en s'efforçant de calmer les battements affolés de son cœur. Elle crut reconnaître un bruit de pas feutrés, sans être capable d'en déterminer la provenance.

Prise de panique, elle se précipitait vers l'issue de secours lorsqu'elle tomba nez à nez avec son adversaire au détour d'une allée. Il l'immobilisa d'une clé, la jeta à terre et se posta au-dessus d'elle en la menaçant de son arme.

— J'en ai assez, déclara-t-il d'une voix sourde. Donne-moi ce putain de sac ou bien je te colle une balle dans la tête.

— Allez-y, ne vous gênez pas. Le bruit attirera les agents de sécurité.

Elle sut qu'elle avait touché juste en constatant qu'il ne répondait pas. Soudain, un fin sourire éclaira le visage du policier.

— Dans ce cas, je vais me servir d'une arme plus silencieuse.

Il se baissa et ramassa sur le sol la sarbacane et le carquois que Margo avait laissés tomber dans la collision. Il s'empara d'une fléchette et l'examina attentivement.

— Un trait empoisonné. Génial.

Il s'intéressa ensuite à l'arme elle-même.

— Tu as même eu la gentillesse de la charger pour moi, constata-t-il.

Il leva le long tube et le porta à ses lèvres. Margo se jeta de côté à l'instant où il soufflait. La fléchette passa à quelques centimètres d'elle et se perdit dans une étagère. La jeune femme s'éloigna en crabe, à quatre pattes, avant de bondir sur ses pieds en le voyant glisser une autre fléchette dans la sarbacane. Elle s'enfuyait lorsque la fléchette la frôla. Au bruit, elle sut que Slade s'était lancé à sa poursuite. Le cauchemar recommençait.

Sa seule chance de survie consistait à le semer dans le dédale des réserves du Muséum.

Elle bifurqua une première fois, puis une autre, sans jamais ralentir, atteignit une porte qu'elle ouvrit à la volée, traversa une réserve à la vitesse de l'éclair, tourna à nouveau et se rua sur une porte au fond d'un cul-de-sac. Fermée à clé.

Malgré ses efforts, son passe refusa de l'ouvrir. Elle allait rebrousser chemin lorsqu'elle perçut un ricanement tout près.

— J'ai bien peur que tu ne sois prise au piège, ma jolie.

Elle jeta autour d'elle un regard affolé. Slade avait raison : elle était bel et bien coincée.

Le cœur battant à tout rompre, le souffle coupé par la peur, Margo vit l'ombre de son adversaire se profiler en noir sur le mur du cul-de-sac que l'éclairage de secours teintait d'une lueur orangée. L'extrémité de la sarbacane apparut timidement au coin d'une étagère, puis la tête et les mains de Slade. Le tuyau de la sarbacane en bouche, il prit le temps de viser.

Pas question de rater sa cible une nouvelle fois.

70

Barbeaux marchait en tête, suivi par sa prisonnière que Crâne Rasé poussait devant lui. Le petit groupe traversa le Musée des Bonsaïs et rejoignit le Pavillon des Palmiers. Le décor de mariage avait perdu beaucoup de son charme depuis le passage de Constance. Quatre mercenaires serraient de près un homme assis à la table des mariés. La chandelle solitaire posée devant lui peinait à dissiper la pénombre.

Constance crut défaillir en reconnaissant Pendergast. Prostré sur sa chaise, le regard éteint, les mains menottées, il avait le visage couvert de terre et le costume de travers. L'espace d'un éclair, les yeux couleur de plomb de l'inspecteur se posèrent sur Constance. Le cœur serré, elle y lut un profond désespoir.

— Tiens, tiens ! Quelle surprise ! railla Barbeaux. Une visite inattendue, mais tout à fait bienvenue. Je n'aurais pu imaginer mieux dans mes rêves les plus fous. Non seulement vous me livrez sur un plateau votre charmante petite protégée, mais vous venez nous rejoindre en personne, tout malade que vous êtes.

Il contempla longuement Pendergast avec un sourire sans joie, puis s'adressa à ses hommes :

— Mettez-le debout. Je tiens à ce qu'il entende ce que j'ai à lui dire.

Deux de ses sbires obligèrent Pendergast à se lever. Il était si faible que ses genoux ployèrent sous lui et que les mercenaires furent contraints de le soutenir. Constance, meurtrie par ce spectacle insoutenable, savait pourtant qu'il se trouvait là par sa faute.

— J'escomptais vous rendre une petite visite au tout dernier moment, poursuivit Barbeaux. Afin de vous révéler les raisons de ce qui vous arrivait. Je tenais surtout à ce que vous sachiez qui avait eu l'idée de ce stratagème, ajouta-t-il avec un sourire.

Comme la tête de Pendergast penchait dangereusement, Barbeaux se tourna vers ses hommes.

— Réveillez-le !

L'un des mercenaires, le cou marbré de tatouages bleus, donna une gifle magistrale à Pendergast.

Constance fusilla le tatoué du regard.

— Vous serez le premier à mourir, dit-elle d'une voix calme.

Le type la regarda avec amusement et la déshabilla des yeux. Un petit rire s'échappa de sa gorge, puis il agrippa la prisonnière par les cheveux en l'attirant à lui.

— Pourquoi ? Tu as l'intention de me buter avec le M16 caché sous ta combinaison ?

— Assez, le réprimanda sèchement Barbeaux.

Le tatoué recula en ricanant.

Barbeaux reporta son attention sur Pendergast.

— J'imagine que vous connaissez désormais les grandes lignes de cette histoire. Je compte sur vous pour apprécier pleinement l'ironie de la situation. Nos familles étaient voisines à La Nouvelle-Orléans. Mon arrière-arrière-grand-père allait à la chasse avec votre arrière-arrière-grand-père Hezekiah, ce dernier et sa femme dînaient parfois chez mes aïeuls. En remerciement de quoi Hezekiah les a empoisonnés avec son prétendu élixir miracle. Tous deux sont morts dans des circonstances atroces. Mon arrière-arrière-grand-mère a eu la mauvaise idée de consommer de cet élixir pendant sa grossesse, elle a donné naissance à un enfant avant de mourir des effets de ce sinistre remède. Suite à quoi l'élixir a provoqué chez tous ses descendants des modifications épigénétiques qui ont permis la transmission de la maladie aux générations suivantes. Personne ne s'en doutait, évidemment. On se contentait de constater que certains membres de la famille mouraient de façon étrange, sans que la médecine puisse expliquer leur pathologie. Mes ancêtres parlaient à voix basse d'une « affliction familiale ». Et puis le mal a épargné la génération de mon père, ainsi que la mienne. Alors je me suis persuadé que cette fameuse affliction familiale avait fini par s'éteindre.

Il laissa passer un silence avant de reprendre :

— J'avais tort, malheureusement. La victime suivante a été mon fils. Il est mort à petit feu, dans des conditions horribles. Les médecins n'y comprenaient rien. Ils se contentaient de soupçonner une tare génétique.

Barbeaux sonda Pendergast du regard.

— Mon fils unique. Ma femme était déjà morte. Il ne me restait plus rien, à part mon chagrin.

Il soupira longuement.

— Un jour, j'ai reçu une visite inattendue. Une visite de votre fils Alban.

Barbeaux arpentait lentement la pièce.

— C'est lui qui est venu me trouver, précisa-t-il d'une voix grave qui tremblait légèrement. Il m'a ouvert les yeux en m'expliquant ce que votre famille avait fait subir à la mienne. Il a longuement insisté sur le fait que la fortune des Pendergast s'était largement construite sur la commercialisation de cet élixir de mort. Votre train de vie dispendieux, qu'il s'agisse de votre immense appartement du Dakota, de cette demeure de Riverside Drive, de votre Rolls-Royce avec chauffeur, ou encore de vos domestiques, tout votre patrimoine est le fruit de souffrances infligées aux autres. Votre hypocrisie dégoûtait Alban, cette façon de jouer les redresseurs de torts alors que vous étiez l'incarnation même de l'injustice !

Barbeaux avait élevé la voix au fur et à mesure de son réquisitoire. Il s'arrêta, le visage congestionné, les veines du cou gonflées.

— Votre fils m'a avoué à quel point il vous haïssait. Il vous haïssait d'une haine presque belle ! Il s'est présenté à moi avec un plan tout fourbi. Quelle expression a-t-il employée déjà ? Un plan « aussi adéquat que délectable ».

Il reprit sa ronde, plus brusquement cette fois.

— Inutile de vous dire combien de temps et d'argent il m'a fallu pour mettre ce plan à exécution. Le plus difficile a été la reconstitution de l'élixir original. Il existait heureusement un squelette de femme morte des effets de cet élixir dans les collections du Muséum. J'ai réussi à me procurer l'un des ossements de cette femme, à partir duquel mes chercheurs ont réussi à réécrire la formule d'Hezekiah. Mais je ne vous apprends rien.

« La difficulté suivante consistait à vous attirer jusqu'à la mer de Salton afin de vous piéger. Un lieu déniché par Alban. Je tenais absolument à ce que vous subissiez le même sort que mon fils et tous les autres membres de ma famille victimes de l'élixir. Alban avait pensé à tout. J'avoue que je n'aurais jamais réussi si, avant de repartir ce soir-là, il ne m'avait averti qu'il serait extrêmement dangereux de vous sous-estimer. Sage conseil en vérité. Il est vrai qu'il m'avait prodigué un autre conseil : ne pas envoyer mes hommes à ses trousses. Et puis il est reparti.

Barbeaux se pencha vers Pendergast. L'inspecteur lui rendit son regard, les yeux vitreux. Le sang qui coulait lentement de son nez donnait l'impression d'être violet tant son visage était livide.

— Et puis un événement inattendu s'est produit, presque un an plus tard, au moment où mon plan arrivait à maturité. Alban est revenu frapper à ma porte, apparemment pris de remords. Il a tenté par tous les moyens de me dissuader d'accomplir ma vengeance. Quand il a constaté que je restais intraitable, il est reparti, furieux.

Il se remplit les poumons en tremblant sous le coup de l'émotion.

— J'ai tout de suite compris qu'il ne s'en tiendrait pas là. Je savais qu'il essaierait de me tuer.

Sans doute y serait-il parvenu si je n'avais pas visionné attentivement les images vidéo filmées par mes caméras de surveillance lors de sa visite initiale. Malgré l'avertissement d'Alban, j'avais demandé à deux de mes hommes de l'empêcher de repartir. Il les a vaincus de la plus efficace et brutale des manières. J'ai regardé ces images en boucle, jusqu'à ce que je comprenne comment il s'y était pris. Il possédait une sorte de sixième sens, c'est bien ça ? Aussi incroyable que cela puisse paraître, il possédait le don d'anticiper la réaction de ses adversaires.

Barbeaux dévisagea Pendergast afin de mesurer l'effet que provoquaient ses paroles sur lui.

— Je me trompe ? J'imagine que nous possédons tous, à un certain degré, cette intuition presque primitive de l'avenir immédiat. À ceci près que ce sens était infiniment plus développé chez Alban. Il avait évoqué avec arrogance les « pouvoirs remarquables » dont il se disait doté. L'examen des images vidéo, image par image, m'a apporté la preuve irréfutable que votre fils était capable d'anticiper les événements. De savoir ce qui allait se passer, quelques secondes avant les faits. Il n'y avait là rien de divinatoire, il entrevoyait toutes les possibilités. Une fois de plus, vous savez déjà tout cela.

Barbeaux tournait en rond de plus en plus vite, comme possédé.

— Je vous épargne les détails sordides qui m'ont permis de l'éliminer. Disons que j'ai retourné ses propres pouvoirs contre lui. Il était trop sûr de lui. Il se croyait invulnérable. Je crois aussi qu'il avait perdu sa rage entre nos deux rencontres. J'ai mis au point un plan d'attaque extrêmement élaboré que j'ai exposé à mes hommes. Tout était en place lorsque nous avons invité Alban à un autre rendez-vous, sous le prétexte de nous réconcilier. Il est arrivé avec toute sa suffisance, convaincu que nous lui tendions un piège. Au lieu de quoi je me suis contenté de l'étrangler avec un lacet de chaussure. La manœuvre était parfaitement improvisée. J'avais sciemment évité de penser à la façon dont je le tuerais, étouffant dans l'œuf son extraordinaire don d'anticipation. Je regrette que vous n'ayez pas pu lire la surprise sur son visage.

Barbeaux partit d'un rire rauque.

— C'était bien le plus beau de l'histoire. Je me creusais les méninges, à la recherche d'un moyen de vous attirer dans mes filets, vous qui êtes le plus méfiant et le plus prudent des hommes. En fin de compte, c'est Alban qui m'aura soufflé la solution en mettant son cadavre à mon service. Je me trouvais sur place, si vous voulez tout savoir, lorsque vous avez été empoisonné dans les caves de l'hôtel Fontainebleau. Cette mascarade m'a coûté une véritable fortune : la poussière déposée partout, les portes rouillées artificiellement, jusqu'aux toiles d'araignées savamment disposées. Mais je ne le regrette pas, au vu du résultat. Vous voir vous aventurer dans cet hôtel fantôme avec mille précautions, persuadé de maîtriser la situation. J'aurais payé le décuple au besoin, pour le seul plaisir d'assister à cette scène ! Car c'est moi qui ai appuyé sur le bouton et qui vous ai empoisonné avec l'élixir. Voyez dans quel état vous êtes, à présent !

Un nouveau sourire étira ses lèvres alors qu'il exécutait son millième demi-tour.

— Autre détail. J'ai cru comprendre que vous aviez un second fils en pension en Suisse. Tristram, si je ne m'abuse. Je compte bien lui rendre une petite visite après votre disparition. J'ai la ferme intention de nettoyer définitivement la planète de l'engeance Pendergast.

Barbeaux se planta devant sa victime, mâchoire carrée en avant.

— Des commentaires ?

Pendergast, après un silence, bredouilla quelques mots d'une voix inintelligible.

— Qu'avez-vous dit ?

— Je suis… commença Pendergast.

À bout de souffle, il n'eut pas la force d'achever sa phrase.

Barbeaux le gifla sèchement.

— Vous êtes quoi ? Dites-le !

— … désolé.

Barbeaux recula, au comble de la stupeur.

— Je suis désolé de ce qui est arrivé à votre fils… de ce qui vous est arrivé.

— Dé… désolé ? bredouilla Barbeaux. Vous êtes désolé ? Mais le compte n'y est pas, mon vieux !

— Je… j'accepte la mort.

Constance se pétrifia en entendant ces mots. Un silence électrique parcourut le pavillon. Barbeaux s'attendait si peu à une telle réaction qu'il peinait à retrouver sa rage. Profitant de cet instant figé, Pendergast posa son regard argenté sur Constance, à peine le temps d'un éclair. Il lui envoyait un message. Mais lequel ?

— Désolé…

Crâne Rasé, qui suivait avec attention l'échange tragique entre son patron et Pendergast, avait légèrement relâché sa pression sur le bras de sa prisonnière.

Pendergast s'effondra sur le sol, aussi mou qu'un sac de linge. Les deux mercenaires qui l'encadraient se précipitèrent dans l'espoir de le retenir chacun par un bras, mais l'inspecteur s'était écroulé si soudainement qu'ils en perdirent toute vigilance.

Constance voulut saisir sa chance. D'un geste sec, elle se dégagea de l'emprise de Crâne Rasé et s'évanouit dans l'obscurité.

71

Slade, la sarbacane à la bouche, prenait le temps de viser soigneusement sa victime.

Dans une tentative désespérée, Margo fondit sur lui, agrippa l'extrémité du long tuyau et souffla dans l'embouchure de toutes ses forces. Slade lâcha l'arme en poussant un cri étranglé et tituba en arrière en se tenant la gorge à deux mains, à la limite de l'étouffement. Il parvint à recracher la fléchette, mais Margo n'avait pas attendu qu'il se ressaisisse pour s'enfuir dans le dédale des étagères de l'immense réserve.

— Salope ! éructa Slade d'une voix étranglée en se ruant à sa poursuite.

L'instant d'après, Margo entendit des coups de feu. Des projectiles ricochèrent sur le mur de béton, à quelques centimètres d'elle, faisant jaillir des geysers de poussière. Le vacarme des détonations, répercuté par les parois de l'immense salle, était assourdissant. Slade avait définitivement oublié toute prudence.

Elle courut de plus belle entre les bocaux remplis d'yeux géants avant de s'immobiliser, le temps de se repérer. Slade lui coupait la possibilité de fuite en direction de l'issue de secours.

D'instinct, elle se dirigea à toute vitesse vers l'une des portes de la réserve et l'ouvrit. Slade apparut derrière elle. Il semblait vacillant dans la mauvaise lumière de la pièce. Il se mit en position de tir d'un air mal assuré. La pointe de la fléchette l'avait-elle empoisonné ?

Margo venait de franchir le seuil d'un bond lorsqu'une pluie de balles s'abattit sur la porte. Elle s'élança dans le couloir en cherchant désespérément des yeux le moyen de semer son agresseur. S'engouffrer dans l'une ou l'autre des pièces devant lesquelles elle passait, peut-être ? Inutile. Elles ne menaient nulle part. Son ultime chance à présent était que les agents de sécurité, alertés par les coups de feu, découvrent la porte des sous-sols bloquée et en forcent l'ouverture.

L'opération risquait de prendre du temps, et Margo n'en avait pas. À défaut d'échapper au labyrinthe des sous-sols, elle allait devoir trouver le moyen de l'annihiler, tout du moins de lui échapper en attendant l'arrivée des secours.

Le couloir se terminait en T. Toujours poursuivie par Slade, elle opta pour la branche de gauche. En prenant son virage, elle vit du coin de l'œil qu'il s'arrêtait et rechargeait son arme.

Le principal laboratoire consacré à l'étude des dinosaures se trouvait tout près. Un espace gigantesque dans lequel les cachettes ne manquaient pas. Margo espérait également y trouver un téléphone intérieur pour joindre la sécurité.

Elle se jeta sur la porte du labo. Fermée. Elle glissa précipitamment son passe dans la serrure et tourna la clé en priant le ciel de l'aider. Le battant s'ouvrit. Elle se rua à l'intérieur de la pièce, claqua la porte derrière elle et donna un tour de clé.

Elle alluma la lumière et découvrit une douzaine de tables sur lesquelles étaient posés des fossiles en cours d'étude ou de restauration. Deux gigantesques squelettes de dinosaures s'affrontaient au centre du labo. Un tricératops et un tyrannosaure, récemment acquis à grand renfort de publicité par la direction du Muséum qui comptait les mettre en scène dans un combat mortel spectaculaire.

Une pluie de coups de poing s'abattit sur la porte, accompagnée de cris et de détonations à hauteur de la serrure. Margo chercha des yeux un téléphone. Rien. Il devait pourtant bien y en avoir un quelque part. Ou alors une issue.

Il lui fallut se rendre à l'évidence. Ni téléphone, ni issue. Quant aux cachettes sur lesquelles elle comptait, elles étaient inexistantes.

Tu parles d'un mauvais plan, Margo…

La serrure menaçait d'exploser à tout moment sous l'impact des balles. Slade allait pénétrer dans le laboratoire d'un instant à l'autre, signant son arrêt de mort.

Elle l'entendit pousser un cri de rage. Ou peut-être de douleur. Le poison faisait-il effet ?

Les deux énormes dinosaures narguaient la jeune femme. Sans réfléchir, elle entama l'escalade du triceratops en grimpant sur ses côtes. La reconstitution de l'animal était loin d'être achevée, le squelette tremblait dangereusement au fur et à mesure de son ascension. Plusieurs ossements de petite taille tombèrent par terre avec fracas. C'était complètement dingue ! Elle se piégeait elle-même, mais son instinct lui dictait de s'entêter.

Elle se hissa péniblement sur la colonne vertébrale du triceratops. Plusieurs coups de feu retentirent en contrebas et une partie de la serrure, arrachée par les projectiles, vola à travers la pièce. Les coups de boutoir de Slade achevaient de tordre le pêne qui céda brusquement.

Prise de panique, Margo sauta d'un bond sur le dos du tyrannosaure, plus imposant encore que son adversaire. Son crâne, de la taille d'une petite voiture avec des dents monstrueuses, tangua dangereusement.

Margo comprit la raison de cette instabilité en constatant que les boulons prévus pour fixer la tête du géant à son armature métallique n'étaient pas encore en place. Elle se glissa entre le crâne gigantesque et l'une des barres d'acier avec l'espoir que son adversaire ne la voie pas.

La porte s'ouvrit avec fracas et Slade pénétra dans le labo en titubant. Il brandissait son pistolet dans tous les sens en avançant d'un pas incertain d'ivrogne. Il oscillait de droite à gauche en regardant de tous côtés lorsqu'il leva la tête et aperçut sa proie.

— Te voilà ! Coincée en haut d'un arbre comme un chat !

Il avança jusqu'au pied du tyrannosaure et visa lentement en empoignant son arme à deux mains.

La fléchette produisait son effet, mais le poison n'agissait pas assez vite.

Margo s'arc-bouta contre l'étai métallique et pesa de toutes ses forces sur le crâne géant avec les pieds. Le crâne resta un instant suspendu au bord du vide, puis bascula et s'écrasa au sol en broyant sous son poids la cage thoracique du tricératops. L'espace d'un instant fugitif, Margo vit Slade écarquiller les yeux, telle une biche sidérée par les phares d'une voiture, juste avant qu'une pluie d'ossements pétrifiés s'abatte sur lui en le projetant au sol. Une seconde plus tard, la tête du tyrannosaure, dents en avant, atterrissait sur lui avec un bruit sourd et humide à glacer le sang.

Margo, agrippée à l'armature métallique qui tremblait dangereusement sous son poids, attendit que les derniers ossements libérés s'éparpillent par terre avant de redescendre le plus doucement possible, tremblant de tous ses membres.

Slade gisait sur le carrelage, les bras écartés et les yeux grands ouverts. Les dents de la mâchoire supérieure du tyrannosaure l'avaient traversé de part en part. Margo recula machinalement face à l'horreur d'un tel spectacle. Soudain, elle s'inquiéta de son sac, avant de s'apercevoir qu'elle l'avait gardé instinctivement serré contre elle tout au long de sa mésaventure. Elle tira la fermeture Éclair et jeta un coup d'œil à l'intérieur. Les plaques de protection des spécimens étaient en miettes.

Des restes de plantes séchées, mêlés aux débris de verre, reposaient au fond du sac. Mon Dieu ! Pourvu qu'il en reste assez…

Elle se retourna en entendant des voix. Le lieutenant D'Agosta, debout sur le seuil de la pièce en compagnie de deux gardiens, ouvrait de grands yeux à la vue du carnage.

— Margo ? dit-il. Que s'est-il passé ?

— Dieu soit loué, vous êtes là, répondit-elle d'une voix étranglée.

Les yeux du lieutenant naviguèrent à plusieurs reprises de la jeune femme au cadavre mutilé, sous le crâne du tyrannosaure.

— Slade, prononça-t-il.

Il ne s'agissait pas d'une question, mais bien d'une affirmation.

— Oui. Il a cherché à me tuer.

— Le salopard.

— Il m'a parlé d'une meilleure offre. Je n'ai rien compris à toute son histoire.

D'Agosta acquiesça d'un air grave.

— Il travaillait pour le compte de Barbeaux. Slade a espionné notre conversation cet après-midi, dans mon bureau.

Le lieutenant jeta un regard circulaire.

— Où est Constance ?

Margo ouvrit de grands yeux.

— Mais… elle n'est pas ici. En fait, poursuivit-elle après une légère hésitation, elle se trouve au Jardin botanique de Brooklyn.

— C'est quoi, ce bordel ? Je la croyais avec vous !

— Pas du tout. Elle est allée chercher une plante très rare que l'on trouve uniquement là-bas…

Elle n'eut pas l'occasion de continuer ses explications. D'Agosta, radio en main, aboyait ses ordres en exigeant l'envoi immédiat de renforts et d'équipes de secours à Brooklyn.

Il se retourna vers Margo.

— Suivez-moi, il n'y a pas une minute à perdre. N'oubliez pas d'emporter votre sac. En espérant qu'il ne soit pas trop tard…

72

Constance traversa en trombe le Pavillon des Palmiers, deux mercenaires à ses trousses. Barbeaux hurla des ordres dans le lointain, et elle devina qu'il ordonnait l'encerclement de la zone afin qu'elle ne puisse pas quitter le parc et se perdre dans les rues de Brooklyn.

Il se trompait lourdement. Constance ne comptait nullement s'échapper.

Elle rejoignit à la hâte le premier trou réalisé un peu plus tôt dans l'une des vitres du pavillon et s'y jeta tête la première. Sa chute fut amortie par les buissons du parc. Le temps d'une roulade, elle bondissait sur ses jambes et prenait la fuite. Le claquement caractéristique d'une barre d'issue de secours résonna derrière elle. D'un coup d'œil en arrière, elle vit deux silhouettes sortir précipitamment du Pavillon des Palmiers par une porte latérale. Les deux hommes s'éloignèrent au pas de course dans des directions différentes afin de lui couper la route, tandis qu'un de leurs collègues empruntait péniblement le même chemin qu'elle à travers le carreau découpé.

Le Bassin des Nénuphars, quelques dizaines de mètres plus loin, baignait paisiblement dans un rayon de lune. Elle coupa à gauche et longea le bord du plan d'eau dans la direction opposée à l'entrée du parc, où l'attendaient ses poursuivants.

Le temps qu'ils comprennent leur erreur et rebroussent chemin, Constance avait gagné de précieuses secondes. Elle contourna les serres Steinhardt dont les dômes vitrés luisaient faiblement dans la nuit et reprit la direction du Pavillon aquatique, sans chercher à se dissimuler. Seul le temps comptait. Ses trois poursuivants se rapprochaient déjà, bien décidés à la stopper avant qu'elle touche au but.

Elle longea les serres au pas de course jusqu'à la seconde ouverture, aménagée en écartant les montants rouillés de la vitre, et se glissa dans le jardin des orchidées. Elle traversa les massifs, sauta par-dessus les corps sans vie des trois mercenaires, contourna le bassin, franchit la double porte en verre et se retrouva dans le hall d'accueil des pavillons. Là, elle récupéra en toute hâte le sac de nylon qu'elle avait pris la précaution de dissimuler sous un banc et rejoignit le Pavillon tropical en quelques enjambées. Cette serre, habitée par une jungle humide et coiffée d'un dôme d'une vingtaine de mètres de haut, était de loin la plus imposante du Jardin botanique.

Le sac à l'épaule, elle s'approcha de l'un des arbres tropicaux qui trônaient au cœur de la serre, agrippa une branche basse et entama l'ascension du géant en passant de ramure en ramure. Son escalade était bien entamée lorsque ses poursuivants arrivèrent à leur tour dans le pavillon.

À plat ventre sur une branche haute, elle tira de son sac en nylon un boîtier dont elle souleva le couvercle sans bruit. La boîte contenait quatre petits flacons d'acide triflique, prélevés quelques heures plus tôt dans la cachette des souterrains de Riverside Drive où les dissimulait Enoch Leng. Chacun des flacons reposait dans une niche de mousse taillée sur mesure par Constance. Elle saisit le premier avec mille précautions et retira son bouchon de verre, veillant soigneusement à le tenir éloigné d'elle tant les émanations de son contenu étaient mortelles.

À ses pieds, les hommes de Barbeaux quadrillaient le pavillon. Elle les vit fouiller l'obscurité à l'aide de leurs torches en communiquant entre eux par radio. Les premiers rayons des torches ne tardèrent pas à se poser sur les arbres tropicaux.

— On sait que vous êtes là. Allez ! Sortez !

Silence.

— On tuera votre copain Pendergast si vous refusez de vous montrer.

Constance, toujours réfugiée sur une grosse branche, se pencha discrètement. Elle se trouvait à une dizaine de mètres de hauteur, mais l'arbre culminait à la même distance au-dessus de sa tête.

— Si vous ne sortez pas, poursuivit la voix, on ouvre le feu.

— Vous savez très bien que Barbeaux tient à me capturer vivante, claironna-t-elle.

Au son de sa voix, les trois hommes la cherchèrent au milieu de la frondaison avec leurs lampes. Quelques instants plus tard, ils encerclaient l'arbre sur lequel elle était perchée.

Elle n'avait plus qu'à leur montrer son visage pour achever de les appâter. Elle passa la tête au-dessus de sa branche.

— Elle est là !

Constance se cacha précipitamment.

— Descendez immédiatement !

Elle ne répondit pas.

— Si vous nous obligez à venir vous chercher, vous risquez de nous énerver sérieusement. Je ne vous le conseille pas.

— Allez au diable ! rétorqua-t-elle.

Les trois mercenaires se concertèrent à voix basse.

— C'est bon, Boucle d'Or. On arrive.

L'un des hommes se hissa dans l'arbre en s'appuyant sur la branche la plus basse, éclairé par l'un de ses camarades.

Perchée au-dessus de lui, Constance reconnut le tatoué. Elle lut l'énervement sur son visage. Il grimpait à toute vitesse, très en colère.

Parfait.

Elle attendit qu'il se trouve à moins de trois mètres d'elle, puis pencha le col du flacon et lui versa sur la tête un filet d'acide. Le produit pénétra directement dans l'œil gauche du tatoué en dégageant un nuage de vapeur accompagné d'un sifflement sinistre. Constance constata avec intérêt que le superacide produisait sur sa victime le même effet que l'eau chaude sur un glaçon. Le tatoué lâcha un râle étranglé, puis disparut purement et simplement au milieu d'une nappe de brouillard. Quelques instants plus tard, son corps retombait à travers les branches et s'écrasait sur le sol au milieu des cris de surprise de ses camarades.

De son perchoir, Constance assista à l'agonie du tatoué. Allongé sur le dos au milieu de la végétation tropicale, il fut pris de convulsions et se trémoussa furieusement en déchirant avec ses mains les fleurs et les feuilles qui se trouvaient à sa portée. Sa carcasse se raidit brusquement, jusqu'à dessiner un arc dont la nuque et les talons formaient les extrémités. Il resta un moment figé dans cette position, puis Constance crut entendre les vertèbres cervicales se briser et son corps retomba lourdement. Une bouillie de cervelle s'échappa d'un trou fumant à l'arrière de son crâne et s'écoula au milieu des plantes luxuriantes.

L'effet de cette agonie sur les camarades du tatoué fut immédiat. Constance ne doutait pas qu'ils aient souvent été confrontés à la mort, pour avoir participé à de nombreuses guerres. Elle avait beau voir en eux des imbéciles, comme une majorité d'hommes, elle les savait parfaitement entraînés au combat. Il était pourtant clair qu'ils n'avaient jamais assisté à un spectacle aussi terrifiant. Ce qui venait de se produire sous leurs yeux dépassait de loin les épreuves auxquelles ils étaient accoutumés. Paralysés par l'effroi, hypnotisés par le cadavre mutilé de leur compagnon, ils demeuraient incrédules, sans réaction.

Constance quitta avec célérité la branche sur laquelle elle se tenait et se positionna au-dessus de Crâne Rasé. Cette fois, elle vida sur sa tête le reste du flacon en veillant soigneusement à ce qu'aucune goutte du terrible liquide ne touche sa propre peau.

L'acide, plus diffus, arrosa une large zone de peau allant du crâne à l'épaule, sans épargner la végétation alentour. Les conséquences n'en furent pas moins effrayantes. La tête du mercenaire donna l'impression de fondre en se ratatinant sur elle-même dans un nuage gras. Crâne Rasé poussa un hurlement animal et s'effondra à genoux en se prenant le front à deux mains. Ses doigts paniqués rencontrèrent un mélange d'os liquéfié et de matière grise, puis il s'effondra sur lui-même, pris de convulsions similaires à celles du tatoué. Les végétaux touchés par le produit se recroquevillèrent et laissèrent échapper des flammes avant de s'éteindre spontanément du fait de l'humidité ambiante.

Constance avait suffisamment assisté Enoch Leng dans ses recherches pour savoir que les superacides provoquaient invariablement une forte réaction exothermique au contact de composés organiques.

Le troisième mercenaire ne tarda pas à se reprendre. S'éloignant du corps encore tremblant de convulsions de son camarade, il leva le canon de son arbre et fit feu en direction de l'arbre. À l'abri derrière une grosse branche, Constance ne craignait rien, d'autant que son adversaire tirait au jugé. Elle décida néanmoins de poursuivre son escalade, à l'endroit où les branches les plus élevées formaient avec celles des arbres voisins un feuillage dense. Son précieux sac contre elle, elle poursuivit son ascension tandis que le mercenaire s'épuisait à tirer au hasard en se guidant sur les mouvements qu'il croyait percevoir au-dessus de sa tête. Elle parvint ainsi à gagner l'arbre voisin, descendit de quelques mètres, et se réfugia dans un creux protégé par un épais feuillage.

Une radio crachota à l'intérieur de la serre. Les coups de feu cessèrent et le faisceau de la torche fouilla l'obscurité. Au même instant, deux autres mercenaires firent irruption dans le Pavillon tropical.

— Que se passe-t-il ? s'écria l'un d'eux en montrant du doigt les cadavres dont s'échappait encore de la fumée. C'est quoi, ce bordel ?

— Cette salope de cinglée leur a versé un truc sur la tête. De l'acide, probablement. Elle est planquée dans un arbre.

Les hommes dirigèrent aussitôt les faisceaux de leurs torches vers les hauteurs de la serre.

— Quel est le con qui a tiré ? Le patron a bien précisé qu'il la voulait vivante.

Tout en écoutant cet échange, Constance fit l'inventaire de son arsenal chimique : il lui restait trois flacons pleins. Sans parler des autres surprises qu'elle avait emportées. Elle fit le point : il devait rester six ou sept mercenaires, Barbeaux compris.

Barbeaux. Ce monstre lui rappelait Diogène Pendergast. Un être aussi brillant que dangereux, doté d'un penchant sadique propre aux psychopathes. Mais un militaire dans l'âme, d'une étoffe grossière. La haine qu'elle éprouvait à son endroit l'irradiait tout entière.

73

John Barbeaux attendait la suite des événements dans la pénombre du Pavillon des Palmiers. Les deux hommes qu'il avait gardés avec lui avaient étendu Pendergast par terre. Ce dernier, toujours menotté, n'avait pas repris connaissance en dépit des claques et des décharges électriques que ses bourreaux lui avaient infligées avec l'aiguillon. Barbeaux se baissa et posa deux doigts sur son cou, à la recherche du battement de la carotide. Rien. Il appuya plus fort et sentit enfin un pouls très faible.

Le prisonnier était à l'article de la mort.

À cette idée, Barbeaux ressentit un léger malaise. L'heure de son triomphe était enfin arrivée. Celle qu'il préparait depuis si longtemps en la savourant d'avance. Ce moment de plaisir intense qui verrait Pendergast comprendre enfin la vérité. Cet instant dont Alban lui avait fait la promesse. Et voilà qu'à l'heure décisive, la scène ne se déroulait pas telle qu'il l'avait imaginée. Pendergast ne se trouvait plus en état d'apprécier pleinement sa défaite. Il s'était même excusé, au grand étonnement de Barbeaux. Il assumait bel et bien la responsabilité des erreurs du passé.

Une contrition qui avait privé Barbeaux d'une bonne partie de son plaisir en l'empêchant d'afficher son triomphe. Du moins était-ce de cette façon qu'il expliquait son malaise.

Et puis il y avait la fille…

Ces hommes ne revenaient toujours pas. Barbeaux était pourtant persuadé que la retrouver serait une simple formalité. Agacé, il recommença à tourner en rond en faisant vibrer l'air autour de lui, au point que la chandelle trembla en laissant échapper une coulée de larmes. Il l'éteignit d'un souffle rageur. Seul le clair de lune éclairait encore le pavillon.

Une fusillade éclata dans la serre voisine. N'y tenant plus, il s'empara de sa radio.

— Steiner.

— Oui, monsieur, grésilla la voix du chef du commando.

— Que se passe-t-il ?

— Cette chienne a éliminé deux de nos hommes. Apparemment en les arrosant avec de l'acide.

— Arrêtez immédiatement de tirer, ordonna Barbeaux. Je la veux vivante.

— Bien, monsieur. Mais…

— Où est-elle ?

— Elle s'est réfugiée dans les arbres du Pavillon tropical, armée d'un flacon d'acide. Cette fille-là est complètement cinglée…

— Vous êtes en train de me dire que trois hommes équipés d'armes automatiques se font damer le pion par une femme en petite culotte seule dans un arbre et armée d'une bouteille d'acide ? J'ai bien entendu ?

— Oui, monsieur, répondit Steiner d'une voix hésitante.

— Désolé, mais quel est le putain de problème ?

— Il n'y a pas de problème, monsieur, répliqua Steiner d'une voix mal assurée.

— Heureux de vous l'entendre dire. Parce que je peux vous dire qu'il y en aura un, de problème, si jamais vous la tuez. J'abats moi-même celui qui la tue.

— Monsieur… excusez-moi, mais le prisonnier… s'il n'est pas encore mort, il ne tardera pas à mourir, non ?

— Où voulez-vous en venir ?

— À quoi sert de récupérer la fille ? On se fiche qu'elle récupère la plante, non ? Ce serait nettement plus facile d'arroser de balles sa cachette et de la…

— Vous avez entendu ce que je viens de vous dire, Steiner ? Je la veux vivante !

Le chef du commando marqua un temps avant de réagir :

— Alors… qu'est-ce qu'on fait ?

Barbeaux n'en croyait pas ses oreilles. Lui qui avait toujours pris Steiner pour un professionnel. Il prit une longue respiration.

— Vous mettez vos hommes en position. Vous approchez de l'objectif en diagonale, sachant qu'un liquide tombe toujours à la verticale.

Nouveau silence.

— Bien, monsieur.

Barbeaux reposa sa radio. Une bande de mercenaires de métier, pour beaucoup d'anciens membres des Forces spéciales, affolés par une gamine seule. Inimaginable. Voilà qui mettait brutalement en lumière les limites de ses hommes. Cinglée, cette Constance ? Une petite maligne, oui. Il avait eu tort de la sous-estimer. Il ne risquait pas de commettre deux fois la même erreur.

Il se pencha et tâta à nouveau le pouls de Pendergast au niveau de la carotide. Mais il eut beau insister, il ne sentait rien.

— Putain... gronda-t-il entre ses dents.

Il se sentait trahi, dupé. Privé d'une victoire à laquelle il avait travaillé d'arrache-pied pendant si longtemps. De rage, il donna un coup de pied dans le corps de son ennemi.

Il se tourna vers les deux hommes qui surveillaient le prisonnier. Il était inutile de les utiliser pour garder un mort. Il y avait plus urgent.

— Rejoignez les autres, leur ordonna-t-il sèchement en pointant un pouce par-dessus son épaule. Ramenez-moi la fille.

74

Deux hommes étaient déjà venus prêter main-forte au survivant de l'attaque initiale. À en juger par les échanges radio dont elle ne perdait rien, Constance comprit qu'un autre tandem de mercenaires arriverait bientôt en renfort.

Le Pavillon tropical était calme, ses adversaires fourbissaient un plan. Elle en eut la confirmation en voyant les trois hommes se disperser et entamer l'ascension des arbres voisins du sien. Ils avaient décidé de la capturer en l'encerclant.

Elle fourra la boîte contenant les fioles d'acide dans le sac, passa les poignées de celui-ci autour de son cou afin de garder les mains libres, et s'agrippa aux branches pour monter plus haut. Le tronc, de plus en plus mince à mesure qu'elle approchait de la cime, commença à osciller. Il se divisait à son sommet en plusieurs branches nettement plus fragiles qui ployaient sous son poids. Le dôme en verre de la serre ne se trouvait plus qu'à deux mètres au-dessus d'elle.

Constance montait toujours dans l'espoir d'atteindre la verrière, mais la cime de l'arbre tanguait de plus en plus dangereusement. De leur côté, ses adversaires se rapprochaient en rampant sur les branches les plus proches. Ils ne tarderaient pas à la rattraper.

La branche à laquelle elle s'accrochait céda dans un craquement. Constance glissa et évita la chute en s'agrippant *in extremis* à un bouquet de petites branches, suspendue dans le vide.

— La voilà !

Plusieurs torches se braquèrent sur elle alors qu'elle trouvait enfin le moyen de reprendre appui sur une branche avec les pieds, au risque de voir céder la ramure.

S'efforçant d'agiter le moins possible son asile fragile, elle grimpait toujours plus haut. Les branches les plus élevées touchaient presque le dôme de la serre, mais jamais elles n'auraient supporté son poids. Elle se trouvait à présent sous le feu concentré des torches de ses poursuivants.

— Alors, petite fille, ricana l'un des hommes. Tu ferais mieux de redescendre, tu es cernée.

Elle savait qu'il bluffait. Si jamais l'un des mercenaires la rejoignait, les branches céderaient sous leur poids et ils feraient une chute mortelle. Ils se trouvaient dans une impasse.

À travers le feuillage, elle vit les deux hommes envoyés en renfort par Barbeaux pénétrer dans le pavillon. Le premier pointa le canon de son arme dans sa direction.

— Descends tout de suite, ou bien je te colle une balle.

Ignorant l'avertissement, elle progressa de quelques centimètres en préservant son équilibre avec une agilité remarquable.

Elle se trouvait à présent sous la verrière. Les branches ployaient dangereusement sous elle, ses pieds nus glissaient sur l'écorce. Elle n'avait aucun objet avec lequel casser un carreau, et se servir du sac comme bélier était trop dangereux. Elle ne pouvait courir le risque que l'un des flacons d'acide se brise. Adoptant la position la moins instable possible tout en haut de l'arbre, elle tira un chiffon du sac noir, l'enroula autour de sa main et donna un violent coup de poing dans le carreau le plus proche.

Le mouvement avait fait tanguer l'arbre et elle glissa de quelques centimètres tandis qu'une pluie de verre s'abattait autour d'elle.

— Elle essaie de sortir par le dôme ! hurla l'un des hommes.

Tentant le tout pour le tout, Constance exécuta un bond spectaculaire et s'accrocha de justesse au cadre métallique de la verrière en se coupant les doigts. Elle commença par poser le boîtier en bois sur la verrière, puis le sac accroché à son cou, et opéra un rétablissement qui lui permit de prendre pied sur le dôme.

Elle se mit à genoux en veillant à prendre appui sur l'armature métallique afin de ne pas passer à travers la verrière, ouvrit le boîtier et s'empara du deuxième flacon. Deux de ses poursuivants se trouvaient à présent juste en dessous d'elle. Le troisième descendait à toute vitesse de l'arbre qu'il avait escaladé, avec l'intention évidente de rejoindre ses deux camarades restés au sol et de l'intercepter à l'extérieur.

Constance se pencha au-dessus du trou de la verrière, désireuse de voir où se trouvait le mercenaire le plus proche. Il l'invectiva en agitant son arme. Elle retira précautionneusement le bouchon de la fiole d'acide et en déversa le contenu sur lui avant de se mettre à l'abri. Le coup partit et la balle fit exploser une vitre voisine tandis que résonnait un grand cri et que s'échappait dans la nuit un épais nuage porteur d'une odeur âcre. Des flammes jaillirent de l'arbre et le mercenaire fit une chute spectaculaire dans un fracas de branches brisées avant de s'écraser au sol avec un bruit sourd.

Accroché à une branche, l'autre mercenaire affolé ouvrit le feu à plusieurs reprises. Plusieurs panneaux de verre éclatèrent autour de Constance, mais l'homme ne disposait pas d'un appui suffisamment stable et rata sa cible. À moins qu'il n'ait uniquement cherché à l'effrayer. Constance n'en avait cure. Munie du troisième flacon, elle se déplaça sur le dôme en direction de son adversaire, déboucha la fiole et l'arrosa copieusement d'acide en profitant d'un carreau qu'il avait lui-même brisé d'une balle un instant plus tôt. Un épais brouillard gris marbré de rouge s'échappa du dôme, que Constance évita prudemment en reculant. Un hurlement d'écorché vif monta des profondeurs de la serre, suivi par un bruit de chute sinistre. Constance sacrifia alors la dernière fiole d'acide en la lançant à travers l'un des carreaux cassés, dans l'espoir de toucher l'un ou l'autre des survivants s'ils se trouvaient encore à l'intérieur du pavillon. Elle entendit un souffle comparable à celui du gaz s'échappant d'un brûleur de cuisinière, puis un geyser de flammes jaillit de la végétation avant de s'éteindre après quelques secondes.

Une chape de silence s'abattit sur le pavillon.

Abandonnant sur le toit le boîtier aux acides, désormais vide, Constance jeta le sac noir sur son épaule et se dirigea vers l'échelle recourbée qui permettait de descendre du dôme.

Elle venait de toucher terre lorsque deux des mercenaires sortirent en courant de la serre tropicale. Le troisième les suivait de peu. Constance se précipita dans l'arboretum dont les pensionnaires lui fournissaient une cachette idéale, puis elle tourna à droite en direction du Jardin japonais. Elle franchit le portail *torii* qui en marquait l'entrée, se jeta dans une poche d'ombre et regarda derrière elle. Ses poursuivants avaient perdu sa trace dans l'arboretum et avançaient en éventail de façon à l'encercler tout en restant en contact par radio. Personne d'autre n'était ressorti du Pavillon des Palmiers.

En clair, cela signifiait que Barbeaux s'y trouvait seul en compagnie de Pendergast.

Les trois mercenaires s'écartaient de plus en plus à mesure qu'ils approchaient du Jardin japonais. Constance contourna le plan d'eau dans le noir en avançant sur d'étroites allées de gravier au milieu d'une forêt de cerisiers, de saules pleureurs, d'ifs et d'érables du Japon. De l'autre côté du bassin se dressait un pavillon.

Grâce aux grésillements des radios et aux murmures de voix, Constance comprit que ses poursuivants avaient pris position en triangle autour du Jardin japonais, persuadés qu'elle tentait de se cacher pour leur échapper.

Le moment d'agir était venu.

Réfugiée dans un épais buisson de genévriers, elle s'agenouilla. Elle posa son sac par terre, l'ouvrit et en sortit une vieille cartouchière en cuir, prélevée dans la collection d'objets militaires d'Enoch Leng. Elle la passa en écharpe autour d'une épaule, à la façon d'un guérillero de western, puis elle tira du sac une vieille boîte contenant cinq seringues qu'elle aligna sur l'herbe à ses pieds. Il s'agissait de seringues anciennes en verre soufflé, d'énormes cathéters servant autrefois à soigner les chevaux et autres animaux de grande taille. Constance les avait également découvertes dans les étranges réserves de Leng, en l'occurrence au sein d'une collection de curiosités vétérinaires dont le contenu avait servi autrefois à des expériences auxquelles elle préférait ne pas penser.

Les cinq seringues, toutes remplies d'acide triflique, autoriseraient Constance à viser plus efficacement ses adversaires qu'avec les flacons. Longues d'une trentaine de centimètres et du diamètre d'une cartouche de silicone, faites de verre borosilicate, elles étaient lubrifiées et rendues étanches grâce à du silicate de sodium. Le détail était essentiel, puisque l'acide triflique était notamment capable de s'attaquer à la liaison carbone-hydrogène présente dans les composés organiques.

Constance glissa les seringues l'une après l'autre dans les encoches de sa cartouchière, conçue pour accueillir des cartouches d'artillerie de cinquante millimètres. Malgré les bouchons de verre dont étaient munies les aiguilles, elle procéda avec mille précautions. En plus d'être un superacide, l'acide triflique était une neurotoxine mortelle.

La cartouchière solidement arrimée, elle se leva très prudemment en abandonnant son sac désormais vide.

Elle jeta un coup d'œil circulaire, à la recherche des trois mercenaires.

L'instant d'après, elle délaissait le buisson de genévrier au profit du pavillon, une structure en bois à claire-voie érigée au bord du bassin, coiffée d'un toit assez bas. Elle commença par grimper sur une rambarde, s'agrippa au rebord du toit et se hissa sur les bardeaux de cèdre. Tapie sur son perchoir, elle observa les alentours. La nasse se refermait lentement sur elle à mesure que les trois hommes, arme au poing, progressaient à pas feutrés dans le Jardin japonais. Ils se déplaçaient latéralement en fouillant la végétation à l'aide de leurs torches. L'un d'eux s'approcha du pavillon et Constance s'aplatit sur le toit en attendant que le danger soit passé.

Puis, dans le plus grand silence, elle prit l'une des seringues dans la cartouchière, se débarrassa du bouchon de verre, visa le mercenaire qui longeait le pavillon, tout près, et l'arrosa d'une giclée d'acide.

Les vêtements de l'homme, frappés par cette pluie mortelle, prirent feu instantanément et se délitèrent. Les hurlements du mercenaire laissèrent rapidement place à un gargouillis étranglé. Il tituba en dessinant avec ses bras les ailes d'un moulin à vent alors que sa chair se liquéfiait littéralement en se détachant de ses os aux endroits atteints par l'acide, puis il se jeta dans le bassin. Un nuage de vapeur s'éleva brusquement à la surface de l'eau. Agité de tremblements convulsifs, le mercenaire disparut en quelques secondes, laissant une explosion de bulles d'air à l'endroit où se trouvait sa tête un instant auparavant.

Ses deux camarades, alertés par ses cris, s'évanouirent dans les massifs du jardin en comprenant que leur proie avait pris position sur le toit du pavillon.

Sans leur laisser le temps de se reprendre, Constance se débarrassa de la première seringue vide et bondit à l'autre extrémité du toit en direction du bassin. Protégée par la masse du pavillon, elle descendit le long des montants de bois et se glissa dans l'eau avant de gagner la rive opposée en nageant silencieusement sous l'eau. Ses adversaires tentèrent de l'arrêter depuis leur cachette, mais ils se trouvaient à plus de trente mètres et leurs projectiles s'éparpillèrent en vain. Constance reprit pied sur le bord et se glissa en rampant à l'intérieur d'un massif d'azalées planté sur la rive. Plusieurs balles sifflèrent au-dessus de sa tête alors qu'elle s'enfonçait à quatre pattes à l'intérieur du massif.

Les hommes, désobéissant aux ordres de Barbeaux sous l'effet de la panique et de la rage, ne cherchaient plus à la capturer vivante. Constance allait devoir se méfier d'eux.

Telle une lionne au cœur de la savane, elle utilisait sa haine afin d'alimenter sa soif de vengeance. Tapie dans l'obscurité au plus profond du bosquet, elle sortit une deuxième seringue d'acide de la cartouchière et tendit l'oreille.

À défaut de voir les hommes, elle entendait leurs murmures. Ils avaient contourné le bassin et semblaient s'être postés près du massif, à une dizaine de mètres d'elle. Elle comprit à leurs chuchotements qu'ils tournaient autour des azalées. Le grésillement caractéristique d'une radio s'éleva dans la nuit, suivi d'une courte conversation. Rassurés par leur puissance de feu, ils n'étaient pas aussi paniqués qu'elle avait bien voulu le croire.

Les deux hommes s'enfoncèrent à leur tour au milieu de la végétation en suivant ses traces. Constance, qui épiait chacun de leurs mouvements grâce au bruit des feuilles, attendait sans bouger, ramassée sur elle-même. Ses adversaires approchaient lentement en repoussant les branchages. Plus que cinq mètres, plus que trois…

La lionne n'avait plus qu'à charger.

Constance se releva d'un bond et se rua sur eux en poussant un hurlement d'outre-tombe. Les deux hommes, pris par surprise, n'eurent pas le temps de réagir. Contournant habilement sa cible de façon à ne pas risquer d'être atteinte par une retombée d'acide, elle vida le contenu de sa seringue sur l'un des hommes dans un torrent de mort. Sans jamais s'arrêter de courir, elle jeta la seringue, en prit une autre dont elle aspergea le dernier mercenaire avant de s'en débarrasser. Un instant plus tard, elle émergeait du massif d'azalées et se retournait afin d'examiner son œuvre.

Une large traînée de feu traversait le bosquet à l'endroit où elle l'avait traversé. Les buissons crépitaient en explosant comme du pop-corn, des flammes jaillissaient de toutes parts au milieu d'une fournaise de branches et de feuilles calcinées. Les deux hommes, perdus dans cet enfer, poussaient des hurlements sauvages. Le premier vida le chargeur de son pistolet au hasard. Le second tournait sur lui-même comme une toupie en s'arrachant le visage. Ils finirent par tomber à genoux dans le brouillard gris et rose qui s'élevait de leur chair liquéfiée, puis ils s'écroulèrent dans des soubresauts atroces.

Constance assista à leur agonie quelques instants, puis tourna les talons et coupa à travers l'herbe détrempée de rosée en direction du Pavillon des Palmiers dont les verrières brillaient sous le regard de la lune.

75

— Me voici de retour, s'éleva une voix à l'élocution très désuète derrière Barbeaux.

Le marchand d'armes fit volte-face, les yeux écarquillés, et découvrit la silhouette menue de Constance Greene. Comment avait-elle pu s'approcher sans un bruit ?

Sa combinaison noire toute déchirée, le corps couvert de boue et d'égratignures, des brindilles et des feuilles plein les cheveux, elle avait tout d'un animal sauvage. Sa voix et ses yeux n'avaient rien perdu de leur froideur pour autant. Et voilà qu'elle se présentait devant lui les mains vides, sans arme !

Elle vacilla légèrement en apercevant le corps inerte de Pendergast aux pieds de Barbeaux, puis son regard se posa sur ce dernier.

— Il est mort, dit-il.

Constance resta sans réaction.

Si cette folle était capable du plus petit sentiment, elle ne le montrait pas. Ce constat énervait Barbeaux au plus haut point.

— J'exige de connaître le nom de cette plante, s'écria-t-il en braquant sur elle le canon de son arme.

Rien. On aurait pu la croire sourde.

— Je n'hésiterai pas à vous tuer si vous ne me répondez pas. Je vous tuerai de la pire des façons. Le nom de cette plante !

Constance se décida enfin.

— Vous commencez à sentir des odeurs de nénuphar, c'est bien ça ?

La mine consternée de Barbeaux lui indiqua qu'elle avait deviné juste.

— Comment… ?

— C'est simple. Quelle autre raison auriez-vous de me garder en vie à tout prix ? Pourquoi voudriez-vous absolument récupérer cette plante, à présent qu'il est mort ? répondit-elle en désignant le corps de Pendergast.

Fort d'années de maîtrise de soi, Barbeaux se reprit.

— Où sont mes hommes ?

— Je les ai tous tués.

Aux appels affolés qui avaient résonné dans le haut-parleur de sa radio, Barbeaux avait cru pouvoir déduire que l'opération se déroulait mal. Il peinait pourtant à croire ce qu'il venait d'entendre. Il examina longuement la créature insensée qui se tenait devant lui.

— Comment diable… ?

Elle ne jugea pas utile de répondre à la question qu'il laissait en suspens.

— Nous allons devoir trouver un arrangement, tous les deux. Vous voulez cette plante. Vous en avez *besoin*. De mon côté, je souhaite récupérer le corps de mon protecteur afin de l'enterrer décemment.

Barbeaux soutint un moment le regard de l'étrange jeune femme qui le dévisageait, la tête légèrement penchée de côté. Il la vit chanceler, près de s'écrouler.

— Très bien, décida-t-il en soulignant ses paroles d'un geste de sa main armée. Rendons-nous ensemble dans le Pavillon aquatique. Quand je serai certain que vous me dites la vérité, je vous laisserai repartir.

— Est-ce une promesse ?

— Oui.

— Je ne suis pas certaine d'y arriver seule. Tenez-moi le bras, je vous prie.

— Pas d'entourloupe, refusa-t-il en la repoussant avec son arme. Passez devant.

Elle était peut-être maligne, mais elle ne faisait pas le poids face à lui. Dès qu'il aurait récupéré la plante, il la tuerait.

Elle enjamba le corps de Pendergast et remonta péniblement l'allée de la serre jusqu'au Musée des Bonsaïs. Parvenue là, elle s'écroula et Barbeaux fut contraint de l'aider à se relever avant de la pousser sans ménagement vers l'entrée du Pavillon aquatique.

— J'exige de connaître le nom de cette plante, aboya-t-il.

— Il s'agit du phragmipedium. Une orchidée que l'on surnomme couramment Feu des Andes. Son principe actif se trouve à l'intérieur du rhizome, c'est-à-dire dans l'eau.

— Montrez-le-moi.

Constance fit le tour du plan d'eau central en s'appuyant sur le garde-fou.

— Allons ! Dépêchez-vous !

Le plan d'eau se terminait à son extrémité par une série de bassins en espalier. Une pancarte destinée aux visiteurs indiquait la présence de Feux des Andes.

— Là, indiqua-t-elle en titubant.

Barbeaux posa un regard circonspect sur l'eau sombre.

— Mais... je ne vois rien dans ces bassins, s'étonna-t-il.

Constance tomba à genoux.

— La plante est en dormance à cette époque de l'année, répondit-elle d'une voix pâteuse. Les racines se réfugient dans la boue, au fond du bassin.

Il agita méchamment le pistolet sous le nez de Constance.

Elle tenta vainement de se relever.

— Je ne peux plus bouger.

Barbeaux retira sa veste en étouffant un juron, s'agenouilla au bord du bassin et plongea le bras dans l'eau, sans prendre la peine de remonter sa manche de chemise.

— N'oubliez pas votre promesse, murmura Constance.

Ignorant la remarque, il fouilla la vase des doigts. Il retira précipitamment son bras au bout de quelques secondes en retenant un cri de surprise. Il se produisait un phénomène étrange. Le coton de sa chemise se délitait en laissant échapper de légères volutes de fumée.

Un hululement de voitures de police s'éleva dans le lointain.

Barbeaux se releva sur des jambes mal assurées en poussant un rugissement de rage. Il récupéra son pistolet de la main gauche et le braqua sur Constance Greene avant de s'apercevoir qu'elle s'était enfuie.

Une douleur insoutenable lui traversa le bras et un premier éclair électrique lui remonta jusqu'au cerveau, immédiatement suivi d'un autre, plus violent encore. Il s'ébroua dans tous les sens en agitant son bras couvert de fumée dont la peau noircissait à vue d'œil et se recroquevillait par lambeaux en laissant apparaître la chair à vif. Il fit feu de la main gauche, tirant au jugé dans la jungle qui l'entourait, le regard incertain, les poumons en feu, le cerveau vrillé d'éclairs insoutenables. Secoué de spasmes de plus en plus rapprochés, il s'écroula sur le sol.

— Inutile de lutter, lui conseilla Constance en reparaissant soudain.

Du coin de l'œil, Barbeaux la vit ramasser son pistolet et le jeter dans un buisson.

— L'acide triflique que j'ai dilué dans ce bassin est non seulement corrosif, c'est également un poison extrêmement dangereux. Une neurotoxine. Après avoir rongé la peau, il s'attaque au système nerveux. Vous allez mourir dans des souffrances atroces.

Sur ces mots, elle lui tourna le dos et s'éloigna rapidement.

Dopé par la rage, Barbeaux parvint à se relever afin de lui donner la chasse en titubant. Il venait de rejoindre le Pavillon des Palmiers lorsqu'il s'effondra à nouveau. Incapable de se relever, il comprit que ses muscles ne lui obéissaient plus.

Le hurlement des sirènes était tout proche à présent. Dans le brouillard de douleur qui lui embrumait le cerveau, Barbeaux entendit des cris, le bruit mat de pieds nus courant sur le ciment. Constance se précipitait à la rencontre des nouveaux arrivants. À ce stade, Barbeaux n'en avait cure. Le cerveau déchiré par des décharges électriques abominablement douloureuses, il hurlait comme un possédé, les lèvres agitées de convulsions qui l'empêchaient d'articuler un mot. Son corps tressauta, secoué de spasmes, les muscles de son estomac se tendirent à se déchirer et, lorsqu'il voulut recommencer à crier, c'est à peine si un souffle d'air s'échappa de sa bouche tordue.

Un brouhaha de mots lui parvint.

— ... Défibrillateur !... Chargé !... Le pouls a repris !... Vite ! Du D5W !... Portez-le jusqu'à l'ambulance !

Quelques heures, ou peut-être seulement quelques secondes plus tard, un policier et un secouriste posèrent sur lui un regard effaré. Barbeaux sentit qu'on l'allongeait sur une civière. Au même instant, il croisa le regard de Constance Greene. Perdu dans un brouillard de souffrance, agité par des spasmes terribles, il aurait voulu lui reprocher d'avoir menti, de ne pas avoir tenu parole, mais pas un souffle ne franchit la barrière de ses lèvres.

Elle comprit pourtant le message, car elle se pencha sur lui.

— Vous avez raison, lui murmura-t-elle à l'oreille. Je n'ai pas tenu parole. Pas plus que vous n'auriez tenu la vôtre.

Les ambulanciers s'apprêtaient à emporter la civière lorsqu'elle les arrêta d'un geste afin de lui glisser une ultime confidence :

— Un dernier détail. Votre plus grande erreur aura été de croire – pardonnez-moi une formule empruntée au vernaculaire actuel – que vous aviez des couilles.

Avant que son regard se brouille définitivement, Barbeaux put voir Constance s'éloigner d'un pas vif en suivant la civière sur laquelle les secouristes emportaient Pendergast.

76

En l'espace de quelques minutes, le Jardin botanique de Brooklyn était devenu le théâtre d'activités intenses. Ambulanciers, pompiers et flics circulaient dans tous les sens en déroulant des bandes de plastique jaune, en multipliant les appels radio, en manifestant leur surprise par des cris horrifiés à la découverte de chaque nouveau cadavre.

D'Agosta rejoignait au pas de course le pavillon principal lorsqu'une silhouette étrange se précipita vers lui. Une femme d'une saleté repoussante et vêtue d'une combinaison déchirée, les cheveux constellés de brindilles et de pétales.

— Par ici ! s'écria-t-elle.

D'Agosta ouvrit des yeux ronds en reconnaissant Constance Greene. Il retira sa veste afin de la couvrir, mais elle passa à côté de lui en courant, à la poursuite d'un groupe de secouristes.

— Par ici ! répéta-t-elle en leur désignant une imposante verrière de style victorien.

Margo et D'Agosta lui emboîtèrent le pas. Ils franchirent à sa suite une petite porte, traversèrent un pavillon transformé en salle de banquet. Tables et chaises renversées, assiettes cassées, du verre pilé dans tous les coins, l'endroit donnait l'impression d'avoir été saccagé par un gang de motards. Tout au bout de la salle, à l'orée de la piste de danse, deux corps étaient allongés à même le sol. Constance désigna aux urgentistes l'un des deux. D'Agosta crut défaillir en reconnaissant Pendergast et se rattrapa de justesse au dossier de la chaise la plus proche.

— Occupez-vous en priorité de celui-ci ! ordonna-t-il aux secouristes.

— Oh non, sanglota Margo, une main sur la bouche. Non !

Les secouristes s'activèrent autour du corps, s'assurant qu'il respirait et que son cœur battait encore.

— Défibrillateur ! cria l'un d'eux par-dessus son épaule.

Un infirmier s'approcha précipitamment pendant qu'on arrachait la chemise de Pendergast.

— Chargé ! annonça l'urgentiste.

Le corps tressauta sous l'effet des électrodes.

— Encore !

Le corps tressauta de plus belle.

— Le pouls a repris ! cria le médecin.

D'Agosta attendit que les secouristes aient installé Pendergast sur une civière pour s'intéresser à l'autre victime. Son corps était agité de spasmes violents. Les yeux exorbités, il agitait les lèvres en silence. L'homme, dans la force de l'âge, avait une carrure d'athlète. D'Agosta reconnut sans peine John Barbeaux, dont il avait vu la photo sur le site de Red Mountain Industries.

Son bras droit était couvert de cloques, les chairs s'étaient dissoutes en laissant les os à nu. La chemise, rongée jusqu'à l'épaule, donnait l'impression d'avoir brûlé. Plusieurs médecins s'activaient près du corps.

Constance avança vers la silhouette convulsée de Barbeaux, écarta l'un des secouristes et approcha la bouche de son oreille. Elle lui glissa quelques mots dans un murmure, puis se redressa et se tourna vers les médecins.

— Il est à vous.

— Vous avez également besoin d'être examinée, remarqua l'un des médecins.

— Ne me touchez pas.

Lui tournant le dos, elle disparut dans les profondeurs de la serre. Les secouristes, interloqués, la regardèrent s'éloigner avant de se pencher à nouveau vers Barbeaux.

— Qu'est-il arrivé à Constance ? s'enquit D'Agosta auprès de Margo.

— Aucune idée. Je trouve juste que… il y a beaucoup de morts dans le coin.

D'Agosta secoua la tête d'un air perplexe. Il aurait tout le temps d'y voir plus clair par la suite. Il retourna auprès de Pendergast à qui les ambulanciers posaient une perfusion après l'avoir hissé sur une civière. Quelques instants plus tard, ils l'emportaient vers l'ambulance la plus proche.

D'Agosta et Margo allaient leur emboîter le pas lorsque Constance réapparut, un gros nénuphar rose dégoulinant d'eau à la main.

— J'accepte votre veste à présent, déclara-t-elle à D'Agosta.

Ce dernier la lui passa autour des épaules.

— Ça va ? lui demanda-t-il.

— Non, répondit-elle en se tournant vers Margo. Vous avez pu la récupérer ?

En guise de réponse, Margo serra contre elle le sac qu'elle portait à l'épaule.

Des nuées d'ambulances étaient garées à l'entrée du parking visiteurs, gyrophares allumés. Le trio allait les rejoindre lorsque Constance fit halte afin de récupérer un petit sac dissimulé dans les fourrés. Les ambulanciers ouvrirent les portières arrière du véhicule de secours le plus proche et y installèrent la civière sur laquelle reposait Pendergast.

L'un d'eux arrêta D'Agosta d'un geste en voyant qu'il faisait mine de monter avec ses deux compagnes.

— Désolé, mais vous allez devoir prendre un autre véhicule…

D'Agosta le fit taire en exhibant son badge.

Le type haussa les épaules, referma les portières, et l'ambulance démarra dans le hurlement de sa sirène. Constance tendit à Margo le petit sac qu'elle venait de récupérer, ainsi que le nénuphar.

— Eh ! s'énerva l'ambulancier. Ces trucs-là ne sont pas stériles !

— Poussez-vous, lui ordonna Margo sur un ton sans réplique.

D'Agosta posa une main sur l'épaule du type en désignant Pendergast.

— Laissez-les s'occuper de lui. J'en prends la responsabilité.

L'ambulancier se contenta de froncer les sourcils.

Margo se mit à l'œuvre sous le regard curieux de D'Agosta. Découvrant une table pliante à l'arrière de l'ambulance, elle l'installa et y déposa le contenu du petit sac donné par Constance : de vieilles fioles de liquides inconnus, des ampoules, des sachets transparents remplis de poudre... Elle y ajouta le nénuphar de Constance, ainsi que les restes d'une planche séchée prélevés au fond de son sac au milieu d'un magma d'échardes de verre. Elle lissait du plat de la main une feuille de papier froissée lorsqu'elle dut se rattraper à une poignée. Le chauffeur de l'ambulance tournait brutalement sur Washington Avenue.

— Que faites-vous ? lui demanda D'Agosta.

— Je prépare l'antidote, répondit Margo.

— Vous ne pensez pas qu'il vaudrait mieux trouver un laboratoire ?

— Parce que vous croyez peut-être que nous avons le temps ?

— Comment se porte le malade ? s'inquiéta Constance.

L'ambulancier interrogea D'Agosta des yeux avant de répondre à son interlocutrice :

— Pas très bien. Sa tension est au plus bas, le pouls est extrêmement faible. Je vais lui préparer une perfusion de lidocaïne.

Alors que l'ambulance s'engageait sur l'Eastern Parkway, Margo s'empara d'un sachet de solution saline dont elle déchira l'enveloppe de protection à l'aide d'un scalpel, puis elle en versa quelques gouttes dans un récipient en plastique avant de se débarrasser du sachet à moitié plein en le jetant par terre.

— Hé ! s'étonna l'ambulancier. Qu'est-ce que vous fabriquez ?

Cette fois encore, D'Agosta lui imposa le silence d'un geste. L'ambulance vira sur Prospect Park dans un long crissement de pneus et traversa Grand Army Plaza à toute allure. Résistant

tant bien que mal aux secousses du véhicule, Margo récupéra un flacon de verre dans le sac de Constance, le déboucha et en versa quelques centilitres dans le récipient en plastique. Une odeur douceâtre emplit l'arrière de l'ambulance.

— Quelle est cette horreur ? demanda D'Agosta en chassant le nuage d'un geste.

— Du chloroforme.

Margo reboucha le flacon. Puis, à l'aide du scalpel, elle émietta le nénuphar, l'écrasa et en ajouta la pulpe à la décoction, avec les extraits de plante pêchés quelques instants plus tôt dans son sac. Le mélange achevé, elle reboucha le récipient en plastique et le secoua vivement.

— Que faites-vous ? s'enquit D'Agosta.

— Le chloroforme est un excellent agent solvant. On s'en sert couramment en pharmacologie lorsqu'il s'agit d'obtenir des extraits de plantes. Je vais ensuite devoir le chauffer de façon que le chloroforme s'évapore, car il risquerait d'empoisonner le sujet.

— Une seconde, l'arrêta Constance. Vous allez commettre la même erreur qu'Hezekiah en faisant bouillir cette décoction.

— Non, la rassura Margo. Le point d'ébullition du chloroforme est très inférieur à celui de l'eau. Il se situe aux alentours de soixante degrés seulement. Aucun risque de dénaturer les protéines et les extraits naturels de l'antidote.

— De quels extraits s'agit-il exactement ? demanda D'Agosta.

— Aucune idée.

— Comment ça, aucune idée ?

Margo se tourna vers lui.

— Personne ne connaît la nature exacte des ingrédients actifs de ces plantes. Je vais devoir me fier à mon instinct.

— Dieu du ciel ! murmura D'Agosta.

L'ambulance tourna sur la 8e Avenue. L'Hôpital méthodiste de New York était tout proche à présent.

Margo consulta une dernière fois la formule, ajouta quelques gouttes d'un liquide et le contenu d'une ampoule avant d'additionner à la décoction deux poudres prélevées dans des sachets transparents.

— Lieutenant. Dès notre arrivée à l'hôpital, je vais avoir besoin d'eau glacée, d'un morceau de tissu pour filtrer le liquide, d'un tube à essai, d'une demi-douzaine de filtres à café et d'un briquet. Puis-je compter sur vous ?

— Voici déjà le briquet, répondit D'Agosta en lui tendant le sien. Je m'occupe du reste.

Le chauffeur immobilisa l'ambulance devant l'entrée des urgences en éteignant sa sirène. L'ambulancier ouvrit précipitamment les portières arrière et poussa la civière en direction de ses collègues qui attendaient devant le bâtiment. D'Agosta fit la grimace en apercevant le visage de Pendergast, plus pâle que jamais sous sa couverture. On aurait dit un mort. Constance, dont la tenue débraillée ne manquait pas d'attirer des regards curieux, suivit la civière à l'intérieur de l'hôpital. D'Agosta sauta à son tour de l'ambulance afin de se mettre en quête des objets demandés. D'un regard, il vit que Margo continuait de s'activer à l'arrière du véhicule.

77

L'unité 3 du service des urgences de l'hôpital ressemblait à une zone de guerre. Un interne poussait devant lui un chariot de matériel tandis qu'une infirmière s'activait à côté de lui. L'une de ses collègues fixa fébrilement une nouvelle perfusion au bras de Pendergast, lui passa un brassard de tension artérielle au-dessus du coude et lui attacha un saturomètre à l'index avant de lui coller sur la poitrine les électrodes d'un moniteur cardiaque.

Deux médecins en blouse procédèrent à un premier examen du malade en s'entretenant à mi-voix avec les internes et les infirmières.

D'Agosta, après avoir fourni à Margo les accessoires demandés, rejoignit la salle des urgences en laissant la jeune chercheuse se démener telle une diablesse à l'arrière de l'ambulance où elle réchauffait la décoction dans son tube à essai, le briquet à la main. Il découvrit Constance assise à l'écart, vêtue d'une chemise d'hôpital.

— Où en est-on ? demanda l'un des médecins.

— Sa tension est à 6/3 et elle n'arrête pas de baisser, répondit une infirmière. L'oxymètre est à 70.

— Préparez-vous à pratiquer une intubation trachéale.

De nouveaux appareils arrivaient à chaque instant sur des chariots à roulettes. D'Agosta éprouvait un mélange de rage, de résignation et d'espoir. Incapable de rester en place, il tournait comme un lion en cage. L'un des médecins, qui avait tenté de les chasser de la pièce un peu plus tôt avant de se résigner en voyant son badge, lui adressa un regard courroucé. Mais le lieutenant avait d'autres soucis en tête. À quoi rimait tout ce cirque ? Cette histoire d'antidote était totalement farfelue. Cela faisait plusieurs jours déjà que Pendergast se trouvait à l'article de la mort, il ne passerait visiblement pas la nuit. À quoi bon s'escrimer inutilement ? Ce cirque l'énervait au plus haut point. Tout espoir était perdu. Margo, malgré toute sa science de chercheuse, ne connaissait même pas le dosage de ce fichu antidote. Celui-ci avait déjà prouvé son inefficacité par le passé. De toute façon, il était trop tard. Même ces toubibs, avec leurs machines infernales, ne pouvaient plus rien pour Pendergast.

— Le rythme cardiaque est au plus bas, remarqua un interne en se penchant sur l'un des écrans installés à la tête du lit de l'inspecteur.

— Stoppez la lidocaïne, ordonna le second médecin en se ruant au chevet du patient. Préparez un cathéter, injectez-lui deux milligrammes de sulfate de baryum.

D'Agosta se laissa tomber sur le siège voisin de celui de Constance.

— On est en train de le perdre, s'exclama un interne.

— Le sulfate de baryum, vite ! cria le médecin.

D'Agosta bondit sur ses jambes. Non ! Il devait bien y avoir un moyen de…

Margo interrompit ses pensées en pénétrant en trombe dans la pièce. Elle écarta d'un geste le paravent installé près du lit du malade. Elle tenait à la main un bécher à moitié plein d'un liquide brun-vert. Les filtres à café et le morceau de tissu dénichés par D'Agosta dans le casier d'un interne recouvraient le haut du récipient, fermé par un film de plastique retenu à l'aide d'un élastique.

L'un des médecins releva la tête.

— Qui êtes-vous ?

Margo, le regard tourné vers le corps immobile de Pendergast, ne daigna même pas lui répondre.

— Mais enfin ! s'énerva le médecin. Il y a bien trop de monde ici ! Je vous rappelle que nous sommes censés être dans un environnement stérile.

Margo se tourna vers l'une des infirmières.

— Trouvez-moi une seringue.

L'infirmière ouvrit des yeux étonnés.

— Je vous demande pardon ?

— Une seringue hypodermique. Tout de suite.

— Faites ce qu'elle vous dit, intervint D'Agosta en sortant une fois de plus son badge.

L'infirmière regarda successivement Margo, les médecins et le policier. Sans un mot, elle ouvrit un tiroir contenant des enveloppes stériles. Margo saisit la plus proche, arracha l'enveloppe dont elle tira une longue seringue en plastique qu'elle équipa d'une aiguille.

Elle s'approcha de D'Agosta et de Constance, le souffle court. Des gouttes de transpiration perlaient sur ses tempes.

— Que comptez-vous lui injecter ? s'inquiéta l'un des médecins.

Margo interrogea silencieusement Constance et D'Agosta du regard en tenant la seringue d'une main, le bécher de l'autre.

Constance hocha lentement la tête.

Margo porta l'antidote à la lumière, retira le bouchon improvisé et préleva une partie du liquide à l'aide de la seringue dont elle chassa les bulles d'air d'une pichenette en tenant l'aiguille en l'air. Alors, la jeune femme prit une longue respiration et se dirigea vers le lit.

— Ça suffit, déclara sèchement l'un des médecins. Je vous interdis de vous approcher du malade.

— Et moi je vous donne l'ordre de la laisser tranquille en ma qualité de lieutenant du NYPD, gronda D'Agosta.

— Vous n'avez aucune autorité ici. J'en ai assez de tout ce cirque. J'appelle la sécurité.

D'Agosta prit sa respiration et porta sa main à la hanche. Ses doigts se refermèrent sur le vide à l'endroit où aurait dû se trouver son arme de service.

Surpris, il pivota sur lui-même et découvrit Constance, son calibre 38 au poing, menaçant médecins et infirmières. Même débarbouillée, débarrassée de sa combinaison de soie en lambeaux et habillée d'une longue chemise d'hôpital, elle était impressionnante à voir, couverte de coupures et d'égratignures de la tête aux pieds. Elle affichait une expression à glacer les sangs. Le temps donna l'impression de s'arrêter.

— Nous allons sauver la vie de votre patient, déclara-t-elle d'une voix sourde. Maintenant, éloignez-vous de cette alarme.

Sa détermination, plus encore que l'arme de service de D'Agosta, incita le personnel hospitalier à obtempérer.

Margo, pressée d'agir avant que les médecins ne se reprennent, enfonça l'aiguille de la seringue dans le tuyau de la perfusion et injecta trois centimètres cubes du liquide verdâtre.

— Vous allez le tuer ! s'étrangla l'un des médecins.

— Il est déjà mort, répliqua Margo.

Sa réponse prit tout le monde de court. Allongé sur son lit, Pendergast ne donnait plus aucun signe de vie. Les bips des appareils de monitoring interprétaient une sorte de fugue funèbre. Soudain, un long sifflement prit le relais.

— Il est en arrêt cardiaque ! s'écria le premier médecin.

Margo resta un instant tétanisée. Soudain, elle planta une nouvelle fois l'aiguille dans le tuyau de la perfusion.

— Rien à foutre, murmura-t-elle en injectant une dose deux fois plus importante que la précédente.

Dans un même réflexe, les infirmières et les internes se ruèrent vers le corps sans se soucier du pistolet. L'instant suivant, ils repoussaient Margo après lui avoir arraché la seringue des mains. Des cris et des appels fusèrent de toutes parts et une alarme retentit. Constance, livide, les yeux agrandis par la défaite, baissa le canon de son arme.

— Tachycardie ventriculaire ! s'éleva une voix au-dessus de la mêlée.

— On est en train de le perdre ! hurla le second médecin. Massage cardiaque !

D'Agosta, incapable du moindre mouvement, regardait avec des yeux hagards le ballet des silhouettes en blouse qui s'activaient fiévreusement autour du lit. Sur l'écran de contrôle, la ligne verte de l'électrocardiogramme était inerte.

Le lieutenant s'approcha de Constance, lui prit doucement le pistolet des mains et le rangea dans son étui.

— Je suis désolé.

Le regard vide, il voulut se souvenir des dernières paroles qu'il avait échangées avec Pendergast la dernière fois qu'ils s'étaient vus en tête à tête. Il lui semblait soudain essentiel de repenser à leur ultime échange. Sauf erreur de sa part, la scène se déroulait devant la prison d'Indio, juste après l'interrogatoire de Rudd. Que lui avait dit Pendergast, déjà, sur le parking de la prison brûlé par le soleil ?

Il se trouve, mon cher Vincent, que notre prisonnier n'est pas le seul à sentir des odeurs de nénuphar depuis quelque temps.

Pendergast savait donc depuis le début quel sort l'attendait. D'Agosta souffrait de garder en mémoire des paroles aussi tragiques...

Des cris interrompirent le cours de sa réflexion.

— Le pouls a repris ! s'exclama un docteur.

De fait, la ligne de l'électrocardiogramme se réanimait lentement, par intermittence.

— La tension remonte, nota une infirmière. 7,5/4.

— Vous pouvez stopper le massage cardiaque, ordonna l'autre médecin.

Le personnel soignant poursuivit ses efforts pendant une minute, dopé par les signes de vie qui émanaient du malade. Pendergast souleva faiblement une paupière.

D'Agosta, bouleversé, vit une pupille grande comme une tête d'épingle tourner lentement dans son orbite. Constance se précipita et serra la main du malade dans la sienne.

— Vous êtes vivant ! s'entendit balbutier D'Agosta.

Les lèvres de l'inspecteur s'écartèrent, quelques mots s'en échappèrent :

— Alban… Au revoir, mon fils.

Épilogue

Deux mois plus tard

Confortablement installé au volant de sa Lexus gris métallisé, la climatisation réglée au maximum afin d'échapper à la touffeur de cet après-midi torride au cœur de la Louisiane, Beau Bartlett quitta la petite route et s'engagea sur l'allée de gravier blanc le long de laquelle s'élevaient de grands chênes aux branches couvertes de mousse espagnole. Il remonta lentement l'allée jusqu'à l'esplanade en arc de cercle qui précédait une majestueuse demeure de plantation aux colonnades de style grec. Le spectacle était à couper le souffle. Beau Bartlett coupa le moteur, ouvrit sa portière et descendit de voiture d'un bond allègre. Vêtu d'un polo vert tendre et d'un pantalon rose, il portait des chaussures de golf.

Deux personnes confortablement installées sur la galerie de la demeure se levèrent à son arrivée. Bartlett reconnut sans peine Pendergast, plus pâle que jamais dans son éternel costume noir. Il était accompagné d'une jeune femme d'une grande beauté aux cheveux acajou coupés court, sa minceur soulignée par une robe blanche plissée.

Beau Bartlett se dirigea vers la colonnade avec l'air triomphal d'un amateur de pêche ferrant une belle prise. C'est tout juste s'il ne se frottait pas les mains.

— Eh bien ! s'exclama-t-il. La plantation Penumbra !

— En effet, murmura Pendergast en retour, suivi par sa compagne.

— J'ai toujours pensé qu'il s'agissait de la plus belle propriété de Louisiane, se rengorgea Bartlett, impatient d'être présenté à la charmante inconnue.

Pendergast se contenta d'incliner la tête en guise de remerciement.

Bartlett s'épongea le front.

— J'avoue être curieux. Cela fait des années que mon agence vous pousse à vendre cet endroit. Et nous ne sommes pas les seuls. Puis-je vous demander ce qui vous a fait changer d'avis ?

Une ombre d'inquiétude passa sur le visage du promoteur immobilier, comme si poser cette question pouvait remettre en cause la transaction. Il se rassura en se souvenant qu'une promesse de vente avait été signée.

— Je ne m'en plains pas, se hâta-t-il de préciser. Simple curiosité de ma part.

Pendergast balaya des yeux le paysage, comme s'il souhaitait s'en imprégner une dernière fois : les silhouettes des cyprès, les jardins immenses, la colonnade et sa vénérable galerie. Il se tourna enfin vers son visiteur.

— Disons que cette propriété est devenue pour moi… un fardeau.

— Bien sûr ! Ces vieilles maisons de plantation sont de véritables gouffres ! En tout état de cause, je ne peux que vous remercier d'avoir fait confiance à Southern Realty Ventures, glouglouta Bartlett.

Il tira de sa poche un mouchoir à l'aide duquel il épongea son visage transpirant.

— Nous avons de grands projets pour cette propriété. De très grands projets ! Dans vingt-quatre mois, Penumbra aura laissé place aux Jardins de Cypress Wynd. Un total de soixante-cinq maisons à l'élégance raffinée auxquelles nous avons donné le nom de « gentilhommières ». Chacune disposera de près d'un demi-hectare de terrain. Imaginez un peu !

— Je n'imagine que trop bien, commenta Pendergast.

— Pourquoi ne pas acquérir vous-même l'une de ces gentilhommières ? Vous y serez infiniment mieux que dans cette vieille bâtisse. Sans compter que vous bénéficiez automatiquement d'une carte de membre du golf. Je m'engage à vous faire une offre imbattable !

Beau Bartlett ponctua sa phrase d'un petit coup d'épaule complice à son interlocuteur.

— Je vous sais gré de tant de générosité.

— Mais c'est tout naturel ! Nous ferons de notre mieux, je puis vous le garantir. Sans toucher à la vieille maison, bien entendu, puisqu'elle figure au registre des Monuments historiques et tout le tralala. Elle fera d'ailleurs un club house magnifique, équipée d'un bar et d'un restaurant, en plus des bureaux. Les Jardins de Cypress Wynd seront construits dans le respect des normes environnementales les plus pointues. Le marais de cyprès sera préservé et transformé en réserve naturelle, conformément à vos souhaits. Quant au golf de trente-six trous – plus exactement, deux golfs de dix-huit trous construits par Tom Fazio en personne –, il achèvera de donner tout son cachet à Cypress Wynd.

— Je n'en doute pas.

— Sachez que vous serez mon invité permanent sur le green. À part ça, si j'ai bien compris… vous entamez le transfert des sépultures familiales la semaine prochaine ? s'enquit Bartlett.

— Oui. Je m'occupe personnellement de l'opération. Et des frais qu'elle entraîne.

— C'est fort aimable de votre part. Je loue votre respect des morts. Admirable. Et très chrétien.

— Reste la question de Maurice, reprit Pendergast.

La mine de Bartlett s'assombrit légèrement à l'évocation du vieux domestique chargé de l'entretien de Penumbra depuis de nombreuses années. Le Maurice en question avait l'âge de Mathusalem, un vieux débris d'allure sinistre qui ne desserrait jamais les dents. Mais Pendergast s'était montré intraitable sur ce point.

— Oui, Maurice, répéta le promoteur.

— Il est entendu que vous continuerez de l'employer en qualité de sommelier aussi longtemps qu'il le souhaitera.

— C'est ce qui était convenu.

Bartlett contempla une nouvelle fois l'impressionnante façade de la maison.

— Nos avocats prendront langue avec les vôtres au sujet de la date de signature de l'acte de vente.

Pendergast acquiesça.

— Eh bien, je vais vous laisser, ainsi que… que madame. Prenez tout le temps qu'il vous faudra pour profiter de la maison une dernière fois. Mais vous souhaitez peut-être que je vous dépose en ville ? Je vois que vous n'avez pas de voiture, sans doute êtes-vous venus en taxi.

— Ce ne sera pas nécessaire, je vous remercie, répondit Pendergast.

— Euh... très bien. Dans ce cas, il ne me reste plus qu'à vous souhaiter un excellent après-midi, conclut Bartlett en serrant la main de Pendergast avant de saluer la jeune femme. Merci pour tout !

L'instant d'après, le promoteur regagnait sa voiture en s'épongeant le front et quittait la propriété.

*

* *

L'inspecteur Pendergast et Constance Greene gravirent les marches de bois usé de la galerie et s'arrêtèrent sur le seuil de la porte d'entrée. Pendergast sortit de sa poche un petit trousseau, donna un tour de clé et fit signe à sa compagne de le précéder dans la maison. Une odeur d'encaustique, de vieux bois et de poussière les accueillit. Ils parcoururent en silence les pièces du rez-de-chaussée, salon, séjour, salle à manger, en prenant le temps d'en admirer la décoration. Chaque objet était porteur d'une étiquette sur laquelle figurait le nom de l'antiquaire ou du commissaire-priseur chargé de le vendre.

Ils rejoignirent la bibliothèque où Constance s'arrêta devant une vitrine au contenu d'une valeur inestimable : le Premier Folio des œuvres de Shakespeare, une copie enluminée très ancienne des *Très Riches Heures du duc de Berry*, le *Don Quichotte* dans son édition originale. Les volumes qui l'intéressaient le plus étaient toutefois les quatre tomes volumineux rangés sur la droite. Elle s'empara du premier avec déférence, l'ouvrit et le feuilleta longuement en s'émerveillant des reproductions d'oiseaux d'une beauté et d'un réalisme stupéfiants qu'il contenait.

— Les quatre volumes de l'édition des *Oiseaux d'Amérique* d'Audubon, murmura-t-elle. L'édition en grand format que votre arrière-arrière-arrière-grand-père avait contribué à financer à la demande d'Audubon en personne.

— Le père d'Hezekiah, précisa Pendergast d'une voix terne. C'est donc l'un des ouvrages que j'entends conserver, au même titre que la *Bible* de Gutenberg conservée dans la famille depuis Henri Prendregast de Mousqueton, puisqu'ils ne sont pas marqués du sceau de l'infamie par Hezekiah. Je ne garderai rien d'autre.

Ils regagnèrent les pièces de réception et montèrent à l'étage en empruntant l'escalier monumental jusqu'à un grand salon s'ouvrant directement sur le palier. Deux défenses d'éléphant en encadraient la porte. Une peau de zèbre habillait le centre de la pièce dont les murs accueillaient une demi-douzaine de têtes d'animaux empaillés, près d'un râtelier vitré abritant une collection impressionnante de fusils de chasse d'une grande valeur. À l'image des meubles et des bibelots du rez-de-chaussée, chaque arme était munie d'une étiquette.

— Lequel était celui d'Hélène ? s'enquit Constance en s'approchant.

Pendergast prit le trousseau de clés dans sa poche, déverrouilla la vitrine et s'empara d'un fusil à double canon aux caches latéraux richement gravés.

— Un Krieghoff, annonça-t-il.

Il examina longuement l'arme, le regard lointain, puis il soupira.

— Je le lui ai offert à l'occasion de notre mariage.

Il le tendit à Constance.

— Je n'y tiens guère, si cela ne vous ennuie pas, réagit cette dernière.

Pendergast remit l'arme en place et referma la vitrine.

— Il est grand temps que je me sépare de ce fusil et de tous les souvenirs qui s'y rattachent, murmura-t-il d'un air songeur.

Le couple prit place autour de la table.

— Vous êtes toujours décidé à tout vendre ? demanda Constance.

— Tout ce qui a été acquis, directement ou indirectement, grâce aux ventes de l'Élixir d'Hezekiah.

— Ne me dites pas que vous donnez raison à Barbeaux.

Pendergast hésita avant de répondre :

— Avant ma… euh, maladie, je n'avais jamais vraiment réfléchi à l'origine de la fortune de mon aïeul. Indépendamment de Barbeaux, il me semble que renoncer à l'ensemble de mes biens en Louisiane, me libérer du fruit des profits d'Hezekiah, est une sage décision. Ses possessions me font désormais l'effet d'un poison. En outre, ainsi que vous le savez, le produit de leur vente servira à financer une organisation caritative.

— La fondation Splendide Mendax. « Noble mensonge ». Joli paradoxe. D'où vous est venue une telle idée ?

— L'expression est tirée des *Odes* d'Horace. J'ai jugé qu'elle décrivait à merveille la situation. Surtout au regard des objectifs peu orthodoxes, mais ô combien utiles, de la fondation.

— Quels sont-ils donc ?

L'ombre d'un sourire flotta sur les lèvres de Pendergast.

— Le monde le découvrira en temps utile.

Il se leva et compléta la visite du premier étage en signalant à sa compagne les différents points d'intérêt. Ils s'attardèrent quelques instants dans la chambre d'enfant de l'inspecteur avant de regagner le rez-de-chaussée.

— Il ne nous reste plus qu'à voir la cave à vin, remarqua Constance. À vous entendre, le lieu est magnifique et réunit les réserves des différentes branches familiales, à mesure qu'elles se sont éteintes.

Le visage de Pendergast s'assombrit.

— Je ne suis pas en état de vous en proposer la visite, si cela ne vous dérange pas.

Ils furent interrompus par un coup frappé à la porte. Pendergast ouvrit, et un étrange individu apparut sur le seuil. Petit et rondouillard, il était vêtu d'un habit à queue-de-pie noir et arborait un œillet blanc à la boutonnière. Il tenait d'une main une sacoche de cuir luxueuse et de l'autre un parapluie soigneusement replié, mal en adéquation avec cette journée sans nuages. Il était coiffé d'un chapeau melon légèrement penché qui lui aurait presque donné un air canaille. L'homme formait un curieux mélange d'Hercule Poirot et de Charlie Chaplin.

— Ah, monsieur Pendergast ! s'exclama-t-il d'un air radieux. Vous avez bonne mine.

— Je vous remercie. Entrez, je vous en prie.

Pendergast procéda aux présentations.

— Constance, voici Horace Ogilvy dont l'étude veille aux intérêts de la famille Pendergast à La Nouvelle-Orléans et dans les environs. Monsieur Ogilvy, je vous présente Constance Green, ma protégée.

— Ravi ! réagit Ogilvy en gratifiant Constance d'un baisemain stylé.

— J'imagine que tous les documents sont prêts ? s'enquit Pendergast.

— Absolument.

L'homme de loi posa sa mallette sur une console voisine, l'ouvrit et sortit une liasse de documents.

— Voici les papiers relatifs au déplacement des sépultures.

— Fort bien, approuva Pendergast.

— Veuillez signer ici.

Pendergast s'exécuta.

— Vous le savez sans doute, poursuivit l'homme de loi. En dépit de la relocalisation des dépouilles, les… euh, les stipulations de votre grand-père restent imprescriptibles.

— Je le sais.

— Cela signifie que vous vous engagez à visiter sa sépulture d'ici…

Ogilvy effectua un rapide calcul de tête.

— … d'ici trois ans.

— Je m'en réjouis.

Pendergast se tourna vers Constance.

— Mon grand-père a exigé dans son testament que ses descendants, désormais réduits à peau de chagrin, fassent un pèlerinage sur sa tombe tous les cinq ans, sous peine de perdre les bénéfices de leur héritage.

— C'était un original, précisa Ogilvy en feuilletant ses dossiers. Ah oui, un autre détail d'importance. Cela concerne le parking de Dauphine Street que vous désirez céder.

Pendergast haussa les sourcils d'un air interrogateur.

— Au sujet des restrictions que vous entendez soumettre lors de la vente.

— Eh bien ?

— Eh bien…

L'homme de loi se racla la gorge.

— La formule que vous proposez est assez peu orthodoxe, dirons-nous. La clause interdisant à l'acheteur toute excavation, par exemple. Cela empêche tout usage immobilier et réduit d'autant la valeur du bien. Êtes-vous certain de tenir à ce point ?

— Absolument.

— Très bien. En revanche, se réjouit le petit homme avec un battement de ses mains potelées, nous avons obtenu un excellent prix pour la Rolls. J'hésite même à vous avouer combien.

— Je vous laisse libre de vous en abstenir.

Pendergast parcourut le document que lui tendait son interlocuteur.

— Tout cela me paraît en ordre, merci à vous.

— Dans ce cas, permettez-moi de vous laisser. Vous n'imaginez pas la foison de papiers qu'une liquidation de cette importance peut entraîner.

— Nous vous raccompagnons, proposa courtoisement Pendergast.

Le trio descendit les marches de la vieille maison et se dirigea vers la voiture d'Ogilvy. Ce dernier posa sa mallette et son parapluie sur la banquette arrière, puis il contempla la propriété.

— Comment s'appelle ce projet immobilier, déjà ?

— Les Jardins de Cypress Wynd. Un total de soixante-cinq gentilhommières, que viennent compléter deux golfs de dix-huit trous.

— Quelle horreur ! Je me demande comment réagira le fantôme familial.

— La question mérite d'être posée, approuva Pendergast.

Ogilvy lâcha un petit gloussement en ouvrant sa portière.

— Puis-je vous déposer en ville ? suggéra-t-il en se retournant.

— C'est très aimable de votre part, mais nous avons prévu un autre arrangement.

Le petit homme monta en voiture et adressa un dernier signe de la main à ses hôtes. Il venait de disparaître à l'extrémité de l'allée lorsque Pendergast entraîna sa compagne de l'autre côté de la maison. Constance découvrit d'anciennes écuries transformées en une succession de garages. Une Rolls-Royce Silver Wraith d'époque, rutilante, attendait son nouveau propriétaire sur une remorque attachée à une camionnette.

Constance contempla la Rolls, puis se tourna vers son compagnon d'un air perplexe.

— Je ne vois vraiment pas l'intérêt d'en posséder deux, vous savez, remarqua-t-il.

— Ce n'est pas cela. Vous avez refusé l'offre de M. Bartlett comme celle de M. Ogilvy de nous reconduire à La Nouvelle-Orléans. Nous n'allons tout de même pas monter dans cette dépanneuse ?

Pour toute réponse, Pendergast se dirigea vers les écuries dont il ouvrit l'une des portes, dévoilant le dernier véhicule encore présent sur les lieux, invisible sous une bâche. Il le débarrassa de son manteau protecteur et mit au jour une décapotable dont la carrosserie rouge luisait faiblement dans la pénombre.

— Hélène a acheté cette Porsche 550 Spyder de 1954 peu avant notre mariage, expliqua-t-il.

Il ouvrit galamment la portière de sa compagne avant de prendre place au volant. Il mit le contact et le moteur émit un long rugissement.

La Porsche sortie de son abri, Pendergast descendit de voiture et referma le garage à clé.

— Intéressant, remarqua Constance.

— À quoi faites-vous allusion ? l'interrogea Pendergast en reprenant sa place à côté d'elle.

— Je remarque que vous vous êtes débarrassé de tout ce qui avait été acheté avec l'argent d'Hezekiah.

— Du mieux que je le pouvais, en effet.

— À ceci près que vous n'avez pas tout vendu.

— C'est vrai. Une large part de mes biens provient de l'héritage de mon grand-père, celui dont je suis tenu de visiter la sépulture tous les cinq ans. Cela me permettra de conserver mon appartement du Dakota et, plus généralement, de bénéficier d'un train de vie auquel j'ai fini par m'accoutumer.

— Que faites-vous de la demeure de Riverside Drive ?

— J'en ai hérité de mon grand-oncle Antoine, celui que vous appelez le docteur Enoch, en même temps que de ses nombreux investissements.

— Bien sûr. C'est tout de même curieux.

— Où souhaitez-vous en venir avec toutes ces questions, Constance ?

Elle afficha un sourire entendu.

— Vous vous débarrassez des actifs d'un tueur en série, Hezekiah, tout en acceptant ceux d'un autre assassin, Enoch Leng. Me trompé-je ?

Pendergast ne répondit pas aussitôt.

— J'avoue préférer l'hypocrisie à la pauvreté.

— À bien y réfléchir, on découvre une certaine logique dans tout cela. Ce ne sont pas ses meurtres qui ont enrichi Leng, mais ses investissements dans les sociétés de chemins de fer, les entreprises pétrolières et les exploitations de métaux précieux.

Pendergast haussa les sourcils.

— Vous me l'apprenez.

— Vous ignorez quasiment tout de lui.

Ils se turent, bercés par le ronronnement du moteur. Pendergast posa sur sa voisine un regard presque gêné.

— Je ne suis pas certain de vous avoir manifesté toute ma reconnaissance, à vous et à Margo Green, pour m'avoir sauvé la vie. Au prix de tels risques…

Elle le fit taire en lui posant un doigt sur les lèvres.

— Je vous en prie. Vous connaissez la nature de mes sentiments à votre endroit. Ne me forcez pas à me répéter.

Pendergast donna l'impression de vouloir s'exprimer, avant de se contenter d'un simple commentaire :

— Je me range à votre désir.

Puis il enfonça la pédale d'accélérateur et descendit l'allée de gravier blanc. Quelques instants plus tard, la vieille plantation disparaissait dans le sillage de la Porsche.

— Un engin magnifique, mais assez peu confortable, nota Constance en s'intéressant au tableau de bord. Où comptez-vous nous conduire dans ce bolide ? À La Nouvelle-Orléans, ou bien à New York ?

— Pourquoi ne pas laisser la voiture décider d'elle-même ?

La décapotable, quittant l'abri des grands chênes, s'engagea sur la petite route de campagne avec un rugissement qui se répercuta longtemps à travers les bayous de la paroisse Saint-Charles.